MOEDERLAND

Maria Beaumont

Moederland

 DE KERN

Oorspronkelijke titel: *Motherland*
Oorspronkelijke uitgever: Hodder & Stoughton, a division of Hodder Headline
Copyright © 2007 by Maria Beaumont
The right of Maria Beaumont to be identified as the author of the work has been asserted by
her in accordance with the Copyright, Designs & Patents Act 1988
Copyright © 2007 voor deze uitgave:
Uitgeverij De Kern, De Fontein bv, Postbus 1, 3740 AA Baarn
Vertaling: Anna Livestro
Omslagontwerp en -illustratie: www.podivium.nl, Haarlem
Auteursfoto omslag: Matt Beaumont
Opmaak binnenwerk: Hans Gordijn, Baarn
ISBN 978 90 325 1082 4
NUR 302

www.uitgeverijdefontein.nl

Dit boek is opgedragen
aan alle moeders.
Maar vooral aan die van mij.

DANKWOORD

Het schrijven van *Moederland* was een fluitje van een cent. Dat komt vooral doordat ik mij omgeven weet door een aantal hoogst, eh, interessante moeders. Uit hen putte ik mijn inspiratie, en mijn dank gaat dan ook uit naar ieder van hen. Vooral naar Vicky Emin, een van de grappigste mensen die ik ken, behalve David Emin natuurlijk.

Ook bedank ik Gráinne Fox, die weliswaar niet zo geestig is maar die, eerlijk is eerlijk, wel ongehoord scherpzinnig, slim en vooral lang is. Sara Kinsella, hartelijk dank voor alles, maar vooral voor die massage. Echt hoor, je moet je niet zo druk maken wanneer een andere vrouw met haar handen aan je zit. Maar goed, misschien is dit niet de plek om daar al te diep op in te gaan. Iedereen bij mijn uitgever: Heel erg bedankt. Ik vind het reuzegezellig bij jullie op kantoor.

Tot slot bedank ik Matt, die eindeloze sloten thee voor me heeft gezet terwijl ik tot diep in de nacht zat te typen. Matt, ik wil graag van de gelegenheid gebruikmaken om je te zeggen dat ik thee eigenlijk heel vies vind.

Toen we nog jong waren – en dan bedoel ik echt jong, een jaar of twee, drie – maakte het geen bal uit hoe we eruitzagen. Maar toen sloop de ijdelheid er in en met het klimmen der jaren werd dat steeds erger, totdat we in de puberteit kwamen. Tegen die tijd was Ons Uiterlijk Het Enige Wat Telde. Deze opvatting kwam tegelijk opzetten met onze puistjes. Het einde van de wereld was het voor ons, die puistjes. Nu lijkt het vooral nodeloos wreed.

En toen begon die zorg om ons uiterlijk langzaam af te nemen – ook weer hand in hand met de hoeveelheid mee-eters. Andere dingen werden belangrijker. Totdat uiteindelijk Ons Uiterlijk op iets als de negentiende plek belandde van ons prioriteitenlijstje, net iets boven Afspraak Maken Met Tandarts, maar ver, ver onder Wasmiddel Kopen.

Wat dan wel weer mooi geregeld is in het leven, is dat het onvermijdelijke punt van Niet Eens Meer Doorhebben Hoe Vreselijk Je Eruitziet perfect samenvalt met het moment dat Redding Niet Meer Mogelijk Is.

Ik zit zo in gedachten verzonken dat ik, als ik het gezicht van de vrouw voor het eerst opmerk, heel even een steek van medelijden voel. Als het tot me doordringt dat ik mijzelf zit aan te staren, wordt dat medelijden vervangen door een gevoel van onvervalst afgrijzen.

Begrijp me goed, ik kom niet uit een of andere amish-achtige gemeenschap waar spiegels en alle andere oppervlakten waarin men zichzelf kan bekijken streng verboden zijn. Ik *weet* echt wel hoe ik eruitzie; maar dat wil nog niet zeggen dat ik er niet telkens weer van schrik. Dus heeft mijn spiegelbeeld me alweer te grazen genomen, en ik zit er verbijsterd naar te kijken. Die afhangende mondhoeken, die blauwgrijze zakken onder mijn ogen, de lel huid onder mijn kin, en dan dat haar... dat *haar*! Ik trek mijn honkbalpet over mijn oren in een poging de op afbreken staande sprieten haar die daar woedend onder vandaan komen, in bedwang te houden. Ik sta net op het punt om mijn kraag op te zetten als ik een stem hoor waar ik van opschrik.

'Ik zei, neem me niet kwalijk,' zegt een man – of eigenlijk meer een jongen – klaarblijkelijk niet voor de eerste keer. Dan dringt het tot me door dat ik de ingang tot een winkel blokkeer. 'Gaat het wel?' vraagt hij. Hij draagt een naamplaatje. Ik vermoed dat hij hier werkt. 'U staat hier namelijk al een hele tijd naar ons bord te kijken.'

'Ja, ja, sorry,' mompel ik. Ik weet niet helemaal zeker waarom ik mij verontschuldig, en ik weet eigenlijk ook niet helemaal waar hij het over heeft.

Maar dan zie ik het ineens. Als ik verder kijk dan mijn eigen spiegelbeeld zie ik een bord waarop staat dat ze de winkel gaan sluiten. Voorgoed. Het is een winkel waar ze sportschoenen verkopen. Geen fatsoenlijke sportschoenen, maar bontgekleurde neppers die onvoldoende enkelsteun bieden en die allemaal een belachelijk dikke plateauzool hebben. *Krankzinnig.* Alsof ik aangedaan zou moeten zijn door het feit dat een zaak die fopschoenen verkoopt met blingbling gespen en regenboogveters het niet heeft gered? Doe me een lol, zeg.

Vorige week nog ben ik als een bezetene mijn schoenenkast doorgegaan en heb ik alle fopschoenen die ik er aantrof verwijderd. Vijf paar. Tien schoenen, dus. Daarna voelde ik me zo ontzettend veel beter. En ik deed het omdat ik daar toevallig zin in had. Heus niet omdat een kind op school rondliep op precies dezelfde schoenen als een van mijn kinderen, en omdat een van de moeders iets zei over hoe 'idioot het schoeisel van de jeugd tegenwoordig is'.

'Zeg, die pet van u,' vraagt de winkeljongen, 'dat is een *limited edition*, toch? Mijn zusje zou er een moord voor doen. Waar hebt u die vandaan?'

'Van Harrods,' zeg ik en ik trek aan mijn met glimmers bezaaide Missy Elliott pet zodat hij niet ziet dat ik lieg.

'Dat meent u niet? Maar die waren nog voordat ze in de winkel lagen al uitverkocht! Heeft u soms connecties, of zo?'

Ja hoor, Fran Clark, persoonlijke muze van Missy Elliott. Slechts weinig mensen weten dat Missy (zoals haar vrienden haar noemen) deze exclusieve honkbalpet boordevol nepdiamanten heeft ontworpen rond een afgietsel van het hoofd van haar vriendin Fran.

Ik dacht het niet.

In werkelijkheid neemt mijn man altijd dit soort zooi voor me mee (die gymschoenen die inmiddels bij de vuilnis liggen, kwamen ook van hem). Hij werkt voor een marketingbedrijf dat klanten heeft als Adidas – en dus indirect ook Missy Elliott. Wel ironisch dat *limited edition* mode-items die ontworpen zijn voor *streetwise* pubers – maar dan ook alleen voor hen – op het hoofd van een moeder van middelbare leeftijd belanden. Ik voel me licht gegeneerd. Het zusje van deze jongen zou lustig aan het moorden slaan voor iets waar ik zelf nooit om gevraagd heb en wat ik waarschijnlijk ook helemaal niet hoor te dragen.

Heel even overweeg ik om te bevestigen dat ik inderdaad zo mijn contacten heb, maar dat doe ik toch maar niet. Dus mompel ik: 'Gewoon mazzel.'

Hij grijnst naar me, waarbij hij me trakteert op een blik op zijn beugelplaatjes. Hoe oud zou hij zijn? 'Maar verder gaat het dus wel?' vraagt hij nog eens. 'U zag er zo, ik weet niet, zo verloren uit.'

Ik kijk hem aan en hij ziet er zo lief en kwetsbaar uit, dat ik me plotseling overweldigd voel door al het onrecht in de wereld. Hij heeft een beugel, godallemachtig, en binnenkort heeft hij geen baantje meer – als straks de laatste schoen voor een bodemprijs de deur uit is gegaan.

'Hier, neem maar.' Ik doe de pet af en denk even niet aan mijn kapsel. 'Voor je zusje.'

'Dat meent u niet!'

'Ja joh, ik ben toch te oud voor dit soort dingen.'

Ik glimlach als Lady Di, dat wil zeggen, met mijn ogen neergeslagen en mijn hoofd een beetje schuin, en wacht tot hij iets ridderlijks zegt.

'Nou, oudere vrouwen kunnen dit soort dingen ook best dragen, hoor. Tenminste, volgens Missy.'

Hij lacht en ik overdenk wat hij net gezegd heeft. Ja, hij heeft me net echt een *oudere vrouw* genoemd. Ik weet niet wie ooit gezegd heeft dat de jeugd niet besteed is aan jonge mensen, maar het was ongetwijfeld een ouwe lul. Tegen de tijd dat deze jongen weet hoe je 'ridderlijk' moet spellen, is hij *deze* oudere vrouw allang vergeten. Nu voel ik me helemaal een domme muts, en ik wil weg. Ik duw de pet in zijn handen.

'Maar ik wil u er wel iets voor geven, hoor,' zegt hij, en hij aait zo nerveus over het zwarte vilt alsof hij de koningin van de hiphop zelve beroert.

'Zie het als een cadeautje van een vreemdeling,' zeg ik met mijn beste Marlene Dietrich-stem. Vraag me niet waarom. Dat leek me gewoon gepast. Dan draai ik me om en wandel uit zijn leven.

Ik heb haast en mezelf staan te begluren in etalages past niet echt in mijn schema. Ha, ha, mijn *schema*. Dat heb ik natuurlijk allang doormidden gescheurd. Ik zou nu eigenlijk heel ergens anders moeten zijn en, nou ja, daar ben ik dus duidelijk niet. Maar goed, wat voor zin heeft het om daar nu verder bij stil te staan? Nee, recht zo die gaat. En dat doe ik dan ook. Weg van het sportschoenenpaleis in de richting van winkels waar ik wellicht echt iets ga kopen. Nu ik zo schandalig van het schema ben afgeweken, moet ik straks wel thuiskomen met stapels plastic tassen. Het is mijn enige hoop dat het nog wat wordt met deze dag. Mijn boodschappenlijstje:

Cadeau voor Richards zus
Winterjas voor Molly
Outfit voor mezelf

In die volgorde, uiteraard. Een halfuur geleden had ik bijna een cadeautje gescoord voor die draak van een schoonzus van me. Het plan was om hooguit tien minuten door te brengen in een chic warenhuis, en om daar iets uit te zoeken wat er in elk geval duur genoeg uit zag. Maar op weg daar naartoe leek het wel alsof iemand me met een stofzuigerslang Carnaby Street inzoog.

De vrouw die ik vroeger was, leefde zo ongeveer voor Carnaby

Street. Een vol decennium geleden werkte Richard er om de hoek in een glazen kantoorgebouw. Ik kwam vaak voor mijn werk in deze buurt, en dan gingen we altijd samen lunchen en een beetje zitten rondlummelen... De vrouw die ik vroeger was. Dat was iemand die volkomen zelfverzekerd met hippe honkbalpetjes rondliep, en het kon haar geen moer schelen wat de rest van de wereld daarvan vond.

Maar die vrouw lijkt in niets meer op de vrouw die haar neus ophaalt voor plateauzolen onder een paar gympen, en die zich afvraagt waar het in 's hemelsnaam naartoe moet met deze wereld. Terwijl ik doelgericht terugloop richting het chique warenhuis, dringt het tot me door dat de wereld waarschijnlijk niet zo veel anders is als eerst. Ik ben degene die anders is. Tien jaar geleden gaf ik krankzinnige bedragen uit aan belachelijke kleren die tot doel hadden om me zo min mogelijk te laten lijken op wie ik eigenlijk was. Want in die tijd stond Mijn Uiterlijk nog op nummer twee of drie van de hitlijst. Op die lijst bungelde Wasmiddel Kopen toen nog ergens in de onderste regionen.

Als ik eenmaal binnen ben is het een eitje om een cadeau te vinden voor Fiona. Ik pak gewoon een in leer gebonden fotoalbum voor een belachelijke prijs (Fiona *hecht* aan belachelijke prijzen), inpakken, klaar. Een jas voor Molly is zo mogelijk nog gemakkelijker. Ik steven een H&M in met het plan om gewoon iets rozigs of pluizigs uit de rekken te graaien. Vijf minuten later loop ik de zaak weer uit met een roze, pluizige jas. Dat is pas scoren! Nu heb ik dus nog wat tijd over om iets voor mijzelf te kopen voor ik weer terug moet om de kinderen uit school te halen. Dus bevind ik mij momenteel voor de etalage van Karen Millen, een degelijke dameswinkel – hier verkopen ze nou niet bepaald het soort van *fashion victim*-troep waar ik me vroeger in hulde. Maar goed, ik ben al zo veel verder, nu, dat dit me een verstandige keuze lijkt.

Het wordt niks natuurlijk. Ik staar naar de zonder meer fraaie, ontegenzeggelijk elegante outfits en raak in paniek. Op de paspop ziet het er allemaal schitterend uit, maar ik weet zeker dat als ik zoiets aantrek...

Misschien moet ik het hele idee van een nieuwe jurk gewoon maar laten varen. Dan trek ik wel weer een of ander oud vod aan. Het is mijn feestje, dus als ik er bij wil lopen als een zak aardappelen dan moet ik dat lekker zelf weten, toch? Maar waarom geeft een mens zo'n feestje? Toch eigenlijk om te zeggen: *Hé, kijk mij eens: alweer een jaartje ouder, maar zo oneindig veel aantrekkelijker dan twintig jaar geleden!* Terwijl geen mens er aantrekkelijker uitziet dan twintig jaar geleden.

Ik loop snel weg van de etalage, marcheer een Starbucks in en bestel een flinke beker koffie met heel veel melkschuim en een handje chocoladesnippers er bovenop. Die neem ik mee naar buiten, ga aan een klein plastic tafeltje zitten en geniet van mijn opstandigheid.

Richard heeft namelijk een bloedhekel aan de Starbucks. Hij beweert dat de Starbucks samen met de McDonald's en de Gap het einde der beschaving inluidt. Of misschien iets minder hysterisch: dat die bedrijven samen verantwoordelijk zijn voor de globalisering en voor het feit dat de winkelstraten worden beroofd van hun eigen gezicht. Ik weet het: ook sterk dat dit wordt beweerd door een man die wordt betaald door bedrijven als Adidas en andere multinationals. Hij heeft gemakkelijk praten. Hij heeft een geweldig koffiezetapparaat op zijn werk. Hoewel? Misschien haalt zijn secretaresse zijn koffie ook wel gewoon bij de Starbucks, en giet ze die op kantoor over in een kopje. Dat zou pas cafeïnevrije gerechtigheid zijn!

Richard zou er goed aan doen eens niet zo de moraalridder uit te hangen en een cruciaal feit onder ogen moeten zien: voordat de Starbucks naar Engeland kwam was er namelijk in het hele land *nergens* een fatsoenlijke kop koffie te krijgen. En wat zijn afkeer van McDonald's betreft, zou ik hem willen adviseren om eens te denken aan al die duizenden vrouwen die hun kinderen vast en zeker de nekjes zouden hebben omgedraaid als er niet zoiets bestond als een Happy Meal. En anders hun mannen wel. Het Happy Meal redt vele kinderlevens.

Het dient een nuttig doel om hier van die lelijke dingen te zitten verzinnen over Richard. Het leidt af van de echte problemen, te weten: a) dat ik niet ben waar ik uren geleden al had moeten zijn, en b) dat ik nog altijd geen feestjurk heb. Ik heb nog net genoeg tijd om mijn koffie op te drinken en een sigaretje te roken. Eigenlijk zou ik stoppen, maar ik heb toch weer een pakje gekocht op het metrostation. De gedachte aan een sigaret zet alles in een veel vrolijker daglicht, ook al valt de sigaret zelf altijd tegen. Ik steek er eentje op en inhaleer langzaam. Mijn god wat heerlijk, even een halfuurtje niks te hoeven...

Altijd een slecht plan om mij eropuit te sturen, want ik ben de koningin van het tijdverspillen en zoals al blijkt uit het feit dat ik niet ben waar ik hoor te zijn, ben ik niet alleen goed in het verspillen van mijn eigen tijd maar ook die van anderen. Nou ja, niks aan te doen. Ik vorm mijn lippen tot een O en laat een bijna perfecte rookkring ontsnappen. Zei die jongen nou echt *oudere vrouw*? Dan is hij echt niet goed bij zijn hoofd.

Ik ben aan de vroege kant. Ik ben zelfs de eerste moeder, en het hek is nog niet eens open. Ik overweeg om nog maar een sigaretje te pakken, maar dat kan ik niet maken. In deze contreien rookt de vrouw in het geniep. Staan paffen bij het schoolhek is dan ook maar net een graadje minder erg dan roken op de afdeling Longziekten van een ziekenhuis.

Sureya komt eraan met haar tweelingbuggy en ik denk aan de allereerste keer dat ik haar zag. Ze was toen verwikkeld in een ruzie naar aanleiding van een brandende sigaret. Ik zat toen in de auto, die bij de sportschool geparkeerd stond. Ik was lid geworden om wat sociale contacten op te doen. Na een jaar was ik vooral dik bevriend geraakt met mijn yogamatje. Ik was net weer geweest voor een partijtje 'in contact komen met mijn spirituele kant' (lees: een halfuurtje zinloos dagdromen). Toen ik de frisse lucht weer in stapte hoorde ik Sureya's stem vol zelfvertrouwen gillen: 'Ik heb hem helemaal niet binnen al aangestoken, mens. Waar heb je het over?'

Een vrouw in een duur trainingspak gilde terug: 'Je hebt hem binnen opgestoken. Ik stikte bijna in de rook. De regels zijn heel duidelijk—'

'Weet je wat... stik jij er inderdaad maar lekker in.'

'Pardon?'

'Je hebt me heel goed gehoord. Ik heb absoluut geen tijd voor dit soort onzin. Ik moet nog een heroïnedealtje afhandelen.'

Ze keken allebei op toen ik in de lach schoot – ook al was ik al bijna vijftig meter bij hen vandaan. Het Dure Trainingspak liep op hoge poten terug de sportschool in, waarschijnlijk om haar woede over de ingeademde rook te bekoelen op de toestellen. Ik liep door naar mijn auto, die naast die van Sureya bleek te staan.

'Het gaat mij geen bal aan,' zei ik, 'maar dat heb je goed aangepakt. Er zijn hier veel te weinig mensen die durven te zeggen waar het op staat in deze buurt.'

'Ik sta van mezelf te kijken, moet ik je eerlijk zeggen,' antwoordde ze, en ze keek er geschokt bij – alsof die vrouw *haar* net de huid had vol gescholden. 'Ik zeg echt nooit zulke dingen.'

'Sommige mensen vragen er gewoon om,' stelde ik haar gerust.

'Dat zal ook wel... maar het is ook omdat ik heus wel weet dat ik geen poot had om op te staan. Wat kan je dan verder nog dan gaan schelden?'

We deden allebei onze auto open.

'Nou, succes dan maar met je deal,' zei ik.

'Ik heb nog wel tijd voor een kop koffie. Jij ook?'

Sinds die tijd is ze gestopt met roken en drinkt ze ook geen koffie meer, maar haar glimlach is nog even warm als altijd.

'Hoi Fran,' zegt ze. 'Wat ben jij vroeg. Of ben je gewoon de hele tijd blijven staan nadat je ze vanochtend hebt afgezet?'

'Had ik dat maar gedaan. Dan had ik mijn tijd tenminste nog zinvol besteed.'

'Je hebt van die dagen, hè?' zegt ze, hoewel ik me niet kan voorstellen dat zij ooit van die dagen heeft. Een fundamenteel verschil tussen haar en mij is dat Sureya echt werk heeft. Ze geeft parttime toneelles. 'Wat ging er mis, dan?'

Ik overweeg even om het haar te vertellen, maar waarom zou ik eigenlijk? Wat kan haar mijn feestjurkenellende nou schelen? Want ook al beweert ze steeds dat ze zich zo verheugt op mijn zevenendertigste verjaardagsfeestje, ik neem aan dat het haar niet zo bezighoudt als mij. En ik begrijp zelf ook heus wel dat een nieuwe outfit me niet als bij toverslag zal transformeren tot een heel nieuw iemand. Die gehate grijze haren, de vouwen in mijn gezicht die echt niet voor lachrimpels kunnen doorgaan – er valt weinig te lachen – en de buik die ik niet ingetrokken kan houden, dat laat zich allemaal niet verstoppen. De jaren glijden door mijn vingers en ik kan er niets aan doen om dat tegen te gaan. *Zevenendertig.* Nog maar drie jaar en ik ben op het punt beland dat Het Leven Begint, althans, zo luidt de mythe.

'Hé, heb jij mijn petitie eigenlijk al ondertekend?' vraagt Sureya nadat ik haar vraag heb beantwoord door alleen mijn schouders op te halen.

Sureya is een geboren actievoerster en komt op voor al het onrecht in haar directe omgeving. Ze schrijft brieven aan politici, voert handtekeningenacties en loopt mee in betogingen. Pas nog was er een demonstratie tegen de oprichting van een telefoonmast in het park. Ik voelde me nogal hypocriet toen we onze leuzen joelden tegen Vodafone of wie dan ook. Ik was namelijk heel blij met die mast. Je had hier altijd een beroerde ontvangst. Dan maar gefrituurde hersenen van al die telefoongolven. Als die ons niet de das omdoen, dan komen we wel om bij een terroristische aanslag. Of door uitlaatgassen. Of deodorant. Want kunnen we niet veel beter een leuk leven leiden in plaats van voortdurend voor een beter leven te strijden? Maar ik zei niks. Ik zou nooit zoiets zeggen tegen Sureya. Zij is mijn vriendin, en ware vriendschap vraagt om geduld en verdraagzaamheid.

Haar nieuwste mikpunt is McDonald's, want die willen een nieuw filiaal openen bij ons in de buurt. Ze rommelt wat in haar tas en haalt een stapeltje papieren tevoorschijn die door een klem bij elkaar worden gehouden. Kennelijk heeft ze al duizenden handtekeningen opgehaald, en dat verbaast me niets. Ik geef Al-Qaeda nog meer kans om hier een bijkantoor te openen. McDonald's heeft geen schijn van kans. Ik wil eigenlijk helemaal geen handtekening zetten – want ik heb je al verteld hoe ik over McDonald's denk – maar ik doe het toch. Geduld en verdraagzaamheid, immers.

'Dankjewel, schat' zegt ze als de conciërge het hek opengooit. 'Tijd voor de kindjes. Ik zie je nog.'

Ik kijk naar hoe ze met de duowagen richting crèche loopt, aan de zijkant van de school. Ik voeg me bij alle andere moeders die zich inmiddels hebben verzameld en samen lopen we richting school. Ik voel een hand op mijn schouder en als ik me omdraai zie ik Cassie. Cassie komt van de pc-planeet. Nee, dat heeft niets met computers te maken, maar met haar politieke correctheid.

'Francesca, goed dat ik je zie. Ik hoopte al dat ik je vandaag nog even tegen het lijf zou lopen. Ik wil je om een gunst vragen.' Ze wacht niet op antwoord. 'Ik weet niet of je het al gehoord hebt, maar ik ben dit jaar verantwoordelijk voor de kostuums,' zegt ze gewichtig.

'Nee, goh,' zeg ik. 'En, kan mijn kostuum ermee door?'

'Sorry?'

'Nee, niks, ik maakte een grapje.'

Hoe haal ik het ook in mijn hoofd zomaar een grapje te maken. De vrouw die ik vroeger was, daar kon je echt mee lachen. Maar het is duidelijk dat ik wat uit vorm ben. 'Vertel, Cassie, wat wil je van me?'

'Nou, ik doe dus de kostuums voor *De tovenaar van Oz*. Het toneelstuk dat we met kerst opvoeren. Er zijn nog twee andere AROV-moeders die zich als vrijwilliger hebben aangemeld, maar we hebben nog iemand nodig.'

AROV: Arlington Road Ouder Vereniging, het clubje waar Cassie voorzitter van is. Enige mensen, als je van ss-achtige types houdt. De vereniging stelt zich ten doel geld in te zamelen voor de school. Doe me een lol, zeg. Arlington is bepaald geen armlastige school. Oké, het is weliswaar een openbare school, maar alle kinderen hier hebben ouders die goed zijn voor minstens een ton per jaar, die allemaal in de obligate 4x4 rijden en die allemaal vakantie vieren op een boerderij in Toscane. Geld inzamelen, dat roept beelden op van uitgemergelde Afrikaanse kindertjes met vliegen rond hun snoetjes, toch? Niet aan van die bolle toeten die hier rondrennen in de allerhipste kleertjes.

Maar goed, geld inzamelen voor onze geweldige school, daar maakt men geen grapjes over. Dus als Cassie je vraagt of je de kostuumcommissie wilt completeren, dan dien je je natuurlijke neiging om Cassie terug te schoppen naar haar planeet te onderdrukken, en te glimlachen. En te knikken. En je van ganser harte ter beschikking te stellen.

'Natuurlijk, ik draag graag mijn steentje bij,' beweer ik.

'Dat zou echt geweldig zijn,' zegt zij, maar ze had niet anders verwacht. 'Ik vond het net een klusje voor jou, gezien jouw talenten.'

'Mijn talenten?' Ik heb geen idee waar ze het over heeft.

'Jij hebt toch vroeger bij de televisie gewerkt... of zoiets?'

Aha, ze heeft de klok horen luiden.

'Nou nee, bij de radio, eigenlijk. Hoewel ik ook wat heb gedaan voor *Spitting Image*.'

'Dat met die *poppen*?' Zoals zij het zegt zou je denken dat het een programma was voor junkies, pedofielen en andere criminelen.

'Klopt, ja.' Ik glimlach weer.

'Wat voor soort kostuums heb je daarvoor gemaakt, dan?'

O, wacht, ze denkt kennelijk dat ik pakjes heb genaaid voor rubber poppen.

'Mens, ik kan helemaal niet naaien,' zeg ik. 'Ik deed stemmetjes.'

Ik geef haar de tijd om dit even op zich te laten inwerken, maar dan zie ik dat ze niet van plan is om 'Jeetje, wat gaaf,' te zeggen, of 'Wat vreselijk knap van je'. Ze is helemaal niet van plan om iets te zeggen. Ze kijkt volkomen uitdrukkingsloos, alsof er net een liter Botox in haar gezicht is gepompt en de spieren in haar gezicht zo lam zijn als wat.

'*Stemmetjes*,' herhaalt ze eindelijk, om toch iets te zeggen.

Ik lach een beetje ongemakkelijk. 'Tja, wat een vak, hè?'

In de gewone mensenwereld, laten we zeggen met vrienden in de kroeg, zou deze informatie het ijs wel breken. Ieder normaal mens zou nu namen naar mijn hoofd slingeren om te zien of er ook mensen zijn die ik *niet* na kan doen. Madonna, Marilyn Monroe, Mickey Mouse, Marge Simpson, Marlene Dietrich zelfs. En dan hebben we alleen nog maar de letter M. Maar goed, ik zei het al: het is ook een raar vak, maar ik ben er nou eenmaal goed in. Cassie is absoluut niet van plan om mij te vragen of ik die-of-die eens even wil imiteren. Geen haar op haar hoofd. Nee, want daar zou misschien uit blijken dat het haar interesseert. Het interesseert haar totaal niets.

'Hoeden,' werpt ze me toe terwijl ze wegbeent. 'Ik geef je wel een lijst van de aantallen en de soorten hoeden die we nodig hebben.'

'Ik vind het allemaal best, opgeprikte stijve heks,' wil ik eigenlijk zeggen. Maar dat doe ik natuurlijk niet.

Ik loop naar Molly's klaslokaal en ontdek dat ik net weliswaar als eerste bij het hek stond, maar nu toch als laatste binnenkom. De juf kijkt me verwijtend aan als ze mijn dochter aan me overdraagt. Schuldbewust grijp ik Molly's hand en sleur haar mee over de speelplaats waar Thomas wel te vinden zal zijn. Daar staat hij immers elke dag tegen een bal te trappen, in die laatste paar minuten voor hij de klas in moet, of weer mee naar huis, waar zijn huiswerk op hem wacht. Hij doet net alsof hij ons niet ziet en ik besluit dat ik hem nog vijf minuten van zijn vrijheid laat genieten. Ik kijk naar hoe hij de bal omhooghoudt met zijn voeten, zijn dijen, zijn borst en zijn hoofd. Ik ben nog steeds onder de indruk van de trucs die hij in huis heeft.

Molly trekt aan mijn mouw. 'Mam, doe mevrouw Gottfried eens na?'

'Nee lieve schat, niet hier.'

'Ah, toe nou. Ik *haat* mevrouw Gottfried. *Ah, toe nou, mam!*'

Ik ben ook zo'n watje. Dus ik zak door mijn knieën en fluister: 'Kinderen, joelie blijven allemaal muisstil zitten tot die bel gaat,' met het Duitse accent waar iedereen zo bang voor is. Ik wacht tot Molly gaat giechelen, maar dat gebeurt niet.

'Mevrouw Clark, iek wil oe even spreken, als dat kan.'

Omijngod. Zeg dat het niet waar is. Zeg dat ze hier niet echt staat...

'Mevrouw *Gottfried*,' hijg ik, en ik kijk naar haar op, met mijn hand boven mijn ogen ter bescherming tegen het septemberzonnetje. 'Natuurlijk kunnen wij even spreken... maar, eh, waarover dan?'

Heeft ze me nou net gehoord? Krijg ik nu straf? Waarschijnlijk staat er iets als ophanging op het imiteren van de adjunct-directrice. Met knikkende knieën probeer ik op te staan. Ik voel hoe Molly naast me staat te rillen en ik sla een beschermende arm om haar heen.

'Is er iets met Thomas?' vraag ik onnodig. Het zou de eerste keer niet zijn dat ik bij haar word geroepen om over mijn 'moeilijke' zoon te praten.

'Niet hier,' raspt ze. 'Maar iek moet oe wel echt spreken. Belt oe mij, dan maken vai een afspraak.'

Ze heeft een ijzige blik, maar ik weet dit keer niet of die nu voor Thomas bedoeld is of voor mijzelf. 'Ik zal u bellen,' zeg ik, en ik vlieg naar de andere kant van de speelplaats om mijn tienjarige zoon mee te slepen naar een veiliger oord.

Ik sla het dekbed op en Molly kruipt dankbaar in haar bed. Ze is dol op bedtijd. Ik stop haar stevig in en zij schikt de twee beertjes die uitverkoren zijn om vannacht bij haar te slapen elk aan een kant. Ik werp nog een laatste blik op haar. Haar haren, even donker als die van haar vader, liggen in een waaier over het kussen. Haar gezichtje is een oase van onbedorven schoonheid. Een blik op zoiets moois en alles is ineens weer goed.

'Slaap lekker, schatje,' zeg ik, en ik buig voorover om haar een kus te geven.'

'Mama, doe je nog een keer Bart Simpson na?'

'Nee, vandaag heb ik genoeg stemmetjes gedaan. Het is al laat, liefie, ga maar lekker slapen.'

Ik sta op en loop haar kamer uit. De deur laat ik wijd openstaan, want dat wil ze graag. Dan loop ik naar de kamer van Thomas. Aangezien hij vijf jaar ouder is, mag hij lezen tot hij moe is. Liefst iets leerzaams, zoals de handleiding bij zijn nieuwste Playstation game.

'Mevrouw Gottfried wil me spreken, Tom,' zeg ik. 'Enig idee waarover?'

Ik moet mijn hals uitrekken om hem te kunnen zien, en niet alleen omdat hij zich verschuilt onder een dekbed in camouflagekleuren. Hij slaapt in een hoogslaper. Een soort ruimtecapsule op poten is het eigenlijk, van Ikea. Onder het plateau waar zijn matras op ligt bevindt zich de geïntegreerde werkplek inclusief kastjes en laatjes. Een spotgoedkoop Zweeds constructiewonder. Daar kunnen ze nog wat van leren bij de NASA.

'Thomas?' vraag ik nog een keer.

Hij komt tevoorschijn vanonder zijn sprei, een grote explosie van chagrijn, met zijn infrarode leesbril om zijn hoofd gebonden en de handleiding voor een spel met veel buitenaards geweld in zijn hand. Ik word er bijna bang van en deins onwillekeurig terug.

Maar hij vraagt alleen: 'Watte?'

'Mevrouw Gottfried wil me spreken. Is er soms vandaag iets gebeurd op school?"

'Nee, niks.' Hij kijkt naar de muur om aandachtig zijn voetbalposter te bestuderen ten teken dat het gesprek wat hem betreft voorbij is.

'Oké. Wil je het nog ergens anders over hebben dan?' dring ik aan.

'Nee. Ga nou maar, ik was ergens mee bezig.'

En weg is hij weer. Terug onder de dekens met het boek. Nou ja, het kan erger. Sinds hij zijn Playstation heeft is hij twee leesniveaus gestegen. Dus echt veel kwaad kan het kennelijk niet.

'Goed, schat,' roep ik nog, terwijl ik de deur achter me dichttrek en hem in het pikkedonker achterlaat.

Hoe is het mogelijk dat ik twee zulke totaal verschillende kinderen heb geproduceerd. Ik moet toch maar eens een ernstig gesprek met Richard hebben, want die heeft wat uit te leggen, vrees ik. Ik begin er zo langzamerhand steeds ernstiger aan te twijfelen dat ik wel echt hun moeder ben.

Ik loop de trap af en ga de zitkamer in. Richard is nog niet thuis, maar dat is niks nieuws. Als ik mazzel heb, is hij vandaag *extra* laat, en dan lig ik dus al lang en breed in bed als hij er in komt rollen, doodop na een dag marketingongein. Want zie je, ik was vandaag niet waar ik eigenlijk had moeten zijn, ik weet niet of ik dat al had verteld. Daar gaat Richard niet blij mee zijn. Dus dan heb ik liever dat ik al slaap.

Ik installeer me op de bank, pak de afstandsbediening en sla aan het zappen terwijl ik met mijn andere hand een sigaret uit het pakje vis. Terwijl ik die in mijn mond stop hoor ik de voordeur opengaan. Een tel later staat Richard me aan te staren, omlijst door de deuropening. Zijn das heeft hij losgetrokken en het bovenste knoopje van zijn overhemd is open. De teleurstelling druipt van zijn gezicht.

'Wat is er in godsnaam gebeurd?' komt hij meteen ter zake.

'Het spijt me heel erg,' zeg ik fluisterend, of eigenlijk nog zachter.

'Heb je enig idee hoeveel mensen je vandaag hebt laten stikken, Fran? Enig idee hoeveel *geld* het heeft gekost, ook? Ze hebben de studio nog twee uur extra moeten boeken en iemand anders moeten inhuren.' Hij klemt zijn tanden stevig op elkaar, als twee ivoren dammen die zijn woede binnen moeten houden. Gooide hij het er maar gewoon uit, dan was het tenminste over.

Hij heeft het over een voice-overklus. Zijn bedrijf heeft op eigen kosten een commercial gemaakt voor een of ander sexy nieuw biertje. Ze hadden een voice-over nodig voor de zeven woorden die er aan het einde daarvan te horen zijn. Dat had ik dus moeten doen.

'Hebben ze nog iemand kunnen vinden, dan?' Ik fluister nog steeds.

'Lisa I'Anson.'

'Die is goed.'

'Die was totaal ongeschikt voor deze klus. Maar ja, ze is wel heel professioneel, natuurlijk. Ze komt bijvoorbeeld *opdagen*.'

Wat verwacht hij dan? Ik heb al jaren niet meer gewerkt. Ik kan tegenwoordig zelfs niet eens meer door voor amateur. Maar dat zeg ik niet. Ik had moeten weten dat ik niet zou durven. Ik had nooit ja moeten zeggen.

Toch was het me bijna gelukt. Ik was al helemaal bij de opnamestudio – Saunders & Gordon, ik was er al honderd keer geweest, alleen niet in dit decennium – maar op de stoep bevroor ik. Kom op, het zijn maar zeven woordjes, had ik mezelf nog toegesproken. Dat hielp me tot de deur, met mijn hand zwevend boven de klink.

Maar. Ik. Kon. Het. Gewoon. Niet.

Ik ben Fran de Moeder. Fran de Huisvrouw. En heel af en toe, als zijn werk het toelaat, ben ik Fran de Echtgenote. Wie ik niet meer ben is Fran de Voice-overmevrouw, en dat had ik me veel te laat gerealiseerd.

En dus ben ik weggerend. Helemaal tot aan de winkelstraat.

Ook al wist ik dat ik dat later zou moeten bezuren.

En later was nu.

'Je hebt vooral jezelf voor schut gezet vandaag...' en op dit moment komt eindelijk de explosie. 'Of liever gezegd, je hebt vooral *mij* ontzettend voor schut gezet. Ik heb mijn nek voor je uitgestoken, ja? Heb je enig idee hoeveel voortrekgrappen ik heb moeten verduren? Dat kon me niks schelen, als jij de klus maar gewoon goed zou doen. Maar ja, dan had je natuurlijk wel moeten komen *opdagen*, hè? Dus *wat is er goddomme gebeurd, Fran, wil je me dat alsjeblieft even uitleggen?'*

Ik krimp in elkaar omdat hij zo tekeergaat.

'Ik... Ik wilde het echt doen, dat zweer ik... maar ik kon het gewoon niet.'

'Je *kon* het gewoon niet?'

'Je hebt geen idee... ik was *doodsbenauwd.'*

'Ja, sorry dat ik het even niet volg, maar wat is er zo eng aan *praten*? Zeven woordjes waren het maar. Je hoefde niet op de film of zo. Niemand hoefde te zien hoe jij die verdomde zeven woordjes insprak. Het was een eitje, Fran. Jij bent briljant in dit soort dingen. Dit is je vak, mens.'

Nee, Richard, mijn vak is koken, poetsen en lunchtrommeltjes vullen. Dat is waar ik tegenwoordig mijn dagen mee vul. Ik weet ook wel dat hij en ik het eindeloos hebben gehad over mijn terugkeer naar de Echte Grotemensenwereld. Maar hoe had hij nou kunnen weten dat de Echte Grotemensenwereld me zo de stuipen op het lijf jaagt, als ik dat zelf niet eens wist?

'Fran, luister,' dringt hij aan. 'Wat is er in godsnaam gebeurd dan?'

'Ik weet het niet, Richard. Ik ben gewoon helemaal dichtgeklapt, denk ik.'

'Maar *waarom*? Het is toch gewoon je werk, verdomme?' zegt hij. Hij is nu echt de wanhoop nabij.

'Het *was* mijn werk.'

'Dan had je me wel eens van je pensionering op de hoogte mogen stellen toen ik je hiervoor vroeg. Wat vinden je vriendinnen hier eigenlijk van? Ik bedoel, ik neem aan dat Sureya je wel verteld heeft dat je niet goed bij je hoofd bent.'

'Ze heeft er niks van gezegd... Ik heb haar niks verteld van deze klus.'

'Nee, natuurlijk niet. Waarom zou je ook, hè. Waarom zou je ook, als je toch wist dat je uiteindelijk het lef niet zou hebben?' Hij zwijgt en haalt zijn hand door zijn haren in een poging zichzelf tot kalmte te dwingen. Dan kijkt hij naar mij en ziet dat ik op het punt sta om een verklaring te lanceren. 'Ik heb geen zin in dat gezeik over dat je maar gewoon huisvrouw bent,' zegt hij. 'Dat weten we nou wel.'

Het is geen gezeik; ik ben gewoon maar een huisvrouw! wil ik uitschreeuwen, maar ik hou me in. 'Het spijt me echt heel erg,' leuter ik in plaats daarvan, in een poging hem met mijn verontschuldigingen te vermurwen. 'Het zal niet meer gebeuren, dat beloof ik.'

Hij luistert helemaal niet, en staart alleen maar in de verte. 'Ik zal je eens wat zeggen: ik ben hier helemaal klaar mee. Ik heb er schoon genoeg van om jou de hele tijd maar aan te moedigen en schouderklopjes te geven. Er gaat toch niks veranderen, of wel soms? Dus we moeten ons maar gewoon neerleggen bij hoe de dingen nu zijn. Jij baalt van de sleur, maar je gaat er toch niet uitkomen.'

'Nee, ik ga er wel uitkomen. Het moet ook anders. Het zal niet meevallen, maar het moet echt anders...'

'Hou alsjeblieft op. Hoe vaak heb ik dit soort praat niet moeten aanhoren van jou. Het is zo langzamerhand een belediging van mijn intelligentie, en ik heb er geen zin meer in.'

Een belediging van mijn intelligentie. Dat zei die ene vent in *The Godfather* ook tegen zijn zwager... vlak voordat hij hem neerknalde.

Richard schopt zijn schoenen uit en ik wacht op wat hij verder gaat zeggen, maar het ziet ernaar uit dat dit gesprek ten einde is. Dus hij heeft inderdaad de moed opgegeven. Hij stopt een dvd in de speler en ploft op de bank neer. *The Sopranos.* Hij is een maffiajunk, en hij vindt de *Sopranos* de Allerbeste Serie Ooit. De serie gaat over de levens van vrouwenverslindende criminelen die zich als luizen vastzuigen in de pels van eerlijke, hardwerkende mensen. Wat zegt dat eigenlijk over hem? Dat vroeg ik me gewoon even af.

Niet dat ik nu met kritiek moet komen – niet vanavond in elk geval. Dus blijf ik zitten waar ik zit en staar zonder te klagen naar het scherm. Ik zou zo graag nog een keer zeggen dat het me spijt. En nog een keer. Maar aangezien dit een dvd is, komt er straks geen pauze voor de reclame, en komt er dus geen moment om om vergeving te vragen. En tegen de tijd dat dit is afgelopen, heb ik waarschijnlijk niet eens meer de wil om er nog over te beginnen. Vastbeslotenheid is niet bepaald een van mijn sterkste punten.

Doe het nou maar gewoon... en maak je niet te sappel als het niet lukt.

Terwijl de film begint pak ik de sigaret weer die ik net wilde opsteken toen Richard thuiskwam. Terwijl ik hem opsteek wuift Richard de rook voor zijn gezicht weg. Alweer iets om geïrriteerd over te raken.

'Koffie?' vraag ik gedempt.

Hij gromt zijn 'nee'-grom. Ik sta op en loop naar de keuken om voor mijzelf koffie te zetten en ik neem mijn sigaretje mee.

Maar op het laatste moment kies ik toch voor wijn. De fles was toch al open.

Woensdag. Normaal ben ik niet zo'n type dat buiten de deur luncht. Vandaag breek ik met die gewoonte, en ik vind het nog leuk ook.

'Dus, hoe staan de zaken?' vraag ik met mijn mond vol bladgroen dat is besprenkeld met balsamicoazijn. Dat je niet denkt dat ze maar wat lukraak uit die fles over de sla hebben staan gieten, nee, men heeft staan *sprenkelen*. Wat dacht je dan?

'Het meisje van het castingbureau doet het met de producer, de belichting kan zijn handen niet van de grime afhouden en zelf ben ik van bil geweest met Phoebe, de kapster, een schatje mag ik wel zeggen,' verneem ik. 'Niks bijzonders dus. Ik zou er anders niks van zeggen, maar als je weet hoeveel aandacht ik aan haar heb besteed, dan zou je toch denken dat ze mijn haar wel eens een beetje fatsoenlijker zou kunnen doen.'

Hier ben ik niet van onder de indruk. In tegenstelling tot mijn saaie bruine lokken die als een gordijn rond mijn hoofd hangen heeft Summer dansende rode krullen die altijd een filmsterachtige allure hebben; hoewel ik ze tegenwoordig niet zo vaak meer te zien krijg. Dat ligt er met aan zekerheid grenzende waarschijnlijkheid aan dat de basisschool aan de Arlington Road niet het middelpunt van haar bestaan vormt. Zij heeft namelijk een leven.

En op dit moment is haar leven een film – een *echte* film. Ze staat naast Clive Owen en Minnie Driver. Nou ja, die lopen een keer langs haar tijdens een marktscène, en ze staat in feite niet langer dan een halve minuut echt naast ze, maar toch. 'Het stelt geen moer voor, echt niet,' drukt ze me op het hart. Echt iets voor haar, om zo bescheiden te doen. Dat doet ze alleen maar om mij niet het gevoel te geven dat ik een ontzettende sufferd ben. Het zou mij namelijk niets verbazen dat straks, als de film eenmaal uit is, haar naam boven die van Minnie Driver prijkt op de filmposters.

'Ik zou je hulp echt wel kunnen gebruiken,' zegt ze. 'De dialogen-coach is zo'n onvoorstelbare nitwit, en nou moet ik iemand spelen met een Pools accent. Hoe doe ik dat?'

'Dat is niet zo moeilijk hoor, *moja zabcia*,' antwoord ik in mijn beste Gdańskse accent. 'De truc is om achter in je keel te spreken. Alsof je bijna over je nek gaat.' Ik heb al in geen eeuwen meer Pools gedaan, en tot mijn vreugde lukt het me nog steeds.

'Hoe *doe* je dat toch?' gilt Summer. 'Je bent echt *briljant*! Het is toch doodzonde.'

Ze moest eens weten. Zal ik haar vertellen dat ik afgelopen maandag niet ben komen opdagen? Ik zit daarover te piekeren als zij vraagt, 'Moja sabwatte, wat betekent dat überhaupt?'

'Mijn kleine kikkertje.'

'Hoe weet jij dat soort dingen toch altijd? En hoe onthoud je ze?'

'Geen idee. Misschien een soort fotografisch geheugen of zo.'

Ze zwijgt, neemt een slok van haar water en kijkt me medelijdend aan, alsof ik een zielig hondje ben. 'Ik had deze klus zo voor je kunnen regelen. We hebben drie verschillende dialectcoaches op de set – een voor elk accent – terwijl jij ze alle drie had kunnen doen. Je had de producers gigantisch veel geld bespaard.'

'Nee, Summer, ik had ze juist gigantisch veel geld gekost,' zeg ik. Ze moet de waarheid weten over haar beste vriendin, al is het maar om te zorgen dat ze me met rust laat hierover. Dus vertel ik haar over de commercial, de zeven woordjes, en mijn spectaculaire afwezigheid.

'Fran, hoe vaak hebben we dit gesprek nu al gevoerd?' zegt ze als ik uitgepraat ben. Ze lijkt Richard wel. 'Dit is echt waanzin. Dat is toch nergens voor nodig, al die paniekaanvallen? Wat heb jij nou te vrezen? Jij bent gewoon de beste.'

Ik denk niet dat Tina Turner het daarmee eens zou zijn...

'Wat een lul is het toch,' spuwt ze na een korte stilte uit.

'Wie?'

'Die eikel van je, wie anders?' zegt ze. Dat doet ze namelijk altijd, Richard van alles de schuld geven, inclusief mijn eigen tekortkomingen.

Toch ben ik benieuwd hoe ze het dit keer uit weet te leggen. 'Waarom is dit zijn schuld, dan?'

'Nou, om te beginnen zou hij je wel eens wat meer mogen steunen, zodat je niet zo bang bent om weer eens iets te gaan doen in de grotemensenwereld.'

'Maar hij steunt me juist heel erg!'

'Daar gaan we weer! Hou nou toch eens op hem altijd maar weer te verdedigen.' Ze schreeuwt nu bijna. Ze is zo boos dat je haast zou denken dat ik eindelijk heb opgebiecht dat ik haar in die ene rol, twaalf jaar geleden, vond spelen als een natte krant.

Ik spiek om me heen in het restaurant of er mensen naar ons kijken. 'Niet zo hard, Summer, toe nou,' zeg ik in een poging haar tot bedaren te brengen.

'Nou goed, dan zal ik het zachtjes zeggen. Hij is een egocentrische klootzak. Waarom is hij niet wat vaker thuis om jou te helpen met de kinderen? Alsof dat ooit gaat gebeuren,' geeft ze toe, voordat ze even goed overdenkt wat ze nu eigenlijk wil zeggen. 'Weet je wat jij moet doen? Vergeet die hele Richard. Daar heb je toch niks aan, dat weten we inmiddels wel. Let op, de oplossing schuilt in één woordje: *au pair*.'

'Dat zijn twee woordjes, als ik zo vrij mag zijn.'

'Doe nou niet zo stom. Het krioelt in Noord-Londen van de meisjes – Poolse meisjes, toevallig – die dolgraag jouw kinderen van school zouden halen.'

Daar heeft ze een punt, maar ik weet toch niet goed wat ik hierop moet antwoorden. Tenminste niet in de korte tijd die we nog overhebben tijdens deze lunch. Zij heeft zelf geen kinderen, dus hoe zou zij moeten weten hoe het is om die achter te laten omdat je zelf aan het werk moet? Dat hou ik mijzelf voor. Maar zelf weet ik ook niet hoe dat is, want ik heb ze nooit achter hoeven laten.

'Ach, laat ook maar,' zegt ze, want ze heeft geen zin om te moeten wachten op mijn reactie. 'Misschien is het voor jou wel het beste om gewoon thuis te blijven. En trouwens, het komt mij ook wel goed uit, nu.'

'Hoezo?'

'O niks. Gewoon, de film is bijna klaar, en ik weet even niet wat ik daarna ga doen,' zegt ze, en ze maakt een vaag handgebaar ten teken dat ze het er verder niet over wil hebben. Daar kan ik haar geen ongelijk in geven. Ze is die zinloze gesprekken over wat ik verder met mijn leven aan moet vast net zo beu als ik.

Ik heb zitten wachten op een soort openbaring, een moment waarop het me ineens duidelijk werd waar het heen moest met mijn leven. Nou goed, mocht dat moment ooit nog komen, dan is Summer de eerste die ik dat zal laten weten.

Grappig eigenlijk, als je bedenkt hoe onze levens zo totaal anders zijn gelopen sinds we elkaar leerden kennen. Toen zaten we zo ongeveer in hetzelfde schuitje. Toen waren we namelijk allebei zo vast van plan om het te maken in dat wereldje, dat we alles wel aan wilden pakken – zelfs die vreselijke waspoederreclame. En die werd de commercial van het jaar. Helaas voor ons was dat in de categorie 'zo erg dat het bijna grappig is'. Zij speelde de luie hangjongere die de hele dag in vuile kleren rondliep en ik was het zeepvlokje. Mijn gezicht bleef verborgen achter het kostuum, maar die arme Summer kan haar aandeel in het drama niet ontkennen – de commercial is jaren op tv geweest. Nou ja, in elk geval bleven we eraan verdienen. Nog mooier, we hebben er onze vriendschap aan overgehouden.

Tot mijn verbijstering is dat nu alweer twintig jaar geleden.

Er heerst een gespannen stilte, maar nu laat Summer toch haar warme glimlach zien. 'Laten we het maar ergens anders over hebben. Straks krijgen we nog ruzie en dan willen we elkaar nooit meer zien, en dan stuur jij een van je kinderen op me af met een mes om jouw eer te wreken, alleen maar omdat ik je op je kop zit omdat je je leven maar niet op de rit krijgt,' zegt ze. 'Hoe is het eigenlijk met ze?'

We hebben het eigenlijk nooit over mijn kinderen. Summer heeft totaal geen moederlijke gevoelens, en dus vraagt ze er meestal niet naar. Niet dat ik dat erg vind. Het is niet omdat ze alleen maar met zichzelf bezig is. Totaal niet, zelfs. Onze vriendschap is vooral gebaseerd op ons samen. Zij kent mij nog van vóór mijn huwelijk, en van vóór mijn kinderen, en zij is dus geïnteresseerd in degene die ik toen was. Zij is de enige die mij nog zo ziet, en dat vind ik wel prettig, eigenlijk.

'Ik ben door de adjunct-directrice op het matje geroepen om over Thomas te komen praten,' antwoord ik.

'Wat heeft hij uitgespookt dan?'

'Geen idee. Waarschijnlijk is ze *ontzettend bezorgd* omdat Thomas alleen maar met voetbal bezig is. Maar wat dan nog? Daar is hij ontzettend goed in. Hij heeft echt talent.'

'Zo is dat. En we moeten onze talenten benutten, of niet soms?' zegt ze, en ze geeft me een knipoog.

'Helemaal mee eens.' Ik knipoog terug. 'Maak je nou maar geen zorgen, het komt wel weer goed met me.'

'Dat weet ik ook wel.' Ze lacht. Zie je nou wel? Zij gelooft nog in de vrouw die ik ooit was, ook al doe ik dat zelf niet meer. 'Luister,' gaat ze verder, 'waarom kom je vrijdag niet naar de eindborrel van de film? Dan kun je kennismaken met mijn lieve vrienden Clive en Minnie, en dan gaan we –'

'Ik kan niet. Richard is er vrijdag niet.'

'Dan neem je toch een babysitter, verdomme. Dat moet toch niet zo heel moeilijk zijn?'

'Nou, dat zou je nog vies tegenvallen,' maar ze luistert niet en begint woedend te snuiven.

Door het toegenomen volume draait een groepje vrouwen bij het raam zich om en begint ons aan te staren. Dat wil zeggen, ze staren naar Summer. Misschien herkennen ze haar uit de ziekenhuisserie waar ze zes maanden in heeft meegespeeld, of dat prachtige kostuumdrama waarin ze schitterde naast Bill Nighy, of die korte, maar lucratieve periode waarin ze het gezicht was van een van 's lands grootste supermarktketens. Ik ben er wel aan gewend dat dit gebeurt als ik met haar op stap ben. Ik neem een slok wijn en baad even in haar glorie.

'Maakt niet uit, joh,' zeg ik. 'We gaan wel een ander keertje samen op stap. Dan heb ik iets om naar uit te kijken.'

Het klinkt als een slap smoesje, maar ze trapt erin. 'Goed, daar hou ik je aan. Waar hangt hij trouwens uit, dan, die man van je?'

'Marktonderzoek in Bristol... Kijk me niet zo aan. Hij is zaterdagochtend pas terug, en dan heeft hij de rest van het weekend vadercorvee. Voltijds. Die middag heb ik al geboekt om te gaan winkelen. Let op mijn woorden: op mijn feestje zie ik er *waanzinnig* uit.'

'Alles beter dan wat je nu draagt.' Ze trekt haar neus op. 'Die sweater heb je al jaren. Had je soms geen tijd om jezelf een beetje op te leuken voor een lunch met je ouwe vriendin?'

'Sorry, maar zo is mijn leven nu eenmaal, vrees ik.'

'Zo is je leven helemaal niet. Jij doet gewoon helemaal je best niet meer.'

'Oké, oké, ik zei toch, het komt wel weer goed met me. Volgende week zaterdag zal je zien wat voor transformatie ik heb ondergaan... Je komt toch wel, hè?'

'Zie me maar eens buiten de deur te houden, klein kikkertje,' zegt ze. Ze legt haar hand over de mijne en ik voel dat ondanks onze ruzietjes en ondanks het feit dat ze sommige dingen gewoon nooit zal snappen, ze me verder begrijpt als geen ander. Een echte vriendin.

Ik race naar huis en begin met koken. Dat wil zeggen: ik ontdooi het gehakt en gooi daar een pot tomatensaus bij. De champignons en peterselie die ik er ook bij doe, zijn een poging om dit kant-en-klare gerecht iets eigengemaakts te geven. Geniaal of ronduit sneu? Ik weet wat Summer zou zeggen. Die heeft heel veel theorietjes over mij.

Ze is enig kind van de warmste ouders ooit. Maar Summer beweert altijd dat haar vader een manisch-depressieve psychopaat was (jij en ik noemen dat vriendelijk en een beetje verlegen) en haar moeder een opdringerige exhibitioniste (lees: ze zong tijdens de afwas en ze liep wel eens zonder handdoek omgeslagen van de badkamer naar haar slaapkamer).

In werkelijkheid was er helemaal niets mis met haar jeugd. Ze zoekt gewoon maar een excuus waarmee ze al dat geld dat ze aan therapie heeft uitgegeven, kan rechtvaardigen. En therapie, dat staat gelijk aan zuurstof voor Creatieve Lieden. Haar ouders begrepen haar niet, protesteren zij en haar therapeut. Alleen al dat ze geen scène trapten toen ze hen vertelde dat ze lesbisch was, toonde duidelijk aan dat ze in de ontkenning schoten. Ze begrepen ook al niet dat ze haar naam wilde veranderen. (Zij hadden haar April genoemd, en dat was twee hele maanden verwijderd van waar ze liever wilde zijn. Ik vroeg haar waarom ze zich dan niet gewoon June noemde. 'Doe niet zo belachelijk', was het antwoord. 'Waarom zou je je beperken tot een maand als je je kunt noemen naar een heel seizoen?' Ik weet niet precies wat ze die therapeut betaalt, maar alles is te veel.) De ergste misdaad van haar ouders was wel dat ze binnen drie maanden na elkaar doodgingen, zoals oude paartjes die veel van elkaar houden vaak overkomt. Dit was niet gewoon een speling van de natuur, nee, dit was een kwestie van opzettelijk de handdoek in de ring gooien – van onwil om haar te begrijpen, tot het bittere einde. Tenminste, zo legde Summer het uit, maar ja, die is dan ook actrice: alles wordt tot drama verheven.

'Sensationeel' *The Times*
'Adembenemend drama' *Time Out* 'Nooit eerder zag Londen zo'n navrante acteerprestatie als die van Summer Stevens in *Boiling an Egg*.'

Nu ze geen ouders meer heeft om te psychoanalyseren moet ze zich met mij behelpen. Neem nu mijn talent om stemmetjes te imiteren. Ik heb getracht haar aan het verstand te brengen dat het zomaar iets is waar ik toevallig goed in ben – zoals sommige mensen leuk kunnen tekenen, of hun duim helemaal achterover kunnen buigen – maar ze wil er niets van horen. 'Ik heb mezelf omgedoopt tot Summer, omdat ik mijn hele wezen wil omarmen,' zei ze ooit. 'Het feit dat jij zo laatdunkend doet over je "stemmetjes", dat is een onbewuste ontkenning van wie jij bent. Jij onderdrukt je ware ik – door je te verschuilen achter de identiteit die anderen je opleggen.'

Ik ben er maar niet tegenin gegaan. Dat had geen zin. Zo gaat dat nu eenmaal met mensen als ze in therapie zitten. Die zijn allemaal gestoord. Zo zou Summer nu bijvoorbeeld beweren dat ik sta te roeren in een pan tomatensaus met champignons en peterselie omdat ik totaal geen zelfvertrouwen heb, en dat komt weer doordat mijn ouders mij hebben mishandeld door het in hun hersens te halen om te scheiden toen ik nog heel klein was. Willens en wetens maakten zij mij het slachtoffer van het alleenstaande-ouder-syndroom. Terwijl ik eigenlijk dacht dat ik wat extra's aan voedingswaarde toevoegde aan het eten dat ik mijn kinderen straks voorzet... Maar goed, wat weet ik verder van zulke dingen?

Veertien jaar geleden, toen Richard en ik elkaar voor het eerst ontmoetten, zat er nog een duidelijk stijgende lijn in mijn carrière. Ik had dan wel niet zo'n mooi gezicht als Summer, maar dat gaf niks. Mijn stem was heel populair en iedereen in Reclameland was dol op me. Moest je een bank aan de man brengen, dan deed ik dat met een hoogst betrouwbare stem. Parfum? Hoe sensueel wil je me hebben? Vrolijke Cockneystemmetjes, norse Noorderlingen, Zangerige Zuiderlingen... ik had het allemaal in huis. En ik deed ook natuurfilms voor de BBC, sketches voor de radio... ik deed zelfs mee aan de eerste afleveringen van *The Simpsons*. In die tijd namen ze nog genoegen met namaak. (Als je tegenwoordig de stem van Tony Blair nodig hebt, komt hij dat zelf even inspreken.)

En een geld dat ik verdiende! Niet van de serieuze klussen, maar van het werk dat ik deed voor Sony en zeepfabrikanten. Hoe langer een reclame liep, hoe meer geld ik kon verdienen aan een halfuurtje werk.

Veertien jaar geleden was Richard weliswaar pas afgestudeerd, maar hij verdiende net genoeg om zijn huur te betalen. Dus toen we zes maanden verkering hadden, trok hij bij me in. Om praktische redenen, beweerden we, maar we wisten allebei dat er meer aan de hand was. We waren stapelgek op elkaar. Ik herinner me nog – dolverliefd noemen ze dat – dat we altijd samen in bad gingen. Dan zaten we samengeperst als ingezeepte sardientjes en het water klotste lustig over de rand, zodat onze kleren, die we op de grond hadden gegooid, zeiknat werden. Maar wat kon ons dat schelen? Wij waren immers *dolverliefd*, weet je nog?

Tegenwoordig hebben we twee badkamers *en* een aparte douche, dus we hebben ruim de keuze. We hoeven niks meer te delen. Maar daar ging het toen natuurlijk niet om. Het was geen kwestie van moeten, we *wilden* alles samen doen.

Waar is die tijd gebleven, dat het ons niks kon schelen dat onze kleren doorweekt op de grond van de badkamer lagen? Waar is de spontaniteit gebleven?

'Kom hier, dan neem ik je nu, hier, op de keukentafel, en het interesseert me geen moer wie het ziet. Wacht, eerst even dit mes wegleggen, en o, die vaas moet ook eerst maar liever even veilig opzijgezet worden en, wacht, dan haal ik vast een kip uit de vriezer. En als ik dan toch bezig ben, laad ik meteen even de afwasmachine vol, maar daarna ga ik je ook echt gruwelijk te grazen nemen, etc.'

Niet bepaald zwoel en sexy, of wel?

Maar goed, we hebben het allemaal aan onszelf te danken. Door ons zo vol in de passie te storten, treedt er vanzelf gewenning op, en dat verspreidt zich vervolgens als een gezwel. Passie leidt tot gewenning en dat leidt weer tot minachting. Wat een treurigheid.

De eerste paar jaar moest ik Richard in feite onderhouden. Maar toen nam zijn carrière een vlucht, net als zijn inkomen. Voordat we er erg in hadden waren daar die grote bruiloft en die flitsende auto's, en die verre vakanties en die kinderen. En nu, veertien jaar later, staan we er dus zo voor. Niet dat er hem iets te verwijten valt. Ik vermoed dat hij mij liever ontloopt vanwege het incident van afgelopen maandag, toen ik niet ben komen opdagen.

Ik heb net Summer een sms'je gestuurd om haar te vragen of de borrel leuk was, gisteren. Uit schuldgevoel – ik had immers geen enkele moeite gedaan om mee te kunnen. Maar zelfs al had ik een babysitter kunnen vinden, wat had ik dan in godsnaam aan moeten trekken?

Een *outfit*! Volgende week is mijn feestje al, en de gedachte dat ik *niets* heb om aan te doen, wakkert de paniek flink aan. Ik dacht dat ik een oplossing had. Zondag – de enige dag waarop Richard vrij is – zou de ideale dag zijn om op jurkenjacht te gaan terwijl papa op de kindertjes zou passen. Maar de moed zakt me in de schoenen als ik bedenk dat morgen zijn zusje jarig is. Zit ik de hele dag gevangen op zo'n familiegebeuren.

Hoe los ik dit in godsnaam op? Het zeurt maar door mijn hoofd en ik heb echt afleiding nodig.

Thomas loopt te chagrijnen en ziet eruit alsof hij geen zin meer heeft in het leven. Hij had vanochtend voetbaltraining, maar twee uur later heeft hij al last van afkickverschijnselen. Het is een prachtige dag, tegen het einde van september. Ik neem hem, zijn bal en Molly wel mee naar het park.

Ik probeer Richard nog even te pakken te krijgen op zijn mobiel voor we weggaan. Eigenlijk had ik gehoopt dat hij alweer terug zou zijn. Misschien staat hij ergens in de file. Wie weet? Ik krijg zijn voicemail, maar ik heb geen zin om een berichtje achter te laten.

We lopen door het park en mijn oog valt op het restaurantje recht voor ons. Het ziet er druk uit. Terwijl we dichterbij komen zie ik Annabel zitten, een moeder van school. Om precies te zijn: de moeder met de wrat op het puntje van haar neus. En die wrat blikkert naar me op in de lage septemberzon. Ze zit er natuurlijk met Cassie die, ondanks het feit dat zij geen wratten heeft, de Opperheks van de school is. Als we nog dichterbij komen realiseer ik me dat ik iedereen ken die daar zit. Het lijkt wel een moederconferentie. Wat doen ze daar allemaal?

'Later!' roept Thomas terwijl hij er als een haas vandoor gaat richting voetbalveldje, zonder zelfs nog maar om te kijken. Er is al een groepje aan het spelen, maar ik twijfel er niet aan dat hij meteen mee mag doen. Dat ze erom gaan vechten in welk team hij mee mag doen. Ik moet het wel met Richard eens zijn dat voetbal niet echt een zinvolle carrièrekeuze is. De kans dat hij het echt gaat maken als voetballer is ongelofelijk klein, en dan druk ik het nog zachtjes uit. Toch ben ik elke dag weer blij dat er zoiets als voetbal bestaat. Thomas is een gecompliceerd en gevoelig kind – je kunt absoluut geen hoogte van hem krijgen. Maar hij mag dan een groot raadsel zijn voor mij, zijn juf en misschien zelfs voor zichzelf, maar het voetbal biedt een antwoord op al die onzekerheden. Het is een simpel spelletje, hij is er retegoed in, klaar.

Terwijl hij opgaat in het geweld op het veld, duw ik Molly in de richting van het restaurantje. 'Kom,' zeg ik, 'laten we een ijsje gaan halen.'

Voor ik er erg in heb staat Annabel naast me. 'Fran, kan ik je even spreken?' We kijken elkaar nu aan. Althans, ik kijk naar haar wrat. *Kijk haar in de ogen, kijk haar in de ogen, wat je ook doet, ga niet naar die wrat lopen staren.*

'Natuurlijk,' zeg ik. 'Wat is er hier eigenlijk aan de hand?' vraag ik, met een knikje richting het restaurant. De ramen staan wagenwijd open en binnen zie ik alle klasgenootjes van Molly rond een man met een beschilderd gezicht die bezig is allerlei beestjes te maken van ballonnen.

'Fabians verjaardagsfeestje,' doet Annabel uit de doeken,

Het gegil in het restaurantje zwelt aan. Ik kijk naar Molly's lieve gezichtje terwijl ze naar haar vriendjes en vriendinnetjes staart, en mijn hart breekt.

'O kijk, Fabian heeft een giraffe!' gilt ze. 'En Maisy is er ook! Mag ik naar binnen, mam?'

Maisy is Annabels dochter en zij en Molly zijn onafscheidelijk op school.

Wat moet ik daar nou op zeggen?

Nee, want je bent niet uitgenodigd?

Nee, ze willen je daar niet hebben?

Ik voel me verschrikkelijk schuldig. Die arme Molly wordt toch al niet vaak voor een feestje gevraagd. Dat ligt niet aan haar – ze ziet er snoezig uit en ze is heel lief. Het ligt aan mij. Ik heb maar een paar vrienden gemaakt onder de ouders op haar basisschool. Allemaal mensen die ik ook echt aardig vind. Dat leek me wel een verstandige aanpak. Maar uit ervaring heb ik inmiddels geleerd dat dat juist totaal de verkeerde aanpak is. Als je wilt dat je kind er beter van wordt, in die zin dat ze uitgenodigd wordt op de juiste partijtjes – dan moet je je juist zien in te likken bij de moeders van hun vriendinnetjes, want die stellen immers de gastenlijstjes op. En nu staat Molly hierbuiten, terwijl daarbinnen het feestje in volle gang is.

'Mam, mag het *alsjeblieft?*'

'Nee, sorry, Molly,' zeg ik spijtig. Ik probeer er verder niet op in te gaan. 'Maar we gaan zo wel lekker een ijsje halen. Ik moet alleen even snel iets met Annabel bespreken.'

Ik richt me tot haar wrat en probeer mijn blik weer op haar ogen te richten. Ze kijkt me ongemakkelijk aan en schenkt me dan haar meest laatdunkende glimlach. 'Ik weet eigenlijk niet zo goed hoe ik het moet zeggen, maar eh...' zegt ze. 'Maisy heeft het steeds over wat je Molly allemaal meegeeft voor de lunch. Gisteren had ze winegums, en eergisteren had je haar kennelijk koekjes meegegeven... En daarvoor iets van chocola, als ik me niet vergis.'

'Nou, er zit wel meer in haar trommeltje dan dat, hoor, maar ga door.'

'Ik zeg het alleen maar omdat ik niet wil dat je hierdoor op school in de problemen komt, want wist je eigenlijk wel dat we een actie zijn gestart om alle snoep en chocola te verbannen van school?'

Nee, dat wist ik eigenlijk niet, maar het verbaast me niks. Alsof die militante moeders het ooit zouden toestaan dat een *kind* zomaar een koekje of een snoepje mee krijgt. Ik stel me Maisy's lunchtrommeltje voor: dat zit vast vol zilvervliesrijst en tofoe. Ik zie helemaal dat teleurgestelde smoeltje voor me als ze ontdekt dat ze alweer een handje pijnboompitten mee heeft, in plaats van een lekkere chocoladekikker.

'Mama, het feestje.' Molly trekt aan mijn hand.

'Het is maar een tip, maar in mijn ervaring vinden ze een yoghurtje of stukjes fruit ook heerlijk... en het is echt veel beter voor ze, natuurlijk.'

Zal ik je eens wat zeggen? Ik heb er schoon genoeg van dat ze me de wet voorschrijven. En die op en neer deinende wrat van haar ben ik ook meer dan zat. Ik zal ook eens iets zeggen.

'Molly heeft een koeienallergie,' zeg ik. Niet bepaald rebels, maar ik ga ook niet zomaar toegeven aan die yoghurt van haar.

'Mag ik nou naar binnen, mam?' vraagt Molly, die haar blik nog steeds strak op het feestje heeft gericht.

'Ik neem aan dat je koe-*melk*-allergie bedoelt?' fronst Annabel.

Ik heb uiteraard geen idee wat ik eigenlijk bedoel. 'Ja, dat ook, dus het is heel moeilijk om geschikte tussendoortjes te vinden voor haar,

Annabel.' Ik voel dat ik een kop als een boei krijg, en ik doe net alsof de clown me enorm fascineert.

'Nou ja, er zijn tegenwoordig toch genoeg gezonde alternatieven te verkrijgen. Ik maak wel een lijstje voor je, en anders ga je volgende week een keertje met mij mee langs een paar natuurwinkels,' stelt Annabel voor.

Overal had ik wel willen zijn, behalve hier. Zowel voor Molly als voor mezelf. Hoewel ik de laatdunkende houding van Annabel nog wel van me af kan laten glijden, lukt me dat met Molly's wanhoop omdat ze het feestje mist, een stuk minder goed. Ik zou haar best willen vertellen dat Fabian een ontzettend stomme naam is. Stomme jongen, met zijn stomme feestje en zijn stomme –

'O, Fran, hoi.'

Ik draai me om en zie dat Natasha naast me staat. Fabians moeder.

'Ga maar gauw naar binnen, Molly,' glimlacht ze. 'Je bent een beetje laat, maar dat geeft verder niks. Hier is je naamsticker.' Ze haalt een witte sticker van een vel, waarop Molly's naam met oranje viltstift is geschreven.

Jezus, wat ben ik ook een monster. Sta ik hier allerlei vreselijke verwensingen te bedenken voor de moeder van Fabian omdat ze Molly op haar zwarte lijst had gegooid, en nu blijkt dat ze gewoon wel mocht komen! Dat die sticker al op het vel stond, is het bewijs. Ik kijk naar Molly's blije smoeltje en voel me ineens een heel stuk beter over alles.

Maar dat duurt niet lang, want dan dringt tot me door – *shit!* – dat we helemaal geen cadeautje bij ons hebben. En een kind dat zonder cadeautje op een feestje verschijnt, is voor de eeuwigheid verdoemd, natuurlijk.

'Wil je wat drinken?' vraagt Natasha, terwijl ik panisch nadenk over hoe ik dit ga oplossen. 'Ik heb wijn meegenomen voor de moeders. Het restaurant knijpt een oogje dicht, zolang we maar uit plastic bekertjes drinken. Mocht er iemand langskomen van de inspectie, dan is het appelsap, goed?'

Haar ogen twinkelen. Ik ben echt een heel naar mens: altijd maar iedereen over één kam scheren, en altijd maar overal negatief over zijn. Ik ken die hele Natasha nauwelijks, maar iemand die bereid is om de regels over dranklicenties aan haar laars te lappen en het parkrestaurantje om te toveren tot een drankhol, die moet toch haast wel deugen.

'Nou lekker,' zeg ik. 'Maar ik ben zo stom geweest om Fabians cadeautje thuis te laten liggen.'

Annabel knijpt haar ogen tot spleetjes. Zij heeft door dat ik lieg, ongetwijfeld. 'Wij hebben Twintig Vragen voor hem gekocht,' zegt ze. 'Op deze leeftijd zijn ze dol op leerzame spelletjes.'

Ik heb zin om haar te zeggen dat ze op deze leeftijd eigenlijk vooral graag knikkers in hun neusgaten duwen – nog liever zou ik haar trouwens een flinke optater geven.

'Dat is heel lief, Annabel, maar het is verspilde moeite, ben ik bang,' zegt Natasha. 'Fabian speelt het liefst met lege dozen. Ik dacht dat dat over zou gaan als hij anderhalf was, maar nee.' Ze lacht en bukt zich om haar peuter op te pakken. 'Fabian heeft nog steeds meer gemeen met onze kleine Tristan dan met onze Quinn, hè Tris?'

Ik was vergeten dat ze drie jongens had. Ik bekijk haar eens goed: slank, goed in de make-up, alles onder controle.

Ik schuifel wat heen en weer en kijk naar mijn eigen vieze gympen en gescheurde spijkerbroek. Ik probeer me er maar mee te troosten dat zij er weliswaar fantastisch uitziet, maar dat ze haar kinderen belachelijke namen heeft gegeven. Vreemd genoeg voel ik me daar totaal niet beter door. Alleen nog maar slechter, eerlijk gezegd. Want waarom heb ik toch altijd van die hatelijke gedachten over andere mensen?

Ze loopt weg en Annabel voegt zich weer bij haar vriendinnen, met haar dikke wrat. Hoofdheks Cassie schenkt me een ongemotiveerd glimlachje en kijkt dan snel weer weg. Waarom doet die zo stiekem? Ach, wat kan het mij ook verder schelen. Als Molly maar gelukkig is. En ik heb net een glas wijn gekregen van Natasha, dus wat wil ik nog meer?

Ik ga zitten op een bankje buiten het restaurant en kijk naar Thomas. Ik neem een slok wijn en voel de alcoholische opluchting door me heen trekken. Dat krankzinnige geleuter van Annabel over wat ik in lunchtrommels stop, zit me nog wel dwars, maar nog een paar slokken en dat zal ook wel weer overgaan.

Ik kijk naar het restaurant en zie Cassie, Annabel en de andere heksen hun koppen bij elkaar steken. God mag weten waar ze het over hebben. Misschien wisselen ze wel recepten uit.

'Men neme een paddenoog, een vleermuisoor, een kikkerstaart en de klauw van een kat. En vergeet vooral niet wat couscous en een handvol gekiemde zaden toe te voegen. Want, dames, het is allemaal een kwestie van balans.'

Die Natasha was een aangename verrassing, met haar warme uitstraling, en haar wijn. Misschien ben ik wel te bekrompen. Ik neem me net voor om eens wat harder op zoek te gaan naar wat gelijkgestemde moeders, als mijn mobiel gaat.

'Wat wil je eerst horen,' vraagt Richard, 'het goeie of het slechte nieuws.'

'Doe eerste het goeie maar.'

'Ik heb een paar limited edition GHD's voor je. Die nieuwe roze.'

Hij zwijgt even en wacht op mijn dankbare kreetje. Omdat ik hem maandag zo gruwelijk in de steek heb gelaten, vind ik dat ik eigenlijk wel enige dankbaarheid mag betonen, maar ik doe het niet.

In plaats daarvan zeg ik: 'Leuk, bedankt. En wat is het slechte nieuws?' Net als Richards held, Don Corleone, wil ik eigenlijk het slechte nieuws als eerste horen.

'Het is een complete ramp hier. We moeten vandaag nog een paar extra groepsdiscussies doen, en dan moet ik morgenochtend op kantoor zijn voor een *strategy meeting.*'

'Op *zondag?'*

Dat het me nog verbaast is vreemd, want dit is bepaald niet de eerste keer.

'Ik baal er ook ongelofelijk van. En ik ben doodmoe. Heb vannacht geen oog dichtgedaan.'

'Wat naar voor je,' zeg ik, en ik doe mijn best niet al te sarcastisch te klinken. Ik ben ontzettend kwaad aan het worden, want als hij er morgen niet is omdat hij moet werken, dan moet ik dus alleen naar zijn familie. In een poging groeiende paniek hierover de kop in te drukken, sluit ik me af voor Richards geklaag over zijn werk en kijk ik naar Thomas, die net een doelpunt scoort – middels een atletische schaarbeweging. Zijn teamgenootjes storten zich boven op hem. Dat is nou mijn zoon.

'Wat gebeurt er daar?' vraagt Richard, die wel doorheeft dat hij mijn aandacht niet meer heeft.

'Thomas heeft net gescoord. We zijn in het park. En Molly is naar Fabians feestje.'

'O ja, ik zag inderdaad een uitnodiging in haar lunchtrommel zitten, verleden week,' antwoordt hij afwezig.

'Waarom heb je mij dat in godsnaam niet verteld dan?' val ik fel uit.

'Dat heb ik wel!' protesteert hij. 'Tenminste, ik heb die uitnodiging boven op jouw papieren gelegd. Op het aanrecht.'

'Dat was oud papier, gek, voor in de container,' schreeuw ik.

'Nou én, maak je niet druk,' schreeuwt hij terug. 'Ze is toch op het feestje, of niet dan?'

'Ja, maar dat was puur toeval. Dit had echt op een drama uit kunnen lopen.'

'Ik wilde alleen maar helpen, hoor.'

'Je zou me een plezier doen als je je voortaan alleen met je eigen werk bezighoudt en de kinderen aan mij overlaat.'

'Daar zal ik je aan herinneren als je weer eens zit te klagen over hoe verveeld je toch bent omdat je niks in je leven hebt behalve de kinderen.'

'Doe dat.'

'Prima.'

'Uitstekend.'

'*Jezus*... ik ga ophangen,' zegt hij.

En hij hangt inderdaad op.

'Klootzak,' zeg ik, tegen niemand, en ik drink het plastic bekertje in één teug leeg, om te vieren dat ik mooi het laatste woord had, ook al heeft hij het dan niet gehoord... en ook al heeft hij daar in Bristol zelf vast ook iets als 'trut' geroepen. Nee, vast niet. Hij is tegen schelden. Hij vindt dat het duidt op een schromelijk beperkt vocabulaire. Hoewel het hem dan weer niet deert dat elke zin die Tony uit de *Sopranos* zegt met *fuck* begint.

Richard de gangsterfreak. Hij heeft zo'n trucje dat hij altijd doet op feestjes. Dan moeten de anderen een willekeurige scène uit *Goodfellas* noemen, en dan zegt hij een zin die daarin voorkomt, en soms kan hij zelfs die hele scène zo opzeggen. Hoewel hij een waardeloos accent heeft (dat moet ik natuurlijk wel vinden), klopt het meestal woord voor woord. En aangezien ik hem al jaren aan moet horen, ben ik zelf tegen wil en dank een expert geworden.

Zo is er een scène in *Goodfellas* waarin ene Henry naast ene Jimmy loopt, en waarin Jimmy vraagt: '*Denk je dat Maurie alles aan zijn vrouw vertelt?*' En terwijl hij dat zegt, weet Henry dat Maurie door zijn kop geschoten gaat worden. Zo gemakkelijk, zo snel worden beslissingen nu eenmaal genomen die levens totaal veranderen (of in dit geval: be-eindigen).

Zo snel gaat het nu ook voor mij.

Nee, nee, nee, ik ga Richard niet door zijn kop schieten... nog niet, tenminste.

Maar ik ga wel *iets* doen. Ik weet dat ik iets *moet* doen. En wel nu! Niet volgende week, volgende maand, volgend jaar, zoals ik meestal besluit. Het gaat nu niet alleen meer om mijn geestelijke gezondheid, maar ook mijn huwelijk staat op het spel.

Moet je ons nou eens zien: We wonen in hetzelfde huis, maar we leven allebei op een andere planeet. En als we elkaar dan eens tegen-komen, dan vliegen we elkaar alleen maar in de haren. Ik moet echt mijn best doen om me voor de geest te halen hoe het anders kon...

Ons eerste afspraakje: Drie uur alleen maar zitten *lachen* in een of an-dere brakke spaghettihut. Eerlijk gezegd had ik vroeger de lachers altijd op mijn hand – ik hoefde alleen maar de kaart voor te lezen met een of ander belachelijk stemmetje en ik had ze in mijn zak. Hij keek dwars door mijn heel gewone uiterlijk heen – 1,65 meter, smalle lippen, haast geen borsten – en hij werd verliefd op wie ik was. Ik werd verliefd op wie hij was. Met zijn droge humor en zijn perfecte timing maakte hij mij zo aan het lachen dat de tranen me over de wangen liepen. Ik her-inner het me nog als de dag van gisteren. Wat een lol. Wat een geluk.

Maar ik zal je vertellen dat ik me nu, hier op dit bankje, niet één geestig ding meer kan herinneren dat hij die avond zei.

Ik vond hem altijd wel een beetje ruig. Hij snoof wel eens een lijntje, hij rookte en hij dronk; hij had echt zo'n *fuck-you* mentaliteit, en dat vond ik fantastisch. Maar toen viel hij op, op het werk, en toen maakte hij promotie. Dus geen coole T-shirts meer waardoor je zijn tattoo kon zien, maar pakken en dassen, waardoor je kon zien dat hij een echte professional was. Ik beweerde dat ik zijn nieuwe uiterlijk heel leuk vond, en misschien was dat ook wel zo. Al dat werk dat hij binnenhaalde, dat kon natuurlijk alleen maar als hij ook heel hard werkte, maar dat vond ik toen niet zo'n probleem. In die tijd had hij nog bakken energie, en daar had ik thuis ook plezier van. En al dat extra salaris en die aandelenpakketten van hem hebben ons wel dit grote huis opgeleverd.

Tien jaar geleden, toen ik zwanger was van Thomas, was Richard gestopt met roken – net als Sureya. Trouwens, net als *iedereen*. Ik zei dat ik ook zou stoppen, en ik was ook gestopt – achttien maanden, alles bij elkaar. Twee rookvrije zwangerschappen dus. Maar terwijl mijn man en mijn vriendin doorzetten, zit ik nu op een bankje in het park met een beker wijn in de ene hand en een sigaretje in de andere. Maar, zo hou ik mijzelf dan maar voor, ik heb in elk geval mijn best gedaan voor mijn kinderen. Twee beeldschone, mollige achtponders waren het allebei, die voorspoedig opgroeiden.

In tegenstelling tot ons huwelijk.

Wat is dat eigenlijk met stellen, als ze eenmaal kinderen hebben? Hoe kan het nou toch dat kinderen tussen hun gelukkige, liefhebbende ouders in komen te staan als kleine, menselijke wigjes? Molly en Thomas zijn mijn alles. Ik zou niet meer willen leven als zij er niet meer waren, echt niet. Maar Richard dan? Die zit vast in Bristol. Maar daar kan ik moeilijk iets van zeggen. Want ik was maandag ook niet waar ik eigenlijk moest zijn.

Pot, ketel, zwart.

Ik dwing mijzelf tot een glimlach als zijn schitterende dochter op me afstormt. Ze zwaait triomfantelijk met haar tasje met lekkere dingen, alsof ze zojuist de Da Vinci Code heeft gekraakt. 'Kijk eens, mam, kijk dan!' joelt ze terwijl ze het gigantische in geel cellofaan verpakte zwikje voor mijn neus houdt.

Verrukt gillen lijkt me de geëigende reactie, en dus doe ik dat.

Maisy komt bij ons staan en dan zakken ze op het gras en beginnen aan de zakjes vruchtensuiker die ze in hun tasje vinden. Ik kijk om en vraag me af wat de snoepnazi's hiervan denken.

'Ik heb Annabel een hele doos van die zooi gegeven. Met een strik erom, uiteraard.'

Het is Natasha, die kennelijk ook nog gedachten kan lezen, naast haar vele andere kwaliteiten.

Ik schaam me omdat ze heeft gehoord wat Annabel tegen me zei, net. Ik lach en zeg: 'Ze hebben het leuk gehad, dankjewel.'

'O ja, ze hebben het heel leuk gehad. Hier,' ze geeft me nog een bekertje wijn, tot de rand gevuld, en neemt er zelf ook een. 'Dit kan ik wel gebruiken,' zegt ze.

Ze drinkt haar beker gretig leeg.

'Joh, je bent er weer even vanaf. Voor een jaartje,' zeg ik opgewekt.

'Die clowns, dat zijn echt vre-se-lij-ke mensen. Ze haten moeders, en aan kinderen hebben ze een nog veel grotere hekel. Regelrechte dictators zijn het. Dit was ook weer zo'n randdebiel.'

Ik mag haar wel. Ze is relaxed, heeft gevoel voor humor, en ze vloekt!

'Het is nog een wonder dat ik me nu pas op de drank stort,' zegt ze. 'Ik ga er nog een halen. Voor jou ook nog eentje. Ben zo terug.'

Maar ik moet die derde beker aan me voorbij laten gaan, helaas. Want terwijl zij wegloopt, is Thomas' potje voetbal afgelopen en komt hij bij me staan. 'Kom, weggaan,' zegt hij kortaf – je zou niet zeggen dat hij net zes of zeven keer heeft gescoord. Hij is niet van het zinloze rondhangen, onze Thomas.

Uit ervaring weet ik dat het weinig zin heeft om daar tegen in te gaan, en dus gaan we. Ik zwaai Natasha gedag, maar die zwaait niet terug. Het lijkt erop alsof ze net een kopstoot gaat uitdelen aan haar clown. Daar kan ik haar maar beter niet bij storen.

Ik vermijd verder oogcontact met de heksen, die nog altijd aan hun tafeltje zitten. Veel plezier, samen, van jullie heb ik vandaag in elk geval geen last meer. Deze middag was toch niet zo'n treurige bedoening, alles bij elkaar. Ik wilde immers graag nieuwe vrienden maken, en moet je kijken wat er net is gebeurd. Ik hoefde er helemaal niks voor te doen en het klikte meteen met Natasha, die ik een paar uur geleden nog had afgeschreven als Een van Hen. Lekker is dat soms, ongelijk hebben.

Eindelijk voel ik me eens net zo gelukkig als al die andere moeders er altijd uitzien. Ik neem me voor om koekjes te gaan bakken met de kinderen, of iets leuks te gaan schilderen als we thuis zijn. Of misschien wel een spelletje doen op de Playstation. Wat maakt het uit dat dat niet zo politiek correct is? Als we maar lol hebben.

Zelfs de ruzie met Richard kan me nu even niets schelen. Nee, dat was juist goed, want daardoor ben ik nu zo vastbesloten om het allemaal anders aan te gaan pakken. En ik ga er ook niet meer van afwijken: We gaan koekjes bakken, schilderijtjes maken, mijn leven op een rijtje krijgen. In die volgorde.

Toen ik thuiskwam stond er een berichtje van Cassie op mijn antwoordapparaat. Iets over een andere vrouw die de hoeden voor de uitvoering zou maken, en dat mijn inzet dus niet langer nodig was. Bedankt. Zaten ze daarom soms zo gluiperig te kijken in het park? Nou, ik vind het best. Ik had toch al geen zin in die hoedentoestand.

Tien uur. De kinderen liggen eindelijk te slapen, en ik overweeg om Summer te bellen om te vragen hoe haar feestje was. Misschien is ze wel op stap met Minnie Driver. Ik hoef me over het late tijdstip geen zorgen te maken, want Summer beweert altijd dat slaap iets is voor mietjes. Heteroseksuele mietjes, om precies te zijn.

Als ik mijn sigaret uitmaak en de telefoon pak, hoor ik de voordeur. Het is Richard.

'Je bent thuis,' zeg ik suf.

'Ja, daar lijkt het wel op,' zegt hij mat. 'Het was allemaal zo'n gezeik dat we er maar mee opgehouden zijn. Nou moeten we volgende week een heel nieuw concept gaan bedenken.'

'Nou, gezellig.'

En dat is het ook. Want het is D-day, de eerste dag van de rest van mijn leven. Ik heb een verkleedpartijtje gehouden met Molly, en drie levels van *Duke Nukem* gespeeld met Thomas. Nu is het tijd om de ruzies met Richard achter me te laten en eens even aan een serieus emotionele binding te gaan werken. En wel nu meteen.

'Ik ben kapot,' zegt hij en hij wrijft over zijn grauwe gezicht. Hij ziet er inderdaad niet uit. 'Die verdomde file. Het was een nachtmerrie op de M4.'

'Ach, maar je bent nu toch lekker thuis,' zegt de nieuwe, verbeterde ik. 'Wil je iets drinken?'

'Als je nog wat overhebt.' Hij kijkt naar de fles op de salontafel.

Ik lach ongemakkelijk en zeg: 'Natuurlijk is er nog iets over.'

Nou, dit gaat lekker, denk ik als het gapende gat tussen ons gevuld wordt door de stilte.

'Heb je zitten roken?' Hij snuift theatraal. Ex-rokers. Dat zijn de ergsten.

'Als je nagaat wat voor dag ik heb gehad, dan heb ik me nog heel keurig gedragen...'

Ik bereid me voor om hem alles uit de doeken te doen. Niet op een zeurderige, schuldgevoel uitlokkende manier, maar leuk: een onderhoudend verslag van het lunchtrommelschandaal en de moeders, en het feestje en wat er verder zoal bij me opkomt, inclusief komische stemmetjes en andere grollen. Ik heb er echt zin in, maar als ik 'wat voor dag', heb gezegd, draait hij zich al van me af en pakt de afstandsbediening. Ik voel alle lucht uit me lopen.

Ik kijk naar hoe hij zit te zappen en besluit dat ik hem dan maar eerst naar zijn dag vraag. Eens wat interesse tonen, voor de verandering, en wat oprecht medeleven tonen als hij iets vreselijks te vertellen heeft.

Maar er komt niks.

Ik ben ineens helemaal vergeten hoe je een zin vormt. Ik denk diep na, op zoek naar iets waarmee ik de stilte kan verbreken, maar nee hoor: helemaal niks.

Jezus, wat is er nou zo moeilijk aan om te praten met de man met wie je al twaalf jaar getrouwd bent? Zoiets moet toch gewoon automatisch gaan?

Vervelende dag gehad op het werk, schat? En dan stort hij alle ellende over je uit, en daarna heb je woeste, gepassioneerde seks, want wat-heb-je-elkaar-toch-gemist.

'Gatver, wat een lucht,' zegt hij, en hij gooit de afstandsbediening van zich af. 'Ik ga mijn bagage naar boven brengen, en dan ga ik in bad.'

Ik staar naar de asbak die op de salontafel staat te stinken.

De telefoon ligt nog steeds op mijn schoot. Ik zou Summer kunnen bellen en het er allemaal eens lekker uit kunnen gooien. Of misschien is Sureya nog wel wakker, dat ik daar mijn hart bij uitstort. Maar ik weet nu al wat zij zouden zeggen, allebei. Summer zou me – zoals altijd – vertellen dat Richard een eikel is. En Sureya zou me zoals altijd vertellen dat ik in mijn handjes mag knijpen.

Wat heeft het ook voor zin om het hier met iemand over te hebben? Wat zou dat aan de zaak veranderen? Ik ga naar bed. Hoe haalde ik het ook in mijn hoofd te denken dat ik mijn huwelijk zo laat op de avond nog nieuw leven in kon blazen? Het moet maar tot morgenochtend wachten. Bouwen doe je bij daglicht.

Richards vader, George, is een gepensioneerde petrochemisch ingenieur. Daar kan hij verder ook niks aan doen, maar met hem een gesprek aan te moeten gaan, is wel iets wat ik verafschuw. Uit bittere ervaring weet ik dat hij rustig twee uur aan één stuk door lult over olieraffinaderijen in Saudi-Arabië, zonder ook maar één keer boven water te komen om adem te halen. Zijn moeder, Elaine, is heel lief en meegaand en stil... een echte deurmat. En dan heb je nog zijn zusje, Fiona, en die is... tja, zeg jij het maar.

Ze begroet me in de hal.

'Fran, hoi, wat zie je er goed uit!'

'O ja?'

'Ja, staat je goed, joh, die paar extra pondjes. Kom binnen, kom binnen. De rest is er al een eeuwigheid. O, voor mij? Alweer van Liberty? *Beeldig*. Waar is die broer van me?'

In slechts een paar woorden hebben we kunnen vaststellen dat a) ik te dik ben, b) we veel te laat zijn, wat waarschijnlijk mijn schuld is, c) ik kan nooit een normaal cadeautje kopen en d), a), b) en c) kunnen haar eigenlijk niks schelen, want waar is haar Richard?

Fiona wordt vandaag dertig. Ze is de kleine meid van de familie. Het echte feest voor haar echte vrienden heeft ze al gehad. Vandaag is alleen voor familie. Bubbelwijn, wat hapjes en kletsende tantes, ooms, neven, nichten en een paar oude vrienden van de familie die er altijd bij zijn.

George en Elaine komen ons in de hal begroeten. Molly staat tussen ons in naar iedereen te stralen, maar Thomas houdt zich achter mij verstopt terwijl ik zijn grootouders ongemakkelijk omhels. Het is een techniek die we in de loop der jaren steeds verder geperfectioneerd hebben. Van een afstandje lijkt het net op een heuse knuffel, maar in werkelijkheid vindt er nauwelijks enig onsmakelijk lichamelijk contact plaats. Het heeft dus veel weg van het luchtkussen.

Daar is Richard, met een krat Moët in zijn armen – gekregen van een klant. Hij grijnst naar me. Heeft niks te betekenen – dat is een reflex. De wederopbouw van mijn huwelijk is nog niet echt begonnen. Dat komt, ik moest met Thomas naar voetbal vanochtend, dus we hebben elkaar nauwelijks gesproken vandaag. En zo'n familiegebeuren is ook niet echt het moment om te beginnen. Morgen begin ik ermee, als hij weer terug is op kantoor. Lijkt me een topplan.

Ik grijns terug, maar dat ziet hij niet, omdat zijn zusje boven op hem is gesprongen. Kijk, *dat* is nou een knuffel. Zo'n soort knuffel krijg ik al tijden niet meer van mijn man...

Jezus, ben ik nou jaloers? Op mijn *schoonzusje*?

Ze weten zich uit elkaars omhelzing los te wrikken en lopen achter hun ouders aan de enorme zitkamer in, aan de achterkant van het huis. Richard pakt Molly's handje vast en sleept haar achter zich aan. Verloren in de lege, holklinkende hal blijven Thomas en ik alleen achter. Die blik in zijn ogen. Is hij soms ook jaloers? Op zijn zusje?

Richard is stapelgek op Molly. Maar ja, wie zou dat niet zijn? Het is zo'n zonnig, eerlijk, mooi, slim meisje... ja, echt zijn dochter, terwijl Thomas... Nou ja, wat Richard betreft is Thomas een groot mokkend mysterie. Een mysterie dat hij niet zo nodig hoeft op te lossen. Nee, dat is niet helemaal eerlijk. Hij houdt niet minder van Thomas dan van Molly, maar... nee, hij houdt denk ik wel meer van Molly.

Ach, weet ik veel. Onze zoon is voor ons allebei een compleet raadsel. Ik heb ook geen idee waarom hij zo snel op zijn teentjes getrapt is, en somber en chaggo. Maar ik doe in elk geval mijn best hem te begrijpen; en om contact met hem te maken. Ik vind zelf dat ik daarin eigenlijk best vooruitgang boek. Gisteravond hebben we bijvoorbeeld samen naar *Friends* gekeken. Ik weet niet hoeveel van de grappen hij begreep, maar hij heeft minstens drie keer hardop gelachen. *Drie keer!* Ongelofelijk – dat is zijn totale jaarlijkse lachrantsoen in een halfuurtje. Het beeld van zijn ontblote tanden staat me nog zo voor ogen. Scheve, veel te grote tanden, die zich op de een of andere manier in zijn kaak hebben weten te persen. Wanneer is dat dan gebeurd? De laatste keer dat ik hem heb zien lachen, had hij nog twee kaarsrechte rijtjes van die schattige witte minitandjes. Maar hoe misvormd en vreemd deze nieuwe tanden ook waren, ik vond ze prachtig. *Hij* was prachtig.

Thomas en ik gaan in een hoekje zitten. Ik heb een glas wijn tussen mijn handen. Thomas is een cola-lightjunk, maar in dit huis wordt geen prik geserveerd, en dus drinkt hij niets.

We kijken naar hoe Richard en Molly een rondje maken langs de gasten – echt een kind van haar vader, inderdaad. Zijn knappe uiterlijk, zijn uitstraling, zijn vermogen om mensen voor zich in te nemen door er alleen maar te *zijn*. Ik sla mijn arm om Thomas' schouders. Het is een reflex, ingegeven door hoe Richard Molly bij de hand nam terwijl hij Molly aanspoorde om Elaine te vertellen over haar optreden als boom in het toneelstukje op school, verleden week. Dat deed ze echt heel leuk, hoor, en natuurlijk moet ze oma daar alles van vertellen. Vooral die speciale dikke-bomenstem die ze helemaal zelf had verzonnen. Een beetje rasperig, houterig gefluister. Zo zou een boom ook echt klinken, als hij kon praten. De mensen drommen om haar heen, en zijn onder de indruk. Ze slaan Richard op zijn schouders, alleen maar omdat hij toevallig haar vader is.

Maar waar blijven de loftuitingen voor Thomas? Wie zegt er iets over de hattrick die hij tijdens de wedstrijd van vanochtend scoorde? Ik heb zin om op te staan en te gaan gillen. Willen jullie allemaal even luisteren: Thomas heeft vanochtend *drie* keer gescoord in *één* wedstrijd, EN ALLEMAAL MET ZIJN LINKERBEEN! Maar ik zou nog zo hard kunnen schreeuwen, het zou ze nog niet boeien. Dit is namelijk een rugbyfamilie. Alle ballen zijn hier verboden, tenzij ze ovaal zijn. Richard heeft nog minder verstand van buitenspelregels dan ik, en het kan hem helemaal niks schelen dat Thomas misschien wel de volgende Wayne Rooney is.

'Zullen we even een balletje trappen in de tuin?' fluister ik.

Zijn gezicht klaart op, maar betrekt even snel weer. 'Ze hebben hier geen bal.'

'Dat dacht jij maar. Ik heb er een in de auto liggen. Meegesmokkeld. Wacht buiten maar op me. Dan zien we elkaar over twee minuten onder de appelboom.'

We sluipen de kamer uit. Iedereen kan ons zien, maar niemand ziet ons.

Bob Geldof mocht dan niet van maandagen houden, ik ben er dol op. Vooral op maandagen die volgen op zulke verschrikkelijke zondagen als gisteren. Ik ben bezig met de was. Bij de wasmachine haal ik nauwgezet alle zakken leeg. Allejezus, wat kan ik dit toch goed. Mij zul je er niet op betrappen dat ik een rood papieren servetje dat toevallig nog in een spijkerbroek zit, meewas, met een volledig roze trommelinhoud tot gevolg... eh, zoals me twee weken geleden nog overkwam.

Ik pak de broek op waarin Richard zaterdagavond thuiskwam en haal er een verfrommeld briefje van vijf uit, een visitekaartje van een vent bij een of ander mediabedrijf, een computeruitdraai die bij nadere inspectie de rekening blijkt te zijn van het Hilton hier in de stad, en waarop te lezen valt dat er snacks, snoepgoed en drank uit de minibar zijn gehaald. Gek, denk ik, en dus controleer ik de datum die bovenaan staat. Vrijdag 23 september. Mijn maag trekt samen.

Hij zei dat hij voor groepsdiscussies in Bristol zat.

En het verkeer op de M4 was toch zo'n drama geweest, had hij gezegd.

En hij had geklaagd over zijn treurige kamer in een goedkoop hotel.

Ik weet toch zeker dat ik hem niet gehoord heb over een luxe tweepersoonskamer in een vijfsterrenhotel in hartje Londen.

Jezus. Hoe stompzinnig kon ik zijn? Elke vrouw met ook maar een greintje intelligentie zou allang door hebben gehad dat hij loog. Toch?

Wacht even, KALM BLIJVEN NU. Voor hetzelfde geld zie ik spoken. Aan die gedachte hou ik me vast als ik de rekening bij de kalender in de keuken houd. Maar nee. De data kloppen. Ik zak voorover op het aanrecht, en ik realiseer me dat er geen enkele reden is om kalm te blijven.

Had ik er maar eerder bij stilgestaan dat dit me ooit zou kunnen overkomen, dan was ik misschien beter voorbereid, en had ik me nu niet zo ongelofelijk dom gevoeld. Die domheid, dat is nog het ergste van alles.

Het is niet te geloven, en toch is het waar: Richard gaat vreemd. Echt waar, die gedachte is nou nog nooit bij me opgekomen – zelfs niet toen ik verleden week in een etalage keek en de minst begeerlijke vrouw ter wereld me aanstaarde. Want als zelfs Richard overal maar zijn piemel in hangt, dan zou dat betekenen dat hij net zo is als al die andere mannen, en mijn idee was juist altijd dat hij anders was.

Jezus, ik ben echt een ongelofelijke sufmuts. Elke vrouw denkt dat haar man anders is dan alle andere mannen. Maar alle mannen zijn hetzelfde. En mannen hangen nu eenmaal graag overal hun piemel in.

Ik tuimel van het ene in het andere: misselijkheid, de vraag of je Alle Mannen wel zo over één kam mag scheren en ik beland bij het enige wat me nu echt gaat helpen, ook al is het nog niet eens tien uur: een flinke bel wijn.

Bijna had ik Summer gebeld om haar om raad te vragen, maar ik deed het toch maar niet. Ik wist best wat die zou gaan zeggen. Dat ik mezelf eerst flink moest bewapenen, en dan eerst schieten, vragen stellen kan altijd nog. Want hij gaat vreemd, dus hij moet dood.

Ik wist niet wat ik ervan moest denken. In mijn hoofd was een zinloos potje pingpong gaande tussen elkaar tegensprekende standpunten, totdat ik om raadselachtige redenen besloot dat het maar het beste was om Richard direct te confronteren. Achteraf is dat natuurlijk een ontzettend slecht plan, bedenk ik mij nu ik voor zijn kantoor sta.

Ik ben normaal gesproken nooit zo impulsief. En ik verschijn ook nooit onaangekondigd bij mijn man op het werk. Maar *normaal* is nu even niet aan de orde. In de metro luister ik naar de stemmen in mijn hoofd. Opmerkingen die Richard de laatste tijd heeft gemaakt, komen behulpzaam boven borrelen. Dat ik me te veel aantrek van wat anderen denken. Dat ik veel te snel op mijn teentjes getrapt ben (*'Dat je je nog afvraagt van wie Thomas dat heeft'*). Maar vooral: 'Als je je nou toch zo verveelt, kom dan gewoon met je kont van die bank en ga wat doen'. In de tussentijd telt een andere stem alle maanden dat we het niet gedaan hebben. Omdat Richard er nooit is en omdat hij, als hij er wél is, veel te moe is. Althans, dat hou ik de stem voor. *Pfff*, hoont de stem.

Terwijl de metro verder reed zei ik tegen mezelf dat ik niet moest luisteren naar die stomme stemmen. Dat er onmogelijk een andere vrouw kan zijn. Misschien wilde hij wel gewoon even niet thuis slapen, omdat ik de laatste tijd zo vervelend ben geweest. Als ik me sinds die ene vrijdagavond zo beroerd voel, waarom zou hij zich dan niet ook klote voelen? Op die gedachte richtte ik me uit alle macht, als was het een stralend licht aan het einde van de tunnel.

Ik dacht aan hoe chagrijnig ik de hele tijd geweest was. Richard bleef me maar aanmoedigen om weer aan het werk te gaan, in de hoop dat hij me daarmee uit mijn poel van ellende zou trekken. Deels heb ik me tegen die gedachte verzet door mezelf voor te houden dat de bevrediging die het werk de mens verschaft, schromelijk wordt overdreven. Het stikt hier in de buurt van de moeders die van de carrièretrein zijn gesprongen om te gaan zorgen, en actief te worden op school en om taarten te bakken – en die moeders zien er toch ook allemaal heel gelukkig uit?

Toen dacht ik aan Sureya en aan hoe het haar wel lukt om een heus leven te combineren met het moederen. Waarom schiet ik ook altijd gelijk in de verdediging? Een carrière en tegelijkertijd moeder zijn, dat gaat niet samen. Er is altijd iets wat er onder zal lijden. Maar met Sureya's tweeling is helemaal niks aan de hand.

Al die gedachten ten spijt was ik aan het einde van de metrorit niet tot een conclusie gekomen. En nu sta ik hier dus.

Ik kijk omhoog – Richards kantoor is op de achtste verdieping – en ik besluit dat ik net ga doen alsof ik in de buurt was om te shoppen. Dan kan ik langs mijn neus weg – alsof ik het net pas bedacht heb – vragen of hij tijd heeft om met me te lunchen. En als we dan ontspannen aan een licht, gezond hapje zitten, dan kom ik nonchalant met het

Hilton op de proppen. Misschien heeft hij wel een volkomen onschuldige uitleg, en dan lachen we erom en dan slaan we ons voor ons voorhoofd en dan lachen we nog harder. Het komt allemaal goed.

O ja? Waarom voel ik me dan zo beroerd?

Ik moet rustig blijven. Die onschuldige uitleg, die is er natuurlijk gewoon – hij wilde even weg bij zijn Fran, even relaxen in een hotel. Dat *moet* het wel zijn. Goed, we zijn inderdaad niet meer zo close als vroeger, maar we hebben nog altijd twee prachtige kinderen en een schitterend huis, en we delen zo veel geschiedenis. Richard is echt niet doorgeschoten naar de achtste verdieping omdat hij niet goed bij zijn hoofd is. En alleen iemand die niet goed bij zijn hoofd is zou al die geschiedenis opgeven voor een potje neuken met een of ander wicht van kantoor.

Kantoorwichten... ze zijn overal, klikklakkend op hun hoge hakken. Slank, strak in de kleren en bulkend van het zelfvertrouwen... ik bekijk mezelf. Mijn god, ik heb niet eens de moeite genomen even iets anders aan te trekken voor ik de straat op ging. Ik draag een – nee, ik zou niet eens weten hoe ik dit moet omschrijven. Laten we zeggen dat 'strak in de kleren' hier niet op van toepassing is.

Aan de overkant zit een kledingzaak. Gewoon een confectieketen, niet bepaald Dolce & Gabbana, maar dit is geen tijd om te gaan muggenziften. Heb ik nog tijd voor een bescheiden make over?

Laat ook maar – dit laat zich niet in vijf minuten oplossen. Naar binnen, jij.

Richard is aan de telefoon. Hij gebaart me met zijn vrije hand om binnen te komen, en schrijft met de andere hand iets op een papiertje – het bewijs dat hij hier, in tegenstelling tot thuis, best twee dingen tegelijk kan.

Zijn kantoor is ruim en is rondom omgeven door glazen muren, zodat ik Richards medewerkers kan zien zitten. Drukke, belangrijke lieden, met echte banen, met een serieuze bestaansreden. Wat kwam ik ook alweer doen, hier? O ja, ik was detectiveje aan het spelen.

Ik voel me volkomen belachelijk. Hij legt de telefoon neer en kijkt me aan. Ik heb zin om het op een lopen te zetten.

'Hoi, hoe is het?' vraag ik zo luchtig mogelijk.

'Wat doe jij hier, Fran?'

Ik probeer zijn gezichtsuitdrukking te interpreteren. Is hij blij om me te zien? Ik kan er geen peil op trekken, dus ploeter ik voort: 'Ik was toevallig in de buurt... shoppen... weet je wel, ik moet nog een jurk... voor het feestje. Ik vroeg me af of je zin had om te gaan lunchen.'

Ik voel me net een puisterige nerd die zojuist de knapste jongen van de school om een afspraakje heeft gevraagd. *Relax!* Je bent getrouwd met deze man.

'Je weet hoe druk ik het heb, Fran,' hij praat langzaam, precies zoals de knapste jongen van de school tegen een puisterige nerd zou praten. 'Ik mag al blij zijn als ik tijd heb voor een broodje, ergens tussendoor.'

'O... oké, ik dacht alleen...'

Ik pruttel nog wat na. Richards blik wordt inmiddels getrokken door iets achter mij. Ik draai me om en zie een vrouw, omlijst door de deuropening. Het licht dat door de enorme ramen naar binnen stroomt, licht haar op haar voordeligst uit, alsof het zo is afgesproken. Alsof de allerbeste cinematograaf de hele ochtend bezig is geweest om dit ene shot te perfectioneren. Dan, alsof ze zo uit een shampooreclame komt stappen, schudt ze heur haren over haar schouder en zegt: 'We zijn er klaar voor, tijger, heb je je grafiekjes?'

De camera zoomt nu in op mij. Ik ben gecast voor de rol van Dikke Big, en hoewel ik verder geen tekst heb, zegt mijn gezicht: *Noemde die vrouw mijn man nou net tijger?*

Is zij het soms? Was zij vrijdagnacht met mijn man aan het bonken in het Hilton? Ik kijk naar de drukte in het kantoor achter haar. Overal lopen vrouwen. Ze zouden het allemaal kunnen zijn. Maar deze heeft mijn man toevallig net tijger genoemd.

Het dringt ineens tot me door dat ik hier niemand ken, behalve Richard. Dat zou ook helemaal niet kunnen, want ik kom nooit meer op kantoor. Vroeger sprak ik altijd af met hem en zijn collega's. Dan gingen we lunchen, of borrelen. Maar dat was een ander tijdperk – het kinderloze tijdperk. Zijn oude collega's werken hier allang niet meer – die zijn waarschijnlijk ook aan het moederen en taarten bakken – en ze zijn vervangen door de volgende generatie.

'Prima, Karen,' zegt Richard. 'Ik kom eraan... Trouwens, dit is Fran. Hebben jullie al eens kennisgemaakt?'

Natuurlijk niet. Wanneer zou dat dan geweest zijn?

De vrouw – een meisje eerder – glimlacht. 'Hoi, leuk je eens te ontmoeten,' zegt ze. Ze heeft een verblindende glimlach – ze kan zo in een tandpastareclame. Ik glimlach terug: onzeker en gespannen, als in een reclame voor pijnstillers. Over mijn schouder heen kijkt ze Richard aan. 'We zitten in kamer 1,' zegt ze. 'Adam komt als hij klaar is met zijn vergadering.'

Ik probeer haar accent te plaatsen. Niet Amerikaans. Eerder Canadees. Ja, Canadees, ik weet het zeker. Alsof dat verder iets uitmaakt.

'Nog twee minuutjes,' roept Richard haar na als ze zich omdraait en wegloopt.

Nee, zij kan het niet zijn. Alsof hij zijn vrouw voorstelt aan degene met wie hij stiekem ligt te wippen. Dan zou hij door zijn zenuwen door de mand vallen, toch? Maar, wacht even, hij stelde mij helemaal niet voor als zijn vrouw, toch? En zij bleef ook niet bepaald hangen voor een gezellig praatje.

Mijn god, mijn hoofd. Alles tolt zo.

'Sorry, Fran, maar je had toch even kunnen bellen?' zegt Richard. Hij kijkt me niet aan, maar zoekt wat papieren bij elkaar.

'Het geeft verder niet. Ik had gewoon zin om iets spontaans te doen,' zeg ik zo opgewekt mogelijk. 'Komt ze uit Canada, dat meisje?'

'Hè, wat?' zegt hij, duidelijk afgeleid. Hij rommelt door in de stapel papier. De tijger kan zijn grafiekjes niet vinden. Wat een puinhoop, dat bureau van hem. Ik heb zin om op te springen en de boel eens even lekker voor hem te organiseren.

'Sorry, maar ik moet echt door. Om vijf uur hebben we de pitch,' zegt hij. 'Je weet hoe het gaat.'

Eh, nee, eerlijk gezegd heb ik geen idee. Hoe gaat dat dan precies? En over welke pitch hebben we het? De tijd dat hij 's avonds thuiskwam en me vertelde wat er allemaal speelde op het werk, ligt ver achter ons. Tegenwoordig krijg ik alleen de soundbites over *brand synergy* en het optimaal targeten van *upmarket* AB'tjes, je weet wel, de lui met het geld. Nou, gefeliciteerd, maar waar het nou allemaal precies over gaat, geen idee.

Dat is trouwens niet echt allemaal zijn fout. Want wanneer vraag ik nou eens echt door? Nooit, dus. En mijn tanende belangstelling viel toevallig precies samen met zijn afnemende behoefte om die dingen met mij te delen.

Hij is de MD van dit zootje. De Managing Director. Bij ons thuis is hij de AP, de Afwezige Papa. Hoewel het feit dat hij afwezig is niet noodzakelijk inhoudt dat hij gemist wordt.

'Fran?'

Ik ben weer terug in het heden. Hij staat voor me en houdt zijn grafiekjes tegen zich aangedrukt. 'Sorry, ik was er even niet bij,' zeg ik. 'Oké, goed, ik ben al weg.'

'Het spijt me,' zegt hij. Hij leunt voorover en geeft me een zoen op mijn wang, en ik kijk hem na.

Tot zover mijn carrière als amateurdetective.

14

Ik zit met Sureya in mijn keuken, met een glas witte wijn. Sureya drinkt kruidenthee, als altijd. En ze glimlacht, want dat doet ze ook altijd. Je zou nooit denken dat we het hebben over vreemdgaan.

'Ik geloof er niks van, echt niet,' zegt ze vol vertrouwen. 'Hij is wel de laatste van wie ik zou verwachten dat hij vreemdging.'

'Echt niet? Hoe niet, dan?' vraag ik, in de hoop dat ze iets van haar optimisme op mij over kan brengen.

'Waarom zou hij het risico lopen om alles kwijt te raken wat jullie samen hebben opgebouwd?'

'Mannen nemen voortdurend dat soort risico's, Sureya,' zeg ik met vlakke stem. 'Ik dacht altijd dat Richard anders was, maar...'

'Maar hij *aanbidt* jou,' zegt ze pertinent.

Kan ze nou echt niks beters verzinnen? Zo veel heb ik de laatste tijd namelijk niet gemerkt van die aanbidding.

'Hij is er anders nooit om me te aanbidden,' zeg ik, en ik neem nog een slok wijn. Lekker, die koelte die ik door mijn keel voel trekken.

'Ja, ja, het werk, promotie, bla, bla, bla,' antwoordt ze. 'Mannen worden nu eenmaal bepaald bij hun werk. Daar kunnen ze niks aan doen. Het zit in hun genen. Maar dat hij nu toevallig altijd op zijn werk zit, wil nog niet zeggen dat hij niet meer van jou houdt.'

Ik trek een wenkbrauw op. 'Jij hebt makkelijk praten. Jij ziet je man tenminste nog, bij tijd en wijle.' Ik hoor de bittere klank in mijn stem. Had ik nou mijn mond maar gehouden.

'Wat een onzin. Mina dacht dat de man die de televisie kwam maken, papa was,' grapt ze. 'Moet je luisteren, heb je er enig idee van hoe vaak Richard mij al heeft gebeld – van kantoor – om te zorgen dat Michael en ik op je feestje komen? Alsof we dat zouden willen missen. En mij niet alleen: hij heeft de complete lijst met genodigden al een paar keer gebeld. Hij zit er bovenop, hoor. Hij wil zo graag dat *jij* een fantastische avond hebt, echt, geloof me.'

Het idee dat mijn man zijn kostbare tijd verspilt aan mijn feestje, geeft me een warm gevoel, moet ik toegeven, maar er is meer voor nodig om het keiharde bewijs van de hotelrekening uit te vlakken.

'Ik heb hier een stukje papier dat bewijst dat hij vreemdgaat, Sureya,' breng ik haar in herinnering.

'Dat stukje papier bewijst helemaal niks. Dat kan van alles betekenen, en waarschijnlijk betekent het helemaal niks. Vraag het hem gewoon, en geef hem de kans om het je uit te leggen. Niet zo snel oordelen, Fran.'

Ze heeft gelijk. Ik moet met hem praten. 'Ik ga het hem vragen,' zeg ik.

'Wanneer dan?' ze klinkt geïrriteerd. 'Wanneer heb je dat stomme ding ook alweer gevonden?'

'Maandag.'

'En wat is het vandaag ook weer?'

'Ja, ja, donderdag. Hoor eens, ik zie die man nooit. Hij heeft zijn pitch gewonnen, dus dan weet je het wel.' Ik zet Richards wapen in tegen Sureya. Nou ja, bij mij werkte het. Ik hield gelijk mijn grote mond. Ik neem nog een lange, trage slok van mijn wijn in de hoop dat de alcohol alles uitwist in mijn hersenen. Want wat zou ik graag vergeten dat ik al drie dagen geen woord gewisseld heb met mijn man. En dat ik over twee dagen zevenendertig word en ik nog steeds niks heb om aan te doen voor mijn feestje. Maar helaas gaat de wijn niet de gewenste kant op, maar blijft hangen rond mijn middel, of misschien zelfs wel ter hoogte van mijn heupen. Ik heb dronken dijen terwijl mijn hoofd zo helder blijft als een vriesnacht.

'Waar wacht je op, Fran?' zanikt Sureya door. 'Dit is veel te belangrijk.'

'O ja? En jij zegt net dat hij helemaal niet vreemdgaat.' Ik begin een beetje bot te worden.

'Ik denk ook dat hij helemaal niet vreemdgaat, maar jij kennelijk wel, en het is duidelijk dat je daar helemaal aan onderdoor gaat. Dus: *praat met hem.'*

'Zo simpel is dat allemaal niet, Sureya.'

'Jawel, dat is heel simpel. Er zit jou iets dwars, en daar vraag je hem gewoon naar. Ik weet ook heus wel dat het best moeilijk is om iemand met zoiets te confronteren. Maar hoe langer je het uitstelt, hoe moeilijker het wordt. Je kunt hier niet voor weglopen.' Ze lacht. 'En je zegt toch zelf altijd dat je niet net zo wilt worden als je moeder?'

Mijn moeder. Mijn moeder praat nooit ergens over. Nou, ze kletst je de oren van het hoofd, dat wel, maar nooit over dingen die er echt toe doen. Dat gen van Alles Onder Het Tapijt Vegen, dat heb ik overduidelijk van haar geërfd.

Sureya nipt van haar thee en haalt moedeloos een hand door haar dikke, glanzende haar. 'Wat zei Summer?' vraagt ze.

'Die heb ik het niet verteld.'

'Nee, dat snap ik. Die heeft hem nooit echt gemogen, of wel?'

Sureya is dol op Summer. Uiteraard. Een driftige actrice en een uitbundige toneellerares, mooier kan je het toch ook niet verzinnen. Die paar keer dat we met zijn drietjes op stap zijn geweest, zou je zeggen dat die twee elkaar ook al minstens twintig jaar kennen.

'Luister, je hebt het toch ook tegen mij gezegd. En je moet ergens beginnen, maar het gaat er natuurlijk om dat je het met Richard zelf bespreekt.'

Typisch Sureya. Zij komt uit een gezin waarin ze elkaar alles naar het hoofd gooiden, dag in dag uit. Zo'n gezonde, *open* sfeer, zegt ze altijd. Maar volgens mij is het cultureel bepaald, en is zo'n open sfeer meer voor warmbloedige oosterlingen zoals zij. Niks voor Britten zoals wij. Maar dat vindt Sureya allemaal onzin.

Daarbij, Summer – en die is zo Brits als de rode telefooncel – vindt mijn koelbloedige, zwijgzame benadering (zo zie ik het graag) ook maar niks. Summer en Sureya zijn allebei fervente aanhangers van de Therapie Beweging. Gooi Het Er Maar Uit Bij Je Dure Therapeut, en neem gezellig je man/moeder/minnaar mee. Dat is hun antwoord op alle problemen in het leven.

Ik ben de enige cynicus in het gezelschap.

Maar het is echt niet zo eenvoudig als zij het stelt. Sinds die pitch van hem, afgelopen maandag, heeft Richard zich drie slagen in de rondte moeten werken, en dat laat nou niet bepaald veel ruimte om te *praten*. Gisteravond was hij tot twaalf uur nog op kantoor, bijvoorbeeld. Hij belde me om te zeggen dat hij wel in de stad zou blijven slapen omdat hij al om zeven uur een vergadering had, vanochtend. Dat gebeurt zo vaak. Dus waarom zou het deze week anders zijn? Alleen vanwege zo'n suffe hotelrekening?

Ik denk aan al die avonden dat ik alleen met de afstandsbediening was, sinds Richard MD is. Wat weet ik eigenlijk echt van hem? Misschien is hij wel 's werelds grootste schuinsmarcheerder, geen idee. Misschien valt hij van het ene in het andere bed, en maakt hij tussendoor ook nog tripjes naar zijn andere gezin, een vrouw en drie kinderen, in Frankrijk. En als dat zo is, en begrijp me goed, dan is dat echt het worstcasescenario, wil ik dat dan eigenlijk wel weten?

Ik sla mijn wijn achterover – een slok kunnen wij dit niet meer noemen – en Sureya kijkt me zorgelijk aan. 'Je hoeveelste glas is dit nou, je derde?'

'Sureya! Je zit toch niet voor me te tellen, hoop ik?'

'Nee, sorry. Maar je hebt gewoon wat meer... dorst dan anders,' zegt ze lachend.

Zo kan je het ook zeggen, ja, denk ik. Aan de andere kant: er zijn zo veel vrouwen die 's avonds een paar borrels nodig hebben, niet dan? Gewoon, om even lekker te ontspannen?

Dan bedenk ik me ineens iets. Het enige goede nieuws van deze week. Ik slaak een kreetje. 'O, ik heb je nog helemaal niet verteld van Ron!'

'*Ron?*'

In onze kringen komen geen Ronnen voor.

'Ja, die heeft vandaag een bericht achtergelaten op het antwoordapparaat. Hij is een scout voor Crystal Palace.'

Ze kijkt me niet-begrijpend aan.

'Dat is een voetbalclub. Hij is een paar weken terug bij Thomas wezen kijken, en nu heeft hij hem gevraagd om op proef te komen spelen. Dat is toch niet te geloven!'

'Het lijkt me dat je je nu beter op je huwelijk kunt concentreren dan op Ron en zijn gevoetbal.'

'Ik denk niet dat de moeder van David Beckham ook zoiets zou zeggen.'

'Nou goed, maar je zult het toch moeten aankaarten bij Richard, hoe dan ook,' zegt Sureya zonder verder acht te slaan op mijn goede nieuws. 'Hoe sneller je weet dat hij van jou houdt en dat hij niet zonder jou kan en dat er helemaal niks aan de hand is, hoe beter.'

Ik word hier dus helemaal niet optimistischer van. Integendeel, ik voel me nog beroerder dan daarnet.

'Ik heb het jou nog niet verteld, maar verleden week heb ik hem ongelofelijk laten zitten,' zeg ik. 'Echt heel erg.'

Ze kijkt me bezorgd aan. 'Wat heb je gedaan, dan?'

'Iets met werk,' zeg ik vlak.

'Werk?' roept ze opgewonden. 'Hoelang heb ik het er nou al niet met je over dat je je daar weer eens op zou moeten storten?'

Jij bent niet de enige, denk ik. 'Nou, werk, het was maar een klein klusje, hoor,' zeg ik. 'Maar goed, ik heb Richard wel lekker laten zitten. Dus nu is hij... *teleurgesteld*. Hij heeft denk ik geen zin meer in me.'

'Denk je dat hij daarom in een duur hotel gaat zitten. Om voor jou te vluchten?'

'De roomservice is daar ongetwijfeld beter dan hier.'

'Ik zeg het nog één keer: Fran, je *moet* met hem praten. *Vanavond* nog.'

'Ja, ja, komt goed,' geef ik toe.

'Goed zo.' Ze drinkt haar thee op. 'Is alles geregeld voor je feestje?'

Is alles geregeld voor mijn feestje? Nou, ik heb nog geen outfit geregeld en verder eigenlijk ook nog helemaal niks. 'Ja hoor, ik geloof het wel,' mompel ik.

'Kom op, Fran, je hebt je er zo op verheugd. Moet je horen, als je Molly en Thomas zaterdagochtend nou eens bij mij brengt, en eens lekker naar de kapper gaat? Goed idee of niet?'

Waar haal je nou een betere vriendin vandaan dan deze? 'Dat is heel lief van je, maar Richard is gewoon thuis. Dat van die kapper is wel een goeie, ik ga een afspraak maken.'

'Moet je echt doen. Hé, ik moet ervandoor. Helen moet om tien uur weg.'

Is Helen bij haar aan het oppassen? Ik begrijp het niet. 'Ik dacht dat Michael thuis was?'

'Ja, dat is hij ook, maar Michael kan je niet alleen laten met twee kleine kinderen. En aangezien ik volgende week drie avonden van huis ben, betaal ik liever een oppas dan dat ik van hem gezeur aan moet horen.'

Dat is toch om je dood te lachen? Ze is nog geen uurtje van huis! 'Jij bent echt niet te geloven. Je laat hem nog geen uur alleen met de kinderen?'

Ze lacht niet mee. 'Ja, Fran. Dat is de prijs die ik graag betaal voor een beetje tijd voor mezelf. Jouw probleem is dat je nooit iets voor jezelf wilt. En als je nooit ergens om vraagt, krijg je uiteindelijk helemaal niks. Simpel.'

Inderdaad: simpel.

Vrijdag. Op weg naar school loop ik Natasha tegen het lijf. Of eigenlijk: zij loopt tegen mij op. Ze loopt met gebogen hoofd in haar duobuggy te staren. Het is een gigantisch ding. Een kamer op wielen. Tristan van twee zit aan de ene kant, en Fabian, net vijf, maar hij oogt veel ouder, aan de andere.

'Jeetje, sorry!' roept ze uit als een van haar wielen mijn enkel schampt.

'Niks aan de hand,' zeg ik, terwijl ik de pijn met een geforceerd lachje smoor. Als iemand anders me zo te grazen had genomen, was ik nu nadrukkelijk gaan hinkepoten.

'Heb je zo'n haast?' vraag ik.

'Gottfried heeft ons gedreigd met een rode kaart als we dit semester ook maar een keertje te laat komen,' legt ze uit. 'Waarom denk je dat ik Fabian in de buggy heb? Hij is natuurlijk veel te groot, maar als je haast hebt is zo'n ding wel verdomd handig.'

Molly kijkt me aan. 'Wat een baby,' fluistert ze. Het probleem is dat wat voor haar fluisteren is, voor andere mensen voor gewone spreektoon doorgaat.

Natasha kan er gelukkig om lachen. 'Ja, erg hè? Maar weet je, het jaar is nog maar net begonnen en ik gun het Cassie niet dat ze nu al iets heeft om over te roddelen.'

'Hoe bedoel je?' Ik kan haar niet helemaal volgen. Ik dacht dat zij juist dikke vriendinnen was met de Hoofdheks? Waarom zou die dan over haar willen roddelen?

'Als die erachter komt dat wij een officiële waarschuwing hebben gehad, nou, dan ben ik echt zuur. Ik heb nog liever met twintig clowns te maken dan met Cassie, eerlijk gezegd.'

Alweer verbaas ik me over Natasha. Niet alleen om haar vermogen om overal de humor van in te zien, maar over haarzelf. Het is bijna negen uur in de ochtend en ze zit al strak in de make-up. En dan zo'n sexy rokje, strak rond de heupen. En zijn dat nou Jimmy Choos aan haar voeten? Ik kijk maar niet naar mijn eigen afgedragen spijkerbroek, en ik trek mijn honkbalpet nog wat verder over mijn oren zodat je mijn blote gezicht niet kan zien. Waarom zie ik er nou altijd uit alsof ik zo mijn bed uit ben komen rollen? Molly heeft me al om halfzeven uit bed gehaald, dus ik kan niet beweren dat ik geen tijd had.

We komen bij het schoolhek. Thomas, die tien meter voor ons uit liep, trekt een sprintje richting speelplaats, vastbesloten om nog een minuut of twee te voetballen voordat de bel gaat. Hij zwaait nog even vaag. Ik krijg geen zoen, en hij kijkt verder ook niet achterom. Nou ja, een vage zwaai is tenminste iets.

'Als Cassie zich nu eens wat minder druk zou maken over wat andere mensen allemaal uitspoken en eens wat meer energie zou steken in haar eigen uiterlijk, dan werd ze vanzelf een blijer mens,' zegt Natasha. 'Je moet tenslotte wel een beetje je best blijven doen, vind je ook niet?' zegt ze alsof ze een waarheid als een koe debiteert.

Ik weet natuurlijk precies waar ze op doelt. Ik neem per slot van rekening elke ochtend de moeite om schoenen aan te trekken.

'Weet je wat het geheim is? Prioriteiten stellen,' zegt ze, en ze draait zich om en roept haar oudste. 'Kom nou, Quinn, geef hier die zooi.'

Hij loopt een heel eind achter haar en pas als hij dichterbij komt realiseer ik me waarom. Hij heeft een kom in zijn handen en likt de laatste cornflakes van een lepel. Hij geeft kom en lepel aan zijn moeder, die beide in de buggy gooit, waar nog twee kommen en twee lepels in liggen.

'Lopend buffet,' legt ze uit als ze mij ziet staren. 'Ze willen heus wel gezellig aan tafel eten, maar ik vind dat ik recht heb op een halfuurtje in de badkamer, voor mij alleen. Dat is wat ik bedoelde met prioriteiten stellen.'

En ze lacht terwijl ze over het speelplein loopt.

Als ik de school uit wil lopen, neemt mevrouw Gottfried me te grazen. 'Mevrouw Clark, vai zouden nog een keertje praten?'

'Ja, ja, natuurlijk,' antwoord ik enthousiast. Daar zit ik echt op te wachten, een fijn gesprek over Thomas die nooit oplet/die altijd zo nukkig is/die weet-ik-wat-nog-meer doet.

'Hebt oe noe even tijd?'

'Nee, het spijt me. Druk. Tandarts,' zeg ik. Ik versnel mijn pas.

'Maar oe belt mij toch, ja?'

'Ja, absoluut,' gil ik, en ik zet het op een lopen.

Kijk, daarom draag ik nou liever gympen in plaats van Jimmy Choos, als ik de kinderen naar school breng. Op hoge hakken was me dit nooit gelukt.

Die Natasha, wat een bron van inspiratie is dat. Dat ze dat voor elkaar krijgt: volkomen met zichzelf bezig zijn en dan ook nog zorgen dat de kinderen een gezond ontbijt binnen krijgen. Ze ziet eruit als een fotomodel, en toch zijn haar kinderen blij en weldoorvoed. En ik ken niemand die zo veel lacht, zo vroeg in de ochtend. Ik zal je eens wat zeggen: als zij het kan, dan kan ik het ook. Klaar.

Ik heb besloten naar de stad te gaan met de auto. Ik heb een missie. Die missie is om – *eindelijk!* – iets te kopen voor mijn feestje, want dat feestje, dat is – *geen paniek!* – MORGEN AL!!!

Er is eigenlijk helemaal geen reden voor paniek. Het hele gebeuren wordt voor me geregeld. De locatie en de catering zijn al geboekt, ik heb een dj doorgegeven wat mijn lievelingsmuziek is, en ik heb iemand ingehuurd die de locatie, het clubhuis van onze tennisclub, omtovert tot een waar Carnaval in Rio, of zoiets.

Het enige waar ik me druk over hoef te maken is mijzelf: zorgen dat ik iets heb om aan te trekken, en naar de kapper.

Het feestje moest zo nodig van Richard. Hij zit in de marketing en dat zullen we weten ook. Het zal me niet verbazen als hij een brainstormsessie heeft gewijd aan het feestje, met een stel van zijn hippe medewerkers. Doelstelling: VROUW UIT SLEUR SLEUREN. Ik moet toegeven dat ik het eerst een hartstikke leuk plan vond, zo'n feestje. Ik hield mezelf voor dat het mijn leven dan wel niet zou veranderen, maar dat ik tenminste een avondje *echt lol* zou hebben. Ik zag mezelf helemaal voor me, in een kekke nieuwe outfit, en met een al even kek nieuw kapsel: van levende dode zou ik in één klap transformeren tot zwoele seksbom. En al onze vrienden zouden staan te klapkaken van verbijstering en ze zouden me allemaal zeggen hoe fantastisch ik eruitzag, zonder het venijnige *'voor jouw leeftijd'* aan het eind.

Ik riep al een tijd dat ik vaker een avondje uit moest, dus wat is nou een mooiere gelegenheid om daarmee te beginnen dan een feestje ter ere van mijzelf? Het zou een superfeest worden.

Het wordt ook een superfeest. Oké, ik hou er niet van om in het centrum van de belangstelling te staan – ben ik ook al lange tijd ontwend – maar verder wordt het echt een superfeest. Super, wordt het. Het wordt...

Herhaling, dat is toch de truc bij hersenpoelen? Als het maar werkt, dan vind ik alles best.

En dus ben ik dan nu eindelijk op jacht naar nieuwe kleren. Ik ben in een outletwinkel waar ze echte designerspullen verkopen voor een fractie van de prijs. En als ik zeg 'designer', dan bedoel ik een of ander mannetje in China.

'Ja, dat staat u geweldig,' beweert de juffrouw in de winkel als ik het pashokje uitkom in de broek die ze me had meegegeven. Door mijn strot geduwd, zo ongeveer. Ze heeft zelf vettig haar en pukkels, en naast haar joggingpak lijkt het mijne wel haute couture. Echt iemand van wie je stijladvies wilt krijgen.

Ja, doei. Ik zie er niet uit, mens. Ik lijk wel een slagschip.

'Hebt u deze ook in het zwart?' vraag ik hoopvol.

'Maar geel is juist heel erg in, nu,' zegt ze alsof ik niet goed bij mijn hoofd ben. 'Het maakt uw ogen ook heel sprekend.'

Ik ken wel wat ogen die zouden spreken als ik dit aan zou doen: boekdelen zouden ze spreken.

'Hé, dit staat er leuk bij,' roept het meisje opgewonden. 'Beyoncé had precies zoiets aan bij de MTV Awards.'

Ze houdt een glittertopje omhoog. Ook geel. Maar ik weiger om er bij te lopen als een glimmende eierdooier. Ik kan me niet herinneren dat Beyoncé dat ooit gedaan heeft.

'Misschien iets wat een beetje minder... glimt,' stel ik voor.

Het meisje trekt haar neus op. 'Waar bent u dan precies naar op zoek?'

'Maakt niet uit, zolang ik er maar niet uitzie als een glimmende ei-erdooier,' zeg ik voorzichtig.

'Watte?' Ze fronst.

'Ik bedoel, kijk nou even goed: ik lijk nou niet bepaald op Beyoncé, of wel soms? Ik lijk zelfs niet op die andere van *Destiny's Child*.'

'Michelle?'

'Eh, die ja,' mompel ik.

Plotseling komt er iemand uit het hokje naast me stormen: 'Omijn-goddieMOETikhebben!'

Ik draai me om en zie een andere zestienjarige met pukkels in pre-cies dezelfde broek als ik nu aanheb. En het eigenaardige is: haar staat ie geweldig. Precies Beyoncé, maar dan in de goedkope-in-China-na-gemaakte vorm.

Oké, ik weet genoeg. Ik neem hem. Nog geen twintig pond. Een koopje! (Dat kan Beyoncé van haar broek vast niet zeggen.) Thuis heb ik nog een zwart topje dat hier vast heel mooi op staat. Riem erom-heen, klaar.

Dat dacht ik tenminste toen ik in de winkel stond. Maar op weg naar huis dringt het tot me door dat ik zojuist een zogeheten paniekaan-koop heb gedaan.

Een gele broek. Daar zou je Natasha nou nooit in zien.

Hoe haalde ik dat nou in mijn hoofd?

Ik lig in bed. De wekker staart me aan – 2.09. Ik hoor de voordeur zachtjes open- en dichtgaan. Mooi zo. Ik klim uit bed en doe mijn bad-jas aan. Nu kan ik eindelijk doen wat ik al de hele avond van plan was: *met hem praten*. Sureya had gelijk. Hij verdient een kans om het alle-maal uit te leggen.

Maar bij de deur van de slaapkamer blijf ik staan. Dit slaat nergens op. Hij heeft de hele dag hard gewerkt. Wat zeg ik: de hele week al. Dan kan ik toch moeilijk midden in de nacht zo'n gesprek aangaan.

En dus praat ik het mezelf weer uit mijn hoofd.

Als ik weer snel in bed kruip en doe alsof ik slaap, dan is er niets aan de hand. Uiteindelijk zal de droomloze slaap komen, waarin er niemand rondloopt met mysterieuze hotelrekeningen in zijn zak.

En dan blijkt dat ik me de moeite van het doen alsof ik slaap had kunnen besparen. Ik hoor Richard de trap op sluipen... naar de logeerkamer. Dat doet hij natuurlijk omdat hij mij niet wakker wil maken, maak ik mijzelf wijs... waarom anders?

Ik wacht nog een halfuur om zeker te zijn dat hij slaapt, en dan ga ik naar beneden voor een glas water. Of zoiets.

Ik word wakker en ik ben gespannen. Dat heb ik altijd met verjaardagen, maar deze keer lijkt het erger, omdat er zo'n toestand van gemaakt is. Het is alweer even geleden dat er een heus feest was voor mij.

Ik probeer de zenuwen te onderdrukken en de watterigheid uit mijn hoofd te schudden. Ik kleed me aan en loop naar beneden, terwijl ik mezelf moed inspreek. Het komt allemaal wel goed. Dan maar geen nieuwe outfit – een *gele* broek? – wat maakt het uit? Waarschijnlijk is het toch hartstikke donker, dus dan ziet niemand wat ik draag. O, god, ik word al misselijk bij de gedachte.

'*Mama!* Papa is pannenkoeken aan het bakken!'

Molly zit midden op het eiland in de keuken. Richard staat bij de Aga. Hij heeft een schort voor en zijn neus wordt gesierd door een flard beslag. 'Goeiemorgen... gefeliciteerd,' zegt hij.

'Gefeliciteerd, mam,' zegt Molly, en ze gooit haar armen om me heen. Ik leun voorover en neem haar knuffel in ontvangst. 'Ik heb een kaart voor je gemaakt.'

Ze overhandigt me een gevouwen papier. Voorop staat een viltstifttekening van een ontzettend dunne mevrouw. Ze draagt een mooie jurk maar haar haren zijn een manische muiskleurige kluwen – dat ben ik, ten voeten uit.

'Dankjewel, dat is echt heel mooi, liefje,' zeg ik vol bewondering, en ik doe mijn best om niet meer na te denken over mijn outfit voor vanavond.

'O, er belde een of andere Vicki,' zegt Richard. 'Ze zegt dat ze zelf niet kan maar dat je nu ene Ginny krijgt. Kan je daar wat mee?'

Daar kan ik wat mee. Na dat gesprek met Sureya had ik ongeveer duizend kapsalons opgebeld in de hoop dat er iemand nog een gaatje had op zaterdag. Uiteindelijk vond ik een kapsalon waar ik nog nooit eerder ben geweest en waarvan je je kunt afvragen hoe goed ze zijn als ze inderdaad nog plek hebben op een zaterdag. Hoe dan ook, ik leg Richard uit hoe het zit. Wat ik weglaat is het feit dat ik er niet al veel eerder aan gedacht heb om een afspraak te maken omdat ik dacht dat ik het zelf wel gewoon zou doen, en dat ik toen toch van gedachten veranderde en dat het zo'n nachtmerrie was om nog een kapper te vinden die plek had. Maar verder vertel ik alles.

'O,' zegt hij vlak en hij staart in de koekenpan.

Ik heb het sterke vermoeden dat er iets mis is. 'Wat is er mis?'

'Nou, ik wilde eigenlijk een paar uur naar kantoor, straks. Vanwege maandag, weet je wel?'

'O,' zeg ik op mijn beurt. 'Als je me dat nou zou hebben verteld, dan had ik wat kunnen regelen met Sureya. Die bood aan om op te passen, maar ik zei dat jij thuis zou zijn.'

'Denk je dat Sureya het erg vindt als je het alsnog vraagt?'

Ik had het kunnen weten.

Kennelijk neemt de jurkenpaniek toch nog te veel van mijn hersencapaciteit in beslag, want het dringt nu pas tot me door wat hij net zei: 'Wat is er dan, maandag?'

'Milaan, weet je wel,' zegt hij langs zijn neus weg.

Ik weet niks. 'Hoezo, *Milaan?*'

'Jezus, Fran, dat heb ik toch verteld. Ik ga met een paar kerels naar Milaan, naar een nieuwe klant. Die hebben daar hun *flagship store* zitten, en het plan is om er net zo een te openen hier in Londen. Dat weet je toch nog wel?'

Wanneer denkt hij eigenlijk dat hij me dit verteld heeft, dan? Tijdens een van de vele avonden waarop we gezellig op de bank hebben zitten kletsen of zo? Of toen hij me weer eens aan de telefoon had en we maar niet konden ophangen? Of was het soms een kwestie van telepathie?

Heel misschien dat hij het terloops heeft opgemerkt op een avond dat ik net toevallig een paar glazen wijn achter mijn kiezen had, en het dus meteen weer vergeten ben, maar die gedachte komt nu uiteraard niet bij me op.

Terwijl ik kijk naar hoe Molly haar met honing overgoten pannenkoek naar binnen werkt, voel ik een nieuwe vlaag van paniek. Helemaal vergeten dat Thomas naar voetbaltraining moet!

Als Richard de kinderen zo graag bij Sureya wil dumpen, dan moet hij haar zelf maar bellen. Dan neem ik de andere, veel zwaardere taak wel op me: mijn zoon vertellen dat hij deze ochtend zonder voetbal moet zien door te komen.

'Zeg maar tegen Sureya dat ik uiterlijk om twee uur weer terug ben,' draag ik Richard op terwijl hij de telefoon pakt. 'Waar is Thomas?'

'In zijn kamer...' vertelt Molly.

Wat zou hij daar aan het doen zijn, ook een kaart voor mij tekenen misschien?

'...aan het gamen.'

Ik geef haar een zoen en loop met tegenzin naar boven. Thomas kan niet zo goed tegen slecht nieuws. En slechter nieuws dan dat hij niet naar voetballen kan, is er niet.

Ik laat al een aantal jaren mijn haar verven. Vroeg grijs. De eerste grijze haren kwamen al toen ik ergens in de twintig was. Het begon met een enkele haar die rechtovereind stond tussen duizenden andere haren en die leek te schreeuwen: *'Ik zou me maar schrap zetten, moppie, want vanaf nu gaat het alleen nog maar bergafwaarts!'* Die haar heb ik nog het zwijgen opgelegd door hem uit te rukken, maar een heel leger van zijn vriendjes sprong al snel in het gelid om mij eraan te herinneren dat ik geen negentien meer was. Plukken was dus geen optie meer, maar je kunt ze wel fijn verstoppen onder een kwak 'honingblond'.

Ik ben al in geen eeuwen meer naar de kapper geweest, terwijl ik het juist zo lekker vind. Ze smeren mijn hoofd in met chemische troep en verpakken me in stukken aluminiumfolie en terwijl ik daar dan zo zit, verkneukel ik me er tijdelijk over dat je de klok wel degelijk even terug kunt draaien.

Maar deze keer vind ik het helemaal niet zo leuk. Ze geven me veel te veel tijd om na te denken. En ik denk dat ik wel met Richard had moeten praten, gisteravond. Ook al was het dan hartstikke laat. Als je van elkaar houdt dan maakt het toch niet uit hoe laat het is. *We hadden het erover moeten hebben.* We hadden de lucht moeten klaren... en daarna hadden we woeste goedmaakseks moeten hebben. Dan had ik hier nu tenminste niet zitten denken *dat we het erover hadden moeten hebben.*

Mijn telefoon gaat – een mooi excuus om even niet na te denken – en dus neem ik op.

'Van harte, lieve schat,' zegt Summer.

'Dank je. Waar heb jij deze week uitgehangen, eigenlijk? Ik kreeg je maar niet aan de lijn.'

'Lang verhaal. Ik was op Tenerife met Phoebe.'

'Phoebe?' herhaal ik onzeker.

'Phoebe, de kapster. Daar heb ik je toch over verteld toen we gingen lunchen?'

'O ja, die.' Ik heb geen idee, maar ik heb geen zin om op mijn kop te krijgen omdat ik nooit luister. 'Hoe was het?'

'Ik moet met je praten, Fran, maar dat kan vanavond misschien wel. Nou, ben je er klaar voor?'

'Ja hoor, ik word momenteel omgetoverd van muisgrijs in overheerlijk honingblond,' bevestig ik.

'Mooi zo. En de rest van je leven: heb je dat nou al eens geregeld?'

'Mijn agenda loopt nog niet over van de boekingen, Summer, maar als je nog èven geduld hebt...' Misschien was dat iets te sarcastisch.

'Mens, je hebt de hele week de tijd gehad! Wat heb je dan in godsnaam uitgespookt?'

'De kinderen. Die kosten een hoop tijd, en dan het huishouden, en, nou, van alles en nog wat.'

'Wat een bullshit, zeg, nu maak je me echt kwaad.'

'Ah joh, maak je niet druk.'

Stilte.

'Nou ja, gelukkig laat je in elk geval iets doen aan dat afgrijselijke Kate Bush-hoofd van je,' zegt ze uiteindelijk. 'Maar aan jou zelf moeten we ook echt iets gaan doen. Nieuwe ronde, nieuwe kansen, toch?'

Mijn hemel, houdt ze dan echt nooit op? Waar haalt ze eigenlijk het lef vandaan? Lekker een weekje met een of ander kapstersletje liggen rollebollen op Tenerife en dan volkomen uitgerust en opgeladen mij het leven zuur maken? Summer, het eeuwige feestbeest. Geen verplichtingen, geen verantwoordelijkheden. Altijd mij afzeiken vanwege het leven dat ik leid. Soms heb ik het daar toch wel zo ontzettend mee gehad.

'Ik hou heus wel van je, Fran, ik zit je maar wat te dollen. Dat weet je toch wel... Fran?' vraagt ze als ik geen antwoord geef.

Krijg jij maar lekker de klere, met je liefdesverklaring. Ik zit hier niet bij de kapper om me door jou te laten afbekken.

Om een onverklaarbare reden voel ik een snik opkomen, die ik snel inslik. 'Sorry, wat zei je?' Ik frons theatraal naar mijn telefoon en buig mijn hoofd alsof ik me moet concentreren op wat ze zegt.

'Ik zei dat ik van je hou. Ik maakte maar een grapje net, met dat –'

'Sorry, Summer, er zit ruis op de lijn...' Ik haal mijn schouders op, wat zo veel moet betekenen als *Wat een nachtmerrie hè, die mobieltjes* – niet dat er verder iemand op me let, trouwens. Dan klap ik mijn telefoon dicht.

Zo, die laat het voortaan wel uit haar hoofd om zich met mijn leven te bemoeien.

Als ik om halfeen de kapsalon uit stap, zeurt Summer nog altijd na in mijn hoofd. Waarom kan ik nou nooit gewoon mijn hart luchten bij mijn vriendinnen? Waarom kan ik überhaupt niet praten? Jezus, ik begin niet alleen op mijn moeder... ik *ben* mijn moeder.

Inmiddels begin ik hem ook behoorlijk te knijpen voor vanavond. Wat ik voel lijkt in de verte op een paniekaanval. Dan bedenk ik me iets. Er is niemand thuis en ik heb nog genoeg tijd voor een snelle borrel voor ik de kinderen ophaal bij Sureya.

Een glaasje wijn, wat kan dat voor kwaad, verder?

'Waarom heb je ons daar zo lang laten wachten?' Thomas is pislink. 'Waar hing je uit?'

'Jemig, Thomas, ik heb alleen mijn haar laten doen. Wat vind je ervan?'

'Je bent *uren* weg geweest,' schreeuwt hij, zonder acht te slaan op mijn lokkenpracht.

Het zit namelijk niet eens slecht, mijn haar. De kleur is het niet helemaal, een beetje te honingachtig naar mijn smaak, maar voor de rest mag ik niet klagen.

Molly zit zoet te spelen met twee stukjes touw en een takje. Ze speelt dat het kostbare juwelen zijn en zij is een knappe prinses. Ze is een vat vol fantasie.

Zoals Thomas een vat vol woede is. 'Als je het waagt om me daar nog een keer heen te brengen!' En hij was al zo kwaad op me omdat hij niet naar voetbal kon. Dat hij dan ook nog eens naar Sureya moest, was de absolute druppel.

Ik ben vastbesloten niet tegen hem te gaan schreeuwen. Mijn hoofd tolt zo al genoeg. Voordat ik ze ging ophalen heb ik eerst nog snel een halve rol pepermunt naar binnen gewerkt. Volgens mij had Sureya het niet door, tenminste, ze zei er niks van. Ze zei er ook niks van dat het bijna halfvier was toen ik ze eindelijk kwam halen. 'Wat was er dan precies zo erg, Thomas?' vraag ik overdreven kalm. 'Je vindt het anders altijd hartstikke leuk bij Sureya?'

'Hoe kom je daar nou weer bij? Ik haat het daar,' schreeuwt hij.

'Wil je je een beetje inhouden, ja?' Dat geschreeuw, daar kan ik nu niet tegen, met dit hoofd.

'Ja, Robin Hood, ik wil dolgraag met je trouwen,' zegt Molly tegen een denkbeeldige man die voor haar neerknielt. Ze steekt mijn plumeau uit alsof het een zwaard of een scepter is. 'Ik benoem u tot mijn echtgenoot, de Prins van Mijn Land.'

Geniet er nog maar even van, liefje. Want voor je het weet maakt hij promotie, en dat zit hij in Milaan, en dan laat hij jou thuiszitten met de kinderen en een zooi goedkope flessen drank.

'Kan je eindelijk eens nokken met die stomme toneelspelletjes?' gilt Thomas voordat hij de kamer uit rent. 'Jullie zijn allemaal niet goed bij je hoofd,' hoor ik hem nog zeggen voor hij de deur van zijn slaapkamer achter zich dichtsmijt.

Ik moet eigenlijk even met hem gaan praten, maar dat doe ik niet. Ik voel me schuldig. Is hij zo vanwege zijn vader en mij? Als ik mijn eigen problemen al niet eens aankan, hoe moet ik Thomas dan ooit helpen? O, trouwens, dat doet me eraan denken dat ik die Ron nog moet bellen voor dat proeftrainen. Dat is een goed begin. Maandag, dan bel ik hem.

De paniek gaat maar niet weg. Ik word ziek bij het idee dat ik straks in het centrum van de belangstelling kom te staan. Ik moet echt iets vinden om aan te doen. *Nu meteen!* Gewapend met een glas wijn en een pakje sigaretten loop ik naar mijn slaapkamer. Volgens de wekker heb ik nog twee uur en zeventien minuten. *Oké, aan de slag!*

Ik gooi de deuren van mijn kledingkast open. Ik heb toch zeker wel iets: een of ander sexy jurkje waarvan ik het bestaan ben vergeten, of iets wat ik een beetje kan opleuken met een riem of een sjaaltje of zo? Maar naarmate de stapel kledingstukken rond mijn enkels hoger wordt, dringt het steeds meer tot me door dat ik de hoop maar beter op kan geven.

Ik staar naar mezelf in de spiegel. Leuk haar, jammer van dat gezicht. Grote, waterige bruine ogen die me droevig aanstaren. Droge en gebarsten lippen, want dat past goed bij mijn huid.

Mijn god, wat voel ik me wazig. *Even goed nadenken!* Even liggen, dat zal me goed doen. Sigaretje uitmaken, op bed ploffen en me overgeven aan dat duizelige gevoel...

'Wat is hier in godsnaam aan de hand?'

Wat?

Te snel kom ik overeind, waardoor het bloed zo snel uit mijn hoofd trekt dat ik me precies zo voel als net, na die paar glazen wijn. Ik kijk op en probeer me te concentreren. Richard staat over me heen gebogen.

'Wat is er?'

'Molly heeft een grote puinhoop gemaakt van de keuken. Ze loopt rond met een broodmes, en jij ligt hier een beetje te slapen? Jezus, Fran, heb je enig idee hoe laat het is!'

Buiten schemert het. Geen goed teken. Ik kijk op de wekker: half-zeven. Om zeven uur moeten we eigenlijk op de tennisclub aan de pasteitjes zitten, of zoiets.

'O, god, sorry, ik ben gewoon even in slaap gesukkeld,' zeg ik zwakjes, en ik probeer om helder na te denken.

'Jezus wat een *stank*!' zegt Richard, terwijl hij zijn neus optrekt. 'Heb je zitten drinken of zo?'

Wat moet ik nu zeggen? Ik kan het moeilijk ontkennen, met die *stank*. Maar dat is nog niet alles. Ik zie mezelf in de spiegel. Niet te geloven wat een hazenslaapje voor schade aan kan richten aan een kapsel van 130 pond. Het steekt aan een kant omhoog als een scheve hanenkam. Ik kijk naar het verfrommelde bed, en naar de met kleding bezaaide grond. Wat een ongelofelijke puinhoop heb ik ervan gemaakt. En dan heb ik het niet over de slaapkamer...

Ik kan mezelf wel wat aandoen. Sinds wanneer ben ik eigenlijk zo'n zuipschuit? Ik ben zevenendertig en los van mijn kinderen heb ik helemaal niets gepresteerd in dit leven. Zelfs mijn man veracht me.

En ik veracht mezelf al meer dan genoeg.

'Helen is er al,' zegt hij. 'Ze is aan het koken voor Thomas en Molly. Ik zou me maar gaan omkleden als ik jou was.' Hij stampvoet naar het raam en gooit dat open.

Ik sta op en loop doelgericht op de kast af, en ik doe mijn stinkende best om het eruit te laten zien alsof ik precies weet wat ik doe. Maar dat is niet zo. Ik heb geen idee. Geen idee wat ik aan moet, geen idee wat ik moet doen, wat ik moet zeggen... *echt geen idee.*

Ik trek het niet meer.

Ik zak op de grond, boven op de afgewezen kleren en ik begin te snikken. De frustratie van weken stroomt uit me en ik kan het niet meer tegenhouden.

Ik voel zijn armen om me heen. Hij streelt mijn geruïneerde kapsel en houdt me stevig vast. 'Wat is er nou toch mis met je?' vraagt hij ten slotte.

'*Alles.*' Het snikken zwelt aan, alsof hij het uit me knijpt.

Hij laat me even huilen. 'Kom, sta eens op,' zegt hij, en hij trekt me omhoog en loopt met me naar het bed. Hij gaat zitten en vraagt: 'Wat is er nou allemaal aan de hand?'

Het voelt vreemd. *Hij* doet vreemd. Geïrriteerd, en toch liefdevol. Hoe dat kan, tegelijkertijd, snap ik niet helemaal, maar goed.

Ik kan niet meer stoppen met huilen. Ik weet best dat ik met gezwollen, rode ogen moet rondlopen, straks, op mijn feest, maar het kan me niet schelen. Het enige wat me nog kan schelen is dat ik hier nu ben, in de zwijnenstal die mijn slaapkamer moet voorstellen, met Richard die me vasthoudt. Voor het eerst in maanden.

'Toe nou, wat is er toch?' dringt hij voorzichtig aan.

'Ik heb helemaal niks om aan te doen,' zeg ik. En omdat dat zo ongelofelijk stompzinnig klinkt, voeg ik eraan toe: 'En jij houdt helemaal niet meer van me.'

Wat ook ongelofelijk stompzinnig klinkt, natuurlijk, maar goddank laat hij zijn armen niet vallen. 'Doe niet zo raar,' zegt hij zachtjes.

'Wat, dat ik niks heb om aan te doen of dat jij niet meer van me houdt?'

'Allebei.' Hij raapt iets van de grond. 'Hier, dit heb ik voor je gekocht... voor je verjaardag.'

Het is een tas, waar GUCCI op staat. Ik pak hem aan en maak het lintje los dat rond de handvatten is gestrikt. Ik trek het zwarte vloeipapier eruit, en kijk wat erin zit. Voorzichtig haal ik de prachtigste blouse tevoorschijn die ik ooit gezien heb. Een kunstwerkje van witte zijde.

'Vind je het zo lelijk?' zegt hij, want er welt een nieuwe tranenvloed op.

'Nee, nee, het is een prachtige blouse... Schitterend gewoon. Maar...' Ik weet niet wat ik moet zeggen. Ik heb net gezien dat dit een maatje 36 is, en wat moet ik dan: hem opbiechten dat ik inmiddels maat 42 heb? Dus zeg ik gepijnigd: 'Dankjewel,' en ik snik lustig door.

Hij kijkt nog een keer nerveus op de klok, en pakt me dan weer bij mijn schouders. 'Luister, dit is het plan: Jij gaat nu de badkamer in om je gezicht te wassen. Daarna kleed je je aan. Als je dit niet aan wil' – en hij schuift het Gucci-geval aan de kant – 'dan maakt mij dat niets uit. Kalmeer nu gewoon even, en als je klaar bent gaan we naar het feest. Het wordt hartstikke leuk, echt waar. Gesnopen?'

Hij praat op zachte, maar dringende toon. Alsof hij het tegen een nieuwe medewerker heeft die op instorten staat vlak voor een belangrijke presentatie. Geen wonder dat hij het zo ver heeft geschopt. Wat een *professional*.

'Ik wil helemaal niet naar dat stomme feestje. Ik wil alleen maar...'
Wat wil ik eigenlijk? 'Jou.'

'Fran, nou moet je ophouden. Dit is een feestje voor jouw verjaardag, weet je nog?'

Hij gaat sneller ademhalen. Hij wordt boos. 'We krijgen niet weer net zo'n toestand als met die opnames, toch? Je gaat toch wel gewoon naar je eigen feestje, mag ik hopen... *Jezus!*' Hij haalt zijn hand door zijn haar en haalt een keer diep adem. 'Vertel me nou maar gewoon wat er aan de hand is.'

Ik zie de pijn op zijn gezicht. De gedachte dat hij nog steeds verdriet om me kan hebben geeft me hoop.

'Ik weet niet,' zeg ik, hoewel ik precies weet wat er aan de hand is. Die hotelrekening ligt vlakbij, ik hoef het laatje van mijn nachtkastje maar open te trekken. Ik moet het hem vertellen. Oké, de timing is niet optimaal, maar Sureya heeft gelijk. Ik moet het erover hebben.

Nu.

Maar ik zeg: 'Hou je nog wel van me?'

'Je bent dronken. Ga je gezicht wassen.'

'Ja of nee, dat is het enige wat ik wil weten.'

'Fran, we hebben helemaal geen tijd om het over dit soort dingen te hebben.'

'Dus je houdt niet meer van me.'

'Jezus, ik zeg toch niks, mens.'

'Godver, Richard, waarom zeg je niet gewoon dat je niet van me houdt?'

Een kreet als uit een horrorfilm vult de kamer en we kijken allebei op. Molly's roze enkelsokjes flitsen langs de deur in de richting van de trap. Hoelang stond ze daar al? Wat heeft ze gehoord?

'Je zorgt maar dat je zo aangekleed bent, Fran,' zegt Richard woedend. 'Ik ga wel naar Molly.'

Het bovenste knoopje kreeg ik niet dicht, maar de rok ziet er verder redelijk uit. Ik ben helemaal in het zwart, want dat schijnt af te kleden. Mijn hemel, wat zijn de tijden veranderd. Dat wil zeggen: wat is de omvang van mijn middenrif veranderd. Richards prachtige witte Gucci-blouse ligt treurig op de grond van de slaapkamer, waar hij hem neergooide.

'Je ziet er mooi uit, Francesca,' zegt Sureya, en ze knuffelt me even.

Ik ben het ook wel met haar eens, tenminste, een beetje. Het is een wonder dat ik hier überhaupt ben, en het is een dubbel wonder dat ik ook nog een beetje toonbaar ben.

Michael geeft me ook een knuffel en Sureya duwt een schitterend ingepakt cadeautje in mijn handen, met een glimmend zilveren strik erom. 'Ik hoop niet dat je dit als een belediging ziet, maar dat je het leuk vindt. En dat je het ook echt *gebruikt.*'

'Bedankt, Sureya,' zeg ik, en ik leg het cadeautje op de tafel, naast alle andere dingen die ik heb gekregen. 'Bedankt dat je vandaag op de kinderen wilde passen, en voor het cadeau. Ik weet zeker dat ik het leuk vind.'

Ze heeft vast en zeker weer een of ander zelfhulpboek voor me gekocht over hoe je op zoek moet naar je innerlijke zelf en dat soort bullshit, want Sureya is zelf dol op dat soort ongein.

'Het enige waar het nu om gaat is dat jij vanavond een geweldige avond hebt.' Ze glimlacht.

'Om je de waarheid te zeggen was ik een zenuwinzinking nabij,' zeg ik, terwijl ik van mijn champagne nip. 'Stom hè, paniek schoppen om niks.'

Ze kijkt me fronsend aan. 'Paniek. Ja, ik kon de *paniek* inderdaad ruiken toen je de kinderen op kwam halen.' O. Lekker nuttig, dus, die pepermuntjes. 'Ik ga even een glas water halen. Tot zo,' zegt ze, en ze sleurt Michael met zich mee naar de bar.

Ze zijn een van de eerste stellen, en Richard en ik waren hier maar een paar tellen eerder dan zij. Het duurde even voordat Molly weer tot bedaren was gebracht. Richard en ik moesten elkaar uitvoerig omhelzen voor ze ervan overtuigd was dat we echt nog heel dol op elkaar zijn, zoals dat hoort met papa's en mama's. Molly's perfecte, maar nogal broze wereldje mag niet uit elkaar spatten door het nieuws dat haar pappie haar mammie eigenlijk maar een nutteloze dronken lor vindt, en dat haar mammie haar pappie een leugenachtige vreemdganger vindt en dat geen van beiden de moed heeft om de ander van deze feiten op de hoogte te stellen.

Toen we Molly gerust hadden gesteld, heb ik snel nog wat make-up opgesmeerd, heb ik Thomas nog even vlug gedag gezegd (ook al weigerde hij nog steeds om met me te praten) en ben ik vertrokken. Met Richard. De tennisclub zit gelukkig tweehonderd meter verderop, want in de schoenen die ik nu draag kan ik nauwelijks een stap verzetten – die schoenen heeft Richard trouwens ook alweer van een klant gekregen. We hebben verder geen woord gewisseld onderweg, maar toen we op het clubhuis aankwamen waren zowel mijn hakken als mijn huwelijk nog min of meer intact.

Sureya en Michael staan bij Richard, aan de andere kant van de zaal. Nu ik even een moment voor mijzelf heb, neem ik nog maar een slok van mijn champagne en geniet van de gelukzalige ontspanning die dat oplevert. Voordat we hier aankwamen, heeft Richard zijn armen nog een keer om me heen geslagen en gezegd dat ik nu niet aan nare dingen moest denken, en dat ik moest zorgen dat ik plezier had vanavond. Dat ik gewoon niet meer precies weet hoe dat moet, plezier maken, en dat deze avond was bedoeld om me dat weer in herinnering te brengen. Toen drukte hij me even tegen zich aan, en omdat het dit keer niet was omdat ik hysterisch aan het janken was, gaf het me een warm gevoel. Zo heb ik me al in tijden niet meer gevoeld.

Misschien heeft hij wel gelijk, denk ik nu.

Misschien komt alles wel gewoon weer goed.

Nog een slokje en ik voel me nog veel beter. Als een elastiekje dat was uitgerekt tot het bijna knapte, ben ik stukje bij beetje weer aan het ontspannen. Er staat muziek op, de mensen lopen allemaal gezellig rond en het geklets vult de elegante ruimte. Alles is perfect. Nou ja, bijna dan. Mijn glas is leeg.

Eerst maar weer eens even een ober vinden, en ja hoor... nu is het echt perfect.

'Wat is er in godsnaam aan de hand?' bijt Summer me toe als ze zeker weet dat niemand het verder kan horen.

'Niks, hoor.' Ik glimlach. Echt geweldig, die champagne.

'Ach hou toch op. Je hebt een belachelijke laag make-up op, het lijkt wel cement, en je tikt ze achterover alsof je net uit de woestijn gered bent. Wat is er gebeurd?'

'Niks. Ik ben dolgelukkig.'

'O ja?'

Ik knik zeer veelbetekenend. 'Richard houdt van me en het is allemaal helemaal top.'

'*O ja?*' herhaalt ze bijtend.

'Ja. Laat me in godsnaam met rust. Ik begin er net een beetje lol in te krijgen.'

'Dat ik het je ooit heb toegestaan met die vent te trouwen.' Ze schudt haar hoofd. 'Mijn god, moet je hem nou weer eens zien slijmen met al die lui.'

Aan het andere einde van de zaal liet Richard zijn kunstjes los op een paar vrouwen die ik nauwelijks herkende, zo hadden ze zichzelf opgetuigd. Ze gooiden hun hoofd gierend achterover en duwden hun strak gemanicuurde handjes tegen hun ribbenkastje om niet uit elkaar te barsten van het lachen. Ik voel een steek, want vroeger stond ik in hun schoenen. Maar goed, de avond is nog jong. Hij komt mij vast ook nog wel aan het lachen maken, dat weet ik zeker. Ik neem nog een slok.

'Je begrijpt hem niet. Net hadden we nog even zo'n... bijzonder moment.'

'Asjeblieft, zeg, mag ik effe een teiltje? Ik was toch al zo misselijk,' zegt ze, en ze slaat iets achterover wat lijkt op sinaasappelsap – denkt ze soms dat je daar minder misselijk van wordt?

Ik wil haar net vragen wat ze eigenlijk precies bedoelt, maar we worden gestoord. Een beeldschoon meisje met kastanjebruin haar verschijnt aan Summers zijde. En dan bedoel ik ook echt 'meisje'. Ze is zo jong, dat ik me afvraag of dit nog wel binnen de wet valt.

'Phoebe!' Summers ogen vallen bijna uit hun kassen. 'Wat doe jij hier in godsnaam?'

'Mijn vriendinnen hadden geen zin in me. Dus ik dacht, dan ga ik jou maar verrassen!' Het meisje staat te springen als een jonge hond.

'Nou, verrast ben ik zeker,' zegt Summer, die inderdaad heel erg verbaasd kijkt. 'Fran, dit is Phoebe. Phoebe, dit is Fran.'

'O, ik heb al zo veel over jou gehoord. Fijn dat je het niet erg vindt dat ik zomaar kom binnenvallen,' kirt ze, en ze pompt mijn hand energiek op en neer.

Mij kan het allemaal niks schelen. Summers vrienden zijn ook mijn vrienden. En trouwens, ze hebben nu toch alweer zo'n, wat zal het zijn, twee weken verkering? Summer rekent altijd in hondenjaren. Dus voor haar zijn twee weken eigenlijk iets als vijf jaar, en dus moeten we de relatie met dit meisje uiterst serieus nemen. Maar als dat zo is, waarom kijkt Summer dan zo moeilijk?

'Hallo, wie hebben we hier?' Richard komt bij ons staan.

Ik stel hem voor aan Phoebe en iedereen doet reuzevriendelijk. Je zou nooit zeggen dat Summer zo de schurft heeft aan mijn echtgenoot.

'Heb je het naar je zin?' vraagt hij aan mij.

'Ja,' antwoord ik. 'Absoluut. Het is hartstikke leuk allemaal.'

Summer mag dan haar ogen ten hemel slaan, maar ik meen het. Hij pakt mijn hand en kijkt me aan alsof het hem echt iets kan schelen wat ik vind. Die blik, en mijn negende glas champagne zetten de wereld in een hemelse gloed. Iedereen om me heen baadt in een magische glans. Zelfs Sureya, die er ook bij is komen staan, moet toch die energie voelen tussen Richard en mij.

'Alles in orde?' Ze straalt.

'Alles top,' zeg ik. En dan fluister ik tegen haar: 'Je had helemaal gelijk, hoor, over dat praten. Ik beloof je dat ik je nooit meer zo zal pesten met dat soort dingen.' Ik lach.

Ze geeft me een dikke knuffel en dan sleept Summer haar mee, op zoek naar meer drank. Het lijkt erop dat ze niet al te lang alleen gelaten wil worden met Phoebe.

'Heel lief dat je dit allemaal voor me geregeld hebt,' zeg ik tegen Richard als we weer alleen zijn. 'En sorry voor dat van net.'

Hij schuifelt ongemakkelijk heen en weer. Heel even flitsen zijn ogen van me af, maar dan kijkt hij me weer aan. 'Hé, heb jij Isabel en Harvey al gesproken?' vraagt hij opgewonden. 'Ik heb net even met ze staan kletsen. Ze zijn weer aan het regisseren en je raadt nooit wat hun volgende project is.'

'Nou, vertel,' zeg ik. Ik heb het gevoel alsof ik bedolven ben onder het elfenstof en ik luister niet echt naar hem, maar ik geniet wel van zijn enthousiasme.

'Ze gaan een speelfilm doen. Animatie – CGI. Maar dan niet voor kinderen. Ze hebben de rechten gekocht van een of andere sciencefictionroman. Volgens Harvey wordt het een kruising tussen *Toy Story* en *Blade Runner*.'

'Dat klinkt super.' Wat weet ik nou van sciencefiction, en wat is CGI in godsnaam? Maar alles klinkt momenteel super, dus dit ook.

'Ja, gaaf hè? Ze willen heel graag met je praten over een van de rollen,' legt Richard uit. 'Ze hebben al contact met een paar heel grote namen, maar Isabel zegt dat er een heel mooie rol voor jou in zit. Jou op het lijf geschreven, zegt ze.'

Moet je hem nou zien, in zijn prachtige maatpak, knapper en belangrijker dan alle andere mannen die ik ken, en het enige waar hij mee bezig is, is om mij weer op de rit te krijgen. Natuurlijk houdt hij wel van me. Summer weet niet wat ze zegt – hoe lief ze verder ook is. Ze is wat dat betreft echt een stereotype, mannenhatende pot. Het enige wat hij wil is mij weer nieuw leven inblazen.

'Ik dacht dat je de moed al had opgegeven,' zeg ik. 'Na mijn debacle van laatst.'

'O dat, dat zijn we allang weer vergeten.' Hij lacht.

Ik gooi mijn armen om zijn nek en blijf daar even lekker zo hangen. Dan trek ik me op naar zijn gezicht en kus hem zachtjes op zijn mond. Ik weet niet wat ik dan had verwacht, maar als ik me weer van hem losmaak zie ik tot mijn verbazing weer diezelfde gepijnigde blik die hij eerder ook al had.

'Denk je dat het wel weer goed komt met ons?' vraag ik, en ik blijf hem vasthouden. Ik wil hem niet laten gaan.

'Hoe bedoel je, goed komen?'

'Met de passie. Weet je nog wel? Kussen, knuffelen, S, E, K, S.'

'Ik denk dat jij dronken bent, dat denk ik,' zegt hij. Hij glimlacht nog steeds, maar achter die glimlach zit niets. Hij tilt mijn handen van zijn schouders en houdt ze even voor zich vast, als een barrière tussen ons. Zijn ogen schieten inmiddels gespannen de zaal rond. 'Gedraag je alsjeblieft, Fran. Harvey kijkt.'

'Oké, ik *gedraag* me.' Ik reageer een tikje te geïrriteerd. Die champagne, daar zou ik eigenlijk ietsje minder van moeten drinken. Als ik niet uitkijk, lig ik zo nog op de grond.

Richard laat mijn handen los. Zo had dit moment niet moeten eindigen. Hij merkt niet hoe teleurgesteld ik ben, want Fiona stort zich boven op hem. Waar komt die ineens vandaan? En wie heeft haar verdomme uitgenodigd?

'Hé, zussie!' Hij knuffelt haar alsof hij haar een eeuwigheid niet heeft gezien, in plaats van afgelopen zondag nog. Alsof ze net helemaal uit Australië is ingevlogen.

Ze gooit haar cadeautje zo ongeveer naar me toe, kust een keer in de lucht en sleept haar broer mee naar iemand van wie ik me ook niet kan herinneren dat ik die op de gastenlijst heb gezet. Dat geldt overigens voor de helft van alle aanwezigen. Wie zijn al die mensen in godsnaam? Laat ze oprotten! Ik drink mijn glas leeg en ruil het voor een vol glas.

'Zo, vier kruisjes dus, hoe voelt dat nou?'

'Pardon?'

Wie is deze vent en waar heeft hij het in vredesnaam over?

'Vier kruisjes, veertig... toch een hele mijlpaal, vind je niet?'

'Ik ben helemaal geen veertig,' bijt ik hem toe. 'Ik ben zevenender-tig.'

'O, god... sorry. Maar ik dacht... nou ja, aangezien dit zo'n groot feest is en zo, dat het wel om een bijzondere leeftijd moest gaan,' kwijlt hij.

Nee, engerd, jij zei dat omdat je vond dat ik eruitzie als veertig. En wie ben je trouwens? Ik kijk hem kwaad aan, en ik ben te ver heen om me te realiseren dat dat voor hem niet zo leuk is. 'Wie bent u?' vraag ik een tikje te agressief.

'Sorry?'

'Hoe heet u? Ik weet helemaal niet wie u bent.'

'Ik ben Chris...'

Zegt me niks.

'Chris Sergeant... van de afdeling televisie... bij Saatchi.'

Chris Sergeant, hoofd van de afdeling televisie, Saatchi & Saatchi... Shit.

Dat ik me die niet meer herinner! Hij is de leukste man in de hele reclamewereld. Chris boekte me vroeger voor alle klussen waar hij ie-mand met een accent voor nodig had... Honderden klussen heb ik van hem gehad, en we hebben zo ontzettend veel gelachen samen... Ser-geant Chris! Een prachtvent, een held! Ja, hij was toen misschien ietsje slanker, maar dat waren we allemaal. Ik heb Richard nog wel gedwon-gen om hem ook uit te nodigen. Jezus, nu is het mijn beurt om door het stof te gaan.

'Chris!' gil ik. 'Jemig, sorry!'

'Maakt niet uit. Luister, ik ga even een nieuw glas halen, Fran,' zegt hij. 'Ben zo weer terug.'

Ik kijk hem na tot ik hem in de menigte uit het oog verlies. Ik voel me kut. Ik was echt van plan om weer eens ouderwets met hem te praten... als hij me nu nog maar een kans wil geven, dan weet ik zeker dat het heel gezellig wordt.

Ik wil hem net gaan zoeken als ik een hand op mijn arm voel. *'Fran.'* Ik kijk om en zie Summer staan. Ze kijkt nerveus over haar schouder.

'Summer,' zeg ik verbaasd. 'Ik heb net toch wel zo'n enorme blun-der begaan.'

'Whatever, luister, ik weet dat dit niet zo'n geslaagd moment is, en

ik had er ook helemaal niet over willen beginnen, maar ik moet met je praten. Vanavond.'

'Nou, praat dan, praat maar een eind weg.' Ik praat met dubbele tong, tenminste, een beetje.

'Ben je bezopen, of zo?'

Ik heb zin om haar te zeggen dat ze niet goed bij haar hoofd is, en wil haar uitleggen dat champagne op een nuchtere maag dit soort dingen doet met een mens, maar dan dringt het tot me door dat ik mezelf daarmee zou tegenspreken, en dus zeg ik niets. Ik lach alleen maar. Heel hard, zelfs.

'Boe!'

Het is Phoebe, die voorbij komt stuiteren alsof ze een hand amfetamines heeft geslikt.

'Fran, ik heb zo veel gehoord over de stemmetjes die jij nadoet,' kirt ze. 'Doe Cher eens! Ik ben *gek* op Cher, en Summer beweert dat jij die steengoed kunt imiteren.'

Summer kreunt hoorbaar. Of dat nu komt doordat ze het een gênant verzoek vindt, of omdat ze doodziek is van mijn stemmetjes, is me niet helemaal duidelijk. Phoebe vraagt het zo vrolijk dat ik graag aan haar verzoek wil voldoen, maar als ik mijn mond opendoe, komt daar alleen een enorme hik uit. Ik klap dubbel van het lachen, en Summer deinst achteruit.

Dan is ze weer vergeten dat ze eigenlijk met me wilde praten, want ze krijgt Sureya in de smiezen. Had ik al gezegd dat ze stapeldol is op Sureya? 'Kom, ik wil het even met Sureya hebben over een droom die ik de laatste tijd steeds heb.'

'Daar heb je mij niks van verteld, anders. Wat is dat voor droom?' vraagt Phoebe, die haar hoofd heen en weer beweegt op de maat van de muziek.

'Een droom waarin ik dood ben. Of tenminste, dat denk ik, want niemand ziet me. Kom, dan gaan we.' Summer kijkt me even vuil aan, voordat ze Phoebe meesleurt.

Ik sta in mijn eentje. Alweer. Ik begrijp heel goed wat Summer bedoelde met dat dood zijn, want mij zien ze al jaren niet staan. Of misschien zijn zij wel allemaal dood en ben ik de enige die nog echt leeft. Net als in *The Shining*. Dan ben ik Jack Nicholson die praat tegen een stel mensen die allang niet meer bestaan op een feestje dat ook niet echt is. Heb je mijn Jack Nicholson trouwens al eens gehoord...?

Ik weet niet hoelang ik hier al zo sta, maar ik begin me serieus af te vragen of ik soms onzichtbaar ben. Maar nee, dat kan niet, want de obers kunnen me wel zien. Het lijkt wel of ze in de rij staan om me een drankje aan te mogen bieden. Hoeveel heb ik er inmiddels al op? Ik zie de mensen om heen zwemmen, lachend, drinkend, heel feestelijk allemaal.

De muziek klinkt nu harder. 'Play that funky music, white boy' knalt uit de speakers, om alle funky witte jongens en meisje de dansvloer op te jagen. Nou ja, funky kan je ze niet noemen. Ze staan te dansen als een stel schijndoden. Ze hebben wel iets weg van een patiënt die een elektrische schok krijgt toegediend en dan zo oncontroleerbaar heen en weer schudt.

Ik kan hier niet naar kijken zonder te giechelen. Dus ga ik maar op zoek naar iets te eten. Maar als ik bij het buffet kom, blijk ik net te laat te zijn. De lege borden worden net opgestapeld en weggehaald, dus de enige maagvulling die ik nu nog kan krijgen, is van het vloeibare soort. En dus drink ik maar door.

Ik scan de zaal af of ik Richard ergens zie, want die ben ik al een poosje kwijt. Hij staat op de dansvloer met de anderen – godzijdank. Ze staan inmiddels spastisch te twisten op 'Living in a box'. O, dit vind ik een leuk liedje! Doet me denken aan vroeger. Ik doe mijn ogen dicht en...

'Fran, eindelijk!' Een schelle stem snijdt door de lage bastonen. Het is Isabel, van Isabel en Harvey. Ze vormen een regisseursduo en hebben hun roem te danken aan televisiereclames en videoclips. Jarenlang waren zij het Stel van het Jaar. En toen ze de absolute top hadden bereikt, besloten ze om het allemaal op te geven voor een leven op een ranch in Idaho. Of Bogota. Of zoiets. Ik kan het me niet meer precies herinneren.

Mijn ogen zoomen in op Isabel. Wat heeft ze in godsnaam aan? Een of ander Afrikaans gewaad. Was het dan toch Angola waar ze naar waren gevlucht?

'Isabel, wat ongelofelijk leuk om jou weer eens te zien.' Ik glimlach. 'Hoelang zijn jullie alweer terug?'

Ze kijkt me stralend aan met het air van een hogepriesteres. 'O, iets van een halfjaar, of zo.'

Waar waren ze nou in godsnaam ook weer geweest? Egypte misschien?

'...maar het voelt eerder als zes minuten. Het is echt een gekkenhuis. Ik heb gewoon geen idee waar de tijd blijft, ken je dat?'

'Nou en of,' lach ik, want ze slaat de spijker op de kop. Al dat eten is gewoon alweer weg; de avond lijkt gewoon voorbij te vliegen.

Harvey komt naast haar staan. Hij draagt een loszittend linnen pak, afgezet met kralen rond de halslijn en de enkels. Waar haal je het vandaan? 'Francesca!' buldert hij. Hij omhelst me en ik ruik iets vaag oosters... o ja, nou weet ik het weer: Turkije! Ze hebben geiten gehouden in Bodrum.

Hij monstert me. 'Wat zie je er overheerlijk uit. Ik ben weer helemaal blij dat we terug zijn als ik jou zo zie.'

'Echt waar?'

'Absoluut. Cornwall is leuk, maar je kunt ook niet al je tijd verdoen met surfen, of wel soms?'

O...

'Vertel op, hoe is het met mijn favoriete Franse hoertje?' informeert hij.

Hoe kon ik dat nou vergeten? Een commercial voor Renault. Nooit op de buis geweest, maar dat is wel het filmpje dat hen beiden de stratosfeer in heeft geschoten. De commercial, waarin ik figureerde in netkousen en een korset waar ik bijna in stikte, was niet helemaal precies wat ze bij Renault in gedachten hadden voor hun nieuwste familiewagen. Ze waren een tikje van het oorspronkelijke script afgeweken. Anders gezegd: Isabel en Harvey hadden dat oorspronkelijke script al op dag één in de prullenmand gegooid en zodra Renault in de gaten kreeg wat ze in hun schild voerden, werden ze ontslagen. Normaal gesproken is dat meteen het einde van de carrière van een regisseur, maar een opname van wat ze al hadden geschoten, ging rond in het reclamecircuit, en toen waren ze binnen. Het verbaasde me niks. Het was een ongelofelijk geestige commercial. En dankzij de uitgekiende belichting zag ik er helemaal niet eens zo beroerd uit in dat korset.

Sindsdien beschouwden zij mij als hun talisman, en ze castten me als ze maar even de kans kregen. Maar de laatste keer dat ze me belden was Thomas nog maar twee maanden, of zoiets, en... smoesjes, smoesjes.

'We *moeten* met je praten,' straalt Isabel. 'Heeft Richard al iets gezegd over *Black Planet*? Onze speelfilm?'

'O ja... die GIC... of zo,' zeg ik vaag.

'CGI.'

'Sony Pictures heeft inmiddels getekend.'

'Het wordt ge-wel-dig. Echt totaal iets nieuws.'

'Een kruising tussen *Shrek* en *The Matrix*.'

'Of *Sneeuwwitje* en *Predator*.'

Die arme schat van een Sneeuwwitje, denk ik. Dat had ze vast ook nooit gedacht toen ze even een stukje ging wandelen in het bos. Mijn ogen schieten van Isabel naar Harvey en weer terug terwijl ze hun verkooppraatjes op mij loslaten. Waarom ik? Kunnen ze hun krachten niet beter sparen voor die lui bij Sony?

'We hebben al een paar heel grote namen die min of meer hebben toegezegd. Alan Rickman –'

'Die vindt het een waanzinnig concept. Wil er ab-so-luut bij betrokken zijn.'

'En dan Colin Farrell, Gary Oldman, Sarah Michelle Gellar –'

'En Francesca Clark.'

'We hebben je nodig, Fran. Niemand kan zo goed Zuid-Afrikaans als jij.'

Nou ja, los van een hele hoop mensen in Zuid-Afrika dan, denk ik.

Ik ben even de kluts kwijt. 'Maar... Richard zei... Het is toch een sciencefictionfilm?'

'Helemaal. Het gaat over apartheid *in space*.'

'Een kruising tussen ET en *Mississippi Burning*.'

'Er zit een karakter is, echt heel duister. Puur slecht. Maar sexy, hè, dat ook.'

'Een sadistische, racistische alien die praat als...'

Isabels stem sterft weg. Er schiet haar waarschijnlijk zo gauw geen andere Zuid-Afrikaan te binnen dan Nelson Mandela.

'Zola Budd?' suggereer ik.

'Precies!' roept Harvey uit. 'Een grote *mindfuck* is het.'

'Echt helemaal jij, Fran.'

O ja? Er is een hoop mis met me, tegenwoordig, dat geef ik toe, maar gek genoeg heb ik mezelf nog nooit gezien als een sadistische, racistische alien (met een Johannesburgs accent).

'Wat zeg je ervan?'

Wat moet ik zeggen, dan? Ik kan niet meer werken. De kinderen hebben me nodig. En trouwens, ik zou waarschijnlijk niet eens meer weten in welke kant van de microfoon ik moet praten. Jezus. Ik ben de vrouw die in paniek raakt over de inhoud van lunchtrommeltjes. Echt, ik zou niet weten wat ze nu willen dat ik zeg.

Het maakt gelukkig niet uit, want ze willen alweer weg om ergens anders mensen enthousiast te maken voor hun kruising tussen *Sponge-Bob* en *Star Wars*, of wat dan ook. Ik glimlach en knik en lach, en hoop dat ik daarmee wegkom. Ik voel me duizelig en mijn aandacht schiet van mijn rommelende lege maag naar de flitsende discolampen en de rondmaaiende ledematen van ongecoördineerd bewegende mensen in feeststemming. Geen van de ledematen behoort toe aan mijn echtgenoot.

'Sorry, jongens,' stoor ik hen zo beleefd mogelijk, 'maar hebben jullie Richard soms ergens gezien?'

'Ik zag hem net buiten staan bellen,' zegt Isabel, en Summer komt bij ons staan.

'Fran, kan ik nu even met je praten?' vraagt ze.

'Sorry, Fran. We claimen je verschrikkelijk,' verontschuldigt Isabel zich.

'We hebben het er nog over, goed?' zegt Harvey. 'Je *moet* het script lezen, echt.' En dan zijn ze weg.

'Wat wilden die van je?' vraagt Summer.

Ze weet wie het zijn. Ze zit immers ook in het vak, dus ze kent alles en iedereen.

Ze is vast woedend dat zij geen idee hebben wie zij is.

Op antwoord wachten doet ze niet. 'Laat ook maar, het spijt me, maar ik ben echt helemaal in paniek, Fran. Je moet echt naar me luisteren.'

En dat wil ik heus wel, als mijn hoofd niet zo ontzettend draaierig was. Ik kan niet meer normaal nadenken.

'Ik kan nu niet praten,' zeg ik. 'Ik moet eerst Richard zien te vinden.'

'Maar–'

'Het spijt me, Summer, ik moet echt weg,' en dan loop ik naar de uitgang.

Richard staat op het terras, badend in de gloed van de lichtmasten die de baan belichten. Het miezert, en hij heeft de kraag van zijn jasje opgeslagen. Zijn ene hand is diep in zijn broekzak gestoken, en met de andere houdt hij zijn mobieltje aan zijn oor. Als hij mijn hakken hoort klikken, keert hij zich om, om te zien wie het is, en draait dan weer terug.

Ik sta zo'n tien meter bij hem vandaan, en voel me vreemd. Moet ik nou weer naar binnen toe en hem met rust laten? Met wie is hij eigenlijk aan het bellen? Wat kan er zo belangrijk zijn dat hij tijdens het feestje voor zijn vrouw, om bijna middernacht, buiten moet gaan staan bellen?

Hij slaat de telefoon dicht en draait zich naar me toe.

'Was dat Karen?' vraag ik. Waar kwam dat nou opeens vandaan?

'Wie is Karen?' Hij kijkt niet-begrijpend – heel *overtuigend*, ook nog.

'Jij weet heel goed wie Karen is,' zeg ik in mijn beste Canadese accent – ergens uit Noord-Ontario, om precies te zijn. 'Die sexy stoeipoes die jou tijger noemt.'

'Wat wil je nou eigenlijk zeggen?'

'Geen idee, zeg jij het maar.' Ik huiver en ik weet niet of het nu van de kou is, of van dit gesprek. Een gesprek dat ik zelf ben aangegaan, iets waarom ik mijzelf nu vervloek.

'Hoeveel heb jij eigenlijk gedronken?' vraagt hij, terwijl hij me van top tot teen opneemt.

Maar ik ben niet dronken. Ik ben in een heel onaangenaam tempo nuchter aan het worden.

Het miezert inmiddels niet meer, het regent. Een koude douche, letterlijk.

'Begin niet steeds ergens anders over,' zeg ik. 'Doe je het met haar?'

O, god. Waarom moest ik dat nou zeggen? Richard kijkt alsof hij op exploderen staat.

'Je bent niet goed bij je hoofd, jij. Geen wonder dat het allemaal zo... Karen is een van mijn medewerkers. Een *collega*. Jezus, je denkt toch niet echt dat ik het daarmee doe?'

Hij kijkt me aan en schudt langzaam zijn hoofd van links naar rechts.

'Je telefoon.' Jezus nog aan toe, waarom hou ik toch niet gewoon mijn mond?

'Wat zeg je nou?'

'Je telefoon. Ik wil je telefoon zien.'

Ik wil weten met wie hij net gebeld heeft. Als ik dan *Karen* zie staan in de display, dan heb ik eindelijk de bevestiging dat mijn man vreemdgaat.

'Dit slaat echt helemaal nergens op,' zegt hij woedend. Maar ik kan het aan zijn ogen zien. Ik weet niet wat ik precies zie, maar dat er iets loos is, is wel duidelijk. 'Je bent echt niet goed bij je hoofd.'

Inderdaad. Maar nu ik dit onderwerp heb aangesneden, ben ik net een op hol geslagen knol. Ik heb geen keus, en dus hol ik door.

'Ik wil hem zien... graag.'

Hij haalt de telefoon uit zijn zak en houdt hem voor mijn gezicht, terwijl hij handig een paar knopjes indrukt.

'Zie je het nou? Zie je het, Fran? Ben je nou tevreden?'

De display is bespikkeld met regendruppels en ik moet mijn ogen samenknijpen om te kunnen lezen wat er staat. Er staat geen *Karen*. Er staat *Gucci*.

'Gucci, Fran. Mijn *klant*. Sinds de pitch laten ze me niet meer met rust. Als zij bellen, moet ik voor ze kikkeren. Of het hier nu giet van de regen of niet, ik *moet* hun telefoontje beantwoorden, want dat is nu eenmaal mijn taak. *Dat hoort bij mijn baan.* Snap je dat dan eindelijk eens een keer?'

Mijn mond hangt open en ik denk aan de prachtige blouse die nu verfrommeld op de vloer van onze slaapkamer ligt. De pitch waar hij zo hard aan heeft gewerkt – waar hij mee bezig was toen ik zijn kantoor binnen kwam zeilen met mijn idiote ideeën over zijn ontrouw.

En eindelijk, veel te laat, realiseer ik me de kracht van het woord. 'Dat wist ik helemaal niet,' zeg ik dommig.

'Dat is nou juist het probleem met jou, Fran. Jij hebt altijd gelijk je oordeel klaar, zonder dat je ook maar enig idee hebt van wat er allemaal speelt.'

Ik ben zo stom geweest. Om niks allerlei beschuldigingen naar zijn hoofd te slingeren. Goed, het begon natuurlijk allemaal met dat stukje papier, maar daar is ook vast een volkomen plausibele verklaring voor. O, god, nou snap ik het. Het is waarschijnlijk niet eens van hem. Hij is de directeur. Hij moet die dingen aftekenen. Iemand heeft dit gewoon bij hem gedeclareerd. *Duh!* Waarom kan ik nou nooit eens gewoon rustig nadenken voordat ik met dit soort conclusies kom. Wat een ongelofelijk stomme streek van me.

'Sorry,' zeg ik heel zachtjes.

'Jezus,' bijt hij me toe. 'Als jij nou eens zorgde dat je zelf weer een beetje een leven kreeg, en dat je misschien eens gewoon op kwam dagen bij een opnamesessie...'

O, ik dacht dat we dat allang weer vergeten waren?

'...Waarom begin ik er überhaupt nog over? Dit is waanzin. Er zitten daarbinnen vijfennegentig mensen. Onze vrienden. Dan lijkt me dat daar toch op zijn minst een van ons bij moet zijn.'

Hij duwt me kwaad aan de kant, en ik kijk hem na terwijl hij de deur door gaat en zich weer in het feestgedruis stort. Ik moet eigenlijk achter hem aan. Ik moet me als een groot mens gedragen. Ik moet deze stomme ruzie nu maar even vergeten en voor mijn gasten gaan zorgen. Maar ik kan me niet meer bewegen. Ik kijk naar mijn voeten en naar hoe de regen me een doorkijkblouse heeft bezorgd.

De deuren worden met een woest gebaar weer opengegooid en ik kijk op, in de hoop dat het Richard is, die bij zinnen is gekomen, en die me nu komt redden van de afgang en van een longontsteking.

Maar het is Summer.

'O kijk, houden we een *wet T-shirt*-wedstrijd? Sexy behaatje, snoes.'

'Dank je. Ik had even wat frisse lucht nodig,' verklaar ik.

'Goed plan,' zegt ze. 'Allejezus rokerig, daarbinnen.' Ze trekt een sigaret uit haar pakje en steekt die achter haar hand op. Ze inhaleert diep en ziet er precies even verloren uit als ik me voel. Wat zou er met haar aan de hand zijn?

'Slimme zet om Harvey en Isabel uit te nodigen,' zegt ze na een poosje. 'Die lul van je beweert dat ze helemaal weg zijn van jou.'

Ik knik en glimlach, dat wil zeggen, dat probeer ik, want het valt nog niet mee, dat glimlachen, zo doorweekt en klein als ik me nu voel.

'Fran, zet je maar even goed schrap, schat, want ik moet je iets vertellen.' Ze stampt de sigaret nu alweer uit op de tegels en kijkt me niet aan. 'Ik kan het zelf ook nauwelijks geloven,' zegt ze. 'Ik had nooit gedacht dat het me zou overkomen. Ik ben altijd zo voorzichtig. En nu zit ik met die Phoebe die de hele tijd als een hondje om me heen springt, en ik kom maar niet van haar af. Eerst leek ze me nog wel een goed idee. Een soort hernieuwde bevestiging van wat ik eigenlijk ben. Maar dat had ik goed mis.'

'Dus je vindt die Phoebe niet zo leuk?' vraag ik, in een poging om op haar golflengte te komen en om niet meer te denken aan mijn afgang bij Richard, net.

'Ik vind haar wel aardig, maar ik voel helemaal niks voor haar. Als je begrijpt wat ik bedoel.'

'Wat doe je dan nog met haar?'

'Het leek me gewoon een goed idee, eerst. Ik was in paniek.'

'Nou, dan zeg je dat toch gewoon ook tegen haar? Gewoon zeggen dat het je spijt en klaar.'

Hoe moeilijk is dat nou helemaal? Ze heeft er meer dan genoeg ervaring mee. Summer heeft meer relaties om zeep geholpen dan een gemiddelde echtscheidingsadvocaat.

'Zo eenvoudig is dat niet. Ze is pas twintig. Een kind nog maar.

Straks doet ze zichzelf nog iets aan. Ze is een tikje instabiel.'

Dus dat is haar probleem. Ze heeft een gek aan de haak geslagen. Ik vraag me af of mijn gedrag – het feit dat ik hier in de regen mijn man allerlei valse beschuldigingen over vreemdgaan naar zijn hoofd slinger – ook telt als gestoord gedrag?

'Het kan me eigenlijk helemaal niet schelen hoe ze het opvat. Ik weet niet hoe ik het jou moet vertellen.'

'Dat je Phoebe wilt dumpen, bedoel je? Wat kan mij dat nou schelen? Ik ken dat hele kind niet.'

'Nee, trut, dat ik zwanger ben.'

Stilte... die wel een week lijkt te duren.

'Nou?' vraagt ze uiteindelijk.

'Jij? *Zwanger?*'

Ik weet niet hoe ik het woord over mijn lippen krijg. *Zwanger.* Het past gewoon in geen enkele zin die op Summer van toepassing is. Het klopt gewoon niet. Ja, ja, ik weet ook heus wel dat lesbiennes tegenwoordig ook gewoon kindjes krijgen, en dat het ook echt fantastische moeder zijn en zo... maar Summer? Echt niet. Die heeft evenveel moederlijke gevoelens als een etalagepop. Nee, ik doe niet lelijk. KINDEREN BOEIEN HAAR VOOR GEEN METER. Dit is echt shocking. Volkomen idioot, dit. Het is net als... er schiet me niet eens een analogie te binnen, zo erg is het.

'*Zwanger,*' herhaal ik, fluisterend dit keer.

'Ik kon het zelf eerst ook niet geloven, maar ik heb drie testjes gedaan, dus het moet wel zo zijn. En daarbij ben ik zo ziek als een hond.'

'Hoeveel weken, dan?'

'Acht.'

'Dus je wist het al toen we gingen lunchen?'

'Toen had ik het je willen vertellen. Daarom had ik ook afgesproken. Ik heb er zo veel gezeik mee gehad dat ik die dag niet op de set ben verschenen en... Nou ja, je weet hoe het verder is gegaan, je was er zelf bij.'

Ja, ik was erbij. En er is mij helemaal niks raars opgevallen, toen. Wat had me dan ook op moeten vallen?

'Luister, ik moet weer naar binnen. Ik ben al de hele avond bezig om Phoebe van me af te schudden, maar als ik haar te lang alleen laat gebeuren er misschien rare dingen... Ga je mee?'

Ik loop achter haar aan, en dan pas dringt het schokkende feit van wat ik net heb gehoord echt tot me door. Summer is zwanger.

Alweer iets wat ik voor geen meter heb zien aankomen.

Kan het nog gekker?

Het is twee uur. Ik lig in bed en voel een kater op komen zetten. Nadat ik achter Summer aan de zaal weer in was gelopen, heb ik geen druppel meer gedronken. De eerste mensen gingen alweer weg en bedankten me voor de geweldig leuke avond, en wilden snel weer eens iets afspreken bla, bla, bla. Ik ging alleen naar huis, omdat Richard nog even bleef om wat dingen te regelen, zoals een taxi voor zijn zusje en haar twee vriendinnen, en nog zo wat excuses om niet bij mij te hoeven zijn.

Ik weet dat hij inmiddels ook thuis is, want ik heb de voordeur gehoord, een halfuur geleden. Wat doet hij dan nog beneden?

Ik schaam me nog steeds dood om wat ik eerder op de avond allemaal heb gezegd. Wat ben ik toch stom geweest. Maar ik heb een plan en daarmee ga ik alles rechtzetten. Om te beginnen ga ik mijn excuses nog een keer aanbieden, zo vaak als nodig. En dan kom ik met mijn beloften. Geen onzekere paranoia meer. Een Compleet Nieuwe Ik. Het leven begint bij veertig? Huh! Dan zorg ik dat ik jaren voorloop op schema,want ik ga mezelf nu al opnieuw uitvinden. En maandag ga ik Isabel en Harvey bellen over die klus. Ik ben er helemaal klaar voor. Het is jammer dat ik deze avond zo heb verknald, maar ik heb er in elk geval iets van geleerd. En trouwens, dat is toch vaak zo, dat je eerst heel diep moet zinken voor je weer uit het dal kunt klimmen?

Dat zal ik hem straks allemaal vertellen, als hij boven komt.

Ik zal hem dan natuurlijk ook de hotelrekening laten zien, maar dan alleen om duidelijk te maken waar die ellende allemaal om begonnen was. En het doet er nu ook helemaal niet meer toe, want ik heb het achter me gelaten. (Aan het einde van deze mededeling zal ik uiteraard even veelbetekenend zwijgen, zodat hij met zijn volkomen onschuldige verklaring kan komen.) Natuurlijk doet hij het niet met die Karen; het is toch ook volkomen normaal dat mensen elkaar tijger noemen op kantoor. Of snoezepoes. Of lekkere rolmops van me. En hij hoeft wat mij betreft ook helemaal niet voor te stellen dat men zich in de toekomst beperkt tot de eigenlijke roepnaam om ons echtgenotes onnodige jaloezie te besparen, want de Nieuwe Ik is nooit jaloers.

Ja, het wordt een heel goed gesprek, dat wordt bekroond met een flink potje rollebollen. Morgen blijven we de hele dag in bed, als John en Yoko, maar dan zonder politieke insteek. Vindt Molly vast geweldig, want die is dol op romantiek. En geef haar maar eens ongelijk.

Romantiek is ook iets heel moois. Kijk maar naar Summer. Wat zou daar trouwens in godsnaam mee gebeurd zijn? Ach, nou ja, wat maakt het ook uit. Ze krijgt een kind! En als dat betekent dat ze verliefd geworden is op een kerel (Summer en een *kerel*?), dan heeft ze mijn zegen. Ik zal ons regenachtige gesprek nog wel afmaken door te stellen dat het allemaal gaat om de vraag of zij gelukkig is, of ze nou met een man, een vrouw of een beest wil zijn. Oké, geen beest natuurlijk. Dat zou wel een tikje te ver gaan, maar je snapt wel wat ik bedoel.

Ik ben er klaar voor om mijn leven weer helemaal in eigen hand te nemen. Om Richards favoriete uitspraak van Don Corleone maar eens aan te halen: 'Dit is de dag dat ik mijn zaakjes op orde ga brengen.'

Begrijp me niet verkeerd, ik ben echt niet van plan om eens even lekker om me heen te gaan maaien met een machinegeweer, zoals in de film. Of om Richard op te hangen aan zijn lievelingsstropdas, Summers hersenen uit haar hoofd te knallen, of Sureya om te leggen in haar kruidentuin. Nee, ik ga het goedmaken met iedereen die ik heb verwaarloosd of anderszins tekortgedaan, te beginnen met mijzelf.

Ik vind het zelf een beremooi plan, en zodra Richard boven is, treedt het in werking.

Het is kwart voor drie. Richard is duidelijk niet van plan om naar boven te komen. Om met me te praten, of wat dan ook. Ik lig al die tijd al wakker en ik pieker. Over dat Summer een grote bedriegster is en een leugenaar. Wat wil ze nou eigenlijk? *Ze heeft het gedaan met een man.*

Ze *haat* mannen – tenminste, dat beweert ze al een jaar of twintig. Heeft ze dan al die tijd tegen mij gelogen? En tegen die arme Phoebe? Dat arme schaap is pas twintig. Nou, ik ben goddomme zevenendertig en ik pik dit niet van haar.

En zij is niet de enige van wie ik dingen niet pik. Die klootzak van een Richard. Wat een ongehoorde, smerige leugenbak is dat. Ik heb de hotelrekening in mijn hand. Die heb ik niet verzonnen – die lag echt nog gewoon tussen mijn ondergoed. Onkostenvergoeding. Dat ik mezelf daar in laat trappen! Richards naam staat toch op de rekening? Hij is een vuile bedrieger, want ik heb hier het onomstotelijke bewijs dat hij wel degelijk met die Karen heeft liggen rampetampen. Ik weet het zeker, en als hij dat nog een keer gaat ontkennen, dan heeft hij een probleem.

Ik sta op en trek mijn badjas aan. Ik sluip langs de slaapkamers van de kinderen en loop de trap af.

Hij ligt in de zitkamer te slapen, op de bank. Zelfs in dat verkreukelde pak en met zijn al even verkreukelde gezicht ziet hij er nog prachtig uit. Molly's gezicht met wat plukken grijs haar. Dat grijze haar, dat maakt hem alleen nog maar aantrekkelijker. Ook niet eerlijk. Waarom maakt het hem niet haveloos en lelijk, en mij wel? En hoe komt zijn bovenlijf eigenlijk zo slank? Hij is gespierd maar zet nooit een voet in een sportschool, en dan gaat hij ook nog heel vaak uit lunchen. Ik ga nooit uit lunchen en moet je mijn bovenlijf eens zien. En dan zijn handen – gebruind, glad, en nergens een spatje eelt te bekennen. Waar heb je gezeten met die handen? *Vuile hond.*

'Richard, word wakker.'

Hij beweegt even en gaat ongemakkelijk verliggen. Hij doet zijn ogen halfopen en brengt zijn hand naar zijn nek om te wrijven over een pijnlijke plek.

'Hoe laat is het?' vraagt hij onduidelijk.

'Het is tijd om te praten.'

Ik ga op de salontafel zitten, recht voor hem, met mijn kont half op een stapel tijdschriften. We staren elkaar aan, en wachten allebei tot de ander de eerste zet doet. Het is duidelijk dat hij dat niet zal zijn. En dus moet ik het balletje aan het rollen brengen.

'Misschien had je dan net die Karen niet aan de lijn, maar ik weet wel dat je tegen me hebt gelogen. Ik weet zeker dat er iets aan de hand is tussen jullie...'

Geen antwoord, hij staart me alleen aan met lege ogen.

'Ik heb dit gevonden.'

Mijn maag keert om als hij het inmiddels verfrommelde stuk papier van me aanneemt en er een blik op werpt.

'O,' zegt hij uiteindelijk. Hij dwingt zijn lichaam om rechtop te gaan zitten en zijn gezicht vertrekt als hij zijn benen uitstrekt. 'Juist, ja...'

Hij is tijd aan het rekken.

Dit heeft wel iets van zo'n politie-inval waarbij ze een verdachte van zijn bed lichten en hem beginnen te ondervragen voor hij goed en wel wakker is en zijn leugens op een rijtje heeft. 'Leg het me maar uit,' dring ik aan. Ik verdom het om hem de tijd te geven een alibi bij elkaar te verzinnen.

Hij knijpt even in de brug van zijn neus en zucht diep. 'Je hebt gelijk,' zegt hij. 'Het is inderdaad tijd om te praten.'

En terwijl die woorden uit zijn mond rollen, realiseer ik me dat er nu geen weg meer terug is. Die volmaakt onschuldige verklaring waar ik zo op hoopte, die komt er niet. En dus is er echt iets om over te praten.

'Ik heb niks met Karen,' zegt hij, 'maar er is wel iets... of iemand anders.'

O, god...

'Wie dan?'

'Ze heet Bel. Of tenminste, Belinda. Ze werkt bij Gucci. Zij is die klant. Nou, toen ik haar voor het eerst ontmoette was ze nog geen klant, maar dat is ook alweer even geleden. Ze heeft sindsdien promotie gemaakt, en nu is ze daar hoofd productontwikkeling.'

Jezus. Wat is dit? Moet ik haar complete cv aanhoren? Smerige, smerige klootzak...

'Hoelang al?' vraag ik.

'Ik ken haar nu ongeveer een jaar. Maar eerst is er een hele tijd niks gebeurd.'

'*Hoelang* dus?'

'Nou, eigenlijk nog maar een paar maanden. Drie, hooguit.'

Hooguit drie maanden. Moet ik daar troost uit putten, of zo?

'Wat maakt het verdomme ook uit?' schreeuw ik.

'Fran, denk nou aan de kinderen.'

'Dat moet je mij maar eens even vertellen. Wat maakt het in gods-naam uit hoelang je het al met haar doet? Drie maanden. Drie jaar. Wat maakt het verdomme uit? JIJ DOET HET MET IEMAND ANDERS!'

'Het spijt me... Het spijt me echt. Ik was er niet op uit, dat zweer ik.'

Waarom heb je je dan niet even ingehouden?

'...Ik heb geprobeerd om het tegen te houden... wij allebei trou-wens. Maar we hebben heel veel tijd met elkaar doorgebracht. Voor het werk. En nou, zulke dingen gebeuren dan soms gewoon... Ze weet dat jij er bent. Ik heb haar meteen verteld wat voor risico's ik liep.'

'Wat voor *risico's* liep jij dan wel niet? Wat zijn wij eigenlijk voor je, een deel van je aandelenportefeuille?'

'Nee, zo bedoel ik het helemaal niet.'

'Want als jij zo over ons denkt, dan heb ik verdomd slecht nieuws voor je, Richard: de beurs is zojuist gecrasht. Je kunt oprotten, en wel nu meteen!'

Ja, ik schreeuw nog steeds.

'Ik was er al bang voor dat je dat zou zeggen.' Hij staat langzaam op, en kijkt overal naar, behalve naar mij.

'Dus dat was het dan? Je gaat inderdaad gewoon weg, nu?'

'Nou ja, dat wil jij toch? Dat zei jij toch net?'

Ik heb zin om te gaan gillen, maar ik weet niet wat ik dan moet gil-len. Ik weet überhaupt niet wat ik wil. Wat ik wel weet is één ding: net zoals Al Pacino al zei in deel drie van *The Godfather*, die klotefilm: NEE, RICHARD, DIT IS NIET WAT IK WIL!

'We moeten even een poosje afstand nemen,' zegt hij kalm. 'Je moet toch toegeven dat het de laatste tijd nou niet bepaald... gezellig is geweest. Al lang voordat Bel er was, wees eerlijk... Je hebt gelijk, Fran. Ik kan inderdaad maar beter gaan.'

Dit is toch niet te geloven. Hij laat mij er nog voor opdraaien ook!

Alsof ik heb verzonnen dat hij weg moet. Dus hij vindt het niet eens nodig om me te smeken of hij mag blijven, of vergeving? Hij gaat dus helemaal niet eens vechten voor wat hij kwijtraakt?

Dat vind ik nog de grootste schok van alles.

'Ik ga even wat spullen inpakken, en dan ga ik,'zegt hij, terwijl hij de kamer uit loopt.

En tien minuten later is hij weg.

Hoe deze zondag is verlopen, ik heb geen idee. De dag is voor mijn ogen in rook opgegaan, als in een of andere goedkope goochelaarstruc. Maar helaas krijg ik dit konijn niet meer terug in de hoed.

Alsof ik dat zou willen, trouwens.

Toen Richard weg was, ben ik in de zitkamer blijven zitten. Ik had geen idee van tijd, totdat ik de vogels hoorde zingen. Even na zessen ben ik weer naar boven geslopen en ben ik in bed gaan liggen. Toen Molly bij me kroop was het kwart over zes. Ik was onder de indruk van mijn eigen acteerprestatie, want ik deed net alsof ik wakker werd na een nacht flink doorfeesten.

'Was het een superfeest?' vroeg ze.

'Ja, het was heel leuk,' antwoordde ik. *Ik heb mezelf te kakken gezet als een dronken lor, je vader is bij me weg... nee, alles bij elkaar echt een leuk begin van mijn middelbare leeftijd.*

'Ik mocht opblijven van Helen om *Weekend Miljonairs* te kijken. Waar is papa?'

'Die moest weg... voor zijn werk.'

'Mag ik Frosties?'

Ik kon de kinderen niet onder ogen komen. En dus belde ik mijn moeder, om negen uur. Ze vond het geweldig als ze die dag bij haar kwamen spelen, uiteraard. Ze smeekt me vaak genoeg of ik niet wat vaker op bezoek kan komen zodat ze haar kleinkinderen kan zien. Ze woont buiten de stad, op zo'n veertig minuten rijden. Ze weet de voordelen van het rijke landelijke leven te verkopen als een makelaar, en ik trap er altijd weer in. Ze heeft trouwens ook eigenlijk wel gelijk. Haar huis is ook beeldig, en haar achtertuin grenst aan de open velden en de bossen en er zit ook inderdaad een manage op loopafstand. Thomas en Molly vinden het er geweldig, en ik zou ook vaker langs moeten gaan met ze. Maar je weet ook wel hoe die dingen gaan. De tijd verdampt waar je bij staat, en dan voel je je zo schuldig dat je niet eens meer durft te bellen, en je belooft jezelf dat je dat binnenkort toch *echt* weer eens gaat doen, maar het komt er nooit van en zo gaat dat maar door. En trouwens, Richard had nooit zin om daar heen te gaan. Dus was het eigenlijk allemaal zijn schuld.

Maar Richard is niet meer thuis, dus misschien wordt het nu wel allemaal heel anders. Van uitstel komt afstel, dacht ik toen ik de telefoon pakte.

Ik kon me nog goed houden totdat mijn moeder kwam om ze op te halen. Ik had een moddermaskertje opgesmeerd, om de symptomen van de opkomende hysterie te verhullen, slim hè? Ik wist dat die aanval zou losbarsten zodra ze de deur achter zich dicht zouden trekken. Ik had mijn moeder wijsgemaakt dat ik graag even een dagje voor mezelf wilde. Ze vond het een geweldig plan, en Al vond het natuurlijk maar niks.

'Belachelijke onzin,' zei hij. 'Als die moderne onzin over "tijd voor jezelf".'

Ik had me nog schuldig gevoeld als mijn moeder hem niet een speelse tik op zijn arm had gegeven. Zij weet altijd hoe ze hem aan het lachen moet maken. Ze hoeft hem alleen maar te slaan. Misschien had ik dat eens bij Richard moeten proberen.

We stonden in de hal te wachten tot de kinderen hun schoenen aanhadden. Als flinke postuur vulde bijna de hele deuropening, waar hij ongeduldig met zijn sleutels stond te rammelen. Hoe oud is hij eigenlijk? Zestig? Tweeënzestig? Het is een boom van een vent. Ik dacht dat mensen krompen naarmate ze ouder werden.

'Heel lief van je, mam,' zei ik. 'Een mooier verjaardagscadeau had ik me niet kunnen wensen.' Het maskertje deed precies wat ervan verwacht werd: het hield mijn gezicht verborgen. En ik hielp het daar een handje bij door mijn handen voor mijn wangen te houden alsof ik bang was dat de hele boel zou scheuren. Wat overigens ook niet veel scheelde.

'Niet praten met die troep op je gezicht, liefje. En trouwens, ik vind het heerlijk om de kinderen een dag bij me te hebben. We praten later wel. Al wil weg.'

Al haat wachten. Hij was naar de auto gelopen, waar hij met zijn mouw een plekje op de carrosserie wegpoetste.

Ze zijn nu drie jaar bij elkaar. Al – Alan – is een mannenman. Hij jaagt, en schiet, en vist, en als hij niet bezig is om beesten te doden, dan zit hij in zijn garage te sleutelen aan een of ander oud barrel dat volgens mijn moeder een oldtimer is. Hij is er de man niet naar om te begrijpen dat een vrouw 'tijd voor zichzelf' nodig heeft, ondanks het feit dat hij zelf zijn hele leven voornamelijk leeft 'voor zichzelf'. Dat hij nu taxichauffeur kwam spelen voor mijn kinderen is hoogst ongebruikelijk.

Maar je moet niet denken dat ik hem niet mag. Wat ik verder ook van hem denk, feit is dat hij mijn moeders leven totaal heeft veranderd. Die woont niet meer in een troosteloze Londense buitenwijk, maar op het gezonde groene platteland. Niet meer in een piepklein rijtjeshuis, maar in een grote cottage vol met het soort van spullen dat ze voordien alleen maar kende uit tijdschriften.

Haar leven heeft dus een flinke transformatie ondergaan. En daarvoor hoefde ze maar vierentwintig jaar alleen te zijn. Nou, dan heb ik nog iets om naar uit te kijken, toch?

Al handelde vroeger in bouwmaterialen. Hij had een winkel vlakbij waar mijn moeder vroeger woonde. Vlak nadat ze elkaar hadden leren kennen, heeft hij zijn handel verkocht en toen zijn ze verhuisd.

Ondanks het feit dat Al een clichémannetje is, ben ik vooral heel blij dat mijn moeder weer een levensgezel heeft gevonden, na al die jaren. Eentje die haar een prachtig huis heeft gegeven, en heerlijke vakanties.

Toen ze wegging vertelde ze dat ze de kinderen rond acht uur weer thuis zou brengen, en dat ze hoopte dat Richard het naar zijn zin zou hebben, op zakenreis.

Waarom heb ik het nou niet gewoon verteld? Omdat het dan ineens zo tastbaar zou worden, en waarom zou ik dat willen, als ik ook net kan doen alsof er niets aan de hand is? Ik heb je trouwens al eerder verteld dat mijn moeder goed kan kletsen maar niet zo goed kan praten. Zo liggen die dingen nu eenmaal.

Toen ze wegreden heb ik nog als een dolle staan zwaaien. Molly gaf kushandjes en Thomas trok een honend gezicht, ook al weet ik niet precies waarom. Al komt oorspronkelijk uit Yorkshire, en hij is dan ook fan van Leeds United. Dat is dan wel geen Arsenal, maar het is in elk geval een voetbalclub. Hij en Thomas hebben iets *gemeen*, en dat is meer dan je kunt zeggen van Thomas en zijn vader.

Jezus, wat moet er van ons worden?

Ik denk dat dat vanochtend de gedachte is geweest die boven mijn hoofd cirkelde. Zodra zij wegreden stortte hij zich op me als een 747 die een noodlanding maakt.

Richard de weekendvader.

Fran de single moeder.

De toekomst tekende zich ineens scherp af: lekkende kranen midden in de nacht. Zware boodschappen die op de oprit moeten blijven staan tot er per ongeluk iemand langskomt die sterk genoeg is om ze voor me naar binnen te dragen. Een klapband, een vrouw die geen idee heeft hoe je eigenlijk een band moet verwisselen, en een enorme truck die over haar en haar twee kinderen dendert en hun lichamen tot een onherkenbare hoop ellende rijdt...

Vijf minuten nadat ze weg waren kwam de hysterie. Niet van het schreeuwende en gillende soort, maar paniek, vanbinnen. Als ik kalmer was geweest zou ik dit soort gedachten helemaal niet hebben gehad.

- Want Richard kon ook helemaal niks met een lekkende kraan. Hij deed dan wat ik voortaan zelf moet doen: een loodgieter bellen die 24-uursservice biedt.
- Hij was überhaupt nooit thuis als er zware boodschappen werden afgeleverd, en toch wist ik ze altijd op de een of andere manier naar binnen te krijgen voordat hij er weer was.
- Hij had ook geen idee hoe je een band moet verwisselen, en ook met hem waren we niet veilig voor die hypothetische truck die ons allemaal van de aardbodem zou vagen.

Maar het was geen dag voor kalm, helder denkwerk.

Ik liep naar de keuken en begon het belachelijke maskertje er als een waanzinnige af te schrobben. Toen haalde ik een paar keer diep adem, ging op het eiland zitten, en stak een sigaret op. Lekker, roken. Het kalmeerde me een beetje. Ik probeerde om eens *rustig* na te denken over Richard en mij. Wanneer was het allemaal misgegaan? Kon het ooit nog wel weer goed komen? Maar waarom zou Richard dat eigenlijk willen, als hij een mooie vrouw had die hem vereerde? Was ze eigenlijk wel mooi? Nou ja, ze werkt voor Gucci, dus dat is niet bepaald de minste. *Gucci.* Zie je nou wel, nadenken is helemaal geen goed plan. Ik moest iets *doen!*

Dus trommelde ik met mijn vingers op het werkblad en luisterde naar hoe dat door het huis echode. Was het hier altijd zo stil als ik alleen thuis was? Nee, want hoe laat Richard ook thuiskwam, er was altijd een moment om me op te verheugen.

Terwijl ik zo zat te roken en te trommelen met mijn vingers, keek ik uit het raam en zag ik hoe de parasol boven de tuintafel vervaarlijk heen en weer zwaaide in de wind. Ik had eigenlijk even naar buiten moeten gaan om hem binnen te zetten. Maar dat deed ik niet, want ik zag Myra de lappenpop tegen de broodrooster geleund staan. Haar arm viel er bijna af, en Molly smeekte me al weken om die er weer aan vast te naaien. Dus nu had ik eindelijk de gelegenheid om naald en draad te pakken en dat eens te regelen. Maar dat deed ik ook niet, want nu viel mijn oog weer op mijn pakje sigaretten. O, die heerlijke sigaretten! Dus stak ik er nog eentje op en keek op het klokje van de magnetron. Mijn kinderen waren nog maar een paar minuten weg, maar het leken wel uren.

Het was een minuut over twaalf. Mijn hart deed pijn. Letterlijk. Weer een paniekaanval? Of voel je je zo als je geestelijk gebroken bent? Dat je hart ook letterlijk breekt?

Ik weet niet of er een arts is die je in zulke gevallen een glas wijn zou voorschrijven, maar enfin. Dat zag ik als medicijn. Ik schonk mijzelf een glas rosé in, want er stond nog een fles open in de koelkast. Het deed me denken aan vrolijker tijden, eerder dit jaar, toen ik plannen had gemaakt voor de zomervakantie. Ik wist zeker dat die veertien dagen Nice die ik geregeld had ons de kans zouden bieden om in te zien dat we echt een heel fijn gezin waren, met zijn viertjes. Voor zover ik me kon herinneren was die onverwacht energieke aanpak van mij ingegeven door seks. Het was de eerste keer sinds maanden dat Richard me weer had aangepakt, en ik had dat opgevat als een nieuw begin. Hoe had ik ook kunnen weten dat dat juist de allerlaatste keer zou zijn dat we samen vreeën?

En van dat Nice-verhaal kwam uiteraard ook niets terecht, want Richard kon niet weg vanwege zijn werk. Die twee idyllische weken waar ik zo op gehoopt had, werden vijf dagen in een cottage in Devon, dat stijf stond van de schimmel. Richard kon helaas niet mee. De kinderen en ik hadden de rest van die vakantie uitgezeten in diverse parken in Noord-Londen. Thomas en Molly telden de dagen af dat ze weer terug naar school konden en dat hun vriendjes weer thuis waren. Ik telde ook de dagen tot ze weer terug naar school konden, want dan kon ik ophouden net te doen alsof er in de hele wereld niks leukers is dan in parken rond te hangen.

Die rosé maakte dus veel ellende los, maar ik dronk hem toch maar op. Toen trok ik de kurk uit een fles rode wijn om de vieze smaak van die zomer weg te spoelen. Het was een beaujolais. Tegenwoordig doet beaujolais me denken aan een chateaureisje dat we vier jaar geleden maakten. Met zijn tweetjes. Het was geweldig. We aten en dronken als echte fransozen, en ik meen me te herinneren dat we zo ook in bed tekeer zijn gegaan. Alweer een fles vol herinneringen dus. Zodra die leeg was, trok ik een fles witte wijn open. Ik ben niet bang om kleuren te mengen; in die zin ben ik een uitermate zelfverzekerde kunstenares.

Maar die witte wijn moet voorlopig nog even wachten, want het is al tien voor acht. Waar is de tijd gebleven? Ik moet wat water drinken, mijn tanden poetsen, mijn gezicht wassen... Wat ik moet doen is zorgen dat ik weer een beetje helder ben voordat mijn kinderen thuiskomen.

Ik sta te gorgelen met mondwater als ik een vuist ongeduldig op de voordeur hoor slaan. Ik ga naar beneden en zie Thomas staan door het glas-in-lood. Als ik de deur opendoe stormt hij langs me heen en gaat naar zijn kamer. Molly komt achter hem aan, maar geeft eerst haar oma nog een dikke knuffel.

'Heel erg bedankt, mam,' zeg ik, terwijl Molly de zitkamer in verdwijnt, waar ze de televisie aanzet en op zoek gaat naar tekenfilms.

'Nee, jij bedankt! We hebben een heerlijke dag gehad.' Ze straalt. 'Dat hebben Richard en jij toch goed gedaan hoor, die kinderen.'

Gek genoeg heb ik de hele dag nog geen traan gelaten, maar door die opmerking van haar wil ik me nu alleen nog maar ter aarde storten om te janken als een klein kind. Ik vecht ertegen. Echt waar, uit alle macht. Godzijdank kijkt mijn moeder me niet aan. Ze rommelt wat in een plastic tasje.

'Hier,' zegt ze. 'Dit zijn wat kleinigheidjes die ik voor Molly heb gekocht en een video over een of andere voetbalwedstrijd voor Thomas. Die is van Al, en hij roept altijd dat ik er niks overheen mag tapen. Kennelijk is het een klassieker.'

'Nou, dank je, maar het was echt niet nodig geweest, hoor.'

'O jawel, en ik wil het nog wel vaker doen, ook.'

Dat is de diepste vorm van communicatie die ik ooit met mijn moeder zal hebben. Als zij het al raar vindt dat ik haar niet binnen vraag voor een kopje thee dan zou ze dat nooit laten merken. Ik slaag erin om mijn emoties nog even binnen te houden en ik grijp mezelf vast aan de deurpost om niet om te vallen, maar ze moet nu echt wegwezen.

Al is mijn reddende engel. Hij zit in de auto en drukt ongeduldig op de claxon. Hij houdt niet van dat langdurige afscheid nemen. Ook niet van kort afscheid nemen, trouwens. Hij moet altijd maar door, door, hij heeft nog dingen te doen, en dieren om te leggen.

'Ik ga maar,' zegt mijn moeder opgewekt. 'Ik zou die twee maar meteen in bed leggen. Die hebben zichzelf behoorlijk afgemat vandaag.'

'Bedankt, mam, en bedank Al ook voor me.'

Ze werpt me een wonderlijke blik toe en zegt dan: 'Gaat het wel goed met je, Fran?' Ze staart me nu aan. Gelukkig is het in de hal een beetje donker. 'Je ziet er nog beroerder uit dan vanmorgen.'

'Gewoon een beetje uitslag van de avocado. Weet je wel, van dat maskertje,' zeg ik, en ik geef een klopje op mijn wang. 'Nou goed, je bedankt hem wel even voor me, hè?'

Al toetert nog een keer. Mama kijkt bezorgd, maar ze is er het type niet naar om door te vragen, en dus laat ze los. 'Dus het gaat wel goed, verder?'

'Tuurlijk!' zeg ik, heel, heel erg opgewekt. 'Ik heb ervan genoten vandaag, echt heerlijk zo'n dagje voor jezelf.'

Het helpt echt, hè, jezelf overschreeuwen? Je kunt de meest baarlijke nonsens debiteren, als je het maar hard genoeg schreeuwt, en met genoeg bravoure, dan gelooft iedereen je. Waarom denk je anders dat die politici überhaupt nog aanhang hebben?

'Ik herhaal wat ik al eerder zei, het weer is deze week volkomen onacceptabel. Onder de huidige regering is het regenpeil tot recordhoogte gestegen, ondanks herhaalde beloften om de koers te wijzigen. De kiezer kan ervan op aan dat het onder onze partij Veel Mooier Weer zal zijn. Ons tweejarenplan garandeert niet alleen regenvrije weekends, maar wij garanderen tevens dat alles wat er te veel valt op doordeweekse dagen, direct zal worden doorgesluisd naar daar waar het thuishoort, namelijk het Europese continent, dat ons land nu al veel te lang gebruikt om het eigen ongewenste weer te dumpen.'

Misschien is mijn moeder niet honderd procent overtuigd door mijn 'tijd voor mezelf'-speech, maar ze vertrekt toch. Ik zwaai haar uit, doe de deur dicht en blijf ertegenaan geleund staan. Het enige wat ik nu nog moet doen, is de kinderen hun bed in werken.

En dan mag ik zo veel huilen als ik wil.

Dat ik een zonnebril draag heeft niets te maken met de zon, want die is nergens te bekennen. Wel heeft het er alles mee te maken dat ik gisteren meer alcohol heb genuttigd dan goed voor me was.

Ik heb het nooit als een probleem gezien dat ik wel van een glaasje wijn hou. Als een man thuiskomt na een dag hard werken en zegt: 'Ik heb een borrel nodig, schat', is dat dan zo totaal iets anders dan als de moeder – lees: ik – er 's avond eentje neemt omdat ze niet meer op haar benen kan staan? Ik dacht altijd van niet.

Maar deze ochtend heb ik echt het gevoel dat al die drank van dit weekend me geen goed heeft gedaan.

Hoewel, gisteren was natuurlijk een ander verhaal. Is dat geen goed excuus, dan? Dat mijn man net bij me weg was? Welke vrouw zou dan niet een beetje uit de bocht vliegen?

Om zeven uur vanochtend zette ik Molly haar ontbijt voor. Mijn lichaam was in de keuken, maar mijn hoofd was totaal ergens anders. Mijn hoofd was bij Richard.

Richard heeft jarenlang aan mij gedacht. Niet alleen gedacht, trouwens, hij heeft ook van alles voor mij gedaan. Hij heeft er echt heel erg veel tijd en moeite in gestoken om mij uit mijn dal te tillen. Kijk nou naar dat feest. En naar die opnamesessie waar ik nooit op ben komen dagen. En dat zijn alleen nog maar de laatste pogingen uit een lange reeks. En ik heb ook altijd wel gezien hoe hij zijn best deed, hoe wanhopig slecht het ook met me ging.

Waarom heb ik dan nooit die uitgestoken hand gegrepen – al was het maar een keertje – als hij weer eens iets had geregeld om mij aan het werk te krijgen, of als hij bij wijze van verrassing een weekendje weg zonder de kinderen had geregeld, of zelfs maar oude vrienden opbelde om te zeggen dat we het zo leuk zouden vinden om weer eens iets af te spreken, omdat ik daar zelf te verlegen voor was?

Dit is echt mijn verdiende loon. Ik heb hem gewoon weggejaagd, sterker nog: ik heb de deur praktisch voor hem opengehouden.

Wat voel ik me een ongelofelijk domme muts. Want pas toen ik onder ogen moest zien dat mijn man in de armen van een andere vrouw was gelopen, kwam ik in actie. O ja, en wat voor een actie. Ik werd nog veel erger dan ik al was. Ik weet niet wie dat was, die het gisteravond in mijn keuken op een zuipen zette, maar ik herken me er totaal niet in.

Maar als ik het dan niet zelf was, waarom ben ik dan verdomme nu degene met een kater?

Molly's vrolijke gekwetter op weg naar school bonkt tegen mijn schedel als een pneumatische boor. En nu voel ik ook iets langs mijn enkel schrapen.

'O, mijn god, nou doe ik het alweer!'

Ik kijk om en zie Natasha met haar dubbele buggy-annex-ontbijtkar en ik kan me nog net beheersen om het niet uit te schreeuwen van de pijn. Alweer.

'Het spijt me echt verschrikkelijk. Gaat het?' vraagt ze nadat ze abrupt is blijven staan.

'Ja, ja, niks aan het handje.' Ik forceer een glimlach. 'Hoe gaat het met jou?'

'O, je weet wel, stress, stress, stress!' zegt ze, met door mascara omrande sprankelende ogen en een twinkelende lach. Ze ziet er allesbehalve gestrest uit.

Ze ziet er juist fantastisch uit. Vandaag heeft ze gekozen voor de subtiele look, in tegenstelling tot de knallende lippenstift van vorige week. En in plaats van de Jimmy Choos draagt ze gele – gele! – espadrilles. De kleur past goed bij het limegroene shirt van Diesel dat ik me herinner van het verjaardagsfeestje van haar zoon.

Ongelofelijk. Ik kan me niet herinneren wanneer ik voor het laatst heb gelachen met mijn man, maar ik weet wel nog precies wie wat aanhad, en wanneer. *Shit!* Nog iets wat ik bijna was vergeten, *Ron*, de voetbaltrainer, het antwoord op al Thomas' wensen. Ik neem me voor om die vandaag terug te bellen.

'Super, die rocksterrenbril van je,' zegt Natasha, waarmee ze me weer terugbrengt op aarde. 'Ben je nog niet helemaal over zaterdagavond heen? Ik hoorde dat je feestje een groot succes was,' zegt ze.

'O, hoe weet jij dat nou?' vraag ik verbaasd.

'Ha, ik weet altijd alles,' lacht ze. 'Nee, hoor, geintje. Maar ik ken Amanda en Adam.'

Ik kijk haar wezenloos aan.

'Adam, die ontwerper. Hij werkt voor Richard. Ze waren gisteren bij ons om te lunchen en toen hebben ze ons alles verteld.'

Wie zijn dat in godsnaam, Adam en Amanda? Nou goed, kennelijk waren die op mijn feestje. Maar wat hebben ze daar dan precies gezien? Hebben ze iets van de spanning tussen Richard en mij gemerkt? Hebben ze gezien hoe dronken de *birthday girl* was, en dat ze het allemaal niet scherp zag, die avond? En hoe verschrikkelijk ik me heb misdragen? Hoe onbeschoft ik ben geweest tegen Chris. En tegen wie nog meer? Tegen die Adam ook, soms? En hebben hij en die Amanda mijn hele doopceel gelicht bij de zondagse lunch? Ik voel het bloed naar mijn hoofd stijgen, waardoor mijn wangen rood opgloeien en mijn hoofdpijn nog een tikje opgeschroefd wordt.

'Nou?' dringt Natasha aan. 'Was het echt zo geweldig? Ik neem aan dat die zonnebril inhoudt dat het inderdaad reuzegezellig was.'

'Ach, je weet hoe het is. Ik kan lang niet meer zo goed tegen drank als vroeger,' en dat is in feite de waarheid en niets dan de waarheid.

Ik maan mijzelf tot kalmte en hou mezelf voor dat Natasha zich heus niet het schompes had geholed om me in te halen als die Adam en Amanda haar hadden verteld dat ik een gestoorde dronkenlap ben. Het werkt, want ik voel mijn hartslag weer wat normaler worden.

'Luister, wat doe je na schooltijd?' vraagt ze. 'Ik heb niks te doen, dus als je zin hebt om langs te komen met de kinderen. Als het goed is wordt het later op de dag mooi weer.'

We staan inmiddels bij het schoolhek en ik vraag me af hoe ik dit aanbod vriendelijk doch beleefd moet afwimpelen. Thomas is alweer weggerend om een balletje te gaan trappen. Hij heeft nog maar een paar tellen voordat de bel het einde van zijn vrijheid inluidt. Maar hij heeft nog genoeg tijd om drie keer te scoren.

'Wat zeg je ervan?' dringt Natasha aan. 'De kinderen kunnen lekker in de tuin spelen en dan kunnen wij gezellig een potje roddelen.'

'Ah, mama, mag het?' gilt Molly, die nog naast me staat. 'Fabian heeft een boomhut. *Alsjeblieft?*'

'Afgesproken,' zegt Natasha nog voor ik de uitnodiging kan afslaan. 'Kom je rond een uur of vier? Dan heb ik een flesje open.' Ze geeft Molly een knipoog. 'Een flesje appelsap, natuurlijk.'

'Ja lekker, appelsap!' gilt Molly en dan rent ze naar haar klasgenootjes terwijl ze me nog een kushand toewerpt.

Ik voel me nog meer in shock als ik bij de school wegloop. Sureya moet me echt letterlijk bij mijn kladden grijpen om mijn aandacht te trekken. 'Fran, ik riep je,' zegt ze, en ze hijgt licht van het hollen.

'Sorry, ik hoorde het niet.' Ik probeer te glimlachen. 'Hoe gaat ie?'

Ze kijkt me bezorgd fronsend aan. 'Fran, jij en Richard deden zo gek, zaterdag. En wat moet je met die zonnebril? Wat is er mis?'

Vriendinnen? Nou, ik ben blij dat ik er een heb zoals Sureya. Maar niet vandaag. Vandaag wil ik liever de jongere versie van mijn moeder zijn. Ik wil haar lieve, mooie, bezorgde gezichtje zo ver van me af duwen als mogelijk. 'Nee hoor, het gaat prima,' zeg ik stralend. Wat een actrice. 'Ik moet gewoon snel naar huis om wat slaap in te halen.'

'Fran... we moeten praten.'

'Absoluut. Later deze week. Morgen?'

'Dan kan ik niet. We gaan bij Michaels ouders langs, in Bath.' Ze zwijgt. Ik geef geen antwoord. 'Oké, dan praten we wel als ik weer terug ben. Ik kan nog wel even wachten.'

O, zij wil *mij* dus iets vertellen. Ik dacht dat ze aan mijn kop zou gaan zeiken, net als Summer altijd doet. Nu voel ik me schuldig. Die zonnige, totaal onbaatzuchtige, lieve Sureya. En ik, altijd een bak ellende.

Ze staart me nadrukkelijk aan. 'Weet je zeker dat het goed met je gaat?'

'Tuurlijk.'

Ik weet niet zeker of ze er in trapt, maar waar het om gaat is dat ze er verder niet op doorgaat. We kletsen wat over koetjes en kalfjes. Als ze weg is zal ik haar heksenkruiden, of wat het ook maar zijn, water geven. Eerlijk gezegd heb ik zo mijn vermoedens. Het stinkt zo ontzettend in die kas van haar. Misschien moet ik maar eens zoeken naar een geheime muur achter een geheime kast als ik bij haar thuis ben...

'We gaan maar een paar dagen. Ik bel je zo gauw ik weer terug ben,' vertelt ze me. 'En weet je echt helemaal zeker dat het goed met je gaat?'

'Ja, helemaal,' lieg ik nog een keer.

En weer laat ze het daarbij.

Raar. Dit is echt niks voor Sureya.

Als ik thuiskom gaat de telefoon.

'Hoi, met mij,' zegt Richard.

Ik schrik zo van zijn stem dat ik geen antwoord weet te geven.

'Ze zijn nu aan het boarden voor mijn vlucht, maar ik wilde niet weggaan zonder je nog even te spreken.'

Mijn hart bonkt weer als een gek. Ik wil iets aardigs zeggen. Niet iets wanhopigs of zieligs. Gewoon iets aardig.

'Is zij daar ook? Staat ze gezellig naast je mee te luisteren?'

Dat had ik nou juist *helemaal* niet willen zeggen.

'Doe niet zo raar. Ik ben alleen. Ik wilde alleen –'

'Maar ze is wel op het vliegveld, of niet soms? Ze staat nu toch ergens te wachten tot je ophangt en jullie gezellig samen het vliegtuig in kunnen.'

'Doe nou alsjeblieft niet zo.'

'Maar ze is er wel, of niet?'

'*Ja*. Ja, ze is hier ook. Maar Grant en Susan van kantoor zijn er ook. Dit is een zakenreis, Fran. Geen romantisch uitstapje...'

Oké, ze is dus bij hem. Dat had ik kunnen weten. En dan wilde ik eigenlijk nog iets aardigs zeggen ook.

'Ik maak me zorgen om je,' zegt hij.

'Waarom in godsnaam?' bijt ik hem toe. 'Ik ben toch jouw probleem niet meer, of wel soms?'

Een zucht... een lange, diepe zucht. 'Gaat het goed met de kinderen?'

'Met de kinderen gaat het prima. Die denken dat je weg bent voor je werk. Ze hoeven niet te weten wat je precies allemaal uitspookt met je klanten.' *En ik hou van je, Richard. Heb ik je dat de laatste tijd nog wel eens gezegd?*

Stilte. Nog meer gezucht. Maar dit keer komt het van mij.

'Sorry,' zeg ik uiteindelijk – dat is het aardigste wat ik op kan brengen.

De gedachte aan de Andere Vrouw heb ik in een donker hoekje in mijn brein verstopt. Ik wil haar absoluut niet voor mijn geestesoog hebben, want dat heeft de neiging om de zaken enorm te vervormen. Maar nu is ze het enige wat ik nog voor me kan zien en ik wil dolgraag dat ze oprot, want Richard belt me en ik wil alleen nog maar iets aardigs tegen hem zeggen.

'Sorry,' zeg ik nog een keer. Iets anders kan ik niet bedenken. Aardig zijn is nog niet zo eenvoudig.

'Zeg dat nou niet. Jij hoeft toch geen sorry te zeggen voor iets wat ik... Het ligt aan mij... niet aan jou. Daar belde ik je ook voor. We moeten echt praten over...'

Stilte. Alweer.

'Waarover, Richard?' vraag ik. Hij klinkt verdrietig en kwetsbaar en dit geeft me een sprankje hoop.

'Hierover. We moeten tot een soort van... Ik weet het ook niet, we moeten iets bedenken waardoor we hier uit kunnen komen.'

'Hoe bedoel je, iets? En waar moeten we uitkomen? Hoe stel je je dat dan precies voor?'

Ik zeg het niet om dwars te liggen. Ik heb echt geen idee wat hij bedoelt. Wat hij zegt klinkt alsof het zo uit een boek komt. Een of ander zelfhulpboek dat hij in de kiosk op het vliegveld heeft opgepikt, of zo. *Het ligt niet aan jou, het ligt aan mij: 10 gemakkelijke manieren waarop u als drukke zakenman van uw vrouw af kunt komen.*

'Ik weet het niet,' zegt hij, en de frustratie klinkt door in zijn stem. 'Maar we moeten het er wel over hebben zodat ik de kinderen gewoon kan zien, om te beginnen.'

Ach ja, wat dacht ik dan dat hij bedoelde? Dat hij belde om het weer goed te maken? Om me te zeggen dat hij een verschrikkelijke fout heeft gemaakt? Dit is helemaal geen goedmaaktelefoontje. Hij staat op het vliegveld met zijn maîtresse, godbetert.

'Wat heb je hen precies verteld?'

'Ik ben ze heus niet tegen je aan het opzetten, als je daar soms bang voor bent.'

'Zo bedoel ik het helemaal niet. Ik denk dat we ze beter nog even helemaal niets kunnen vertellen. Dat we dat pas doen als we...'

'Als we wat?'

'Als we, nou ja, gewoon, als wij hebben gepraat, samen.'

Ineens schiet me iets te binnen. Misschien hoef ik Thomas en Molly wel helemaal nooit te vertellen dat hun vader bij me weg is. Ze vragen zich helemaal niet eens af waar hij uithangt. Waarom zouden ze ook? Hij is sowieso altijd weg. *Voor zijn werk.*

'Je zult me wel haten, Fran, dat begrijp ik best...'

Ja, ik haat je inderdaad. Maar ik haat je alleen omdat ik zo van je hou.

'...En dat neem ik je ook helemaal niet kwalijk. Maar ik ben ook niet zo'n klootzak als jij wel denkt. Oké, dit is nu gebeurd, maar jij en ik zijn al zo ontzettend lang zo diep weggezakt. Al heel lang voordat Bel en ik...'

Het komt aan als een stomp in mijn maag. Wat vroeger *Fran en ik* was, is nu ineens *Bel en ik.* Na al die jaren. Dat dat zomaar kan. Je streept de ene naam weg en je vult gewoon een andere naam in, gaat dat zo?

'We moeten het erover hebben hoe we verdergaan.'

O ja, *verder,* want we moeten *eruit komen.*

'Zeg, moet jij niet een vliegtuig halen, of zo?' vraag ik.

Ik wil helemaal niet praten over hoe het *verder* moet. Ik wil alles zo houden als het was. Goed, ik ben nu in een soort van niemandsland, maar als ik hier blijf, dan is hij in elk geval nog bij me. Het betekent in elk geval dat hij niet *niet* meer bij me is – niet officieel, tenminste. En zolang het nog niet officieel is – zolang ik het nog niet heb verteld aan mijn kinderen, mijn moeder, mijn vriendinnen – zolang bestaat er ook nog een kans dat hij weer terugkomt. Zo zit het. Dat weet ik zeker.

'Hang nou maar op, ga nou maar naar je vliegtuig,' zeg ik, niet vals, maar beslist. 'We hebben het er wel over als je weer terug bent.'

'Goed dan,' zegt hij langzaam. 'Het spijt me echt heel erg, Fran. Ik heb je nooit pijn willen doen.'

Ik hang op voordat hij hoort hoeveel pijn hij me precies heeft gedaan.

De telefoon gaat vandaag nog een paar keer over, maar ik ben te druk om op te nemen. Druk met vier dingen: op mijn bed liggen, roken, drinken en uit het raam kijken. Zoals de meeste vrouwen kan ik geweldig multitasken. Desalniettemin doe ik er nu alles aan om te voorkomen dat ik er ook nog bij ga nadenken. Nadenken is te pijnlijk. Ik stap uit bed en loop naar beneden. Ik stop even bij het antwoordapparaat en druk op *play*...

Summer wil met me praten over haar zwangerschap en over een man die Laurence heet – zou dat degene zijn die haar zwanger heeft gemaakt? En dan nog iets over George Clooney – nee, dat zal toch niet? Er was wat ruis op de lijn toen ze haar boodschap insprak, maar ik hoor nog wel dat ze het uitgemaakt heeft met Phoebe. Ze waarschuwt me dat ik de deur niet open moet doen als daar een jong meisje voor staat dat gewapend is met een superhete krultang...

Dan zijn er nog een paar boodschappen met een hoop gekraak. Eentje van de bank, die me iets wil verkopen wat ik niet nodig heb. Eentje van ene Ruby of Wendy, die ons meedeelt dat ze het een geweldig feest vond, en een van een of andere Don of Ron – moest ik niet iemand terugbellen die zo heette? Eentje van mama om me nog eens te vertellen hoe leuk ze het vond om de kinderen te hebben en eentje van een of andere Isabel.

Isabel! Van de kruising tussen *Star Trek* en *Dallas*, of wat dan ook. Van die klus waar Richard me over vertelde.

Ineens dringt het tot me door: Richard wilde gewoon graag dat ik weer aan het werk was omdat hij zich daar dan tenminste niet schuldig over hoefde te voelen. Ja, dat is het natuurlijk! Nu haat ik hem niet meer omdat ik zo van hem hou. Nu haat ik hem omdat hij een smerige klootzak is.

En die stomme glamourchick van een vriendin van hem haat ik ook. Het beeld dat ik van haar heb, en dat ik net nog zo succesvol had weten te verdringen, heeft zich nu een weg gebaand tot helemaal vooraan in mijn gedachten. Ze is zo dun als een supermodel, en als ze het doen, en dat is verreweg het grootste deel van de dag, dan is het een woeste, erotische bende, ongeremd, en met het licht aan. Want een vrouw die Gucci ademt uit elke porie heeft natuurlijk helemaal geen reden om het licht uit te willen doen. En als ze dan eindelijk klaar zijn – want zelfs als het zo geil is als bij hun tweeën, moet er toch ooit een einde aan komen – dan steekt ze een sigaretje aan, en dit hangt dan zo ongehoord sensueel tussen die natuurlijke, volle lippen van haar, dat het niet bij Richard opkomt om de rook weg te wuiven. Hij blijft liever lekker naast haar liggen, om haar geur op te snuiven, rook of geen rook...

Nadenken is echt een ontzettend slecht idee. Kom op, ga de kinderen ophalen. Ga naar Natasha. Ik heb nog net tijd om een ander shirt aan te doen, want wat ik nu aanheb is totaal verkreukeld omdat ik zo veel op bed heb gelegen.

Ik storm naar boven en trek een ander T-shirt aan. Helaas zat dit onder de vieze vlekken, maar daar kom ik pas achter op het moment dat zij haar voordeur opendoet...

'Halloooo!' joelt Natasha. 'Loop maar door naar de tuin, kinderen. Quinn zit al in de boomhut, Thomas. Ga daar maar gezellig heen.'

Molly sprint door het huis, terwijl Thomas met gebogen lichaam achter haar aan slentert. Aangezien Quinn een klas lager zit en dus van een lager soort is dan hij, vindt Thomas het idee dat hij met hem moet spelen even aantrekkelijk als die hele boomhut. Totaal niet, dus.

'Laten we buiten gaan zitten,' stelt Natasha voor als ze me voorgaat door haar enorme keuken naar de openslaande deuren.

Ik loop de tuin in en zie Thomas letterlijk kwijlen. Het grasveld is zo groot als een heus voetbalveld en aan het andere eind staat een echt doel. Dat zit wel goed, dus.

'Op het bankje hier hebben we nog wat zon, en hier op het terras kunnen we in de schaduw zitten,' zegt Natasha. 'Kies jij maar.'

Ik opteer voor het terras en ga zitten aan een enorme tafel van teakhout, onder een gigantische parasol. Ik kijk naar hoe Natasha de keuken in verdwijnt om iets te drinken te gaan halen. Ze heeft de espadrilles van vanochtend verwisseld voor een paar degelijke Birckenstocks, zie ik – lichtblauw, net als het korte spijkerrokje dat ze nu draagt. Ik sta telkens weer versteld: *die vrouw maakt dus echt tijd om gedurende de dag een andere outfit aan te doen.*

Ik ben blij dat ik gekomen ben. Hoe minder tijd ik mezelf hoef te kwellen met mijn eigen gezelschap, hoe beter. Zo lang als ik hier nu woon weet ik mij omringd door vrouwen die alles zijn wat ik niet ben – Cassie en Annabel, om maar eens wat voorbeelden te noemen. Maar Natasha is anders. Die is weliswaar ook alles wat ik niet ben, maar voor de verandering is dat in dit geval juist wel een verademing.

Ze komt terug met een kan Pimm's. Lekker. Pimm's telt ook niet als echte alcohol. Het is in feite gewoon limonade voor grote mensen. Ze schenkt twee glazen in en geeft er een aan mij. 'Op het laatste restje zon van dit jaar. *Cheers!*'

We klinken onze glazen tegen elkaar en ik neem een klein slokje.

'Wacht, ik haal nog iets te knabbelen,' zegt ze. 'En dan moet je me alles vertellen van je feest.'

Als ik dat woord hoor, schiet de stress omhoog. Ik mag dan wel actrice zijn geweest, maar om een potje bij elkaar te liegen over wat de allerergste avond van mijn leven is geweest, dat is misschien wel een te grote uitdaging. Ik dwing mezelf te ontspannen en leid mijn aandacht af van de verschrikkingen van afgelopen zaterdag door mijn omgeving in mij op te nemen. Natasha's huis is een enorm pand. Het soort huis waarin je mond voortdurend openvalt, zo buiten proportie en zo groots.

Ik kijk de tuin in. Molly loopt achter Fabian aan de ladder naar de boomhut op. Die boomhut is overigens groot genoeg om los van het huis te verkopen. Zou ze nog een paar ton extra opleveren. Quinn en Tristan hangen uit de ramen en kijken naar Thomas. Ze tellen hardop: 'Zesentwintig... zevenentwintig... achtentwintig...' Ze zullen zich nog schor tellen – Thomas kan waanzinnig goed een balletje hooghouden.

Het kan rustig nog een paar uur duren voor de bal de grond weer raakt.

Zo is hij op zijn best – met zijn beste vriend aan zijn voeten en een bewonderend publiek op de tribune – en dat vervult me van hoop. Voor hem, maar ook voor mezelf.

'Hier, proef eens? Ze zijn goddelijk,' zegt Natasha, die terug is gekomen met een schaaltje gemarineerde olijven. 'Ja, Anna, zet hier maar neer. Dank je.'

Een meisje, lang en dun als een lantarenpaal, met kort haar en een piercing door haar wenkbrauw, zet een blad neer met allemaal schaaltjes met chips en nootjes en vertrekt dan weer naar binnen.

'Anna is geweldig,' fluistert Natasha. '*Tsjechisch.* Ik zou niet weten wat we zonder haar zouden moeten. Mijn kinderen zouden een hongerdood sterven. Ze is echt mijn redding. En ze heeft een vriendin die waanzinnig goed is in de tuin.' Ze houdt haar schitterend gemanicuurde vingers voor zich uit. 'Ik heb zelf niet bepaald groene vingers. Ik denk wel eens dat er onkruidverdelger in mijn vingers zit, want alles wat ik aanraak gaat spontaan dood.'

Natasha heeft dus personeel. Twee zelfs. Misschien nog wel meer. Een butler? Een secretaresse om haar sociale agenda bij te houden? Iemand om haar kussens op te schudden? Ze heeft *personeel,* ze kleedt zich *overdag* om; wat een weelde.

Hou op, Fran. Ik had ook best een schoonmaakster in kunnen huren, of een au pair. Iemand om mijn kussens op te schudden had er ook nog wel vanaf gekund. Maar om de een of andere reden heb ik die moeite nooit genomen. Ik bedenk me dat, als ik wel wat hulp had in huis, ik de tijd zou hebben gehad om mijn zaakjes weer op de rit te krijgen. Moet je Natasha nou eens zien. Voor haar werkt het toch ook.

Het is nooit te laat, zeg ik tegen mezelf. Ik denk weer aan het telefoongesprek met Richard. Misschien wil hij wel *verder* met personeel. Met de hulp van een styliste en een kok weet ik zeker dat ik hem wel naar huis zou kunnen lokken, met veel verschillende outfitjes en gastronomische borrelhappen. Nee, ik meen het bloedserieus: VOOR NATASHA WERKT HET TOCH OOK! Ik kan dat niet genoeg benadrukken.

'Negenentachtig... negentig...' scanderen Quinn, Molly, Fabian en

Tristan vanuit de boomhut. Thomas ziet er doodmoe uit, maar hij geeft niet op. Nou, ik ook niet.

Er is zo veel om voor te vechten.

Het is een prachtige middag, en Natasha lijkt me echt aardig te vinden, en de kinderen zijn gewoon gezellig aan het spelen. En ik weet zeker dat Richard en ik hier wel weer uit kunnen komen.

Ik weet het zeker.

'Je hebt een heerlijk huis, Natasha. En je ziet er zelf ook altijd zo geweldig uit. En het lijkt je ook totaal geen moeite te kosten.' Ik zeg het zonder enige bitterheid, omdat ik dat zo helemaal niet voel.

'Doe niet zo idioot. Jij bent juist degene die er altijd zo relaxed bij loopt.'

Ik wil haar net zeggen dat dat komt doordat ik er dan ook echt helemaal geen enkele moeite voor doe, maar die kans geeft ze me niet.

'Ik zie er juist altijd uit alsof ik een make-over heb gekregen van een blinde stylist. Eén grote puinhoop.'

Haar ketting en armband zijn bijpassend, en haar haarband kleurt precies bij haar T-shirt. Ik zie dat van die puinhoop niet helemaal. Zijn het haar oren, wellicht? Ja, ik zie inderdaad een moedervlek op haar ene oorlel. Misschien zit ze daar wel erg mee.

'Mis jij het wel eens, het werken?' vraag ik.

Ze lacht. 'Wat, mijn baantje in de winkel? Wat moet ik daar nou aan missen? En trouwens, ik heb mijn handen vol aan dit spul hier.' Ze maakt een breed gebaar met haar arm, waarbij ze duidt op haar huis, haar tuin en haar zootje zoons. 'Maar als ik jou was, dan zou ik mijn werk wel missen,' zegt ze. 'Jij deed toch stemmen en zo?'

'Zoiets, ja,' antwoord ik, en ik vraag me af hoe ze dit soort dingen toch allemaal weet. 'Ik zit er ook over te denken om weer aan de slag te gaan.'

'Fantastisch. Wat houdt je tegen?'

Goeie vraag. Kon ik Richard ook al niet goed uitleggen, laatst. Dus ik denk niet dat het me nu wel lukt.

'Ach, je weet ook wel dat het niet meevalt, met de kinderen en zo. Toch?' zeg ik.

'Wat een onzin!' roept ze. 'Regel een au pair en klaar is Kees,' lacht ze.

Dat zei Summer nou ook al, als ik het me goed herinner.

Ze vult mijn glas bij, dat op de een of andere manier al weer leeg was. Dat is het probleem met Pimm's: je slaat het zo gemakkelijk achterover – hoewel Natasha's eigen glas nog bijna vol is, zie ik nu.

'Je moet echt weer wat gaan doen, als je dat echt wilt. Ik hoor van Adam dat Richard daar ook helemaal achter zou staan.'

'O, ja, zeker,' zeg ik. Kon ik me die Adam nou maar herinneren.

'En zo hoort dat ook. Ik bedoel, zij hebben het maar gemakkelijk met hun werk, en dan een beetje doen alsof het echt heel veel stress is, zo'n secretaresse die alles voor je regelt. Als je het mij vraagt is dit juist veel moeilijker: thuisblijven bij hun kinderen en de dagelijkse ellende voor ze regelen.'

'Vind je dat echt?' vraag ik, en ik voel de hoop weer in me oplaaien. Want het geeft me echt hoop, de gedachte dat ik niet de enige ben die het moederschap zo verdomd moeilijk vindt.

'Nou en of, potdomme,' knikt Natasha. 'Ze zijn nooit thuis, en als ze wel thuis zijn dan verwachten ze dat jij je dankbaar aan hen onderwerpt als zij daar toevallig zin in hebben, wat voor dag jij ook hebt gehad. Zo ontzettend egocentrisch.' Ze sluit haar ogen en huivert even. 'Ach ja, mannen.'

Ik weet bijna niet wat ik moet zeggen. Hoe is het mogelijk dat iemand die er altijd zo geweldig uitziet zich zo'n voetveeg voelt? Aan de ene kant vind ik haar eigenlijk een tikje verwend. Als ze haar man niet had, met zijn belangrijke baan, dan zou ze hier nu niet zitten, met haar boomhut en haar legertje kussenopschudders en al die dingen meer. Aan de andere kant, en dat gevoel is sterker, denk ik dat er niet zo veel verschil is tussen Natasha en mij.

Voordat ik blijk kan geven van het feit dat ik het hartgrondig met haar eens ben, zegt ze ineens woedend: 'Jezus, die mannen dat is één ding, maar wat vind je dan van sommigen van die vrouwen hier in de buurt. Het is toch niet te geloven dat die Cassie mij opzadelt met de *hoedjes*?'

Mijn hart slaat even over. 'Hoe bedoel je?' Ik stel de vraag, terwijl ik het antwoord al weet.

'Voor de kerstvoorstelling. Ik baal ervan als een stekker. Alsof ik niet al genoeg aan mijn hoofd heb zonder die stomme *Wizard of Oz*.'

Cassie heeft zich vast bedacht zodra ze me vroeg. Ze heeft er ook geen gras over laten groeien en me meteen weer ontslagen. Zie je nou, ik kan nog niet eens een vrijwilligersbaantje houden. Hoe haal ik het dan in godsnaam in mijn hoofd om weer echt aan de slag te gaan? Ik had niet eens zin in die stomme hoeden. Waarom raakt dit me dan zo?

'Dat stomme wijf. Er staat vast "sulletje" op mijn voorhoofd of zoiets. Ik zou niet weten hoe ik dat allemaal moet doen, met al die andere shit op mijn bordje,' zegt Natasha, lachend, zoals altijd.

Ik denk aan de werkende moeders die al die shit op hun bordje hebben, en dan ook nog een echte baan hebben. En dan heb ik het niet over de moeders die uit werken gaan voor 'hun ontwikkeling', en die hun werkuren kunnen aanpassen aan de schooltijden van hun kids. Nee, ik heb het over die vrouwen die veertig, vijftig uur per week werken om te zorgen dat hun kinderen schoenen aan hun voeten hebben. Zo'n moeder had ik zelf immers ook.

Natasha is precies het soort vrouw van wie ik geen spaan heel had gelaten toen ik nog ergens in de twintig was en nog niet zo lang geleden was vertrokken uit mijn moeders troosteloze buitenwijk. Dan had ik komische stemmetjes opgezet en iedereen zou zich doodlachen, zelfs het slachtoffer. Maar vandaag heb ik die behoefte niet. Vandaag hoor ik bij de grote mensen. Vandaag drink ik Pimm's met een kennis die rijk genoeg is om zich een boomhut te kunnen veroorloven die groter is dan het huis waar mijn moeder en ik het mee moesten stellen. Maar Natasha doet zo haar best om het mij naar de zin te maken, en dat is best een goed gevoel. En Richard zegt altijd al dat ik gemakkelijk vrienden zou kunnen maken, als ik het maar probeer.

Richard.

Zo veel om voor te vechten...

'God, ja, *Cassie*.' Ze neemt een piepklein slokje van haar drankje. 'Nou bedenk ik me ineens dat er morgen een vergadering is van de ouderraad. Ze wil de taken verdelen voor de Herfst Fancy Fair. Ik ben weer de sigaar.' Ze gromt even damesachtig. 'Waarom kom je niet gezellig mee?'

'Wie, *ik*?'

'Ah, toe! Als jij er bent vind ik het niet zo erg. Heb ik tenminste iemand om valse grappen mee te maken.'

Ik, en de ouderraad? Ik wil graag een beetje positiever in het leven komen te staan, maar ik weet niet of ik hier al wel klaar voor ben.

'Maar ik ben helemaal niet uitgenodigd,' probeer ik.

'Nou én? Ze zijn vast dolblij met wat extra hulp.'

Ik weet niet, hoor. Het voelt op de een of andere manier als een te grote stap.

'En na afloop drinken we wat met zijn allen,' dringt ze aan.

Ja, als je het zo stelt. 'Oké, ik kom wel.'

Ze slaakt een gilletje van verrukking en ik gil gezellig mee, en voor het eerst sinds tijden is dat een volkomen spontaan gilletje.

'Honderdnegenennegentig... tweehonderd!' scanderen Quinn en co.

Thomas maakt het af door de bal op zijn hoofd te nemen en hem dan keihard rechtsboven in te schieten.

Als ik in bed lig voel ik nog steeds die hoop.

We waren pas om zeven uur terug van Natasha. De kinderen waren er niet weg te slaan. Van Molly verbaasde me dat niks, die heeft het overal naar haar zin. Al zet je haar op een vuilnisbelt, dan speelt ze wel dat het een sprookjesbos is. Maar Thomas? *Thomas wilde ook niet weg.* Toen we naar huis liepen, had hij het over Quinn, die dan wel een *heel jaar* jonger is, maar die volgens hem niettemin een onvermoed talent bezit – en wie kan dat nu beter helpen ontwikkelen dan Thomas, de voetbalcoach? Oké, hij sprak in krachttermen, zo ingespannen dat zijn kleine lijf er helemaal van samentrok, maar hé, hij praatte tegen me! Minutenlang, zelfs.

Voor mijn ogen bloeide hij op. Dat kon ik ook. Die drie uur bij Natasha hadden al die pijnlijke gedachten die mijn hoofd die dag hadden gevuld, verbannen. En dat had niets te maken met die twee kannen Pimm's die we soldaat hebben gemaakt – limonade voor grote mensen, weet je nog.

Toen we weggingen besloot ik dat ik me niet meer zou bezighouden met mijn gebroken hart. Ik ben heus niet zo dom om te denken dat dat zomaar kan. Ik heb serieuze problemen, te beginnen met een echtgenoot die bij me weg is, en dan door naar mijzelf, de enige echte reden dat hij bij me weg is.

Maar er is nog zo veel om voor te vechten.

Natasha kent mij nauwelijks, maar ze was toch heel open tegen me, vanmiddag. Het voelde zo goed, dat iemand je *vertrouwt*. En ook heerlijk om even los te komen van mijn eigen gedachten en me bezig te houden met die van iemand anders. Iemand die het wel redt, terwijl ik altijd maar bij de pakken neer ga zitten. Natasha heeft haar leven op poten. En ze kan er nog om lachen ook. Ik heb haar gevraagd wat nu precies haar geheim is. Op haar antwoord was ik niet helemaal voorbereid.

'Prozac.'

Precies ja, medicijnen zijn haar geheim.

Ze keek naar mijn geschokte gezichtsuitdrukking en lachte. 'Het stelt niks voor, hoor,' lachte ze. 'Die Prozac, dat is een godswonder. Je wordt er weer blij van, maar tegelijkertijd blijf je je wel gewoon jezelf voelen... snap je?'

Ik snapte het. Ik voelde me verlicht. En vereerd. Ze vertrouwde me iets toe wat tot nu toe tussen haar en haar arts was gebleven.

En dus lig ik me nu in bed verlicht en vereerd te voelen. En ook zo ontzettend geïnspireerd. Het is echt tijd dat ik weer wat controle krijg over mijn eigen leven.

Morgen bel ik Isabel om met haar over die klus te praten. Ik weet niet precies hoe het al die jaren geleden mis is gelopen, maar ik zorg dat het weer goed komt, en ik ga weer doen waar ik het allerbeste in ben: stemmetjes. Dat is Stap 1.

Stap 2: Ik ga minderen met drinken, want ik zie best hoe dat de laatste tijd een beetje uit de hand is gelopen. Ik heb vandaag al een heel mooie start gemaakt. Vandaag heb ik niks te drinken gehad. En voordat je iets zegt: die Pimm's dat telt niet.

Stap 3: Ik ga zorgen voor personeel. Nou ja, ik ga een au pair nemen. Dat helpt enorm met de zorg voor de kinderen en ze kan meteen wat in huis doen, zodat ik de tijd heb om ervoor te zorgen dat ik er geweldig uitzie. Als ik dan al die tijd wil verdoen om te zorgen dat ik er in elk geval een tikje representatief uit kom te zien, dan wil ik best opgezadeld zitten met een norse Tsjechische die de hele dag op haar luie reet zit, en die me een schuldgevoel bezorgt omdat ze haar familie zo mist en maar een schijntje bij me verdient... Ach, waar heb ik het over. God mag weten hoe het is om een au pair te hebben, maar het punt is dat het Accepteren van Hulp een Hele Stap Vooruit is, psychologisch gezien. En ik weet waar ik het over heb, want dat heb ik gelezen in dat stompzinnige zelfhulpboek dat Sureya me voor mijn verjaardag heeft gegeven.

En dan Stap 4, dat is de belangrijkste: Zodra hij weer terug is uit Milaan, gaan Richard en ik dit allemaal tot op de bodem aanpakken. En dan zal hij zich realiseren dat zijn Gucci Girl gewoon maar een stomme scharrel is, en dan gaan wij ervoor zorgen dat we Ons Huwelijk Redden. Het zal niet eens zo veel moeite kosten om hem over te halen, want vlak voordat hij hier komt, zorg ik dat ik minstens twee uur heb gestoken in mijn gezicht en mijn kapsel, en ik zorg dat ik een outfit heb waaraan je niet meteen ziet dat ik maat 44 heb. (Uiteraard zou er een Stap 3b moeten zijn, waarin ik Op Dieet ga, maar hij is maar drie dagen weg en ik denk niet dat ik tien kilo kwijtraak in zo weinig tijd. Dus moet ik het, om het realistisch te houden, bij wat verhullende kleding houden.)

En ten slotte Stap 5: Mijn herintrede in de grotemensenwereld – of in elk geval de wereld van de ouderraad, en laten we eerlijk zijn, een andere wereld is voorlopig even niet voor me weggelegd. Die vergadering van morgen zal het begin inluiden van mijn nieuwe, proactieve benadering van het leven.

Ik weet dat ik dat allemaal al veel eerder had moeten doen, maar ik ben er klaar voor om alles anders aan te pakken. Ik ben doodziek van de pijn die ik voel als ik me bedenk hoe vastgeroest ik ben. Ik ga me helemaal losmaken.

Natasha, je moest eens weten wat je allemaal hebt losgemaakt!

Misschien vindt Cassie het raar dat ik er ben, maar ze zegt er niets van. Misschien heeft ze helemaal nog niet eens gezien dat ik er ben. Er zitten een stuk of twintig moeders in de eetzaal van de school. Hun zachte gemompel klinkt hol in de met kunstwerken behangen ruimte. Natasha zit naast me, en ze ziet eruit alsof ze net terug is van de Paris Fashion Week. Vandaag is ze helemaal in het wit – een gerende zigeunerrok die prachtig langs haar lange benen valt,met een bijpassend bloesje met madeliefjes langs de kapmouwtjes. Ze draagt haar haar in een staart, en ze lijkt wel vijftien – een vijftienjarige die flink in de make-up zit, dat wel, maar het past haar. Het is absoluut niet té.

In navolging van haar heb ik vandaag wat lippenstift op gedaan. Ik voel me een ander mens. Nou goed, maar ik zie er wel iets beter uit, zo. Het enige verschil is dat mijn lippen een piepklein beetje donkerder zijn dan anders, en dat valt geen hond op, maar wat kan mij dat schelen? Kleine stapjes, en zo. Het feit dat ik hier überhaupt ben – en al helemaal met lippenstift op – bewijst dat ik de wereld heel anders zie, en hoe raar het ook mag klinken: ik ben best een beetje trots op mezelf.

Cassie klapt in haar handen. 'Ik zie een heleboel nieuwe gezichten vandaag, en dat vinden we natuurlijk *fantastisch*. Want waar zou de ouderraad zijn zonder jullie inzet. Het feit dat we hier met zo velen zijn, bewijst maar weer dat we er met zijn allen tegenaan willen om veel geld in te zamelen voor onze school, want dat is *bitter* hard nodig.'

Ze praat alsof zij Bob Geldof is en wij Band Aid, en alsof onze kinderen hongerige kindjes zijn, met vliegen rond hun hoofdjes.

Ze zwijgt en kijkt naar Annabel. Dat is het teken dat Wrattenneusje op mag staan en het woord mag nemen. 'Dank je, Cassie. We moeten een boel dingen regelen, wil de aanstaande Herfst Fancy Fair een even doorslaand succes worden als die van vorig jaar, dus laten we vlug beginnen. Als ik doorsla en ook over de kerstuitvoering begin, moeten jullie me maar stoppen!'

Was dat een grap? Ik lach, omdat verder niemand anders dat doet.

Niet doen, Fran, zorg dat je niet opvalt.

Natasha neigt naar me toe en fluistert: 'Als ze over die verdomde hoedjes begint vermoord ik haar.'

Ik glimlach en voel iets in me gloeien. Voor het eerst in mijn carrière als moeder op deze school hoor ik erbij! En wat nog mooier is: ik ben hier met een vriendin.

Wat nog het meest verbazingwekkend is, natuurlijk, is dat ik me zo goed voel, terwijl ik ben aanbeland op wat je de bodem van de put van mijn leven zou kunnen noemen. Misschien ben ik daar al wel weg, dus. Misschien ben ik alweer naar boven aan het zwemmen. Gewoon rustig doorzwemmen. Naar de oppervlakte, en dan daar flink de heerlijke, frisse lucht weer opsnuiven...

Mensen steken hun hand op, Natasha ook. Verdomme. Wat heb ik gemist? Ik zat niet op te letten – veel te druk met mijn analyses. Ik voel de ogen op me gericht en ik steek vlug ook mijn arm op. Maar waar meld ik me hierbij voor aan? Toiletpotten schrobben? Een vuurpeloton? Wat maakt het ook uit. Ik ben van de partij, hoor. Ik hoor er immers bij, en dat wil ik graag zo houden.

'Fantastisch, dus het eten, de taarten en de warme dranken zijn bij dezen geregeld,' zegt Cassie, terwijl Annabel onze namen noteert. 'De kraampjes met lekkere dingen brengen altijd het meeste geld in het laatje. En jullie zijn allemaal zulke fantastische koks, het is een wonder dat jullie niet allemaal zo veel te dik zijn als ik.' Ze aait even met haar hand langs haar taille – echt een tientonner, met haar maatje 36.

'Doe niet zo gek, joh. Je bent een ranke hinde,' roept Annabel uit – precies zoals er van haar verwacht werd – en Cassie glimlacht devoot.

'Volgende onderwerp,' kondigt Annabel aan, weer helemaal op de zakelijke toer en – shit, zit ze *mij* nou aan te kijken? Ja, inderdaad. 'Vorig jaar hadden we een prachtig kledingkraampje. Het gaf echt cachet aan het geheel. Allemaal designerkleding. Het zou geweldig zijn als we dat dit jaar ook weer voor elkaar kregen.'

'Natuurlijk, Annabel,' zegt Natasha. 'Ik dacht al dat je met die vraag zou komen, dus ik ben al spullen aan het verzamelen. Georganiseerd ben ik, hè?'

Ze lacht, en ik lach mee nu het gevaar van een paniekaanval geweken is. Het is hartstikke leuk om erbij te horen, daar niet van, maar dat wil nog niet zeggen dat ik ook echt een zinnige bijdrage kan leveren. Dat ik nu per ongeluk heb aangeboden om voedsel aan te leveren, dat lossen we nog wel op. Ik koop wel iets.

'En, Francesca,' zegt Annabel – die het nu wel degelijk tegen mij heeft. 'Dan hebben we nog het Eendenspelkraampje, daar heb je niet echt specifieke ervaring voor nodig, dat is echt heel simpel. De kinderen moeten gewoon een eendje opvissen en dan winnen ze een prijsje. Wil jij dat voor ons bemannen?'

Oei, die was flink onder de gordel. *Niet echt specifieke ervaring.* Ze bedoelt: Daar hoef je geen echte heks voor te zijn. Oké, het is geen optie om haar te antwoorden dat ze die eendenhengeltjes wat mij betreft in haar magere achterwerk kan stoppen, dat snap ik ook wel. Maar misschien dat ik wel wat lachers op mijn hand krijg als ik antwoord in een stemmetje? Wie zal ik eens kiezen: Holly Hunter? Ruby Wax? Al die beslissingen ook de hele tijd...

'Heb je daar een probleem mee?' dringt ze aan, met haar gebeitelde heksensmile.

'Nee hoor, leuk,' zeg ik uiteindelijk, gewoon met mijn eigen stem. Je moet het spelletje gewoon meespelen. Niet opvallen. En zo moeilijk is dat nou ook weer niet. Natasha lacht even naar me en in tegenstelling tot Annabel meent zij het echt.

Annabel is nog niet klaar. Nog lange niet, nog lange niet. 'De andere kraampjes waar we mensen voor nodig hebben zijn...'

En ze gaat maar door.

Misschien wordt het wel wat overschat, dat erbij horen. Ik had namelijk geen idee dat het zo ontzettend... saai zou zijn.

Kan het nog erger? Nu is Annabel aanbeland bij het punt van het

IJskarretje. 'Ja, we hebben dit jaar een ouderwetse ijskar. Vorig jaar was er een man met een busje, maar dat vonden we zo ordinair. Rowena's vader heeft een prachtige ijscokar voor ons gebouwd – en Harolds moeder heeft er een werkelijk schitterende luifel van gestreepte zijde voor gemaakt. Maar de kar moet nog wel geschilderd worden... bij voorkeur door iemand met gevoel voor de victoriaanse kleurencompositie. Wie biedt? (Volgens mij zei ze daarna ook nog dat de wielen van de wagen uit de steentijd stammen en dat het een donatie van het British Museum betreft, maar daar wil ik afwezen.)

Ik voel de slappe lach opkomen, maar niemand anders schijnt dit lachwekkend te vinden. Allemaal Moeders met een Missie. Is dit wat er overblijft van vrouwen die voordien een echte carrière hadden? Van vrouwen die Echt Iets Voorstelden? Van vrouwen die geen echt kantoor meer hebben om naartoe te gaan, en dus maar kantoortje komen spelen op school?

Maar goed, ik hoor er nu bij. Ik zou met ze mee moeten voelen in plaats van ze af te kraken. Ik zou de overheid eerder de schuld moeten geven. Want het is de schuld van de overheid dat er niet genoeg banen zijn voor intelligente, professionele vrouwen zoals deze hier, zodat ze allemaal gewoon weer echt werk kunnen gaan doen.

Dat is beter, ja. Een beetje positief denken, dat doet me goed. 'En tot slot...'

Yes! De verlossing is nabij!

'...de speaker. Wie neemt het microfoongebeuren op zich? Het is een uiterst veeleisende taak. We hebben iemand nodig met een duidelijke stem, iemand die heel alert op de zaken kan inspringen. Iemand een idee?'

'Kan Martin niet? Hij heeft het vorig jaar zo geweldig gedaan,' oppert iemand.

'Dat zouden we dolgraag willen, Susanne, maar hij is dat weekend weg met de BBC – ik had het hem al gevraagd,' valt Annabel haar in de rede.

Plotseling komt de meest positieve gedachte van die ochtend bij me op. *Speaker? Dat kan ik best!*

'Iemand anders die goed is met de microfoon?'

Ik, ik, ik! Ik ben fantastisch met de microfoon.

'En Linda dan?' stelt iemand anders voor. 'Die doet wel eens trainingen. Die doet het vast met liefde.'

'Ik vrees dat ik haar al het knutselgebeuren heb toegewezen. En daar haal ik haar liever niet van af. Daar ligt echt haar kracht.'

Maar ik kan dat toch doen!

'Ik weet het al,' veert Annabel op. 'Die dame... je weet wel, die met die sportieve BMW?'

'Wie is dat dan?'

'Ach, je weet toch wel, die dame. Met die BMW. Zo'n blauwe. Ze heeft een zoontje in groep 2.'

Cassie, die nog niet weet om welke dame het gaat, werpt haar sidekick een niet-begrijpende blik toe. Annabels wrat klopt van frustratie. 'Je weet best wie ik bedoel,' ratelt ze door. 'Zo'n heel knappe vrouw, met heel mooie kleren. Ze heeft een poosje geleden nog iets op tv gedaan... weet je nog wel? Zo'n programma over huizen verkopen op Channel Four.'

Cassie fronst, dus nu weten we zeker dat ze geen idee heeft waar dit over gaat.

'Jemig, hoe heet zo ook weer?' smeekt Annabel.

'Bedoel je Marianne, soms? Die blonde vrouw?' zegt iemand behulpzaam.

'Nee, niet Marianne.' Annabels gezicht verschrompelt van ellende. 'Ach, ik weet zeker dat je haar kent. Ze is geweldig. Prachtige kleren, BMW... En ze heeft zo'n tas met allemaal van die gespjes. En ze heeft zo'n klaterende lach...' Annabel ziet een zee van blanco gezichten voor zich. 'En ze heeft pas haar haar helemaal kortgeknipt.'

O! Ik weet al over wie ze het heeft. Ik spring bijna uit mijn stoel, zo graag wil ik het zeggen. 'Je bedoelt die donkere vrouw, toch!'

En plotseling weet iedereen over wie Annabel het heeft. Als ze nou gewoon gelijk dat ene kleine maar nogal belangrijke detail had durven noemen, dan had dat een hoop tijd gespaard. Je kunt ook té politiek correct zijn, hoor.

Ik heb zin om te lachen. Het is ook gewoon heel grappig. Het is zelfs waanzinnig grappig, maar ik wil ook lachen om van de spanning af te komen die ik voel. Het is doodstil in de zaal, en iedereen gaapt mij aan. Iedereen, behalve Natasha, die alleen nog maar oog heeft voor haar schoenen. Witte slippertjes, zie ik. Geen vlekje op te bekennen. Smetteloze witte schoenen? Dat is in mijn wereld net zo onmogelijk als het benoemen van iemands huidskleur in deze wereld.

'Heet ze niet Marcia?' zegt Cassie. 'Marcia Robinson?'

'Jaaa, precies, heel goed van jou,' zegt Annabel, zodat ik uit de schijnwerpers ben. 'Ik zal haar vandaag wel even bellen. Ik weet zeker dat ze het hartstikke leuk vindt.'

Ik had het ook kunnen doen, denk ik, maar ik hou uiteraard mijn mond verder.

Nu ik zo uit de gratie ben, heb ik absoluut geen behoefte om na afloop te blijven hangen. Maar als ik door de gang van de bovenbouw loop, kan ik de verleiding niet weerstaan om even door het glas in de deur naar binnen te gluren. Thomas zit aan zijn tafeltje bij het raam, maar hij staart niet vol verlangen naar het park – of, om precies te zijn, naar de doelpalen die daar staan. Hij heeft zijn hoofd over zijn schrift gebogen. Zijn lerares staat op en buigt zich even over hem heen. Ze knikt goedkeurend en klopt even op zijn schouder en ik krijg er helemaal een warm gevoel van...

Dan voel ik een hand op mijn eigen schouder.

Als ik me omdraai zie ik mevrouw Gottfried. 'Denkt oe dat vai ooit nog eens een afspraak kunnen maken, mevrouw Clark?' vraagt ze en ze kijkt me expres heel vermoeid aan.

'Ja, natuurlijk wel... Ik zal u wel even be –'

'Morgenmiddag, drie oer. Dan heb ik taid.'

Ze draait zich om en geeft me geen kans om te zeggen: 'Maar kijkt u nou eens naar hem, mevrouw Gottfried. Hij doet zo ontzettend zijn *best*. En zijn lerares gaf hem net nog een schouderklopje. Ik zweer het, ik heb het net met mijn eigen ogen gezien!'

Ik kijk haar na, en terwijl zij de hoek omslaat hoor ik achter me het vlugge geklik van hakjes en voor ik het weet staat Natasha naast me.

'Mijn god, hoe belachelijk was dat net!' hijgt ze.

'Waar heb je het over?'

'Nou ja, je weet wel, Annabel die het niet durft te hebben over iemands huidskleur. *Krankzinnig* gewoon!'

'Ik vond het eerder gênant. Waarom was ik de enige die het wel durfde te zeggen?'

'Omdat jij het enige normale mens was, daarbinnen. Ik was dolblij dat ik naast je zat, dat kan ik je wel vertellen. We hebben nog nooit zo'n spannende vergadering gehad. Heerlijk.'

Ze keek anders helemaal niet alsof ze het zo heerlijk vond toen ze zo naar haar schoenen zat te staren. Nu lacht ze weer, dus ik voel me ook wat meer op mijn gemak en ik lach terug. Heel gek hoe deze vrouw me zo snel uit de put weet te trekken.

'Zeg, wanneer kom je eens gezellig bij mij langs?' vraag ik haar. 'Dan kom je theedrinken met de kinderen. Morgen, of zo?'

Ze gooit haar hoofd in haar nek en lacht nog harder. 'Tuurlijk, vinden we enig.'

'Mooi, dat is dan afgesproken.'

En zo hebben we alweer iets om ons op te verheugen. Zo moeilijk was dat toch helemaal niet?

Summer draagt een zonnebril. Meestal doet ze dat alleen om de ster uit te hangen – zo van 'hé kijk mij dan' – maar ik weet dat dat vandaag niet de reden is. Ze zette hem af toen ze het restaurant binnenkwam, wierp een blik op mijn geschokte gezicht, en zette hem toen meteen weer op. Summer Stevens vertoont de klassieke tekenen van de vroege zwangerschap: gigantische wallen onder de ogen.

'Is alles goed met de baby?' vraag ik.

'Jezus, Fran, niet zo hard, in godsnaam,' bijt ze me toe.

Nou was ik niet bepaald aan het schreeuwen, maar dat is een ander klassiek symptoom: paranoia – iedereen ziet het, iedereen *kijkt* naar me! Doordat ze zo uitviel draaien de twee meisjes aan het tafeltje naast ons zich even om. Herkennen ze haar van televisie? Het maakt niet uit, ze staren er in elk geval lustig op los, en dus ga ik nog zachter fluisteren.

'Sorry, Summer, maar je ziet er ongelofelijk brak uit. Waarom heb je me niet eerder gebeld?'

'Dat heb ik toch gedaan, debiel. Heel vaak zelfs. Luister jij je berichten eigenlijk wel af?'

'Sorry, ik heb het gewoon heel druk, omdat Richard in Milaan zit en zo.'

'Dat is goed, het druk hebben is heel goed.'

Nu heb ik dus al tegen twee mensen zitten liegen. Tegen mijn moeder, en nu dus tegen Summer. Hoewel, technisch gesproken heb ik natuurlijk niet echt gelogen. Ik heb ze alleen niet verteld wat er is gebeurd. En waarom zou ik ook? Ik hou mezelf voor dat ik ze niet bezorgd wil maken, maar ik weet ook best dat dat belachelijk en kinderachtig is. Als ik het er niet over heb, bestaat het niet. Net als toen Molly de dure vaas van oma Elaine had gebroken. Nou, als het werkt voor Molly, dan...

Summer neemt een grote slok water. Gek. Normaal gesproken drinkt ze menige kerel zo onder tafel. Maar vandaag dus niet. Vandaag is zij *in blijde verwachting* (zo noemt ze het zelfs. Nou ja, ze is actrice, hoe had je dan gedacht dat ze het zou noemen. Gewoon: zwanger? Ha, alleen gewone stervelingen zijn gewoon zwanger) en daar is ze helemaal niet blij mee.

'Mijn god, ik ben kapot,' gromt ze. 'Zit ik hier een beetje een nieuw leven te creëren, helpt dat nieuwe leven het mijne volledig naar de klote. Hoe bizar is dat?'

'Miljoenen vrouwen zijn je al voorgegaan, hoor.' Ik krimp ineen zodra die woorden mijn mond uitrollen. Ik had het grappig bedoeld, maar het klinkt vooral heel truttig. Sinds wanneer kost het me eigenlijk zo veel moeite om gewoon iets geestigs te zeggen? Laat ik er deze lunch verder maar geen poging meer toe doen.

'Het is allemaal zo ontzettend fout gelopen,' zegt ze somber. 'En ik kan niet eens even lekker een sigaretje opsteken.'

'Wat vindt de vader er eigenlijk van? Of heb je je soms laten insemineren, of hoe dat heet?' Ik weet me niet goed raad. 'Of komt het uit een reageerbuis... nee toch?' Nou ja, wat weet ik er verder ook van. We hebben het er toch ook nooit over gehad. En ik neem toch aan dat ze deze lunch – de tweede in twee weken tijd – heeft geregeld om het er juist wél over te hebben.

'Doe eens even normaal, zeg.'

Ze denkt dat ik een geintje maak. Ik lach, en doe net of dat zo was. Misschien is dat wel het geheim van grappig zijn. Het echt menen.

Ze kijkt me ineens met een heel bang gezicht aan. 'Hij weet het helemaal niet,' fluistert ze. 'En jij mag het hem ook niet vertellen.'

'Zoet, maar. Ik kan het hem niet eens vertellen, want ik heb geen idee wie het is.'

'Dat heb ik je toch verteld. Het is Laurence.'

'Juist ja, Laurence. Wie is dat in vredesnaam?'

'Mijn god, luister jij eigenlijk ooit wel eens naar me? Laurence is de regisseur van *Angel Face*.'

'*Angel Face?*'

'Aaaagh! Die film met die verdomde Clive Owen.' Ze zegt het half schreeuwend, half fluisterend, en dat is nogal een kunst.

Ik denk niet dat ze veel aan me heeft.

'Oké, laten we dan maar gewoon weer bij het begin beginnen. Je bent dus naar bed geweest met de regisseur?'

Ze knikt even kort, alsof ze bang is dat een groter gebaar ook de grote emoties los zal maken.

'Waarom precies?'

Ze zet haar zonnebril af en nu kan ik haar gezicht pas goed zien. Summer is zes maanden ouder dan ik, maar meestal ziet ze er jaren jonger uit... *meestal*. Maar vandaag niet.

'Omdat ik een stomme idioot ben, daarom. Dat denk jij toch ook, of niet soms? Je zou je eigen gezicht eens moeten zien.'

Ik zie er vast precies zo geschrokken uit als ik me voel. Ik probeer een ander gezicht op te zetten. Ik wil heel graag niet nog meer verkeerde dingen zeggen. 'Sorry, maar ik ben gewoon ontzettend verbaasd... Je moet toegeven dat het tussen jou en de mannen nou niet altijd heel erg heeft geboterd, zeg maar.'

Ze zucht diep en wacht tot de serveerster onze pasta heeft neergezet. 'Laurence is de *regisseur*,' zegt ze dan. 'Het is oppervlakkig, ik weet het, maar het is niet anders. Hij begon meteen op de eerste dag al met me te flirten, en eerst zei ik nog van "Ja, ja, Minnie wilde je zeker niet hebben, hè?" maar ik kan er op de een of andere manier geen weerstand aan bieden... Macht, ik vind macht gewoon waanzinnig aantrekkelijk. Zielig hè?'

'Hou eens even op, zeg. Wat je voelt daar kun je nou eenmaal niks aan doen,' zeg ik. Ik herinner me – ook al zou ik dat nu liever niet willen – hoe ongelofelijk aantrekkelijk ik Richard vond toen hij zo snel carrière maakte.

'Ik voelde me walgelijk... goedkoop, als je het precies wilt weten,' gaat ze verder. 'Ik had ook geen idee waarom ik het deed, maar ik kon het toch ook niet tegenhouden. Van de seks had ik me ook niet al te veel voorgesteld maar... Jezus, het is om knettergek van te worden.'

Ik doe mijn best, maar ik zie het gewoon totaal niet voor me, Summer in bed met een vent. En als ik het me al niet voor kan stellen, hoe zal zij zich dan niet voelen?

'Het is een geweldige vent, Fran. Ik had ook nooit gedacht dat ik dat nog eens over een man zou zeggen, maar hij is echt geweldig. Hij lijkt heel autoritair, maar ik heb hem nog niet één keer zijn stem horen verheffen. Hij heeft talent, en humor, en hij is waanzinnig creatief, en hij... hij begrijpt me gewoon zo goed.'

'Weet hij dat je op vrouwen valt?'

'Ja. Dat hij me versierde was eigenlijk een weddenschap met de artdirector. Daar heb ik nog eens mee gewerkt in een of andere domme zombiefilm. Nou ja, het had ook gewoon bij één keer moeten blijven. Maar, hou je vast, nou belt hij me laatst op om me te vertellen dat hij van me houdt.'

'Wauw,' zeg ik zachtjes, me zeer bewust van de rooie oortjes aan de tafel naast ons.

'Precies. Dat geloof je toch niet? Ik haat mannen, goddomme, en dan beweert hij dat hij van me houdt!'

Het verbaast mij niks, eerlijk gezegd. Los van haar diva-neigingen, is het niet zo moeilijk om van Summer te houden.

'Jezus, het is allemaal zo gecompliceerd. Ik ben alleen maar met Phoebe naar bed geweest omdat ik hoopte dat dat het allemaal wel weer recht zou zetten. Dat arme kind. Had ik hem achter me aan, en haar ook nog eens, en ik liep zelf maar rond als een kip zonder kop om te zorgen dat de een de ander niet zou tegenkomen. En dat is niet eenvoudig als je allemaal op dezelfde set werkt.'

'En, heeft het geholpen, met Phoebe?'

'Absoluut. Ik weet nu namelijk heel zeker dat ik niet met Phoebe wil zijn. Dat was een grote fout.'

'Kijk eens aan. Dus, betekent dat dan dat je niet meer lesbisch bent?'

Zij weer boos natuurlijk. 'Wat denk jij nou? Dat Laurence me in één klap *genezen* heeft, of zo? Dat is echt typisch iets wat mijn moeder ook zou zeggen.'

Ik krimp weer in elkaar, als iemand die het bordje VOORZICHTIG,

WAKKEN pas opmerkt als het ijs onder haar voeten begint te scheuren.

'Jezusmina, Fran,' fulmineert ze, 'wat heb ik nou aan jou, zo?'

'Niks,' geef ik toe, 'ik weet het.'

En dat is ook zo. Ze heeft helemaal geen ene moer aan mij. Sinds ik Summer ken heb ik zelf al heel wat crises gehad, en Summer was er altijd voor me. Zij wist altijd precies wat er moest gebeuren. En nu heeft zij een gigacrisis en wat doe ik? Ik zit een beetje laf aan de andere kant van de tafel, doodsbang om iets te zeggen, omdat ik het allemaal niet nog erger wil maken dan het al is.

Als verdediging wil ik nog wel aanvoeren dat zij stijf staat van de hormonen en we weten allemaal wat hormonen met je doen. Het zijn in feite minuscule massavernietigingswapens. Als Bush en Blair de oorlog zouden hebben verklaard aan hormonen, dan waren ze nooit zo in de problemen gekomen als nu.

Toch zou ik het beter moeten aanpakken dan ik nu doe.

'Sorry,' zegt Summer, die mijn wanhoop wel voelt. 'Dit is ook zo verwarrend, dat ik het zelf niet eens meer begrijp. Ik *hou* niet van Laurence, maar ik wil ook niet meer *zonder* hem. Zo heb ik me nog nooit gevoeld, over niemand. En dan dat gedoe met deze zwangerschap... al dat gelul over de biologische klok en over... baby's... dat is toch nooit aan mij besteed geweest?'

'Dat geeft toch niet. Je bent zoals je bent, en zo.'

'Dat dacht ik eerst ook altijd, ja. Maar waarom voel ik me dan in godsnaam nu zo?'

'Hoe dan?'

'Nou, ik leg bijvoorbeeld de hele tijd mijn hand op mijn buik als ik moet oversteken, of zo, en ik heb een enorme behoefte om babykleertjes te kopen, en ik lig in bed de hele tijd namen te verzinnen...'

Nou weet ik het echt helemaal niet meer. Vóór dit gesprek had ik het altijd als een feit beschouwd dat het haar totaal aan moedergevoelens ontbrak. Nu het tot me doordringt dat ze die dus duidelijk wél heeft, voel ik me vreselijk. Hoe deze zwangerschap zou eindigen, dat stond voor mij vast, en het inrichten van een babykamer hoorde niet bepaald bij het beeld dat ik had.

'En, wat voor naam heb je bedacht?'

'Britney, uiteraard... Weet ik veel. Ik kan het allemaal nog steeds niet echt geloven.'

'Maar het is toch ook geweldig,' zeg ik, en ik knijp even in haar hand. 'Tenminste, *ik* vind het geweldig.'

'Het is ook geweldig. Ik geloof gewoon niet dat ik het zelf zeg, maar het is *geweldig*. Maar weet je... er is nu al een enorme complicatie.'

'Omijngod, is er iets mis met het kindje?' Ik heb een visioen van Summer die een wandelwagen voor zich uit duwt waarin een tweeling ligt met twee hoofden en drie benen.

'Nee, nee, niet met de baby. Met Laurence. Hij doet de nieuwste George Clooney. Een politiefilm met Samuel L. Jackson. Het is echt geweldig. Zijn grote kans in Hollywood. Hij zit daar nu voor de voorbereidingen. *Anyway*, hij wil dat ik daar volgende week ook naartoe vlieg.'

'Maar dat is toch fantastisch, Summer?' Ik straal ervan. Wat een mooi verhaal, dit. 'Dan komen al je dromen in één klap uit. Ik zie niet helemaal wat hier zo gecompliceerd aan is.'

'Ik moet komen voor een screentest. Voor de film. George heeft wat beelden gezien van *Angel Face* en hij ziet het ook helemaal zitten.'

'Maar je zei toch dat je daar maar een heel klein rolletje in had?'

'Doe niet zo achterlijk. Dat zei ik alleen maar omdat ik niet wilde dat jij weer helemaal depressief zou worden omdat jij niks met je leven doet.'

Dankzij de serveerster hoef ik hier geen antwoord op te geven. Ik heb maar één glaasje wijn op, maar dit gesprek heeft me nu al zo uitgeput dat ik om nog een glaasje vraag.

'Jemig, Summer,' zeg ik als de serveerster weer weg is. 'George Clooney ziet jou helemaal zitten.'

'Nou ja, het is nog niet allemaal rond. Universal wil liever Sharon Stone. Ik bedoel, die lui hebben nog nooit van mij gehoord. Daarom moet ik ook een screentest doen.'

'Maar als George jou nou wil, dan zal het toch zeker wel goed komen?' zeg ik hoopvol. *George Clooney ziet haar zitten!* En dan te bedenken dat dit het meisje was uit die reclame voor die ene supermarkt.

De meisjes aan het tafeltje naast ons willen weggaan, maar blijven even bij ons tafeltje staan. 'Sorry, maar ken ik u niet van tv?' vraagt de ene.

Summer is helemaal niet in de stemming om handtekeningen te zetten en ze kijkt mij smekend aan. 'Wij niet begrijpen wat u zegt,' zeg ik in mijn beste nep-Spaans. 'Mijn vriendin en ik, wij wonen in Madrid, en een deel van de tijd in Barcelona. U kent Barcelona?'

Aangezien ze ons de hele tijd hebben zitten afluisteren, en ze duidelijk hebben gehoord dat wij gewoon Engels praten, druipen de meisjes giechelend af. Ze denken ongetwijfeld dat wij een stel bijzonder vreemde vrouwen zijn.

'Moet je horen, Summer, zo'n screentest is natuurlijk *fantastisch*,' zeg ik als ze weg zijn. 'Wat is dan het probleem?'

'Nou, het feit dat de regisseur geen idee heeft dat ik zwanger ben, dat kon nog wel eens een klein probleempje zijn,' zegt ze met haar sarcasmeknop vol opengedraaid. 'Fran, het gaat om de rol van een lid van een terroristische cel. Ik zou vier vechtscènes moeten doen, en er zit ook nog een helikoptercrash in. Ik zie niet helemaal hoe ik dat moet doen met een dikke buik en dikke enkels, jij wel?'

O ja, nu snap ik hem.

Wat een ellende.

Om mezelf wat tijd te geven om na te denken, pak ik een sigaret. Als ik de blik op haar gezicht zie, stop ik die meteen weer terug in het pakje.

'Als ik niet mag roken, dan mag jij het ook niet,' zegt ze. 'En trouwens, ik dacht dat jij zou stoppen?'

'Is ook zo,' antwoord ik, en ik ben ook vast van plan nog een keer te stoppen... ooit. 'Summer, luister, wil je dit kind wel echt?'

'Ja... Nee... weet ik veel.'

'Oké, goed, zo gaan we het aanpakken...'

Ze kijkt me hoopvol aan, en ik zie de tranen in haar ogen opwellen.

Maar wat moet ik zeggen? Zij is altijd degene met de briljante adviezen – wat zou zij zeggen als ik in haar schoenen zou staan? Kon ik het haar maar vragen...

'Wat we gaan doen is...' herhaal ik, om tijd te winnen, 'niks.'

'Niks?'

'Precies, helemaal niks... voorlopig tenminste. Je zegt nog even niks tegen Laurence, maar je gaat wel gewoon naar Los Angeles, je doet die screentest, en dan bedenken we wel weer hoe het verder moet. Ik bedoel, als die rol uiteindelijk toch naar Sharon Stone gaat, dan hoef je je alleen nog maar druk te maken over de vraag of je al dan niet aan Laurence gaat vertellen dat je zwanger bent.'

'En wat nou als ik de rol wél krijg?'

'Dan maken we ons daar later wel druk om. Dat zal niet zo eenvoudig zijn... Maar het punt is, je hoeft nu nog helemaal geen knopen door te hakken. Geniet er nou gewoon nog maar even van. Hollywood, Rodeo Drive, lunchen met George en Samuel L...'

Ze denkt even na. 'Je hebt gelijk. Als jij mij dit had gevraagd, dan had ik waarschijnlijk precies hetzelfde gezegd...'

Echt waar?

'Ik bedoel, ik zou niet weten wat ik anders zou moeten.'

'Moet je horen, Summer, ik ben er voor je, wat er ook gebeurt. Dat weet je toch wel, hè?'

'Je bent er nu toch ook,' zegt ze, en de tranen stromen langzaam over haar wangen.

Summer zet haar zonnebril weer op als de serveerster ons de rekening komt brengen. Als ze weer weg is glimlacht Summer door haar tranen heen. 'Het spijt me, Fran.'

'Wat spijt je?'

'Dat ik je dit allemaal aandoe. Het gaat alleen maar over mij, vrees ik. Hoe is het eigenlijk met jou?' vraagt ze.

Heel even overweeg ik of ik haar het slechte nieuws zal vertellen – dat over Richard – maar dan besluit ik dat het verzwijgen me tot nu toe eigenlijk heel goed is bevallen... ik richt me alleen op de positieve dingen. Want er waren heus wel positieve dingen, vandaag. Nog een paar van zulke dagen en ik weet zeker dat alle nare dingen vanzelf wel weer verdwijnen.

'Ik heb vanochtend een paar telefoontjes gepleegd. Voor *werk*,' zeg ik tegen haar.

'Echt waar?' zegt ze opgetogen. 'Met wie dan?'

'Ken je Chris Sergeant nog?'

'Hoofd televisie van Saatchi?'

'Die, ja. Ik was altijd zijn favoriete voice-over. *Anyway*, hij was er zaterdag ook, en ik was zo onbeschoft tegen hem, toen, dat ik hem wel moest bellen om mijn excuses aan te bieden. En nu wil hij met me afspreken voor een borrel. Over een paar dagen belt hij me terug, als hij het niet zo druk heeft.'

'Dat doet me nou echt deugd. Hoelang loop ik nou al niet aan je kop te zeuren dat je je weer eens moet gaan inlikken hier of daar?'

'Het is niet om me in te likken. Hij is gewoon een vriend van vroeger.'

'Ja, een vriend van vroeger die toevallig ook de baas is van de televisieafdeling van het grootste reclamebureau in Londen. Dat heet dus inlikken, schatje, en daar hoef jij je helemaal niet voor te schamen. Maar je had een paar mensen gebeld, zei je toch?'

'Ik heb Isabel ook gebeld... weet je wel, van Harvey en Isabel?'

Ik kan het nog steeds niet geloven dat ik die echt gebeld heb. De gedachte dat ik alleen al moest bellen, vond ik zo doodeng dat ik bijna moest overgeven. Het kostte me een goed uur voor ik het nummer durfde te draaien. Ik vertel Summer over hun kruising tussen *War of the Worlds* en *Sjakie en de Chocoladefabriek* en over de rol van Zuid-Afrikaner in die Ruimte en over dat Harvey en Isabel ervan overtuigd zijn dat ik hun vrouw ben, maar dat de mensen bij Sony daar nog wat minder van overtuigd zijn.

'Dat is echt geweldig, Fran. Dan zitten we dus in hetzelfde schuitje, in feite.'

'Zo had ik het nog niet bekeken... behalve dan dat ik niet Sharon Stone tegenover me heb, dan.'

'En wat nu?'

'Ze sturen me het script. Ik moet maandag komen voorlezen aan die Sony-lui en ik sterf duizend doden.'

'Waarvoor? Jouw Zuid-Afrikaans is waanzinnig goed. Vergeleken met jou klinkt Winnie Mandela als een nepperd. Dit is echt je kans, mens. Het gaat lukken. Ik voel het gewoon.'

'Nou, ik weet het nog niet, hoor. Het is zo'n enorme stap. Als het nou een klein voice-overklusje was om voorzichtig mee te beginnen, dan –'

'Houd je mond, Fran,' zegt ze, en in één klap is ze weer die spijkerharde Summer die ik zo goed ken en van wie ik zo hou. 'Ik kan je wel zeggen dat mijn hormonale tijdbom echt barst als je hier ook weer tussenuit knijpt, en dat ik je dan *echt* kom vermoorden. Beloof me dat je me dit keer niet teleurstelt.'

'Oké. Ik beloof het.' En dat meen ik ook. Ze heeft gelijk. Het is klaar met al die smoesjes.

Ik kijk op mijn horloge. 'Shit, ik kom te laat,' roep ik uit.

'Waarvoor?'

'Voor school. Ik moet naar de adjunct-directrice voor een gesprek over Thomas.'

'Die arme kinderen van jou ook. Het is altijd de schuld van de ouders als ze op school problemen hebben, wist je dat?' zegt ze. Koud twee minuten zwanger en nu al alle moederlijke wijsheid in pacht. Voor je het weet gaat ze met recepten strooien voor lekkere aubergineschotels.

'Rot op, Summer,' zeg ik, en toch knijpt ze even liefkozend in mijn hand. Beledig je iemand, krijg je dit. Dat moet ik misschien eens bij Richard proberen.

'Maak je maar geen zorgen. Er is vast niks ergs,' zegt ze. 'Thomas is een superkind.'

Dat ben ik met haar eens.

'Ik ben heel erg trots op jou, weet je dat?' zeg ik. 'Vanwege Hollywood en vanwege dat andere.'

'Nee, ik ben trots op *jou*.' Ze schenkt me een flauwe glimlach. 'Zo, wegwezen jij. Ik betaal wel. En maak je nou maar geen zorgen. Het komt allemaal helemaal goed. Met ons *allebei*.'

Maar waarom kijkt ze alsof ze dat zelf helemaal niet gelooft?

Ik had me helemaal niet zo hoeven haasten, want de adjunct-directrice is zelf laat. Ik zit buiten haar kantoortje te wachten en vraag me af hoe ik dit moet spelen. Thomas is geen slecht joch. Hij pest nooit iemand, hij spuugt niet in de gangen en hij vecht nooit. Waar ze zich zorgen om maken is zijn *socialisatieproces*, want dat is *beneden gemiddeld*. Vroeger noemde je zo'n kind 'het stille jongetje achter in de klas'. Ondanks het feit dat zijn lezen met sprongen vooruit is gegaan – met dank aan de Playstation – blijft hij wat zijn schoolwerk betreft *hangen in het laagste kwartiel*. En zo'n kind noemde je vroeger 'het stille, *achterlijke* jongetje achter in de klas'.

Ik heb al wel eens gezegd dat hij zich waarschijnlijk beter zou kunnen concentreren als hij vanaf zijn tafeltje niet zo'n prachtig uitzicht zou hebben op het voetbalveld. En dat zei ik niet eens alleen maar om te zieken. Het was een poging van mijn kant om een positieve draai aan het gesprek te geven. Want dan zou het gaan over het talent van mijn zoon. Hij is immers gescout door Crystal Palace! (Shit, ik *moet* die Ron nu echt terugbellen!) Zou de school niet eigenlijk dolblij moeten zijn dat zij een nieuwe Pelé in hun midden hebben – althans, naar de bescheiden mening van zijn moeder. Maar ik had me de moeite kunnen besparen. Voetbal is iets prachtigs, geweldig, echt heel mooi – op één ding na. Als het eindsignaal klinkt is er altijd maar één winnaar. En dat houdt in dat er ook altijd een verliezer is. En in de filosofie van deze basisschool is competitie geweldig... zolang iedereen maar kan winnen.

'En de eindstand van deze FA *Cup Final Arsenal-Liverpool: 2-0. De beker gaat dus naar Arsenal... en naar Liverpool, die ook ontzettend hun best heb-*

ben gedaan en die – laten we dat vooral niet vergeten – op tijd kwamen opda-
gen en die heel mooie, schone shirtjes droegen.'

Maar goed, wat weet ik er ook van, vraag ik mijzelf af terwijl mevrouw Gottfried op mij af marcheert in haar schoenen van het extreem verstandige soort.

'Mevrouw Clark, fijn dat u er bent,' zegt ze – heel vriendelijk, voor
haar doen. 'Ik begrijp dat u het heel druk hebt.'

Ik heb het helemaal niet druk, maar dat zeg ik natuurlijk niet. Ik
loop achter haar aan naar haar kantoor en ga zitten in de stoel die ze
aanwijst.

'Het spijt me dat ik u zo vroeg in dit schooljaar al bij me moet roepen,' zegt ze, terwijl ze achter haar bureau plaatsneemt. Ze glimlacht
en ik ontdooi een beetje. Ik weet best dat de meeste kinderen hier op
school een bloedhekel aan haar hebben, maar ik kan mijn mening
moeilijk baseren op speelkwartierpraatjes. Of op haar Duitse accent.
Ik kan haar moeilijk niet serieus nemen alleen maar omdat ze zo ko-
misch praat. Nee, dat zou heel naar van me zijn, en het is trouwens
ook niks voor mij (vandaag, dan). Vandaag zal ik haar het voordeel van
de twijfel geven.

Ik begin vast met een paar woorden ter verdediging van Thomas.

'Nee hoor, ik ben heel blij dat u me wilde spreken,' zeg ik. 'Ik vind
het juist heel goed dat de school de ouders betrekt bij, eh, schoolza-
ken. Maar mag ik toch even zeggen dat Thomas en ik hebben afgesproken dat hij dit jaar een frisse start maakt? Hij is uiteraard nog
steeds gek van voetbal, maar hij heeft gezegd dat hij echt hard aan de
slag gaat en –'

'Mevrouw Clark, ik moet u even onderbreken. Wai maken een
valse start. Iek vil het helemaal niet over Thomas hebben...'

Jezus, wil ze het dan over mij hebben? Wat is er dan aan de hand? Ik
kijk naar mijn kleren. Spijkerjack, cargobroek en afgetrapte Timber-
lands. Summer had me er al op aangesproken tijdens onze lunch.
Moet ik nu van Gottfried hetzelfde aanhoren?

'...Nee, het gaat om Molly.'

Zei ze nou *Molly*? Wat is het probleem dan: dat ze te hard vooruit-
gaat, en dat ze liever willen dat ze zich een poosje inhoudt zodat haar

klasgenootjes de kans krijgen om haar in te halen – geheel in lijn met het idee dat *iedereen* een winnaar moet kunnen zijn?

'Wat heeft die dan gedaan?' vraag ik, oprecht verbaasd.

'Dit is een erg moeilijke zaak, mevrouw Clark,' zegt mevrouw Gottfried ook heel *moeilijk*, alsof ik een ei ben dat ze helaas genoodzaakt is te vertrappen, 'maar Molly vertoont zorgwekkend racistische trekjes.'

'*Racistische trekjes?*' zeg ik verbijsterd.

Ik ben ook echt verbijsterd. Molly heeft geen idee dat er überhaupt zoiets bestaat als een ras. Laat staan dat ze weet dat je racistisch kunt zijn.

'Ze loopt op de speelplaats rond en dan roept ze dingen als "bruine bonen met rijst".'

Ik moet glimlachen. Het klinkt voor geen meter in dat Duitse accent. Je moet het lekker vet aanzetten, op zijn Jamaicaans. Ik hoor het Molly zo zeggen, want die kan dat accent heel goed nadoen. Ze heeft het uiterlijk van haar vader, maar de stembanden van haar moeder, de schat.

'Het spijt me, maar ik vind het helemaal niet om te lachen,' zegt mevrouw Gottfried in antwoord op mijn lachje. 'De andere kinderen doen haar na...'

Maar ze kunnen het vast niet zo goed als zij, denk ik.

'...en een van de oberbleibjuffen heeft haar gevraagd vaar ze dit soort dingen leert. Toen zei ze: Van haar moeder.'

'Dat klopt,' bevestig ik.

Mevrouw Gottfried zucht ontzet.

'Dat is op televisie,' leg ik uit. 'Uit *Bo Selecta*, een comedyshow.'

Uit haar blik begrijp ik dat ze geen idee heeft. Ik moet dus nog wat meer uitleg bieden, meen ik, en dan zal de zaak wel rechtgezet zijn.

'Een van de figuren in die show zegt altijd "bruine bonen met rijst", dat is de grap. Ik heb het een keertje nagedaan voor Molly, en ze vond het grappig, dus, dan weet u waar het vandaan komt.'

'Op deze school tolereren wij geen racisme,' zegt mevrouw Gottfried kalm.

'Ik tolereer ook geen racisme, mevrouw Gottfried. Mijn hemel, absoluut niet, zelfs. Maar dit is geen racisme... Dit is... Hoe moet ik dat nou zeggen... dit is gewoon voor de grap. De grap is dat heel veel mensen denken dat donkere mensen alleen maar bruine bonen met rijst eten, en nooit iets anders. Het is maar een grapje, meer niet.'

'Nee, het is het opwerpen van racistische stereotypen,' corrigeert ze me, 'van mensen van Afro-Caribische afkomst, in dit geval.'

'Maar het geeft ook witte mensen een veeg uit de pan, juist omdat ze in stereotypen denken,' probeer ik haar uit te leggen.

'Dat ies dan ook racistisch.'

Mijn kaak hangt op mijn knieën. Ik weet echt niet wat ik moet zeggen. Verblijf ik soms op een andere planeet? Ik zou het wel willen uitschreeuwen, zo kwaad ben ik. Mijn lieve, onschuldige vijfjarige dochter, gebrandmerkt als racist? Wat moet ik hier in vredesnaam verder nog op zeggen?

'Mevrouw Clark, oe zult toch begraipen dat vai dit soort gedrag niet mogen tolereren. Vai moeten het direct de kop indroeken...'

Wat moeten wij de kop dan indrukken? Volgende week is er weer iets anders. Doet ze Scooby Doo na, of zo. Wordt ze dan tot de orde geroepen omdat het echte leven geen tekenfilm is?

'...Dit is precies hoe de Holocaust is begonnen.'

O ja, joh? Ik dacht namelijk altijd dat de Holocaust was begonnen door een moordlustige krankzinnige die zijn aanhang ervan wist te overtuigen dat Joden een lagere menssoort waren – niet een vijfjarige die vrolijk 'gefilte fish' riep op de speelplaats. Maar ja, zij is natuurlijk de lerares. Wat weet ik nou van geschiedenis?

Ik zeg niks meer. Deels uit ongeloof, maar deels ook uit angst dat ze alles neersabelt wat ik verder inbreng en dat ze mijn woorden verdraait en tegen me gebruikt.

'Vai willen dat oe hier met Molly over praat,' deelt mevrouw Gottfried mij mee.

'Ik weet het niet hoor... het lijkt mij een beetje...' ik wil eigenlijk 'gestoord' zeggen, maar dat doe ik niet.

'Het spait mai, maar als oe dat niet doet, dan heb ik geen andere keuze dan dit aan de directeur voor te leggen... en misschien ook aan de sociale hulpverlening.'

'Sociale hulpverlening?'

'Dit is een zeer ernstige zaak. Een die niet alleen Molly aangaat.'

'Thomas ook? Wat heeft die dan gezegd?'

'Nee, niet Thomas, mevrouw Clark... oe. Ik heb vernomen dat oe gisteren op de vergadering van de ouderraad iets hebt gezegd wat nogal... ongepast was.'

'Waar heeft u het over?' vraag ik, ook al weet ik heel goed waar ze het over heeft. 'Mevrouw Gottfried, het benoemen van iemands huidskleur is nou niet bepaald–'

'Nee, mevrouw Clark, wij praten nooit over iemands huidskleur.'

Jezus, dit is wel de allergrootste bullshit die ik ooit heb gehoord. Waarom pik ik dit eigenlijk? We hebben hier immers met de Nieuwe Ik van doen. De Nieuwe Ik die gaat voorlezen aan een stel topbazen van de film (hoewel ik hier misschien maar beter niet kan laten vallen dat het gaat om de rol van een woeste rassenhater). En die Nieuwe Ik, die pikt het niet dat er iemand suggereert dat haar lieve, onbedorven dochtertje voor racist wordt uitgemaakt.

'Hoeveel Afro-Caribische vrienden heeft u eigenlijk?' vraag ik.

'Dat doet naar mijn smaak helemaal niet ter z–'

'Het spijt me vreselijk, mevrouw Gottfried, maar het doet juist heel erg ter zake,' zeg ik, en ik begin op stoom te komen. 'Mijn beste vriendin van vroeger kwam uit Jamaica, en haar moeder heeft mij zo'n beetje grootgebracht. En we maakten gewoon grapjes over elkaar – over het soort eten dat we aten, over onze accenten – en dat had helemaal niks met racisme te maken. Ik weet heel goed wat racisme is. In onze buurt is het National Front, u weet wel, die extreem rechtse partij, namelijk nogal actief, dus u hoeft mij niet uit te leggen waar dat over gaat. Ik laat het niet over mijn kant gaan dat mijn kinderen en ik worden uitgemaakt voor racisten.'

Het is nogal een speech geworden, maar toevallig weet ik inderdaad heel goed waar ik over praat. Ik woonde al in multicultureel Engeland nog voordat die term was uitgevonden. In mijn straat alleen al werden vijftien verschillende talen gesproken. Ik weet zeker dat als ik was grootgebracht in een ultrawitte buurt zoals deze, ik mijn werk nooit had kunnen doen. Ik mag dan misschien enige aanleg hebben, maar het feit dat ik ben opgegroeid met vijftien verschillende talen om me heen en duizenden verschillende accentjes, heeft dat in mij gestimuleerd. Mijn beste vriendinnen Chanda en Amita vonden het schitterend. 'Ah, doe nog eens zoals Rashid altijd doet als hij kwaad is,' smeekten ze me dan.

Onze andere vriendin, Sharon, woonde samen met haar moeder en haar oudere broer David. Wij gingen altijd ongevraagd zijn kamer in en dan riep hij altijd dat we moesten oprotten en dan riep zijn moeder altijd tegen hem: 'Hé, David, doe eens respect, jongen, en laat die meisjes met rust voor ik je een pak op je zwarte billen kom geven.'

Jezus, als ik dat hier zou zeggen, zouden ze ons onmiddellijk naar de galg brengen.

Sharon vond het altijd enig als ik haar familie nadeed. Eerst haar broer ('geef me een brik, man, ik schop jou onder je bakka') en dan haar moeder (zie boven). Haar moeder heeft toen mijn talent ontdekt en die vroeg altijd of ik haar zus na wilde doen, die altijd langskwam met pannen met eten. En dan lachte ze zich helemaal suf.

Maar het zijn kennelijk andere tijden. En dit is een andere buurt.

Er is in dit kantoortje geen ruimte voor multiculturele grapjes. Dus het enige wat ik nog kan doen, is herhalen wat ik diep vanbinnen voel: 'Mevrouw Gottfried, wij zijn absoluut niet racistisch. Zo simpel is dat.'

Ze zucht diep. 'Ik zeg ook helemaal niet dat u dat bent, mevrouw Clark.'

'Wat zegt u dan, in godsnaam?'

'Wat ik zeg is dat Molly zich niet *netjes* gedraagt tijdens het spelen. Oe moet daar met haar over praten.'

Ze heeft dus absoluut niet naar me geluisterd. 'Molly is geen racist,' zeg ik, en doodmoe sta ik op. Ik hoor al niet eens meer wat ze verder nog te zeggen heeft, want ik loop het kantoortje uit, en sla de deur – nogal hard – achter me dicht.

Natasha vindt dat ik een mooie keuken heb. 'Hij is helemaal geweldig,' kirt ze, en ze vergeet voor het gemak dat vergeleken met haar eigen keuken die van mij net een zielige kitchenette lijkt. 'Je hebt zo slim gebruikgemaakt van de ruimte die je hebt. Heb je dit allemaal zelf ontworpen?'

'Ja, allemaal zelf bedacht. We hebben het een jaar of vijf geleden verbouwd,' zeg ik trots.

We kunnen goed samenwerken, Richard en ik. En dat zal in de toekomst weer gebeuren.

Natasha en ik zitten aan het eiland. Het is zo geschilderd dat het net lijkt alsof het er al een eeuw staat. Boven ons hoofd hangt een complete set koperen pannen, want dat had ik in een tijdschrift gezien, en dat vond ik zo mooi. Ze geven de ruimte het gevoel alsof hier een Serieuze Kok aan de gang is, net als de Aga, die majestueus staat te zijn aan de zijkant van de keuken. De keuken is handgemaakt, speciaal voor ons, en je kunt hier alles koken wat je maar zou willen.

Ik kook zelf meestal junkfood. Richard daarentegen, is een geweldige kok. Vijf jaar geleden, tijdens de verbouwing, hebben we ons die hel door weten te slepen dankzij een droom die hij had. In die droom kookte hij moeiteloos een heerlijk visgerecht, afgemaakt met mediterrane kruiden (afgemaakt, hè, dus dat hij er niet aan het eind even snel een handje groen bij kwakte), en dat besprenkeld, inderdaad, met balsamico. En terwijl hij bezig was dat gerecht te creëren, zat ik bij hem in een zwierig zijden ponnetje en wiegde ik ons kleine meisje in slaap in haar rieten Mozesmandje, terwijl ik in mijn vrije hand een glaasje wijn hield...

Je begrijpt dus nu waarom ik dat stomme rek met die koperen pannen absoluut moest hebben. Zonder dat rek kon van die droom natuurlijk nooit iets terechtkomen.

Wat is er eigenlijk echt van die droom terechtgekomen? Nou, dat kleine meisje van ons, dat wilde nooit slapen. Dat rieten Mozesmandje, dat heb ik nooit gebruikt, want een nieuwsgierige en speelse vijfjarige (om niet te zeggen jaloerse en wraakzuchtige vijfjarige) gooide haar steeds uit dat mandje. Ik heb nooit iets van zwierige zijde gehad omdat het daar nou eenmaal niet van komt als je drie paar prima leggings hebt, ja toch? En uiteraard heeft Richard nooit iets heerlijks gekookt, afgemaakt, besprenkeld noch anderszins. Het enige deel van die droom dat wél uitkwam, was het glas wijn.

Zoals nu. Ik wil Natasha nog wat bijschenken, maar ze legt haar hand over haar glas.

'Nog bedankt dat je me hebt meegenomen naar de vergadering van de ouderraad,' zeg ik tegen haar. 'Het was enig.'

'Je hebt je te pletter verveeld, leugenaar,' lacht Natasha. 'Net als ik, eerlijk gezegd. Maar ja, je moet nu eenmaal wel je gezicht laten zien, toch?'

O, is dat zo?

Misschien vond ik dat ook wel, ooit.

Ik ben blij dat ik Natasha heb uitgenodigd. De kinderen spelen in de tuin. Het is een beetje fris buiten, en in tegenstelling tot de kinderen, die de kou niet schijnen te voelen, bleven wij liever binnen.

'Echt leuk, wat jullie met het huis hebben gedaan,' zegt Natasha, en ze kijkt de keuken rond met een stralend gezicht, en het lijkt erop alsof ze het echt meent.

'Ach, met jouw huis vergeleken stelt het natuurlijk niets voor.'

Ze trekt haar neus op. 'Ach, uiteindelijk is het toch allemaal maar gewoon een zootje stenen. Ik zou graag met je willen ruilen. Een man die je onvoorwaardelijk steunt. Dat is eigenlijk het enige wat echt belangrijk is.'

Ik voel een dubbele steek. De eerste steek is er een van pure pijn. Mijn man is er niet en ik zou zo ontzettend graag willen dat hij er wel was. De tweede steek is er een van schuldgevoel. Ik heb Natasha helemaal niets verteld van wat er allemaal speelt. En hoewel we elkaar nog maar pas kennen, vind ik dat ik verraad pleeg als ik haar niet in vertrouwen zou nemen.

'Jij hebt echt geluk, Fran,' gaat ze verder. 'Jullie zijn zo close, als gezin.'

Ik kijk naar Tristan, Quinn en Fabian, die met Molly op het terras aan het spelen zijn. Haar zonen mogen dan idiote voornamen hebben (hoe aardig ik haar verder ook vind, voor die namen is verder geen excuus), maar ze spelen in elk geval samen. Ik denk aan Thomas, die boven met zijn Playstation zit te spelen, en ik vraag me af hoe Natasha er in godsnaam bij komt dat wij zo close zijn.

'Ik vond het echt gezellig, de afgelopen dagen,' zegt Natasha.

'Ik ook,' zeg ik instemmend. 'Waarom hebben we eigenlijk niet eerder eens wat afgesproken?'

'Geen idee. Maar laten we blij zijn dat het er nu toch van gekomen is.'

We klinken onze glazen tegen elkaar en ik neem een flinke slok uit het mijne. Ik zie dat haar lippen die van haar alleen maar vaag raken.

'Jij bent toch ook bevriend met dat mooie, donkere vrouwtje?' vraagt ze. 'Dat kan ik hier toch wel zeggen, hè? Er hangen toch geen verborgen camera's of zo?'

'Geen verborgen camera's. Maar ik moet helaas wel een rapportje schrijven voor de ouderraad... Ja, Sureya is inderdaad een goede vriendin van me. Ze is half Maleis. Ze is even weg, dus je hebt me helemaal voor jezelf, momenteel.'

'Arme Fran. Iedereen heeft je verlaten,' grapt ze. 'Richard is er toch ook niet?'

'Ja, maar die is morgen weer terug. Of anders donderdag. Hij weet nog niet precies hoelang het allemaal nog gaat duren, maar ze zijn nu wel bijna klaar...' wauwel ik. De gedachte aan Richard, die zich telkens weer in het gesprek wurmt, brengt me uit mijn evenwicht.

'Je mist hem echt, hè? Wat schattig.' Ze lacht en ik zie dat ze precies dezelfde lijntjes langs haar ogen heeft als ik. Maar niet heus. Die van haar zijn lachrimpeltjes, en die van mij zijn kraaienpoten. 'Wat spookt hij eigenlijk uit, die Richard van je?' vraagt ze.

'O, hij moet zich inwerken op een nieuwe klant. Geweldige kans. Dus druk, druk, druk.' Ik lach overdreven opgewekt, in de hoop dat dit het geluid van mijn innerlijke pijn overstemt.

'Wat goed van je, dat je hem ook zo steunt. Geen wonder dat jullie het zo leuk hebben, samen. Ik benijd je echt. Als je niet zo'n aardig mens was, zou ik je zonder meer vermoorden en dan stiekem jouw identiteit aannemen.'

Nu lach ik extra overdreven opgewekt, en ga ik wanhopig op zoek naar een gespreksonderwerp dat niets te maken heeft met Richard, of het huwelijk of echtparen die elkaar zo geweldig door dik en dun steunen.

'Ik zat te denken, hè...' zeg ik, hoewel ik geen idee heb waar ik dan over heb zitten denken. Dit is net een improvisatieles op de toneelschool. Snel denken, scherp blijven.

'Ja?' Ze leunt geboeid voorover.

'Ik zat te denken, waar haal jij je Prozac eigenlijk vandaan?' vraag ik, maar ik heb meteen spijt.

Spijt, omdat ik echt mijn best moet doen om niet mijn hart uit te storten bij Natasha. Krankzinnig! Ik heb mijn beste vriendinnen nog niet eens verteld wat ik nu allemaal doormaak, maar om de een of andere reden – misschien omdat Natasha mij ook in vertrouwen heeft genomen, misschien omdat ik van mijn stuk ben doordat ze het over Richard heeft gehad – voel ik een overweldigende behoefte om te praten, echt te praten, over hem.

'Waarom wil jij dat weten?' vraagt ze. 'Wat is er dan? Wat is er mis?'

Ik lach gespannen. Als ik naar Natasha kijk, dan zie ik een vrouw die alles is wat ik zelf ook zou willen zijn. Ze is altijd vrolijk en ze is hartstikke populair. Misschien is die Prozac dus helemaal niet zo'n slecht plan.

'Niks, joh. Maar niet alles is altijd wat het lijkt, weet je wel. We hebben toch allemaal een soort masker op naar de buitenwereld. Nou ja... daar zat ik over te denken... en over die Prozac van je... waarom niet, dacht ik.'

'Omdat het niet iets is waar je zomaar aan begint, daarom niet,' zegt ze ernstig. 'Mijn huisarts heeft me eerst duizend vragen gesteld voordat ze een recept uit wilde schrijven. Wat is er dan met je, Fran?'

Ik loop echt op het randje, en ik val er bijna vanaf. Natasha heeft mij wat toevertrouwd, en misschien moet ik haar ook wel in vertrouwen nemen. Ze mag me echt – dat voel ik. Dus waarom niet?

Omdat je nooit iemand buiten de familie kunt vertellen wat je echt denkt, daarom niet.

Belachelijk, eigenlijk. Dat is weer zo'n citaat van Richard (of eigenlijk van Marlon Brando). Ik zou juist wel wat meer open moeten zijn naar andere mensen.

Ik neem een slokje – oké, een sloot – wijn en ik begin... voorzichtig.

'Ik weet ook helemaal niet waar ik het over heb, maar... nou ja, is Prozac niet een soort middel waar je vrolijker van wordt?'

'Mijn dokter zou bezwaar maken tegen die omschrijving, maar ik denk dat je het zo zou kunnen zien, ja... Ik wil niet nieuwsgierig zijn, maar is er soms iets mis?' Ze kijkt er heel bezorgd bij.

'Nou ja, ik... ik heb even een lastige tijd, ja,' stamel ik. Ik wil best open zijn, maar ik voel me toch niet helemaal op mijn gemak. Natasha kijkt me strak aan. Ik neem nog een flinke slok tegen de zenuwen. Sorry, Richard, maar je hebt erom gevraagd. Jammer dan van dat beeld van de toegewijde echtgenoot. Ik zal haar eens even haarfijn vertellen wat voor smerige, achterbakse klootzak je in werkelijkheid bent.

Ik voel het glas trillen in mijn hand. Zenuwen? Verdriet? Geen idee.

Natasha doet een schot voor de boeg. 'Fran, drink jij niet een beetje te veel? Is dat het probleem?'

'Ja, ik drink tegenwoordig wel veel meer dan normaal,' zeg ik naar waarheid.

'Het viel me wel op dat de Pimm's er heel snel door ging, laatst.' Ze glimlacht. 'Dat geeft niet, hoor. We hebben allemaal zo onze hulpmiddelen om de dag door te komen, als echte *desperate housewives*. Ik ben aan de pillen, en jij aan de wijn. Het is niet echt een drama, of zo.'

'Mijn vader was alcoholist,' zeg ik... God mag weten waar dat nu weer vandaan kwam. Het rolde er gewoon uit, zomaar. Nou wilde ik wel open kaart spelen met haar, maar dan alleen over Richard. Niet over mijn treurige familiegeschiedenis.

'En nu maak je je zorgen dat het met jou ook die kant opgaat?' vraagt ze voorzichtig.

'Nee, nee, dat is het helemaal niet,' sputter ik tegen.

Ze houdt haar hoofd een beetje schuin en kijkt me weer zorgelijk aan.

'Nou ja, het is wel zo dat ik bijna elke dag een borrel nodig heb...' zeg ik weifelend. 'Maar zoals je zelf net al zei: Wie kan er nou nog zonder drankje, 's avonds?'

'Maar heb je eigenlijk wel een grens?' vraagt ze.

Grens, wie heeft het nou over een grens? Waar wil ze heen?

'Heb je er wel eens over gedacht om er met iemand over te praten?' gaat ze verder.

'Wat bedoel je, de AA soms?' zeg ik verontwaardigd. 'Nou ja, zeg, zo erg–'

'Nee, nee, dat bedoel ik niet,' zegt ze ongemakkelijk. 'Maar gewoon, een professionele hulpverlener... als je je zorgen maakt... Want, nou ja... alcoholisme is soms wel erfelijk, toch?'

Mijn hemel, waarom heb ik haar dan ook verteld van mijn vader? Ik wil niet eens meer aan hem denken, laat staan dat ik het over hem wil hebben. Heeft mijn onderbewuste gewoon maar het eerste eruit gegooid wat er opkwam om ervoor te zorgen dat ik het niet zou hebben over mijn man en zijn affaire? Terwijl het hier juist wel om Richard gaat. Niet over een drankprobleem – niet over mijn eigen probleem en al helemaal niet over dat van de vader aan wie ik nooit meer denk. Waarom heeft het gesprek in 's hemelsnaam deze wending genomen?

'Nee echt, het is helemaal niet zo erg,' protesteer ik, en ik doe heel hard mijn best om de juiste woorden te vinden. 'Ik moet gewoon een beetje meer letten op hoeveel ik eigenlijk drink. Voor mijn gewicht, dan.'

Ze steekt haar hand over het eiland en legt hem boven op de mijne. 'Je hoeft je echt niet schuldig te voelen, hoor. Ik ken hier in de buurt niemand die niet zo'n soort probleem heeft.'

'O nee, en Cassie dan?' Ik probeer erbij te lachen, en hoop dat ze maar niet te veel waarde hecht aan wat ik net allemaal heb verteld.

'Zelfs Cassie...'

Ik ben dolblij dat het gesprek even niet over mij gaat, en ik wacht af wat ze me gaat vertellen over de problemen van Koningin Cassie.

'Ken je Maureen?' zegt ze. 'De moeder van Lucy?'

Ik schud mijn hoofd.

'Nou, die heeft bijvoorbeeld boulimia. Al jaren. Haar man is nooit thuis en als de kinderen in bed liggen, dan eet ze de hele koelkast leeg – ze kan rustig een hele taart wegwerken. En als alles op is, gaat ze in de badkamer zitten en belandt alles weer in de wc.'

'Maar dat is toch vreselijk? Dat arme mens.' Nu voel ik me schuldig. Ik ben zo met mezelf bezig geweest – alsof ik de enige ben met problemen. 'Heeft ze dat aan jou verteld?'

'Nee, ik heb het van Mia. Dat zijn goede vriendinnen. En Mia heeft het alleen maar aan mij verteld omdat ze weet dat ik het nooit door zou vertellen. Ik ken jou nauwelijks, Fran, maar ik heb het gevoel dat ik je volledig kan vertrouwen,' zegt ze, en ze knijpt even in mijn hand. 'En jij kunt mij ook voor honderd procent vertrouwen... dat weet je wel, hè?'

'Ja, dat weet ik wel,' zeg ik, en ik vecht tegen de tranen.

'Alcoholisme is echt niet iets om je voor te schamen,' fluistert ze. 'Oké?'

Ho eens even. Ik *ben* helemaal geen alcoholist, wil ik zeggen. Ze slaat de plank zo ongelofelijk mis. Ik wil haar uitleggen van de paniekaanvallen en van mijn gebrek aan zelfvertrouwen, en van mijn man en dat die bij me weg is voor een lekkerder poppie en van al die andere dingen. Ik ga haar alles eens even haarfijn uitleggen, want dan begrijpt ze me tenminste. Maar er komt een horde kinderen naar binnen en die bederven het moment. Vier paar voeten komen vanuit de tuin naar binnen stampen.

'We hebben honger!'

'We willen wat eten!'

Ons gesprek kunnen we niet meer afmaken nu we vier hongerige kinderen moeten voeden. Vijf, als je Thomas meetelt, maar die eet op zijn kamer. En dat is toch ook veel leuker, eten in je eentje?

Pas als Natasha weer weg is en ik de boel afruim, zie ik dat er twee lege wijnflessen op tafel staan. Daarnaast staat het glas van Natasha.

En dat is nog precies zo vol als toen ik het inschonk.

Vrijdag. De koude herfstregen slaat in mijn gezicht als ik weer naar huis loop, nadat ik de kinderen bij school heb afgezet. Ik loop flink door, maar niet vanwege het weer. Ik heb een missie.

De kinderen en ik liepen Gottfried voorbij op het schoolplein, maar ze zag ons niet. Ik had toch zo'n zin om dat ijskoude smoelwerk van haar met een vlammenwerper te bewerken. Ik had nog overwogen om het over haar te hebben met Natasha, maar die stond te praten met een groepje moeders die ik niet kende. Ze zwaaide niet terug – ik ben vanochtend zeker onzichtbaar. Misschien spreek ik haar later nog wel.

De reden van mijn missie is een gesprek dat ik had met Thomas. Hoewel 'gesprek' misschien niet helemaal het juiste woord is...

Ik keek naar hem toen we Gottfried voorbij waren. Hij had een asgrauw gezicht. Ik nam aan dat het was uit angst dat ze het met mij over hem wilde hebben. Ik legde mijn arm om hem heen en zei dat hij zich geen zorgen hoefde te maken – ze had niets te klagen over hem.

'Dat mens interesseert me niet,' zei hij, en hij haalde zijn schouders op en ontdeed zich van mijn arm. 'Heb jij Ron nou al eens teruggebeld?'

Ik zei nog net niet: 'Hoe bedoel je, Ron?' Jezusmina, hoe kon ik dat nou toch vergeten! Ik ben zo druk bezig geweest met mijn eigen sores dat ik totaal vergeten was dat Thomas ook zo zijn dromen heeft.

'Je hebt dus nog niet gebeld, zeker,' zegt hij boos, nog voor ik antwoord kan geven. 'Jezus, aan jou heb je ook echt helemaal niks, soms.'

Alleen soms? dacht ik, terwijl hij wegrende zonder me gedag te zeggen. Hij had gelijk. Aan mij heeft hij inderdaad geen moer.

Dus dat is mijn missie: bellen met Ron.

Als ik thuis ben marcheer ik meteen naar de telefoon. Als ik hem op wil pakken, gaat die net over. Ik neem op.

'Hallo, Fran.'

Het is Richard.

Daar was ik niet op voorbereid. Ik had eerder gedacht dat het Summer zou zijn met een zwangerschapsupdate. Of wellicht een update over George Clooney.

Ik moet mezelf eerst even onder controle zien te krijgen. Sterk zijn, nu.

'Hallo?' vraagt Richard. 'Ben je daar nog?'

'Ja, sorry. Ik was er even niet bij met mijn hoofd,' zeg ik luchtig.

'Ja, ik weet precies wat je bedoelt.'

Behalve dan dat jij er niet alleen met je hoofd niet bij was, dan. Maar dat zeg ik niet, want ik ben sterk.

'Goeie reis gehad?' vraag ik. Sterk als ik ben.

'Ja, het was heel nuttig,' zegt hij. Hij doet net alsof we goede vrienden zijn en hij praat over zijn zakenreisje waarvan hij eigenlijk had verwacht dat het heel saai zou zijn maar dat toch heel vruchtbaar bleek te zijn, zuiver zakelijk gesproken, natuurlijk. 'Ik heb zo'n potje van die zeewiercrème meegenomen waar iedereen het tegenwoordig over heeft,' gaat hij verder. 'Weet je wel, dat merk van Jennifer Aniston. Als ik je zie binnenkort, zal ik het je geven.'

Als hij me binnenkort ziet.

'Nou leuk,' zeg ik. Nog steeds heel sterk.

Maar we hebben geen van tweeën zin in dit spelletje en er valt een lange stilte.

'Ik had je eigenlijk een paar dagen geleden al terugverwacht,' zeg ik na een poosje, en probeer niet al te veel verwijt in mijn stem te leggen.

'Ja, maar... nou ja, het is allemaal anders gelopen.'

O, en hoe is het dan precies gelopen, hè? Heb je de boel lekker de boel gelaten en een Ferrari gehuurd en ben je toen met de beeldschone Bel – haar haren in de wind, jouw hand op haar knie – door de olijfgaarden en de wijngaarden gaan rijden, naar een fijne trattoria, ergens achteraf?

Stilte is slecht. Het grijpt me ontzettend aan om zijn stem weer te horen, en toch wil ik hem heel graag horen. Ik wil hem graag iets prettigs horen zeggen. Ik dwing mezelf om aan Natasha te denken en aan het positieve effect dat zij op me heeft. Ik forceer me om weer in dezelfde stemming te komen als een paar dagen geleden.

Uiteindelijk zeggen we weer iets, allebei tegelijk.

'Luister, ik wil alleen maar zeggen–'

'Ik bel omdat–'

'Sorry,' zeg ik, 'ga door.'

'Ik wilde morgen eigenlijk even langskomen... als je dat goedvindt. En ik zou de kinderen graag willen zien. Ik heb ze gemist.'

'Dat zal best,' zeg ik, en ik heb meteen spijt omdat het zo verbitterd klonk. Weer valt er een lange stilte en ik probeer iets vriendelijks te bedenken. Maar er komt niets.

Ik luister en hoor ademhalen. Is hij dat of ben ik het? Ik heb geen idee.

Hij zucht. 'Nou, kan het? Zaterdag misschien?'

'We zijn begin van de avond weer terug, want we moeten eerst naar het voetballen.'

'Oké. Misschien dat we dan iets te eten kunnen halen voor de kinderen, of zo? En dat we dan samen eten?'

Nou gezellig, samen eten. Toch? Dat lijkt me een heel goed teken.

Maar dan bedenk ik me iets en ik zeg: 'Wat gaan we ze eigenlijk vertellen?'

'Waarover?'

'Over het feit dat jij hier niet meer bent.'

Dat is echt alles wat ik wil weten. Is hij voorgoed bij me weg, of...

'Ik weet het niet...' Er volgt een peilloos diepe zucht. 'Ik dacht dat we het daar nog over zouden hebben, samen.'

O, shit. Ik had het nooit moeten vragen. Want als we het aan de kinderen vertellen, dan betekent dat dat we een beslissing hebben genomen. Over de toekomst. En ik ben helemaal nog niet klaar voor een beslissing.

Ik voel mijn benen slap worden. Ik zou toch sterk blijven, dus hoe zit dat? Ik moet even zitten. Ik strompel weer naar de trap en plof daar neer.

'Dus... wil je het erover –'

Ik val hem in de rede: 'Is er nog een andere reden waarom je langs wilt komen? Los van de kinderen?'

'Nou, ik moet nog wel wat schone overhemden hebben, als je het niet erg vindt.'

Overhemden. Hij mist zijn overhemden.

'En ik dan?'

Het floepte er zo uit. Ik wil zo verschrikkelijk graag horen dat hij mij gemist heeft, en ik ben zo ontzettend bang dat hij zegt dat het niet zo is. Ik wil hopen, maar uit de stilte blijkt dat er geen reden tot hoop is.

'O, er is iemand aan de deur,' zeg ik. 'Dan zien we je morgen dus. Rond een uur of vijf.'

Ik hang op en nou weet ik nog niets.

Ik ben zijn overhemden aan het strijken. *Woedend.* Ik ben toch wel zo pissig op mijzelf. Waarom heb ik niet gewoon de koe bij de ballen gepakt en hem laten zien hoe anders ik inmiddels ben? Waarom heb ik hem niet verteld van de vergadering van de ouderraad en van mijn gesprekjes met Isabel en Chris Sergeant? Ik troost mezelf maar met de gedachte dat hij er morgen is, en dat ik het hem dan alsnog kan vertellen. En ik zorg ook voor een hele stapel frisgewassen en messcherp gestreken overhemden. Ik ben zelfs nog naar de winkel geweest voor een bus stijfsel – iets wat ik nog nooit heb gedaan.

Gebruikt Gucci Girl ook stijfsel bij het strijken? Strijkt ze überhaupt voor hem? Natuurlijk niet. Ooit gehoord van een minnares die haar tijd verdoet aan de vuile was van haar lover? Uiteraard is het gegeven dat zij geen tijd verspilt aan huishoudelijke zaken een deel van de reden waarom hij bij me weg is gegaan, maar daar gaat het nu even niet om. Hij kan zich een slag in de rondte neuken, maar wat heb je daaraan als je daarna geen schone hemden hebt om aan te doen?

Precies.

Ha! Puntje voor mij.

Geweldig. Ik voel me al een stuk beter. En nu ik klaar ben met zijn laatste shirt is het tijd om Ron te bellen. Tijd om van Thomas een ware voetbalster te maken.

Maar weer gaat de telefoon.

'Hallo, moppie, ik ben weer terug,' zegt Sureya. 'Heb je me gemist?'

'Natuurlijk heb ik je gemist,' zeg ik haar en ik probeer zo warm mogelijk te klinken, want het is ook echt waar. Ik moet natuurlijk wel nog met Ron bellen, maar we kunnen best een paar minuten bijkletsen. Ik bedoel, hij wacht nu al zo lang, die paar minuten kunnen er ook nog wel bij.

'Wat is er allemaal gebeurd?' vraagt ze.

Jezus, waar moet ik beginnen. Met het feit dat mijn man bij me weg is? Met Gottfrieds beschuldiging dat wij racisten zijn? Of met het feit dat ik het leven van mijn kinderen niet eens op orde krijg, laat staan dat van mijzelf? 'Niet zo veel, eigenlijk,' zeg ik. 'Saai, saai, saai. En hoe is het met jou?'

'O, ook niks bijzonders,' zegt ze, maar ze klinkt vreemd. 'Behalve dan... er is wel iets. Weet je nog dat ik met je wilde praten voordat we weggingen? Het was ook de reden waarom we naar Michaels ouders gingen... Ik ben zwanger, Fran.'

Ik gil het uit. Ik kan niet meer stoppen. 'Maar dat is ongelofelijk! Geweldig! Fantastisch! Niet te geloven dat mijn twee beste vriendinnen allebei tegelijk zwanger zijn!' En op het moment dat ik dat zeg, sla ik mijn hand voor mijn mond.

Ik had Summer met mijn hand op mijn hart beloofd dat ik het echt aan *niemand* zou vertellen. En Sureya hoefde niet bepaald aan te dringen. Godallemachtig, alweer iets om me klote over te voelen.

'Heb je het nou over Summer?' vraagt Sureya ongelovig, en dat verbaast me niet.

'Ja,' zeg ik. 'Summer... maar weet je, ik heb haar bezworen dat ik het aan niemand zou vertellen. Alsjeblieft, kun je doen alsof je neus bloedt als je haar tegenkomt? Ik baal heel erg dat ik het zomaar verteld heb.'

'Summer! Die mannenhater! Ja, ja. Wat is er in godsnaam gebeurd, joh?'

'Het is allemaal heel ingewikkeld,' zeg ik moeilijk, en ik ben blij dat ze mijn rode kop niet kan zien.

'Maak je maar geen zorgen, je hoeft verder niks te zeggen... Maar, jemig, dus ze is echt met een man naar bed geweest, of was het... Nee, nee, je hoeft niks te zeggen.'

'Het spijt me echt zo ontzettend, maar ik mag er niks over zeggen.'

'Laat maar. Het is al goed...' En dan: 'Was het zo'n... je weet wel... zo'n soort doe-het-zelfbevruchting?'

'Sureya!'

'Oké, oké, ik hou al op. Ze zal het me zelf wel vertellen als ze daar klaar voor is, neem ik aan.'

We zwijgen allebei even, Sureya omdat ze nog steeds stomverbaasd is, en ik omdat ik zo'n spijt heb van mijn grote mond.

'Dus jij bent ook zwanger?' zeg ik dan, om de stilte te verbreken.

'God mag weten hoe ik het allemaal moet redden als de baby er is,' zegt ze, en ze klinkt nu al doodop.

Sureya heeft een toneelgroep in een van de arme buitenwijken, voor kinderen die verder niks hebben... Minderen zoals ik, vroeger. Gek, ze werkt op een steenworp afstand van waar ik ben opgegroeid, maar ik zou nooit het werk willen doen dat zij doet. Ik weet meer over eenoudergezinnen, bijstand en armoede dan Sureya ooit zal weten, maar toch is zij degene die zich in eindeloze seminars en workshops stort op scholen in arme buurten en jeugdclubs, terwijl ik me thuis op mijn dikke reet zit te wentelen in mijn zelfmedelijden.

'De tweeling is nog niet naar de crèche en dan dit,' verzucht ze. Maar Sureya is er het type niet naar om lang stil te staan bij de nadelen. 'Maar ik verzin er wel wat op. Ik heb al met Helen gesproken en misschien komt ze wel fulltime voor me werken als de baby er is.'

'Dus *Helen* weet het al?'

'Ja, die heb ik het verleden week al verteld,' zegt ze zachtjes, want ze weet wat ik met die vraag bedoel. 'Ik had het jou echt willen vertellen – die avond van het hoteldrama, om precies te zijn. Maar toen kon ik er moeilijk over beginnen, toch? Is dat trouwens al uitgepraat? Jullie waren zo lief samen, op het feest.'

'Ja hoor, gewoon een suf misverstand. Er was helemaal niks aan de hand.' Ja, ik kan het haar nu moeilijk vertellen, toch? Dus breng ik het gesprek weer op een veiliger onderwerp. 'Maar even iets anders: hoeveel weken ben je nu?'

'Eenentwintig.'

'*Eenentwintig?*' gil ik bijna. 'Waarom vertel je het dan nu pas?'

'Fran, dat zeg ik toch net. Ik was het wel van plan, maar—'

'Nee, ik heb het niet over verleden week. Maar bijvoorbeeld toen je *vier* maanden heen was?'

Niet te geloven dat ik hier een zwangere vrouw aanval, maar ik ben echt beledigd. Ze heeft het Helen de oppas wel verteld, maar mij, haar vriendin niet. Wat moet ik daar in godsnaam van denken?

'Het spijt me echt heel erg, maar ik wilde het eerst helemaal zeker weten voor ik er iets over zei. Er is zo veel gebeurd, en, nou ja, jij hebt ook genoeg op je bordje.'

'Wat bedoel je daar nou weer mee?'

'Nou ja, je moet toegeven dat je een beetje...' ze zoekt naar het juiste woord, 'een beetje afwezig bent de laatste tijd. En dat is al van vóór die hotelrekening, als we eerlijk zijn.'

Ik zwijg, want er zit een brok in mijn keel waardoor ik niet kan praten.

'Fran? Ik begrijp het wel, echt waar – Richards promotie is ook echt moeilijk voor je. Op allerlei manieren.'

'Wat heeft dat er nou weer mee te maken?' vraag ik.

'Luister, ik weet wel dat je niet gelooft in therapie en zo, maar ik denk echt dat je een depressie hebt. Ik denk echt dat je eens met iemand moet gaan praten.'

'Daar heb ik jou toch voor?' zeg ik. Dat zeg ik namelijk altijd als Sureya weer eens over therapie begint, maar dit keer klinkt het niet zo grappig als anders. Het klinkt bitter en ik heb meteen spijt.

Zij reageert daar verder niet op en zegt: 'Weet je, ik vraag me wel eens af of je wel echt goed bent hersteld van je postnatale depressie na Molly. Ik heb wel eens gehoord dat zoiets heel lang kan duren.'

'Ik heb geen idee waar je het over hebt,' zeg ik kortaf. Ze kunnen mooi de pot op met dat sterk zijn. Weg met de Nieuwe Ik. Ik heb helemaal geen zin om het over mijn zogenaamde postnatale depressie te hebben, of over therapie. Ik heb überhaupt geen zin om het waar dan ook over te hebben. 'Zeg, ik moet ophangen, ik heb het strijkijzer nog aan staan, boven.'

'O,' zegt ze, en als ik het verdriet in haar stem hoor, voel ik me schuldig, maar daar is nu toch niets meer aan te doen.

'Sorry,' zeg ik dommig.

Het is kennelijk zo dommig dat zij niet eens meer antwoord geeft.

'En gefeliciteerd, nogmaals. We hebben het er nog wel eens over,' voeg ik nog toe. En dan hang ik op.

Meteen daarna loop ik naar de koelkast voor een fles chardonnay. Kon je je problemen maar echt oplossen met sigaretten en alcohol. Dat zou fantastisch zijn. Ik haat mijzelf. Waarom heb ik me zo verschrikkelijk misdragen tegen de liefste vriendin die ik ooit heb gehad? Sureya is er altijd voor me. Ik weet nog dat we voor het eerst echt vriendinnen werden. Het was vlak na de geboorte van Thomas – mijn prachtige eerste kind, met zijn Bambi-ogen en zijn redeloze woede. Een kind dat nooit sliep, met als gevolg dat zijn moeder ook nooit sliep. Dan keek ik naar de moeders in het park of in de supermarkt en die leken het allemaal zo volkomen onder controle te hebben. Als je op hen af moest gaan was het een leuk uitstapje: met hun overvolle boodschappenkarretjes en hun kinderen in de rij bij de kassa staan. Nee, dan ik. Ik voelde me altijd ellendig, en de aanwezigheid van het schitterende kind dat zo welkom was geweest hielp helemaal niks. Er was geen verschil tussen dag en nacht. Eindeloze kringetjes draaien van voeding naar voeding, van schone luier naar schone luier, van kindje wiegen tot maar weer eens een voeding...

Dat was de eerste keer dat ik me echt volkomen nutteloos voelde. Ik kon het niet aan, zo'n klein kindje. Ik was geen alleenstaande moeder. We hadden het niet arm. Dus wat was er dan in godsnaam mis met me? Uiteraard was het Sureya die meende dat het een postnatale depressie was. Dat het kwam door de hormonen, en dat ik dus helemaal niets had om me schuldig over te voelen. Maar ik was sceptisch. Ik had een baby die, zo klein als hij was, doodongelukkig was... die maar niet wilde slapen. Ik was uitgeput. Ik had helemaal geen hormonen nodig om in een flinke depressie te schieten.

Richard begreep het allemaal niet. Waarschijnlijk omdat ik ook nooit zei hoe ik me voelde. Sureya was daarentegen geweldig. Ze maakte tijd vrij om op Thomas te passen zodat ik me even kon ontspannen. Ze nam me mee uit winkelen. Belde me de hele tijd. En terwijl die donkere wolk boven mijn hoofd langzaam wegdreef, groeide bij mij het besef dat zij een echte vriendin was. En toen ik weer precies even depressief werd na de geboorte van Molly, herhaalde de geschiedenis zich in meer dan één opzicht. En Sureya? Die stond weer voor me klaar.

Waar zou zij zich nu druk over maken? Mijn god, honderdduizend dingen waarschijnlijk. Dat ze moet stoppen met werken, dat ze straks zit met de tweeling *en* een baby – en moet je zien hoe ik tegen haar doe.

Maar haar nieuws kwam ook als een klap in mijn gezicht. Een klap die me eraan herinnert dat de rest van de wereld gewoon doorleeft – en nieuwe gezinsleden maakt – terwijl bij mij het omgekeerde aan de hand is – bij mij gaan gezinsleden weg. De andere klap was dat ze het al die maanden voor me verborgen heeft gehouden – dat trek ik echt heel slecht. Waarschijnlijk voelt ze zich nu bevestigd in haar reden om het me nog niet te vertellen, want ik reageerde ook inderdaad... afschuwelijk.

Wie heeft er vijanden nodig als je een vriendin hebt zoals ik?

Ik wilde haar dolgraag terugbellen en een flink eind voor haar door het stof kruipen. Maar ik voel me zo beroerd; wat voor zin zou het dan hebben? Ik wil haar pas weer spreken als het iets beter met me gesteld is. Ik moet de zaak nu echt onder controle krijgen. Ik moet iets positiefs doen, vandaag – al is het maar één ding.

Ik pak de telefoon weer op en bel Rons nummer. Een vermoeid klinkende secretaresse neemt op. Ron is er niet, vertelt ze me.

'Wanneer is hij er weer?' vraag ik.

'Hij is een scout,' antwoordt ze, 'dus hij is er bijna nooit. Hij is nu ook weer ergens aan het scouten.'

'Heeft u misschien een mobiel nummer voor me, dan?'

'Als u mij eerst eens vertelt waar het over gaat, dan geef ik hem de boodschap wel door,' zegt ze, en ze klinkt alsof dat het laatste is waar ze zin in heeft.

'O, goed… Wilt u dan zeggen dat Francesca Clark heeft gebeld? Ik ben de moeder van Thomas Clark. Hij wilde dat ik hem terugbelde over een proeftraining voor Thomas.'

'Die zijn verleden week al geweest.'

Voor de zoveelste keer vandaag voel ik het leven uit mijn benen wegsijpelen.

'Nee toch?' zeg ik zachtjes.

'Het spijt me,' zegt ze, maar volgens mij meent ze daar niks van, 'maar dan heeft u die dus gemist.'

Ik lach. Ik weet ook niet waarom, want hier valt totaal niet om te lachen – dit is zelfs een complete ramp. 'Maar dan moet er sprake zijn van een vergissing,' zeg ik. 'Want Ron wilde me echt spreken over Thomas. Dan gaat het misschien niet over een proeftraining, maar over iets anders.'

'Ik zou niet weten waarover,' zegt ze.

'Wilt u hem alstublieft toch zeggen dat ik heb gebeld?' smeek ik. 'En wilt u dan vragen of hij mij weer belt… alstublieft?'

'Ik zal het doorgeven.'

En dan hangt ze op.

Daar is het weer, dat oude, vertrouwde paniekgevoel.

Mijn god, wat heb ik gedaan?

Ik ga naar de keuken en schenk mezelf nog een glas in. Ik sta aan het eiland. Naast me op het aanrecht ligt een enorme stapel A4-tjes: *Dark Planet*, door Isabel Parlour en Harvey Duncan. Dat is twee dagen geleden bezorgd. Ik heb er helemaal nog niet naar gekeken. Ik pak het op en neem het mee naar boven, met de chardonnay en mijn sigaretten. Het moet er nu toch echt maar eens van komen. Dan kan ik tenminste het krankzinnige idee dat ik mijn carrière weer nieuw leven in kan blazen, gebruiken om de gedachte aan hoe ik die van mijn zoon vakkundig om zeep heb geholpen, te verdringen.

Ik word wakker van de deurbel. In blinde paniek vlieg ik naar beneden, op de vlucht voor mijn nachtmerries. Het is Natasha. Ze lacht. Ze staat daar met haar dubbele buggy, met daarin haar kinderen. Waarom zijn die niet op school?

'Fran,' zegt ze, en ze schroeft haar glimlach nog wat verder op. 'Heb ik je wakker gemaakt?'

'Ja... eh... nee. Jezus, hoe laat is het?'

'Vier uur.'

'Vier uur? De kinderen!'

Ik draai me om, om mijn jas van de kapstok te graaien en naar de school te sprinten, maar ze legt haar hand op mijn arm.

'De kinderen zijn hier,' zegt ze.

Ik dwing mijn ogen om te focussen en dan zie ik Molly en Thomas met Quinn bij het tuinhek staan. Ze gooien over met een tennisbal.

'Maak je geen zorgen,' zegt Natasha, die mijn verwarring en paniek wel ziet. 'Mevrouw Poulson stelde zich ontzettend aan, die wilde haast de bloedhonden eropaf sturen toen je niet kwam opdagen. Maar daar heb ik een stokje voor gestoken door te zeggen dat wij hadden afgesproken dat ik Molly op zou halen. Dus toen hebben we Thomas meteen maar meegenomen.'

'Mijn god, bedankt. Het spijt me zo verschrikkelijk, ik heb geen idee hoe dit nou kan,' stumper ik. 'Ik voelde me niet zo lekker. Ben even gaan liggen, en toen ben ik vast–'

'Jemig, mens, maak je niet druk. Zulke dingen kunnen gebeuren, hoor. En met de kinderen is verder niks aan de hand.'

'Bedankt. Echt heel erg bedankt, Natasha.' Nu stumper ik niet meer, nu ben ik overdreven uitbundig.

'Doe niet zo raar, dat zou jij toch voor mij ook doen? Luister, jij bent duidelijk niet zo lekker. Als ik Anna nou eens even langs stuur om iets te koken voor de kinderen? Dan kan jij nog even gaan liggen.'

'Nee, bedankt, het gaat wel weer. Ik had gewoon een beetje last van mijn maag, net.'

Ik ben haar zo dankbaar. Ik wil haar binnen vragen om haar fatsoenlijk te bedanken. Maar dan zie ik ineens hoe ik er bij loop. Verkreukelde kleren en de slaap nog in mijn ogen. Ook proef ik de smaak in mijn mond – een bitter laagje op mijn tong van de wijn. Ik doe een halve stap naar achteren omdat ik ervan overtuigd ben dat ik vast gehuld ben in wolken van alcoholdamp.

Maar als dat zo is, dan doet Natasha of haar neus bloedt. Ze glimlacht nog altijd even liefjes.

'Mama, mag Fabian komen spelen... alsjeblieft? Ah, mam, mag het?'

'Nee, vandaag niet, Molly,' zegt Natasha. 'Mama voelt zich niet zo lekker. Maar waarom gaan jullie niet gezellig met mij mee? Dan kunnen jullie in de boomhut, als jullie daar zin in hebben.'

'Mag het, mam?' Molly kijkt helemaal blij.

'Nee, joh, het is–'

'Ik wil er niets meer over horen, Fran. Je moet dat virus maar eens even goed uitzieken. Kom op, jongens, dan gaan we.'

En dus laat ik ze gaan. Deels – nee, *vooral* – omdat ik Thomas nog niet onder ogen durf te komen om hem op te biechten dat ik het totaal heb verknald. Als ik ze het pad af zie lopen, loop ik over van dankbaarheid en van schaamte.

Ik vond het vreselijk om tegen Natasha te liegen. Was Richard maar een virusje dat ik uit kon zieken. Hoelang is hij nou al weg? Zes dagen, en het worden er alleen maar meer.

Zaterdag. Het is ijskoud. Ik zit op een bankje in het park te kijken naar Thomas die een balletje trapt. Molly is in de speeltuin achter me, en gaat van de glijbaan, zit op de schommel en is totaal immuun voor de kou. Net als Thomas. Hij heeft net zijn eerste doelpunt gescoord. Als hij een doelpunt maakt gloeit hij op als een houtblok in de open haard.

Normaal gesproken zou ik naar huis zijn gegaan, met zulk weer. Mijn toewijding aan de obsessie van mijn zoon gaat nou ook weer niet zover dat ik dood door bevriezing op de koop toe neem. Maar vandaag is geen gewone dag. Gisteravond heb ik hem verteld over Crystal Palace. Hij is niet gaan schreeuwen of schelden en hij heeft ook niets naar mijn hoofd gesmeten, want... nou ja, ik heb tegen hem gelogen, daarom. Ik heb gezegd dat ze bij die club dit jaar geen nieuwe jongens meer aannemen. Vanwege bezuinigingen, zei ik – altijd een goeie smoes. Het werkte in zoverre dat hij in elk geval niet boos werd op mij. Hij vertrok naar zijn kamer om daar te gaan zitten piekeren, en pas vanochtend kwam hij er weer uit, in zijn voetbalkleren.

'Palace is klote, dat weet ik ook best,' zei hij zachtjes op weg naar hier. 'Maar het maakt mij niet uit voor wie ik speel. Ik wil best voor een club spelen die nog slechter is dan Palace.'

Mijn hart brak. Hij wil zo graag voetballen *dat het hem niet uitmaakt voor wie*. Ik voelde me zo rot dat ik hem heb voorgelogen, dat ik me heb voorgenomen om mijn ogen niet meer van hem af te houden, dit potje, zelfs al moeten ze mijn bevroren lichaam straks van het bankje bikken.

Hij heeft de bal aan zijn voet. Hij dribbelt langs een groepje spelers en lijkt zelf nogal verbaasd over wat hij allemaal kan. Hij kijkt op en speelt een pass naar iemand uit zijn team. Maar de bal belandt bij de tegenstander. Zijn lichaamstaal verandert meteen. Van losjes en soepel schiet hij in de verkramping en de boosheid. Die vreugde die hij net nog putte uit zijn eigen vaardigheid, is in één klap verdampt. Dat is nou *typisch* Thomas... ik kijk naar hoe hij over het veld ploegt, met gebogen schouders, boos en intens. Hij heeft misschien iets meer op zijn hoofd, maar verder is hij sinds zijn geboorte nauwelijks veranderd.

Maar de wereld om je heen kan natuurlijk wel zomaar ineens veranderen. Terroristen kunnen een bom af laten gaan, je kunt de loterij winnen, en Thomas kan plotseling de bal weer aan zijn voet krijgen en hem instinctief met een mooi lobje over de keeper in het doel schieten.

Hij neemt de schoudermeppen van zijn teamgenoten in ontvangst met een verlegen glimlachje en hij negeert zijn moeder die als een debiel staat te klappen en te juichen.

Ik voel de verleiding om een kopje koffie te gaan halen, om weer een beetje warm te worden. Er zijn meer moeders van school, vanochtend, maar ik ken eigenlijk niemand. Jammer dat Natasha er niet is. Ik zou wel wat van haar energie kunnen gebruiken. Of Sureya. Ik moet her en der nog wel eens heel erg mijn excuses aan gaan bieden. Ik neem een besluit. Na de voetbaltraining ga ik haar vertellen dat ik ontzettend spijt heb van mijn gedrag en dat ik heel erg van haar hou. Misschien dat ze het me wel wil vergeven, gezien de week die ik achter de rug heb. Want ik heb besloten om haar eindelijk maar eens de waarheid te vertellen. Even snel dan, natuurlijk, want daarna moet het vooral gaan over *haar*. Het had sowieso de hele tijd al over haar moeten gaan.

Het is eigenlijk wel goed, die ijzige wind die er vandaag staat. Misschien waait het wel alle rotzooi uit mijn hoofd – de door de alcohol veroorzaakte rotzooi, bedoel ik dan. De kinderen kan ik nog wel voor de gek houden – *mama heeft hoofdpijn* – maar mezelf natuurlijk niet meer. Ik zat niet te wachten op dat gesprek met Natasha, van de week, maar ik krijg het nu toch niet meer uit mijn hoofd.

Heb ik echt een drankprobleem?

Voordat we kinderen hadden, gingen Richard en ik altijd wat drinken na het werk. Werkende mensen mogen best een drankje na een zware dag op kantoor/in de opnamestudio/waar dan ook. En het was bijna een verplicht nummer om op vrijdagavond met vrienden te gaan stappen. Dan lieten we ons helemaal vollopen. Gewoon, om te vieren dat het weekend was. Dat doe je als je jong en zorgeloos bent. Dat is gezellig.

Maar wanneer komt eigenlijk het omslagpunt tussen borrelen om gezellig tussen de mensen te zijn en drinken om je juist aan de mensen te onttrekken?

Heeft mijn vader zich dat ook wel eens afgevraagd? Hij was een man die alleen het ontbijt nog doorkwam zonder drank, tenminste, als hij nog genoeg alcohol in zich had van de vorige avond. Hij had geen baan waar hij een gevoel van eigenwaarde aan ontleende. Hij was, om kort te gaan, een alcoholist.

Mijn moeder is bij hem gebleven tot de avond voor mijn dertiende verjaardag. Toen stuurde ze hem de deur uit om een verjaardagstaart voor mij te halen. Dat zou ze normaal nooit aan hem overlaten, maar zij moest die dag een dubbele dienst draaien – ze werkte in de keuken van het ziekenhuis bij ons in de buurt.

Ik heb mijn moeder nog nooit tegen hem horen schreeuwen. Meestal kwam ze thuis en dan trof ze hem weer dronken en nog altijd werkloos aan, en dan zei ze alleen dat hij zichzelf eens bij de kladden moest pakken. Maar toen hij die avond bezopen en zonder taart thuiskwam, pakte ze wat spullen voor hem in, en heeft ze hem vriendelijk verzocht weg te gaan. Maar geschreeuwd heeft ze nooit. Als ze dat wel eens een keer had gedaan, had hij misschien wel een van zijn duizenden beloften ingelost. Misschien was hij wel gestopt met drinken, en was hij een baan gaan zoeken...

Maar misschien ook niet.

Op de laatste dag dat ik twaalf was heeft hij gezworen dat hij zou stoppen met de drank. Eitje, zei hij nog. Hij zou gewoon niet meer drinken. Hij zou 'in één keer' stoppen, grapte hij met dubbele tong, met de stem van Tommy Cooper. Hij kon goed imiteren, mijn vader.

Gek eigenlijk... Maar mijn moeder had dit te vaak gehoord, en ze luisterde niet meer naar hem.

Ik wel. Ik zat op de overloop en spande me in om alles te horen. En ik huilde, want ik wist dat het nu voorbij was. Stom genoeg was ik stapeldol op die man, terwijl ik mijn moeder helemaal niet zo leuk vond. Want die was er immers nooit. Ze was altijd aan het werk. Mijn vader, die was er tenminste als ik uit school kwam – want ja, dan waren de pubs nog niet open, natuurlijk. En hij droeg mij op handen. Mijn moeder was niet zo van het knuffelen – waarschijnlijk was ze daar gewoon te uitgeput voor. Maar aangezien bij mijn vader de alcohol voortdurend door de aderen vloeide, had hij geen last van dat soort remmingen.

Toen mijn moeder hem er uit gooide, was ik dan ook ontroostbaar. 'Mag hij alsjeblieft weer terugkomen,' smeekte ik. 'Ik hoef helemaal geen taart. Laat hem *alsjeblieft* weer terugkomen.'

Toen deed ze iets wat voor haar doen ongebruikelijk was: ze legde een arm om me heen. Ze zei niets, ze liet me alleen huilen. Nu ik er zo op terugkijk, vraag ik me af wat voor pijn en verdriet zij zelf moet hebben gevoeld. Toen kon me dat niets schelen. Ik was nog maar een kind, en ik maakte me alleen druk om mijzelf. Want nu was ik vaderloos, net als zo veel van mijn vriendinnen.

Ik heb hem nooit meer gezien. Geen idee waar hij is en of hij überhaupt nog leeft. Mijn moeder en ik hebben het ook nooit meer over hem, maar goed, wij hebben het nooit over dingen die er echt toe doen. Ik denk bijna nooit meer aan hem. Heel soms. Nu, bijvoorbeeld.

En die traan, die komt door de scherpe wind.

Ik keer me om, om te kijken wat Molly aan het doen is. Ze zit boven op het klimrek met Maisy. Dat houdt in dat Annabel en haar wrat ook in de buurt zijn – waarschijnlijk in het restaurantje. In een reflex zet ik de kraag van mijn jas op en keer ik me weer om naar het voetbalveld. De coach heeft het spel stilgelegd en laat de jongens zien hoe je een kopbal maakt. Dat wil zeggen: Thomas laat het zien. De coach blaft zijn tips en gooit daarbij de bal steeds naar Thomas, die hem elke keer perfect weet te raken en de bal keurig precies in de handen van de coach kopt.

'Het is een mager menneke, maar hij kan er wel wat van, hè?'

Ik voel een warme gloed van trots en kijk naar de vrouw die naast me op het bankje is komen zitten. Ze is jong, mooi en zwart, of sorry: *Afro-Caribisch*. Grote bruine ogen, gigantische oorringen en een dure leren jas.

'Is dit echt een voetbalclub?' vraagt ze.

'Ja, en een goeie, zelfs,' leg ik uit. 'Ze trainen elke zaterdag en op zondag spelen ze hun wedstrijden.'

'Misschien dat dat nog wel de doorslag geeft over waar we naartoe gaan verhuizen. Mijn zoontje is helemaal gek van voetbal.'

'Dus je bent hier naar huizen aan het kijken?'

'Ja, maar het is hier wel ontzettend duur. Harrison wordt volgend jaar drie, en we moeten nu verhuizen, wil hij een plek kunnen krijgen op de kleuterschool aan Arlington Road. Dat is de beste school in de wijde omtrek, toch?'

Ik sta versteld van haar planmatige aanpak. Richard en ik zijn hier toen alleen maar komen wonen omdat we verliefd waren op dit huis. Het was stom geluk dat we binnen het postcodegebied van de school vielen. Tegenwoordig moet je zorgen dat je op een goed adres woont, de dag nadat je seks hebt gehad. En als je echt op safe wilt spelen, liever nog een dag eerder.

'Ik heb geen idee of we het wel kunnen betalen,' zegt ze terwijl de coach het spel hervat. Om het andere team ook een kans te geven, speelt Thomas nu bij hen. 'Maar ja, alles beter dan waar we nu wonen.'

'Waar woon je dan?'

'In Bethnal Green. Nou, daar wil je echt niet heen.'

'Daar ben ik opgegroeid,' zeg ik zomaar.

'O, nou, dan weet je precies waar ik het over heb. Maar goed, het maakt ook niet uit waar je woont, want sommige dingen zijn toch overal hetzelfde.'

'Hoe bedoel je?' vraag ik, want ik zou niet weten wat Bethnal Green gemeen heeft met deze buurt, op de stoplichten na, misschien.

'Nou, ik was net even in dat restaurantje – lekkere cappuccino hebben ze daar trouwens – maar die vrouwen daar... Ik weet het niet hoor.' Ze schudt haar hoofd en lacht. 'Je had ze moeten horen roddelen. Ze hadden het over een of andere vrouw en ze lieten geen spaan van haar heel, het arme mens. Ik ben ook erg, hè? Ik bedoel, als ik ze daar zit af te luisteren ben ik natuurlijk geen haar beter dan zij.'

'Welnee, wat kan jij eraan doen als jij toevallig iets opvangt,' zeg ik.

'Misschien niet... maar mijn hemel, de dingen die ze allemaal *zeiden!*'

'Wat dan?' vraag ik geïnteresseerd.

'Zie je nou, nu zijn wij ook aan het roddelen.' Ze lacht.

'Ja, maar wij kennen elkaar verder niet,' zeg ik. 'En bovendien weten we niet over wie zij het hadden, dus dan is het niet echt roddelen. Dan is het eerder iets hypothetisch.'

Ze glimlacht welwillend. 'Nou goed dan. Ze hadden het over een vrouw die gisteren vergeten was om haar kinderen van school te halen, en ze zeiden dat...'

O, nee, hè, alsjeblieft niet.

'...ze zeiden dat het kwam doordat ze helemaal *out* was van de alcohol. Klaarblijkelijk is ze aan de drank. Toen was er zo'n heks – ze had zelfs een wrat op haar neus – en die beschuldigde haar ervan dat ze nog een racist is, ook. Dat is toch wel triest, vind je niet? Racisme is nou niet echt iets wat je hier zou verwachten.'

Ik heb het gevoel dat ik over moet geven. Ik wil dit helemaal niet meer aanhoren, geen woord meer.

Maar ze is nog niet klaar.

'Ze zeiden dat het al een hele tijd niet zo goed ging met dat mens, vanwege de drank en zo, maar dat het echt uit de hand is gelopen nu haar man bij haar weg is. Die schijnt er vandoor te zijn met een of ander fotomodel met benen van hier tot daar, en nu is ze het spoor helemaal bijster, dat arme schaap. Dat is mijn zusje verleden jaar ook gebeurd. Die klootzak heeft haar ingeruild voor de babysitter, en die is vijftien jaar jonger dan hij. Vijftien jaar! Dat geloof je toch niet?'

Ik wil beamen dat ik dat nauwelijks kan geloven, maar ik kan geen woord meer uitbrengen.

Waar komt dit mens vandaan? Er zijn duizenden bankjes in dit park, dus waarom moest ze zo nodig precies naast mij komen zitten?

Ik wil dit allemaal helemaal niet weten.

Ik hoor een scherp geluid. Het eindsignaal. Godzijdank. Ik sta op, maar mijn benen trillen. Thomas komt op me af strompelen en ik dwing hem in gedachten om een beetje door te lopen zodat we hier weg kunnen.

'Succes verder,' zeg ik tegen de vrouw die bij het nauwkeurig uitstippelen van haar eigen toekomst de mijne totaal heeft uitgevaagd.

'O ja, bedankt,' zegt ze, zich onbewust van de schade die ze heeft aangericht. 'Tot ziens, hè.'

Ik wil naar huis. Ik wil de kinderen voor de buis met een dvd, en dan wil ik mezelf opsluiten in de badkamer om te janken. Of om dingen stuk te gooien. Of om te slapen. Ik weet het ook niet. Ik moet gewoon naar huis.

Ik scan de speeltuin om te zien waar Molly is, maar ik zie alleen Fabian. Waar komt die nou opeens vandaan? Ach, wat maakt het ook uit. Als ik hier maar weg kan.

'Molly!' schreeuw ik. 'Kom je mee!'

Ze loopt naar me toe en we beginnen aan de eindeloze wandeling langs het restaurantje.

Als ik mijn blik op de grond gericht houd, komt het wel goed. Gewoon doorlopen, niet kijken.

Maar het restaurantje werkt als een magneet waar ik geen weerstand aan kan bieden, en ik kijk toch. En dan zie ik een stel vrouwen die buiten hun kinderen in hun jassen helpen.

En daar staat ook mijn *vriendin* Natasha, die haar jongste kind vasthoudt en die aan het kletsen is met Annabel en iemand die ik niet ken. Een grote, gelukkige Prozac-grijns op haar leugenachtige gezicht. Ik doe alsof ik haar niet heb gezien en keer me om naar mijn treuzelende zoon.

'Thomas, schiet nou toch op! We zijn al zo laat.'

Als ik maar thuis kan komen, dan red ik het verder wel.

Ik ben uiteraard stomdronken. Het was de enige manier om de middag door te komen. En trouwens, het kan verder toch niemand iets schelen. Dat is niet helemaal waar, want het kan Summer wel wat schelen.

'Jezus, Fran, wat heb jij? Je moet de zaak echt een beetje onder controle zien te krijgen, lieve schat. Hij is hier over een paar uur.'

'Hij kan de klere krijgen,' lal ik. 'Ze kunnen allemaal de klere krijgen.'

'Inderdaad, ze kunnen allemaal de klere krijgen. Die vrouwen zijn ook een stel vuile klotewijven. Maar je kunt je zo niet aan Richard vertonen. Je moet met hem praten en daar heb je een helder hoofd voor nodig.'

Ze houdt een kop zwarte koffie voor mijn mond, en probeert me ervan te laten drinken, maar ik keer mijn hoofd weg.

'Waarom heb je me dit goddomme ook niet eerder verteld?' wil ze weten. 'Ik kan gewoon niet geloven dat je man bij je weg is en dat jij daar helemaal niets over zegt.'

Waarom denk je? Omdat we het altijd alleen maar over jou hebben, Summer. Daarom!

Maar dat is gemeen van me. En bovendien is het niet waar. Ik heb het haar niet verteld omdat dat de gemakkelijkste weg was. Het is altijd veel gemakkelijker om je mond te houden. Dat weet toch iedereen!

'Die vuile, smerige klootzak!' fulmineert Summer. 'Ze moesten zijn pik er af hakken en die dan voeren aan de – Mijn god, nou heb ik ook een borrel nodig.'

Ze is woest. Maar op wie eigenlijk? Op Richard of op mij? In de bui die zij nu heeft zou ze nog kwaad zijn op Moeder Theresa omdat die... weet ik veel, omdat die zomaar dood is gegaan, of zoiets. Waarom zou je anders kwaad zijn op Moeder Theresa?

Als ik niet reageer zegt ze: 'Moet je jezelf nou eens zien. Waarom heb je niet gewoon iets gezegd, Fran?'

Bla, bla, bla, je kunt tegen me tekeergaan, maar ik doe mijn mond lekker toch niet open. Ik blijf lekker hier op deze kruk zitten, en ik doe heel erg mijn best om er niet vanaf te vallen. Eitje. Gewoon goed vasthouden en naar de horizon staren, net als op een boot als je zeeziek bent. Niet op de golven letten, gewoon concentreren.

'Dit slaat echt helemaal *nergens* op,' snauwt ze.

En ze heeft gelijk. Dit slaat inderdaad helemaal nergens op. Ik heb haar gebeld omdat ik wilde praten. Maar tussen dat telefoontje en nu heb ik het op een zuipen gezet, omdat ik even niemand had om tegen aan te praten. En raad eens wat? Nu heb ik geen zin meer in praten.

Ze denkt even heel diep na. 'Goed, dit is wat we gaan doen. Ik neem de kinderen mee. Nu meteen. En dan blijven ze vannacht bij mij logeren. Heb je dat gehoord, Fran?'

'Doe niet zo raar. Jij gaat morgen naar Hollywood, schat,' zeg ik. 'George, Sam... Sammy!' Hoe kan ze dat nou vergeten? Ze is niet goed bij haar hoofd!

'Mijn vlucht is 's avonds pas. Tijd zat. Luister, je hebt nog de rest van de middag om weer een beetje nuchter te worden en dan heb je de hele avond om in alle rust met die eikel van je te praten. Dan kom ik morgen de kinderen terugbrengen en dan kunnen we de boel eens goed analyseren.'

Dream on, baby. Ik heb helemaal geen zin om de hele avond met Richard te praten. Ik wil alleen nog maar slapen.

'Luister je überhaupt wel naar me?' zegt ze woedend. 'Ik meen het, goddomme.'

'Jij vloekt echt veel te veel, weet je dat?' zeg ik. 'Ik weet niet of ik het wel goedvind dat jij op mijn kinderen past... En trouwens, wat moet jij met twee kinderen? Heb je wel eens langer dan vijf minuten opgezadeld gezeten met iemand van onder de zestien?'

'Natuurlijk wel. Ik heb toch zo'n vruchtensapcommercial gedaan met dat kreng van tien, verleden jaar. Nou, die heeft me alles verteld wat ik moet weten over kinderen. En trouwens, ik kan wel wat ervaring gebruiken, voor als de kleine komt. Kom op, dan pakken we even wat spulletjes.'

'Doe niet zo belachelijk,' zeg ik vastbesloten. Tenminste, in mijn hoofd klonk het heel vastbesloten. 'Dit hoef je helemaal niet te doen.'

'Jazeker wel. Je zou jezelf eens moeten zien... Zei je nou dat Thomas fan is van Arsenal?'

'J-ja?' zeg ik langzaam.

'Mooi, dan gaan we daar dus heen.'

'Hoezo, heb jij kaartjes, dan?'

Kijk, als ze echt iets heeft geregeld, dan is het natuurlijk prima. Thomas heeft een paar klasgenoten met seizoenskaarten, maar Thomas is nog nooit naar een echte wedstrijd geweest. Dus als Summer de hand heeft weten te leggen op een paar kaartjes, dan gaat Thomas voor haar door het vuur.

'Natuurlijk heb ik geen kaartjes. We nemen de metro wel. Er staat vast wel een hotdogkarretje buiten het stadion. Dan hangen we gewoon wat rond buiten het stadion, en dan proeven we wat van de sfeer... weet ik veel. Ik verzin wel iets als we daar zijn. Ik improviseer wel.'

Nou ja, dat is ook een plan. Het slaat nergens op, maar het gaat tenminste over voetbal.

Aaaaars-en-al!

'Maar dan moet je me wel beloven dat je zorgt dat je nuchter wordt,' commandeert ze. 'Beloof het!'

'Ik *beloof* het,' zeg ik, zoals mijn vader dat altijd deed.

Wij hebben een heel mooie wijnkelder. Rekken vol met wijn, kratten bier en flessen van de meest vreemde merken cognac en likeur die we altijd aan het eind van een dinertje op tafel zetten. Dat voorraden bijhouden dat is – dat was altijd Richards taak. Mijn taak is het om de voorraad op te zuipen.

Dus zit ik nu in de kelder. Ik zoek een robuuste, doch fruitige rode wijn uit, die mooi combineert met mijn leven dat nu echt volledig naar de klote is... Château Déstruction... 1970... een uitstekend zure-druivenjaar...

Waar is Richard als je hem nodig hebt? Hij weet altijd precies welk wijn bij wat gaat...

Sorry, Summer, maar ik drink mijzelf de vergetelheid in.

Ik heb nog even nagedacht, maar iets anders leek me geen optie.

'Fran... *Francesca...*'

Ik kan me niet bewegen. Mijn lichaam is gevoelloos... verlamd. Ik krijg mijn ogen zelfs niet eens open.

'Jezus, Fran, word nou wakker!'

De stem klinkt van heel ver weg.

'*Fran!*'

...Mijlenver. Laat hem eerst maar eens dichterbij komen, dan zien we wel weer verder.

Ik voel iets kouds en nats op mijn voorhoofd. Ik dwing mezelf om mijn ogen open te doen. Ik zie Richard in een waas boven me.

'Ha,' zegt hij zachtjes.

Ik wil ook 'ha' zeggen, maar mijn mond doet het niet.

Hij veegt weer met het natte washandje over mijn voorhoofd, en dan over mijn wangen. Ik doe mijn ogen weer dicht en geef me even over aan de tederheid van dit moment.

'Ik dacht dat je nooit meer wakker zou worden,' zegt hij.

'Hoe laat is het?' kan ik nog net uitbrengen.

'Net na achten. Waar zijn de kinderen?'

Weet ik veel. In hun kamer? Heeft hij daar al gekeken?

Dan weet ik het weer. '*Summer*.'

'Summer?'

'Ze is met ze naar het voetbal... en ze logeren daar.'

'Jezus,' zegt hij zachtjes. Hij vindt Summer maar niks.

Ik doe mijn ogen open en probeer aan het licht te wennen. Dan concentreer ik me op hem. Hij zit op de rand van de bank en kijkt op me neer. Hij ziet er een beetje *morsig* uit. Ik heb boven schone overhemden voor hem liggen. Dat zal ik hem even zeggen, want dan kan hij er eentje aantrekken. Zichzelf even fatsoeneren. Waarom ziet hij er zo vreselijk uit? Wat is er gebeurd?

'Wat is er aan de hand?' vraag ik.

'Je was buiten bewustzijn...'

Nee, niet wat is er met mij aan de hand; wat is er met jou aan de hand?

'Hier, drink eens.' Hij doet zijn hand onder mijn hoofd en tilt het een beetje op. Dan zet hij een glas water aan mijn mond. Ik neem een slokje.

'Wat is er aan de hand?' vraag ik weer.

Een nauwelijks hoorbaar lachje. 'Niks. Er is niks aan de hand.'

Hij staat op en loopt de kamer uit. Ik probeer te gaan zitten, maar mijn hoofd lijkt wel drie keer zo zwaar en ik val weer neer. De gordijnen zijn dicht. Dat heb ik niet gedaan. Zal hij wel gedaan hebben, dan. Ik draai mijn hoofd en kijk naar de glazen salontafel.

Wijnflessen. Een stuk of wat. Een glas.

O, god, ik moet opstaan.

Vlug!

Op trillende, nauwelijks functionerende benen loop ik zo snel als ik kan de hal in, naar de wc. Ik haal het nog maar net.

Later – een minuut of tien? – heb ik niks meer in me. Ik voel me zwak. Uitgeput. Maar beter, dat zeker. Tenminste, nadat ik mijn tanden heb gepoetst. Ik gooi wat water over mijn gezicht en droog het af. De handdoek is nog warm van het rek – het verwarmde rek. Lekker gevoel is dat. Wat ben ik eigenlijk verwend. Ik heb een kelder, een extra wc in de gang met een verwarmd handdoekenrek en een tuin met elegant hardhouten tuinmeubilair. Een tuin met *meubels*.

Maar ik verdien het allemaal niet.

Ik ben geen knip voor de neus waard, en als ik niet twee prachtige kinderen had om voor te zorgen, dan had mijn aanwezigheid hier geen enkel nut. En dan heb ik het niet alleen over dit huis, maar over deze planeet in het algemeen.

En als dat zo is, dan heb ik natuurlijk geen schijn van kans dat ik de enige man van wie ik ooit heb gehouden bij me kan houden.

Toen ik vanochtend wakker werd – het lijkt wel weken geleden – toen keek ik nog uit naar zijn komst. Ik vond het fijn dat ik het met hem kon hebben over alle dingen die me deze week bezig hebben gehouden. Ik vond het ook fijn om naar hem te kunnen luisteren. Horen hoe *hij* zich voelt. Want we hebben onze gevoelens veel te lang genegeerd. We hebben op de automatische piloot geleefd...

Ja, toen ik vanochtend wakker werd, toen verheugde ik me echt op ons gesprek; ik wilde alles er eens uitgooien.

Belachelijk.

Vierentwintig jaar geleden heb ik mijn vader weg laten gaan zonder hem tegen te houden. Misschien moet ik dat nu wel weer doen.

Dag Richard, fijn leven, verder.

Hij is in de keuken.

'Hier, ik heb brood voor je geroosterd.' Hij houdt me een bord voor.

'Nee, bedankt. Nee, echt niet.'

'Fran, alsjeblieft, je moet wat eten. Heb je al iets gehad vandaag?'

'Nee, niks,' zeg ik zonder hem aan te kijken. 'Richard... het spijt me dat je me zo moest zien. Ik denk dat ik ben bezweken onder de druk... waarom kom je morgen niet terug? De kinderen zijn er rond de lunch weer. Dan kun je ze dan zien.'

Hij leunt voorover op het eiland. Zijn borst gaat zwaar op en neer, zo moet hij zuchten. 'Je moet niet steeds zeggen dat het je spijt. Dit is allemaal... mijn schuld.'

Dat heb je goed, denk ik, maar ik zeg het niet.

Hij kijkt me vol zelfverwijt aan. 'Jezus, wat had ik dan verwacht? Ik heb jou in de steek gelaten, Fran. Geen wonder dat je jezelf buiten westen–'

'Ik *sliep*.'

Hij kijkt me aan en fronst. 'Wat jij wilt...' zegt hij dan. 'Kijk nou toch eens naar wat ik je heb aangedaan. Dit is echt verschrikkelijk.'

Ik kijk naar mezelf, en wat ik zie bevalt me niks. Vieze spijkerbroek die me te krap zit, een verfomfaaid T-shirt. Daar heeft hij een punt. Ik zie er niet uit.

'Het is niet wat jij denkt,' zeg ik, en ik schud mijn hoofd. 'Ik ben gewoon ontzettend moe, en dit is nog nooit eerder gebeurd en–'

'We moeten praten,' zegt hij.

'*Nee.*'

Maar het is al te laat.

'Jawel, Fran. Ik moet het uitleggen. Ik voel me zo verschrikkelijk.' Hij zwijgt en kijkt me smekend aan. 'Ga alsjeblieft even zitten.'

Hij trekt een hoge kruk onder het eiland vandaan. De metalen poten schrapen over de tegelvloer en het geluid dreunt na in mijn hersenpan. Ik klim erop en hij zet het bord met toast voor me neer en zet een ketel water op.

'Ik heb je verraden,' zegt hij. 'Dat weet ik wel. Maar... ik wil het wel graag in een context plaatsen.' Hij haalt een keer diep adem. 'Wil je weten wat me zo trok in Bel?'

Waarom doet hij me dit aan? Alleen die naam al laat mijn hart krimpen. Moet ik nou ook nog haar vele voortreffelijke kwaliteiten aanhoren? Dat is puur sadisme. Waarom doet hij dit?

'Ze was gewoon een vlucht, Fran. Een vlucht van jou–'

'Hou alsjeblieft op.'

'Nee, dit is belangrijk. De laatste tijd... of eigenlijk al heel lang, gaf je me elke keer als ik thuiskwam het gevoel dat ik ontzettend tekortschoot–'

'Dat *jij* tekortschoot?'

'Ik, ja. Je dreef steeds maar verder van me weg. Je hebt al die zorgen en onzekerheden en ik kon je gewoon niet meer bereiken. Ik wilde zo ontzettend graag dat je weer wat gelukkiger werd, Fran. Weet je dat wel?'

Hij kijkt me aan en wacht op een antwoord, dat ik niet geef.

'Maar niks hielp,' zegt hij. 'En ik denk dat dat met Bel voor mij gewoon een compleet andere wereld was. Een plek waar ik... waar ik me nergens zorgen over hoefde te maken. Ik vroeg me af of ik soms de reden was dat jij zo ongelukkig bent...'

Hij zet een kop koffie voor me neer. Hij ziet eruit als een wrak. Zijn gezicht is gespannen en grauw, en hij zou zich wel eens mogen scheren. Zijn haar heeft al een hele tijd geen kam gezien.

Hij is beeldschoon.

'Heb je enig idee hoe graag ik wilde dat het allemaal weer werd zoals vroeger?'

En heb jij enig idee hoeveel ik van jou houd?

'Ja, dat wist ik best,' zeg ik zachtjes.

'Het spijt me, het spijt me echt heel erg. Maar ik kon zo gewoon niet meer verder.'

Zijn gezicht is asgrauw, alsof zijn toespraakje van net zijn laatste krachten heeft gekost. Ik voel me trouwens ook behoorlijk beroerd.

En toch was het niet bepaald een openbaring. Hij vertelde me alleen op zijn eigen welbespraakte wijze wat ik allang wist. Hij heeft zo vaak geprobeerd om me te bereiken, maar...

Nou ja, ik heb het dus verknald.

Hij loopt inmiddels te ijsberen, gespannen als een balletje heel strak opgewonden elastiek. Dan blijft hij ineens staan en kijkt me aan.

'Drink je de laatste tijd wel vaker zo veel?'

'Doe niet zo idioot. Ik zei toch dat dit iets eenmaligs was?'

'*Iets eenmaligs*,' zegt hij, en hij staart uit het raam. 'Jezus, je was gewoon compleet buiten westen. *Comateus*. Wat nou als Thomas en Molly hier waren geweest? Hoe kan je nou zoiets doen?'

'*Wat zeg je?*' Hoe durf jij dat te zeggen. Hoe durft hij? 'Wat denk jij eigenlijk, Richard? Jij bent bij me weg vanwege je klant. Mag ik me dan alsjeblieft een keertje flink bezatten?'

'Fran, alsjeblieft. Ik wil helemaal niet goedpraten wat ik heb gedaan, maar je moet toch toegeven dat het allemaal niet goed zat... met jou ook niet, al niet sinds... waarschijnlijk sinds Molly geboren is.'

'Ik geef helemaal niks toe!' val ik uit.

'O nee? Nou goed, maar leg dan eens uit waarom je niet meer aan het werk bent gegaan?'

'Omdat ik bij mijn *baby* wilde zijn.'

'Maar het had toch *allebei* gekund?'

'Jij hebt geen idee hoe dat voelt, Richard. Jij hebt nog nooit een kind gebaard. Wat weet jij nou van zulke dingen?'

Hij zakt over het aanrecht en zegt: 'Nee, ik weet er natuurlijk helemaal niks vanaf.'

Hoe kan hij ook weten wat er allemaal in mij omgaat als ik nooit mijn mond opendoe...

Ik heb dan al die jaren wel niet gewerkt, maar met mijn stemimitaties is helemaal niks mis.

Maar als ik moet uitleggen hoe ik me voel – als ik mijn eigen stem moet zijn, dus, dan kan ik dat gewoon niet.

Toen Thomas was geboren kreeg ik een postnatale depressie – want dat was het inderdaad. Of het nu kwam door de hormonen of doordat hij een heel moeilijke baby was of door een mix van die twee dingen: dat het een postnatale depressie was, dat valt niet te ontkennen. Het had me zo zwaar te pakken dat het wel vier jaar kostte voor ik genoeg moed had verzameld voor nog een baby. Naïef als ik was, dacht ik dat Molly me wel uit het dal zou halen. Maar raad eens wat? Het gebeurde alweer! Jazeker, je kunt dus heel goed twee keer door de bliksem worden getroffen.

Mijn zelfvertrouwen was totaal naar de knoppen. Het is heel moeilijk om toe te geven dat je gefaald hebt – want zo voelde dat. Ik kon het zelfs niet zeggen tegen de man met wie ik al twaalf jaar getrouwd was. Richard heeft echt zijn best gedaan, maar ik wilde hem niet toelaten. En toen, een jaar geleden, kreeg hij zijn promotie. En dat hield in dat hij in feite uit huis trok en alleen nog maar af en toe even aan kwam waaien.

En nu was hij weggewaaid.

'Hou je van haar?' vraag ik.

Hij draait zich om en staart het duister van onze tuin in.

Hij zegt niets.

'Nou?'

Hij blijft met zijn rug naar mij toe staan. 'Het ligt heel moeilijk...'

Ik wacht tot hij het gaat uitleggen, maar dat doet hij niet.

'Jezus, Richard, dat had je toch op zijn minst even uit kunnen leggen. Ik bedoel, jij wilde zo nodig *praten*!' schreeuw ik.

Waar die woede plotseling vandaan komt: geen idee. Maar ik heb alleen nog maar zin om te schreeuwen. Ik wil hem echt flink raken, omdat hij gelijk heeft. Alles wat er mis is gegaan, is allemaal zijn schuld.

'Wat wil je dan horen, Fran?' Zijn stem heeft niet zo veel volume als de mijne, maar hij zegt het wel met evenveel intensiteit. 'Dat ik stapelgek op haar ben? Of zullen we jullie eens even punt voor punt vergelijken?'

'*Fuck you*, Richard. Ik haat je, godverdomme, weet je dat?'

'Nou, dat is dan fijn, want ik hield echt van jou, Fran. Het was leuk geweest als je me eerder had gemeld dat ik mijn best niet hoefde te doen voor jou.'

Zijn stem klinkt kil. Er klinkt woede door in zijn woorden, maar die gaat verscholen achter een dikke muur van ijs. Bovendien staat hij nog steeds met zijn rug naar me toe. Hij wil zich niet omdraaien en me aankijken.

'Ik zeg het je nu toch,' gil ik. 'IK HAAT JE, VUILE HUFTER DIE JE BENT!' Maar hij draait zich nog steeds niet om.

Ik pak mijn koffie... hou het kopje even in mijn hand, en smijt het dan tegen de tegels. Het valt aan diggelen. De flinters wit porselein schieten over de vloer en de koffie spat tegen Richards broekspijpen op.

Maar hij verroert geen vin.

Het is nu stil in de keuken.

En dan, na een poos, schiet ik in mijn reflex. Ik glijd van de kruk en pak de mop.

Hij kijkt me nog altijd niet aan maar hij voelt waarschijnlijk wel wat ik van plan ben en zegt: 'Laat nou maar... Laat het gewoon liggen.'

Ik ga weer zitten en zie hoe hij de theedoek van het fornuis pakt. Hij buigt zich voorover en dweilt het plasje koffie op.

Ik steek een sigaret op als hij ook met stoffer en blik aan de slag gaat. Ik blaas de rook uit boven zijn gebogen lichaam in de hoop dat hij iets zegt over de stank.

Maar dat doet hij niet.

Als hij de scherven in de vuilnisbak gooit, vraag ik: 'Waar slaap jij eigenlijk?' Ik klink nu kalm, alsof we helemaal geen ruzie hebben.

'Het bedrijf heeft net een appartement gekocht, op Wigmore Street,' zegt hij.

Is dat even mooi? Het bedrijf anticipeert dus op het stuklopen van de huwelijken van haar medewerkers?

'Maar vannacht blijf ik hier. Ik slaap wel in de logeerkamer. Bel Summer maar en vraag of ze de kinderen morgenochtend wat vroeger kan brengen.'

'Goed,' zeg ik, terwijl ik hem eigenlijk alleen maar wil zeggen dat ik van hem houd.

'En jij raakt geen druppel aan zolang ik hier ben, ja?'

'Oké. Maar zoals ik al zei: jij hebt echt totaal het verkeerde idee over dat drinken. Het was gewoon een uitglijer, meer niet.'

Ik maak mijn half opgerookte sigaret uit in de asbak – ik heb er geen zin meer in. Ik schrik als ik hem ineens achter me voel staan. Ik had niet verwacht zijn armen om me heen te voelen, en dat hij me tegen zich aan zou trekken. Ik leun tegen hem aan, en zijn geur overweldigt me. Die geur is totaal vreemd en hartverscheurend vertrouwd tegelijk. Ik voel zijn stoppels tegen mijn wang, die nu nat is van de tranen. De mijne of de zijne, dat is niet helemaal duidelijk.

D e kinderen zitten in de eetkamer...
Ik herinner me nog goed dat we dit huis voor het eerst bekeken en hoe ik onder de indruk was, alleen al van het aantal kamers. En
de makelaar had voor alle kamers een naam. Een *kelder*. Een tweede
salon. Een *werkkamer*. Maar wat ik pas echt geweldig vond was de *eetkamer*. Een aparte kamer waar je niks anders mag doen dan eten.

Maar in feite is ons huis niks bijzonders, als je het vergelijkt met de
rest van de buurt. De meeste huizen hebben nog veel meer kamers.
Geen wonder dat dat mens uit het park hier wil komen wonen.

Richard en ik hadden dat heel bijzondere gevoel dat je wel eens kan
hebben als je huizen bekijkt: liefde op het eerste gezicht. Tot mijn
twintigste woonde ik in een doodgewoon rijtjeshuis, met beneden
twee kamers en boven twee kamers: zitkamer, keuken, slaapkamer,
slaapkamer. Ja, en dan had je natuurlijk nog ergens een badkamer.
Maar dat moet je niet te ruim zien. We hadden een avocadokleurig
plastic bad, een wastafel in bijna dezelfde kleur en een blauwe plee die
mijn vader, die voor de verandering eens iets zinvols deed, een keer
had gevonden in een container met bouwafval.

Maar pas sinds ik in een waanzinnig huis woon, heb ik een referen-
tiepunt. Toen woonde ik in een straat waarin alle huizen precies hetzelfde waren als dat van ons. En in de meeste daarvan leefden hele ge-
zinnen op een kluitje bij elkaar. Multicultureel Engeland op zijn best
was het. En dan hebben ze in mijn huidige *monoculturele* buurt het
gore lef om mij de les te lezen over racisme. Terwijl ze geen idee hebben waar ze over praten. Hun kinderen leren over andere culturen uit
een boekje of van gastsprekers die op een verre reis zijn geweest naar

een land waar alleen maar buitenlandse mensen wonen, en daar dan een lezing over komen geven.

Ondanks de pogingen van de witte fascisten in onze buurt is ras nooit een punt geweest tussen mijn vriendinnen en mij. Wij hadden eigenlijk maar één stelregel, aan de hand waarvan we mensen in twee groepen indeelden, en dat had niets met huidskleur te maken: je had mensen die we aardig vonden, en mensen die we niet aardig vonden.

In die tijd was ik me natuurlijk helemaal niet bewust van zulke dingen. Ik leefde gewoon mijn leven, zonder het verder te analyseren. Nu ik erop terugkijk zie ik wel dat ik veel heb om dankbaar voor te zijn. Ik had dan wel niet zo veel speelgoed of kleren en ik ging nooit op vakantie, maar mijn wereld was rijk op een manier waar mijn beschermde kinderen nooit iets van zullen meekrijgen.

Het was een eenvoudige tijd.

Geen geld, geen speelgoed, alleen maar vriendschap. Mensen die we aardig vonden, en mensen die we niet aardig vonden.

En moet je eens zien hoever ik het geschopt heb. Ik woon in een huis met een kelder en een eetkamer.

En daar zitten mijn kinderen dus nu.

Thomas kijkt naar de videoband die hij van Al heeft geleend. Molly troost Myra de pop, want haar armpje is er nu dan toch echt van afgevallen. Voor Myra is dat goed nieuws, want nu staat ze op nummer één in de pikorde van Molly's poppenkinderen – het is haar eerste gehandicapte pop. Dat duurt zolang totdat Molly zich Chloe herinnert, haar Baby Born, die, in tegenstelling tot Myra, gewoon mooi is en die nog alle vier haar ledematen heeft. Als ik wat helderder was dan had ik haar misschien wel even de les gelezen over het feit dat al gods poppenkinderen gelijk zijn. Maar ik ben niet helder, en dus zeg ik niks.

Summer wachtte niet af of ik haar binnen zou vragen toen ze de kinderen af kwam zetten. Ze zag Richard in de keuken zitten en smeerde hem meteen. 'Ik bel je nog wel,' mimede ze terwijl ze wegliep.

'Wacht even!' riep ik haar na terwijl ze mijn tuinpad af holde. 'Ik wil je nog even veel succes wensen.'

'Geen tijd, ik moet naar mijn vliegtuig. We bellen!'

'Doe de groeten aan George,' gilde ik, maar ze hoorde me al niet meer.

Als ze zin heeft kan ze je de oren van het hoofd kletsen, maar ze had deze ochtend vooral zin om niet bij mij thuis te zijn. Normaal gesproken was ze eindeloos blijven plakken. Maar niet als Richard er ook is.

Hij was een stevig Engels ontbijt aan het klaarmaken. De kinderen – ja, Thomas ook – gilden van plezier toen ze hem zagen.

'Pappie! Je bent ontbijt aan het maken!' riep Molly, want die is dol op lekker eten.

'Pap, ga je met me naar het voetbal?' vroeg Thomas, want die is dol op voetbal, maar dat hoef ik denk ik niet nog eens te zeggen.

Kinderen zijn goed in het stellen van prioriteiten, vind je ook niet? Als Richard drie maanden weg was geweest en terug zou zijn gekomen met een andere neus en zonder oren, dan hadden ze nog niks gemerkt.

We ontbeten met zijn allen en als je niet beter zou weten, dan zou je zeggen dat wij een gelukkig gezinnetje zijn. Een gezellig zondags ontbijt, door vader klaargemaakt, terwijl moeder in haar badjas zit en de kinderen grappen maken. Mijn hemel, zag ik nou Thomas zijn tanden alweer? Hij heeft ze zeker drie keer ontbloot omdat hij moest lachen om iets grappigs, als een geintje dat Richard maakte over zijn roerei.

Ik zou er zelf bijna intrappen, zo perfect is het allemaal. Het perfecte gezin. Als ik mijn ogen dichtdoe kan ik mezelf zo wijsmaken dat Richard nu niet koffie aan het zetten is omdat we het zo dadelijk gaan hebben over bezoekregelingen en financiële zaken.

Gisteravond in bed heb ik mezelf ook al van alles wijs zitten maken. Hij lag dan wel in de logeerkamer, maar hij was in elk geval wel gewoon thuis. Maar nu is het voorbij met alle poppenkast. Richard zet de mokken op het eiland. Hij gaat niet naast me zitten. Zelfs niet tegenover me. Hij ijsbeert weer.

Hij is de baas van een bedrijf. Hij zit vergaderingen voor en hakt zelfverzekerd knopen door over zaken waar miljoenen ponden van zijn klanten mee gemoeid zijn, en toch heb ik hem zelden zo nerveus en gespannen gezien als nu.

'Ik heb maandag over een week een belangrijke pitch bij Shell,' zegt hij, en het verbaast me dat hij het over zijn werk heeft, ook al zat ik er zelf net ook aan te denken. 'We zijn tot de laatste ronde doorgedrongen – dus nu moeten we bij de voorzitter van de raad van bestuur ons verhaal komen doen.'

'Goed, zeg.'

'Ja... Maar het houdt wel in dat ik zo weer naar kantoor moet om de dingen door te nemen met het team.'

'Oké,' zeg ik. Nu we het over zijn werk hebben, wil ik het graag nog even bij dit onderwerp houden. 'Weet je wat ik verleden week heb gedaan? Ik heb Isabel gebeld over die klus.'

'Geweldig,' zegt hij, en hij ijsbeert maar door.

'Ze heeft me het script gestuurd, en ik ga morgen naar ze toe om auditie te doen.'

'Fantastisch!'

'Doodeng, zul je bedoelen. Er komt een zootje belangrijke mensen van Sony naar me luisteren.'

'Ik zou me nergens zorgen over maken. Dat is gewoon maar een stel mannen in pakken. Terwijl jij de briljantste stem hebt die ik ooit heb gehoord.'

Nee, hij betuttelt me niet. Hij *meent* het. Er kan dus wel een glimlachje bij me af.

'Dat vind ik nou pas echt goed nieuws. Echt super.' En hij stopt met ijsberen. 'Maar ik vind het toch een beetje eng om je alleen achter te laten.'

Tijd voor spijkers met koppen, kennelijk.

'Nee joh, daar hoef je je toch helemaal geen zorgen over te maken? Wij redden ons prima. We zijn wel wat gewend, hoor.'

'Fran, ik weet wel dat je zei dat dat van gisteren een eenmalige uitglijer was, en ik begrijp ook heel goed hoe het zover heeft kunnen komen. En dat spijt me, echt waar. Maar hoe weet ik dat het niet nog een keer gebeurt? Ik vind het echt heel eng om jou hier met de kinderen achter te laten als–'

'Ach, toe eens even, zeg, je doet niks anders dan mij hier achterlaten met de kinderen. Dat heb je dag in, dag uit gedaan, de afgelopen tien jaar.'

Hij kijkt gekwetst.

'Het spijt me dat ik het zeggen moet, maar ik vind dat je verschrikkelijk overdrijft.' Ik ben nu lekker op stoom. 'Ja, het was een eenmalige uitglijer, maar wat de reden betreft zit je er helemaal naast.'

'Waar heb je het over?'

Ik had er niet over willen beginnen, maar aangezien hij erom vraagt... 'Gisteren zat ik op een bankje in het park, en toen kwam er een vrouw naast me zitten die ik helemaal niet ken, en die vertelde me dat vijftig meter verderop een stel zogenaamde vriendinnen zaten die mij volledig aan stukken aan het scheuren waren, figuurlijk dan. Over wat voor een vreselijke moeder ik ben, en over hoe zielig ik ben...'

'Hoe bedoel je? Ik kan het even niet volgen.'

'Die vrouw... die zat maar gewoon een praatje te maken met mij. Ze had in het restaurantje gehoord waar ze het over hadden. Zij kon natuurlijk ook niet weten dat zij het over mij hadden, maar ik wist het wel degelijk.' Bij de herinnering alleen al kreeg ik weer tranen in mijn ogen.

'Hoe weet je dat nou? Misschien hadden ze het wel over heel iemand anders.'

'O, nee, het ging echt over mij. De details klopten namelijk precies. Ze wisten er alles van.'

Molly komt de keuken binnen hollen. Ik wil niet dat ze me ziet huilen en dus kijk ik vlug de andere kant op. Maar die moeite had ik me kunnen besparen. Ze heeft helemaal geen oog voor mij. Ze slaat haar magere armpjes om Richards middel, voor zover ze daar bij kan, en ze begraaft haar gezicht in zijn buik. 'Ik vind jou lief, papa,' zegt ze uit de grond van haar hart en dan huppelt ze weer terug naar de eetkamer.

'Maar hoe kunnen zij nou weten van, eh, van ons?' vraagt Richard als ze weer weg is.

Ik haal mijn schouders op. Wat kan ik daar nou op antwoorden? Dat ik dat heb verteld aan een vrouw die ik nauwelijks ken? Dat ik mezelf heb afgesloten van mijn allerbeste vriendinnen maar dat ik allerlei intieme details heb verteld aan de eerste de beste vrouw die hier in haar designerkleertjes binnenkwam?

'Jezus,' zegt hij als hij plotseling een ingeving krijgt. 'Ik weet het al. Adam.'

'Adam?' herhaal ik. Waar heeft hij het over?

'Dat is een van de designers bij mij op de zaak. Hij doet het met zo'n heel lang meisje, ene Amanda. Ze waren ook op het feestje. Zij werkt bij HSBC met die man van dat ene mens, die Natasha. Hij heeft vast een gerucht opgevangen en lopen kleppen. Die *klootzak*.'

Terwijl Richard staat te schuimbekken begint het kwartje bij mij te vallen. Het kost me een volle minuut, maar dan heb ik het ook helemaal door.

Hij heeft het over zijn affaire en hoe dat is uitgekomen. Ik kan gewoon niet geloven dat ik mijzelf diezelfde vraag niet heb gesteld. Terwijl ik me suf heb zitten schamen omdat Natasha overal heeft rond lopen bazuinen dat ik een ouwe zuipschuit ben die haar kinderen verwaarloost, heb ik er helemaal niet bij stilgestaan hoe zij nou eigenlijk wisten dat Richard bij me weg is.

Dus nu laait mijn woede opnieuw op. 'Hoe durf jij Adam de schuld te geven van een beetje onschuldig geroddel. Dat gebeurt nou eenmaal als jij met je piemel uit je broek loopt op kantoor,' zeg ik woest. 'Mensen roddelen. Zo gaat dat.'

'Dat zal wel, maar hij is een misselijk stuk vreten. Jezus, op het feestje bleef hij maar aan mijn kop zeuren wanneer ik weer terug zou zijn uit Milaan.'

Ik kan dit niet aanhoren. Dus die Adam is een eikel, nou én? Wat kan mij dat verdomme schelen? Is hij een grotere eikel dan iemand die liegt, bedriegt en vreemdgaat? Ik dacht het niet.

Ik barst bijna uit mijn voegen van woede. En van wanhoop...

Sinds het gesprek met Natasha maak ik me zorgen dat ze misschien wel gelijk heeft. Misschien ben ik echt wel een alcoholist. Misschien is de dag waarop ik helemaal niet meer functioneer zonder drank niet ver meer weg. Misschien heb ik nu, om tien uur 's ochtends, eigenlijk al een borrel nodig.

'Het spijt me zo verschrikkelijk dat je dat allemaal moest aanhoren, gisteren,' zegt Richard schaapachtig. 'Jezus, geen wonder dat je... Daar zou iedereen van over de rooie gaan.'

Zijn bezorgdheid is rustgevend. Ik laat het over me heen komen, maar ik heb meer nodig dan een beetje medeleven. Enfin, ik moet het er maar mee doen.

Hij kijkt op zijn horloge. 'Luister, Fran, ik moet nu echt weg. Sorry... We hebben nog zo veel te bespreken. Als die pitch achter de rug is moeten we er maar echt eens rustig voor gaan zitten.'

Ik kan hem nog steeds niet aankijken.

'Zie je haar nog?' vraag ik.

'Waar heb je het over?'

'Ik bedoel, zie je haar vandaag nog? Na dat gedoe op kantoor.'

'Nee... nee, ik heb geen plannen. Als je het weten wilt: ik heb haar sinds we terug zijn uit Italië niet meer gezien... ik heb het gewoon te druk.'

Yeah, right. Waarom vraag ik het ook eigenlijk? Alsof hij me de waarheid zou vertellen.

Hij loopt naar de eetkamer. Ik hoor hoe hij afscheid neemt van Thomas en Molly. Hij dist een of andere kutsmoes op over alweer een zakenreis. Hun teleurstelling klinkt dof. Ik vraag me af of ze iets door-hebben.

Hij loopt de keuken weer in en dan loop ik met hem mee naar de voordeur.

Ik vraag me af of hij echt naar kantoor moet of dat hij linea recta naar zijn Gucci Girl gaat. Dan zie ik zijn weekendtas in de hal staan, discreet weggestopt in een hoekje, naast de paraplubak. Wanneer heeft hij gepakt, dan? En heeft hij de overhemden die ik heb gestreken ook bij zich?

'Ik bel je,' zegt hij terwijl hij de tas oppakt.

'Doe dat,' antwoord ik. Ik kijk hem na en verroer me niet tot ik hoor dat hij zijn auto start.

Dan loop ik terug naar de keuken en schenk een glas voor mezelf in.

Op jouw gezondheid, Natasha. En bedankt.

Een mens kan zich geen betere vriendin wensen dan Sureya.

Ik heb haar meteen gebeld, vanochtend. Alleen om haar te vragen of zij de kinderen naar school wil brengen vandaag. Ik durf die kliek van Cassie met hun veelbetekenende blikken niet onder ogen te komen.

Toen Sureya hier aankwam hield ik theatraal een stapel tissues in mijn handen, om mijn griepsmoes kracht bij te zetten. Maar ze kent mij veel te goed en trapte er voor geen meter in. En binnen een paar tellen was ik dan ook in tranen. 'Het spijt me zo... van hoe ik aan de telefoon was en... al die andere dingen.'

'Ah joh, wat geeft dat nou? Ik wil dat je *nu* naar mijn huis gaat,' drong ze aan. 'Wacht daar maar op me... en zet meteen water op.' Ze duldde geen tegenspraak. Ze gooide gewoon haar sleutelbos naar me toe, pakte Thomas en Molly en vertrok.

Ik keek ze na, trok een jas aan en liep naar haar huis.

Toen ze weer thuiskwam, vertelde ik haar van Richard. Het hele verhaal. En nu ben ik uitverteld en zij ziet eruit alsof ze straks spontaan in rook opgaat... zo ongeveer. Ik heb haar nog nooit zo geschokt en zo boos zien kijken. Schokkend boos.

'Ik kan mezelf wel voor mijn kop slaan. Al dat stompzinnige optimisme van me toen je me die rekening liet zien. Je moet echt nooit meer naar mij luisteren, afgesproken? Godallemachtig, waarom heb ik daar helemaal niks van gemerkt op je feestje? Meestal heb ik zo'n goeie antenne voor dit soort dingen.'

'Het maakt niet uit, Sureya. Ik had toch zelf ook niks door, zelfs niet toen ik het bewijs zwart op wit in handen had.'

'Ik begrijp er helemaal niets van, Fran,' zegt ze. Ze zit over haar tafel gebogen, met haar hoofd in haar handen. Je zou haast denken dat háár man er vandoor is. 'Hij heeft zo'n fantastisch feest voor je georganiseerd. Ik snap het gewoon niet. Houdt hij van dat mens?'

Ik weet eigenlijk zelf ook niks van die andere vrouw en dus leid ik de aandacht af door te vertellen wat ik hoorde van die vrouw in het park.

Nu is ze pas echt kwaad, zoals ik wel verwacht had. 'Die smerige, valse feeksen, die verdienen een langzame en pijnlijke dood voor wat ze jou hebben aangedaan.' Zwangere vrouwen zouden zulke dingen eigenlijk niet moeten zeggen, en ik kijk er sowieso van op. Sureya zegt nooit zulke dingen. Zij is echt *Little Miss Sunshine*.

'Ik voel me zo schuldig. Zit ik me maar te sappel te maken over mijn zwangerschap. En jou laat ik lekker in de steek.'

'Wat een onzin. Het is niet jouw taak om mij te redden van de Heksen van de ouderraad en van Richards reislustige piemel. Daar kan jij toch allemaal niks aan doen? Ik zou niet weten wat, in elk geval.'

Sureya is altijd al zo emotioneel, maar nu, met al die hormonen, is het helemaal erg, en ze begint te huilen. En dus jank ik maar een potje mee. Als we op dit moment door buitenaardse wezens geobserveerd zouden worden door de kieren in de luxaflex van haar keuken, dan zouden ze ons maar belachelijke wezens vinden. '*Ze drinken veel koppen van een heet, bruin vocht, praten een aantal eenheden, uren noemen ze dat op aarde, en trekken dan veel rare gezichten waarbij er druppels vocht uit hun ogen vallen. Het lijkt alsof ze geen enkele controle hebben over de aanmaak van dit vocht.*'

'Maar laten we het nu eens over jou hebben, alsjeblieft,' stel ik voor nadat we wat water over onze gezichten hebben geplensd. 'Ik heb nog niet eens gezegd hoe blij ik voor je ben. Want dat ben ik.'

'Weet ik toch.' Ze lacht, en gunt me deze wending in het gesprek. 'Ik kan gewoon niet geloven dat ik al vierentwintig weken heen ben.'

'Hè? En vorige week was het nog maar eenentwintig?'

'Ach, je weet toch hoe dat gaat als je bij de dokter komt,' zegt ze luchtig. 'Dan geef je je data, en dan zeggen ze dat je er helemaal naast zit, alsof je je eigen cyclus niet kent. Raar gedoe,' zegt ze en ze doet het verder af met een kort handgebaar. 'De baby komt als de baby komt. Wat maken die paar weken nou uit? Wie houdt dat nou bij?' Ze lacht vrolijk om haar punt kracht bij te zetten. En dat vind ik eerlijk gezegd ook nogal vreemd.

'Weet je wel zeker dat het goed met je gaat?' vraag ik.

'Natuurlijk!' zegt ze, alweer lachend.

Naar mijn smaak is ze een beetje te vrolijk, als je begrijpt wat ik bedoel, maar ik kan mijn vinger er niet helemaal op leggen. Ik baal toch zo van mezelf. Als ik nou gewoon een beetje uit mijn doppen had gekeken, dan had ik allang gezien dat ze veel bleker is dan anders en dat haar ogen, die anders fonkelen, nu grote grijze kringen hebben.

'Wil je het er helemaal niet over hebben dan? Waar zijn de zwangerschapshandboeken en dergelijke?' Sureya is dol op alle soorten handboeken. Ze heeft planken vol in haar werkkamer.

'Het komt allemaal vanzelf wel goed.' Ze wuift het weg. 'Eigenlijk wilde ik jou ook iets vragen, Fran. Over wat die vrouwen te melden hadden. Is het waar?'

'Wat, dat Richard bij me weg is? Ja, natuurlijk.'

'Nee, ik bedoel dat over... je weet wel. Over de drank.'

Ik snapte natuurlijk ook best dat ze daarop doelde. Uiteraard heb ik verder niets gezegd over hoe Richard me zaterdag aantrof.

'Natuurlijk is dat niet waar,' roep ik uit alsof zij Cassie is die me zojuist heeft gevraagd of ik mijn pasta soms serveer met saus uit een potje. 'Zie ik er soms uit als een alcoholist?'

'Sorry, sorry, nee, natuurlijk niet. Dan zou ik er ook zo uit zien. Hoewel, nu even niet.' Ze geeft een klopje op haar buik. Ze heeft nog maar een klein buikje. Ze ziet er niet zo zwanger uit dat je voor haar zou opstaan in de bus.

'Jezus, Sureya, ik word er helemaal gek van,' gooi ik er ineens uit, en ik heb het gevoel dat dit gesprek ineens een kant op gaat die ik helemaal niet op wilde gaan.

'Waarvan dan?' vraagt ze.

'Van het idee dat ik een drankorgel ben. Sinds dat gesprek met Natasha, verleden week–'

'Die trut,' sist Sureya.

'Ik heb haar het een en ander verteld, en toen kwam zij met deze diagnose, en, nou ja, ze heeft me toch aan het denken gezet – ik word er echt gestoord van, dat mag je gerust weten. Ik ben wel een alcoholist, hè? Nog maar een stap verwijderd van het afkickcentrum.'

En nu ik dat heb gezegd – nu ik het min of meer heb toegegeven – voel ik eigenlijk alleen maar opluchting. Het is alsof je een enorme, overrijpe pukkel uitknijpt. Dat is wel een beetje een walgelijke vergelijking, maar het gevoel is precies hetzelfde.

'Je hebt haar over je vader verteld, hè?' zegt Sureya zachtjes, en ze slaat haar arm om mijn schouders. In al die jaren dat ik haar nu ken, heb ik het nog nooit over mijn vader gehad.

Maar nu ze over hem begint moet ik zo verschrikkelijk huilen dat ik geen woord meer uit kan brengen. Ik knik en sla mijn handen voor mijn gezicht.

'En nu ben je bang dat het met jou ook die kant op gaat, is dat het?'

In één keer raak.

'Laten we daar dan gewoon over praten, Fran, echt waar.'

Ik maan mezelf tot kalmte en dan vertel ik het haar. Het hele verhaal. Ook dat ik, in de aanloop naar mijn feest, steeds meer ben gaan drinken – en dat het dagelijkse glaasje wijn ineens twee, misschien wel drie glaasjes werd. Over dat ik me had verslapen en dat ik er niet was om mijn kinderen van school te halen. Over hoe Richard me vond na mijn avontuur in het park.

'Ik vind het zo vreselijk, Sureya,' zeg ik, nog altijd in tranen. 'Ik durf er gewoon helemaal niet over na te denken. En dus neem ik dan nog maar weer een glas. Ik herken mezelf helemaal niet meer.'

Ze geeft geen antwoord, maar haalt diep adem en zet een stap naar achteren. Jezus, trekt zij nou ook haar handen al van me af?

'Moet je horen, Fran. Ik wil je een paar dingen vragen, en dan wil ik echt heel eerlijk antwoord van je,' zegt ze uiteindelijk heel beslist.

Ik knik even kort.

'Hoeveel glazen drink je op een dag?'

'Ik heb geen idee. Het varieert. Ik tel ze niet.'

'Tel je ze niet, of hou je de tel niet bij?'

'Ik hou de tel heus wel bij,' protesteer ik. 'Behalve zaterdag dan. Maar dat was gewoon...'

'De hel?' vult Sureya aan als ik in gedachten verzonken raak. 'Dat kan ik me goed voorstellen. Maar zeg eens eerlijk, Fran, hoeveel heb je er vandaag al op?' vraagt ze, streng weer ter zake komend. Ik word er ineens een beetje bang van. Van Sureya, nota bene! Kan je nagaan.

'Nou, geen een. Nog,' voeg ik daar onheilspellend aan toe.

'Hoe voel je je 's ochtends? Wat denk je als je opstaat?'

'Ik denk aan dat we naar school moeten, wat ik in de lunchtrommel zal stoppen, dat soort dingen. Hoezo?'

'Dus je ligt niet te rillen of te zweten en je hebt geen andere gevoelens waardoor je naar de fles zou willen grijpen?'

'Als ik wakker word? Ben jij gek? Ik krijg 's ochtends nog niet eens een beker koffie weg,' zeg ik, terwijl ik de tranen van mijn gezicht veeg.

'Oké, en als je dan wel dat eerste glas achter je kiezen hebt, moet je dan wel doorgaan, weet je wel, is er een drang waar je niks tegen kunt doen?'

'Nou, zaterdag...' ik schaam me bij de gedachte aan zaterdag.

'Maar dat was geen doorsnee dag. Of is dat wel eens vaker gebeurd?'

'Nee, nog nooit.'

Ze zwijgt even en schudt dan haar hoofd. 'Dat stomme wijf van een Natasha,' zegt ze na een poosje. 'Hoe durft ze!'

'Wat bedoel je?'

'Wat geeft haar het recht om zulk soort uitspraken te doen – laat staan om dit soort dingen wereldkundig te maken? Ze heeft geen idee waar ze het over heeft. Alcoholisme – en trouwens elke vorm van verslaving – dat is iets heel complex. Ze is geen arts, of zo.'

'Jij anders ook niet, Sureya,' zeg ik. Ze is toneeljuf, maar als je haar zo hoort praten zou je denken dat ze de grondlegster is van de AA. Ik wil lachen, maar heb het hart niet.

'Sorry, maar ik weet toevallig heel goed waar ik het over heb,' zegt ze verontwaardigd.

'Maar je hebt theaterwetenschappen gestudeerd,' zeg ik voorzichtig.

'Ja, inderdaad, en in dat kader heb ik workshops gedaan in een afkickcentrum.'

Ik stel me voor hoe ze een stel junkies hartstochtelijk opdraagt *'voel dat je zelf die naald bent'*, en nu hou ik het niet meer. Misschien zijn het de zenuwen wel, maar misschien is het ook wel echt grappig. Ik weet het niet.

'Ja, lach maar... maar ik heb daar een heleboel meegemaakt. En veel geleerd. Heel wat meer dan die verdomde Natasha. Heel veel experts zeggen dat regelmatige alcoholconsumptie, hoeveel je ook drinkt, in zekere zin een verslaving is. Als je het zo bekijkt is het merendeel van de volwassen bevolking dus alcoholist. Maar echt serieus alcoholisme – waarbij je dus totaal niet meer kunt functioneren zonder drank – dat is andere koek. En geloof me, jij bent geen echte alcoholist.'

'Echt niet?'

'*Nee*. En ga nou niet denken dat jij het wel moet worden omdat je vader er ook een was. Alcohol is een hulpmiddel; iets waar je naar grijpt in tijden van stress. En wanneer ben jij nou ooit meer gestrest geweest dan nu?'

Ik haal even mijn schouders op.

'Precies. Het zou eerder vreemd zijn als je nu niet wat meer dronk dan anders. Ik durf te wedden dat je ook meer rookt.'

Dat klopt inderdaad. Ik voel iets van opluchting, omdat het Sureya is die me dit allemaal vertelt. Zij zal nooit zo stellig zijn over iets als ze niet honderd procent zeker van haar zaak is. Bovendien is zij de koningin van de therapie. Als het aan haar lag, zaten we met zijn allen bij een therapeut om uit te zoeken waarom we schoenen dragen. ('Maar waarom voel je dan de behoefte om je voeten te verstoppen? Nee, kom niet met het verhaal dat je koude voeten krijgt zonder sokken. Dat is een klassiek geval van jungiaanse repressie.') En toch komt ze nu niet met haar ik-vind-echt-dat-je-eens-met-een-therapeut-moet-gaan-praten speech.

'Hoewel, ik kan me herinneren dat ik je al eens eerder zo gespannen heb meegemaakt,' zegt ze. 'Weet je nog, vlak nadat Thomas was geboren...?'

Alsof ik dat ooit zou vergeten.

'Die postnatale depressie–'

'Als het dat was,' zeg ik, instinctief cynisch.

'Die *postnatale depressie*, die duurde een paar maanden. We hebben toen heel veel gepraat, samen, en dan dronken we ook altijd een paar glazen wijn, vaste prik. Als je al aanleg had om alcoholist te worden, dan was dat toen wel gebeurd. Dan was het volledig uit de hand gelopen met je drankgebruik, toen al, en dan stond je nu inmiddels op de lijst voor een levertransplantatie.'

Ze interpreteert mijn zwijgen terecht als een uiting van mijn scepsis en gaat onverdroten verder, omdat ze me zo graag wil overtuigen.

'Je bent *depressief*, Fran. Je ben gestrest en lijdt aan een extreem gebrek aan zelfvertrouwen, maar je bent geen alcoholist. Dat is een heel ander verhaal. Jezus, hoe langer ik erover nadenk, hoe bozer ik word. Die Natasha die kent je net een minuut of tien. Die heeft zich te onthouden van dit soort oordelen. Die kan maar beter eerst eens haar eigen leven op orde zien te krijgen voordat ze dat van anderen de vernieling in helpt. Je zou medelijden met haar moeten hebben als het niet zo'n vals kreng was.'

Tegen haar woorden begint mijn stupiditeit zich scherp af te tekenen. Hoe haalde ik het in mijn hoofd om mijn hart uit te storten bij iemand die ik nauwelijks ken, terwijl ik Sureya, een echte vriendin, helemaal niets vertelde?

'Het spijt me zo, Sureya,' zeg ik.

'Wat spijt je, in vredesnaam?'

'Ik had veel eerder bij jou aan moeten kloppen.'

'Dat zou beter zijn geweest, ja. Maar dat heb je nu gedaan, toch? Luister, je bent toch wel helemaal eerlijk tegen me geweest, hè? Over het drinken, bedoel ik.'

'Ik zweer het.'

'Mooi. Maar ik hou je voorlopig wel in de gaten. De eerste de beste keer dat ik iets zie wat me niet bevalt, gaan we meteen naar Dallas, mijn therapeut.'

Ik stik er bijna in. 'Je denkt toch niet dat ik naar een therapeut ga die Dallas heet!'

'Nou goed, dan zoek je er maar een die John heet,' lacht ze, en ze geeft me even een knuffel. 'Je weet dat ik er voor je ben, hè, Fran?'

Ja, ik weet het.

'Ik ga al mijn energie op jou richten. Dat lijkt me ook veel zinniger dan me zorgen te maken over Michael.'

'Hoe bedoel je? Ik dacht dat jullie nog zo dol op elkaar waren?'

'Dat zijn we ook... Maar je weet nooit helemaal zeker wat ze uitspoken... Hij zit in New York. Hij is vanochtend vroeg vertrokken. Straks papt hij aan met een of andere seksbom, daar in Manhattan.'

'Welnee, dat gebeurt niet. Michael zou zoiets nooit doen.'

'Hoe weet je dat zo zeker? Dat zou ik over Richard ook gezegd hebben. Zeg nooit "nooit".'

'Nee, mens, Michael zou dat echt nooit doen. Hij is stapelgek op jou,' zeg ik stellig.

Kom op, zeg, we hebben het hier over Sureya. Wie is er nou niet stapelgek op haar?

Het is lunchtijd en Sureya heeft broodjes voor ons gesmeerd. Ik drink er een glaasje wijn bij – een kleintje, uiteraard. Zij drinkt kruidenthee, uiteraard.

Ik voel me volschieten terwijl ik eet. Mijn twee beste vriendinnen zijn allebei zwanger – en allebei hebben ze een geheel eigen reden om daarvan in de stress te schieten – en toch zijn *zij* het die zich de benen uit het lijf rennen om mij te redden. En dus neem ik hier en nu het besluit om mezelf bij de kladden te grijpen. Ik zal er zijn voor hen allebei. En dat zeg ik ook met zoveel woorden tegen Sureya.

'Ik meen het,' zeg ik. 'Je kunt me echt overal om vragen, en ik doe het voor je, dat beloof ik.'

'Dat weet ik toch,' glimlacht ze. En hoewel ze er doodmoe uitziet, zie ik ook de genegenheid in haar ogen.

En daar moet ik uiteraard weer erg van huilen.

'Gooi het er maar lekker uit,' troost ze me. 'Ik zei toch, het is goed om te praten. Je zou het echt vaker moeten proberen.'

Dat hangt er maar helemaal vanaf met wie je praat. Kijk waar het me heeft gebracht om met Natasha te praten.

In tegenstelling tot Natasha is Sureya wel iemand die het predicaat 'vriendin' verdient. Mijn vriendschap met haar is er een die in de loop van de jaren is gegroeid zonder dat we doorhadden hoe close we eigenlijk zijn geworden; niet het soort dat zich aan je opdringt met dure olijven en Pimm's.

Na al dat gepraat voel ik me een beetje licht in mijn hoofd, maar dat is eigenlijk best lekker. Beter dan die loden last te voelen, zoals de laatste tijd. Misschien heeft ze toch wel een punt met al haar therapeutengezwets.

Ik heb zin om haar eens goed te knuffelen. Die prachtige, volkomen onbaatzuchtige vrouw die zelf meer dan genoeg problemen aan haar hoofd heeft, heeft net een hele ochtend en een halve middag opgeofferd om mijn sores aan te horen.

Waarom moet ik toch altijd het zieligste geval zijn in de kamer?

Waarom kan ik niet eens een paar tellen uit mijn schulp van ellende opkijken om te zien wat voor fantastische vrienden ik heb. Waarom kan ik niet blij zijn om dat ene simpele feit?

Maar dat ben ik toch ook!

Op dit moment tel ik echt mijn zegeningen. Het zou een stuk slechter kunnen, mijn leven. Ik heb een heerlijk huis, twee prachtkinderen en de twee allerbeste vriendinnen ooit. Wat zou ik dan nog meer kunnen wensen zonder hebberig over te komen...? Nou ja, een trouwe, liefhebbende echtgenoot misschien...

Maar nee. Ik concentreer me gewoon op die zegeningen, al wordt het mijn dood. Sureya's gebruikelijke optimisme is helemaal terecht, en ik neem het besluit om mijn leven vanaf nu te zien als een halfvol glas.

En als ik naar mijn glas kijk, dan klopt dat ook nog. Ik heb nog bijna geen druppel gedronken.

'Denk jij nou echt dat er nog zo veel over zou zijn als jij echt een alcoholist was?' vraagt Sureya, die mijn gedachten heeft geraden.

'Dank u, dokter, voor uw heldere diagnose,' grap ik, 'maar ik denk dat onze tijd nu om is.'

We lachen allebei als we opstaan. Het is tijd om de kinderen te halen.

Zij gooit haar armen om me heen en knijpt me haast fijn.

Mijn geweldige vriendin. En ze krijgt nog een kind ook! Ik kan niet wachten om het aan Summer te vertellen. Die vindt het vast fantastisch. Kunnen ze een dikkebuikenclub beginnen.

De wandeling naar school valt me niet mee. Ik heb het gevoel alsof vierhonderd moeders me allemaal aanstaren. Tot wie zijn Natasha's misselijke roddels allemaal doorgedrongen? Maar mijn gesprek met Sureya heeft toch geholpen. Het lijkt wel alsof ze me een beetje van mijn eigenwaarde heeft teruggeven. En ze loopt bovendien naast me, en dat geeft me de kracht om met opgeheven hoofd te lopen. Dat klopt niet helemaal, want ik heb een honkbalpet op en ik kijk schuin naar beneden, maar je begrijpt wel wat ik bedoel.

Als we vijf meter op het schoolplein hebben gelopen, word ik gelost, omdat Sureya naar de kleuters moet. Nu ben ik dus op mezelf aangewezen. Ik loop naar de onderbouw en zet er flink de pas in, zonder om me heen te kijken...

Ik ben er bijna. De hal bij Molly's klaslokaal is leeg. Ik ben de eerste moeder. Dan kan ik haar mooi meesleuren voor de rest hier arriveert.

Maar het feit dat ik niet om me heen heb gekeken brengt ook met zich mee dat ik mevrouw Gottfried pas opmerk als ze pal voor me staat.

'Mevrouw Clark,' zegt ze met haar krassende stem. 'Heeft oe al nagedacht over waar we het verleden week over hebben gehad?'

En alsof ze het ruiken, stormt een hele kliek moeders nu door de dubbele deuren achter ons naar binnen. Nu hebben we dus een publiek. Een goed excuus om zo uit de hoogte te doen als ik wil.

'Dit lijkt me nu niet echt een geschikt moment, mevrouw Gottfried.'

Niet te geloven, dat ik zo'n toon aan durf te slaan. Ik ben nog altijd doodsbang voor dat mens, maar toch voelt het lekker om dit zo te durven zeggen. Ze kijkt me woedend aan, alsof ze me zojuist heeft betrapt met een busje verf nadat ik in koeienletters FUCK SHIT KUT PIEMEL op de muur heb gespoten...

Best een goed idee, trouwens.

Geintje. Zoiets zou ik nou nooit doen. Hartstikke duur spul, die verf. Nee, ik zou het met krijt doen.

'Belt oe mij dan,' zegt ze. Dat is geen verzoek maar een bevel. 'Deze zaak is niet naar behoren opgelost... de directeur deelt main mening.'

'*Bruine bonen met rijst!*' gil ik als ze zich omdraait en wegloopt.

Nee, natuurlijk niet. Om je de waarheid te zeggen sta ik te trillen op mijn benen. Godzijdank heb ik een wijde broek aan. Hoe is het mogelijk dat vijf minuten op een basisschool zo veel stress opleveren.

Mevrouw Poulson gooit de deur van het lokaal open. Ik worstel me tussen de andere moeders door en grijp mijn dochter bij de hand. We lopen naar de speelplaats op zoek naar Thomas. De vrijheid lonkt...

Op wonderbaarlijke wijze verschijnt mijn zoon ineens aan mijn zij en we lopen naar het schoolhek. Of moet ik zeggen: We rennen naar het schoolhek? Uit mijn ooghoek zie ik de zitkamer op wielen. Manhaftig voortgeduwd door de elfachtige Natasha, die probeert om me in te halen, met een kind in de buggy en twee andere in haar kielzog. Ze lijkt vastbesloten, dat moet ik haar nageven. Ik zal een sprintje moeten trekken, wil ik haar nog van me afschudden, maar dat zou toch te gek zijn.

'Fran, ik heb je al een eeuw niet meer gesproken,' roept ze vrolijk, zij het enigszins buiten adem.

Ik bekijk haar eens goed. Manolo Blahniks zijn het vandaag. En moet je nou eens zien: het roesje in haar haar heeft precies dezelfde kleur als haar chocoladebruine handtas. Dit mens heeft echt een gave op het gebied van accessoires.

'Hoe is het met je?' vraagt ze.

Waar zal ik eens beginnen, Natasha, jij smerige roddelkoningin?

'Och, mijn god, waar moet ik beginnen? Het is zo druk geweest!' zeg ik overdreven, alsof ik Zakenvrouw van het Jaar ben geworden en de aandelenkoers van mijn bedrijf ineens verdrievoudigd is en ik in een verloren uurtje het menselijk genoom heb weten te ontcijferen, maar dat ik ook bezig ben met een nieuwe uitvinding: superdunne hakken van dertig centimeter die toch reuze comfortabel lopen.

Ze schrikt waarschijnlijk van mijn toon. In het weekend heeft ze overal rond lopen strooien dat ik het menselijke equivalent ben van een gebouw dat op instorten staat, en nu doe ik net alsof ik de vrolijkheid zelve ben. Ik denk niet dat ze zulk soort *luchtigheid* had verwacht.

Ik had echt actrice moeten worden.

Maar zij ook. 'O, wat geweldig!' zegt ze verrukt, en ze strompelt in haar poging om ons bij te houden. 'Kom gezellig met me mee, dan kun je me er alles over vertellen.'

'Mama,' hijgt Molly. 'Waarom loop je zo hard?'

'Omdat ik Thomas bij moet houden.'

Hij loopt al kilometers voor ons uit. Ik dank de hemel nog maar een keer voor de Playstation. Thomas verspilt liever geen kostbare tijd als hij ook al thuis had kunnen zijn om met dat ding te spelen.

'Nou, wat zeg je ervan?' vraagt Natasha. 'Thee bij mij thuis? Gezellig, toch? Er is Pimm's, hoor.'

Ze lacht dat aanstekelijke lachje van haar. Aanstekelijk als het ebolavirus, bedoel ik dan.

'Ander keertje.' Ik glimlach en loop nog wat harder. 'We hebben vandaag heel veel te doen.'

'En de Herfst Fancy Fair,' roept ze me nog na, maar ik laat al een flink gat vallen tussen ons, stoeptechnisch. 'Daar moeten we het ook nog een keertje samen over hebben.'

We moeten zeker nog eens praten. En dan zullen we het uitgebreid hebben over wat voor gestoorde trut jij eigenlijk bent. Dan mag je mij eens haarfijn uitleggen wat de woorden 'vertrouwen', 'discretie' en 'vriendschap' eigenlijk voor jou betekenen, want volgens mij werken jij en ik met totaal verschillende woordenboeken.

Maar ik hou het op 'Doei!'

Ik doe de deur achter me dicht en voel een prettig soort opluchting door mijn lichaam trekken. Maar dat genoegen mag niet lang duren. Het antwoordapparaat knippert naar me. Ik druk op play.

'Fran... met Isabel...'

O, fuck!

'Waar ben je in godsnaam? Ik zit hier met drie mensen van Sony en ik weet niet hoelang ik die nog zoet kan houden. Ik hoop maar dat je ergens in een taxi vastzit in het verkeer, of zo. Waarom heb je je mobiel nou ook niet aanstaan? Nou ja, ik hoop maar dat je hier snel bent.'

O, fuck, fuck, fuck.

Tweede bericht.

'Fran... nee, Izzy, laat dit nou maar aan mij over...'

Het is Harvey, dit keer.

'...Fran, ontzettend fijn dat je ons zo ongelofelijk voor schut hebt laten gaan bij onze financiers. Je vindt het vast fijn om te horen dat ze inmiddels zijn opgestapt. Dit zal ik je nooit vergeven. Daar kan je van op aan. Als jij denkt dat je ooit nog aan de slag komt, al is het maar voor een theereclame, dan heb je dat mooi mis... Jij bent uitgerangeerd. Daar kan je ook van op aan.'

'Wie was dat, mama?' vraagt Molly.

De Man met de Zeis, denk ik. 'Niemand,' zeg ik.

Ik negeer Molly en grijp me vast aan de leuning van de trap tot mijn knokkels wit zien. Ik heb zin om het uit te gillen...

Hoe kon ik nou zo stom zijn? Zo stom en zo volkomen met mijzelf bezig? Alleen maar over mezelf praten, de godganse dag. Want het is toch zo goed om te praten, of niet dan, Sureya? Ze is niet goed bij haar hoofd, want met al dat geprat ben ik gewoon straal vergeten – VER-GETEN! – dat ik een afspraak had die mijn *leven* had moeten redden.

Wat een krankzinnige puinhoop.

Harvey zal het me nooit vergeven? Ik zal het mijzelf nooit verge-ven.

Ik red het nog net tot het eten zonder in tranen uit te barsten waar Thomas en Molly bij zijn. Ik heb ze niet achter de vodden gezeten voor hun huiswerk. Ze hebben gewoon voor de televisie gezeten, ter-wijl ik in de keuken zat te kettingroken.

Wat kan dat trouwens voor kwaad, om je kinderen de hele avond voor de buis te laten hangen? Dat deden mijn vriendinnen en ik vroe-ger ook altijd, en ik heb daar niks aan overgehouden. Dat hield ik me-zelf in elk geval voor toen ik er nog maar een opstak. Maar toen ik er dieper over nadacht – en over de reden waarom ik eigenlijk nu zo in de ellende zit – bedacht ik me dat ik in mijn jeugd misschien wel te veel tijd heb verspild aan Scooby Doo. Dat het daar allemaal door is gekomen. Ik bonjourde ze naar boven voor een bad en een verhaaltje. Tenminste, Molly las ik voor, en Thomas sloot zich op in zijn kamer.

Ze liggen inmiddels een halfuur in bed. Ik zit beneden te piekeren.

Hoe kon ik godsherenaam zo stompzinnig zijn?

Het was geen afspraak bij de tandarts of iets dergelijks. Het was een grote filmproductie. Een auditie voor een rol in een echte film. Goed, een ongelofelijk domme film, dat dan weer wel, maar daar gaat het niet om. En oké, ik had die rol natuurlijk toch nooit gekregen, omdat ik veel te veel zou haperen tijdens het lezen, maar daar gaat het ook niet om.

Ik had er toch op zijn minst naartoe kunnen gaan.

Ik denk aan Summer die nu in LA zit en die morgen op moet voor haar screentest. Je denkt toch niet dat die niet komt opdagen?

Ik pak mijn pakje en haal er nog maar een sigaret uit. Ik sta net op het punt om mijzelf dat glas wijn in te schenken dat ik nu zo ontzettend hard nodig heb, als de telefoon gaat. Ik wil liever niet opnemen. Het is vast Harvey met een nieuwe waslijst aan vervloekingen. Maar hij blijft maar overgaan en ik wil de kinderen niet wakker maken. Dus neem ik op.

'Hallo, is dit mevrouw Clark?'

Flikker toch op, stomme telemarketingjongens. Ik heb het veel te druk mijzelf naar beneden te halen, momenteel.

'Met wie?' vraag ik.

'Met Ron. Ron Penfold. Van Crystal Palace.'

'Ron!'

Maar hij zal wel niet met goed nieuws komen, dat snap ik ook wel. Hij belt me natuurlijk alleen maar op om te zeggen dat ik een waardeloze trut ben, die de kansen van haar zoon volledig heeft verprutst.

'Ik vond het erg jammer dat u me niet op tijd heeft teruggebeld voor het proeftrainen...'

Zie je wel? Wat zei ik?

'...want die jongen van u die heeft iets wat bijna niemand anders heeft, en ik wilde dat echt heel graag eens laten zien aan de mannen hier.'

'Het spijt me,' zeg ik lam, 'maar ik heb geblunderd met de data.'

'Dat kan gebeuren, ja...'

Ja, ik denk inderdaad dat overal in dit land moeders de hele tijd de dromen van hun kinderen om zeep helpen doordat ze blunderen met data.

'...ik dacht eigenlijk dat u geen interesse had. Sommige ouders willen nu eenmaal niet dat hun kind te serieus wordt met voetballen. Dat ze liever willen dat ze zich op hun school richten.'

'Nee, nee, dat is het helemaal niet. Echt waar, ik heb me echt vergist in de data.'

'Maakt u zich maar geen zorgen,' lacht hij, want hij hoort mijn wanhoop. 'Janice vertelde al dat u had gebeld, dus ik dacht al dat Thomas en u er nog steeds wel voor in zouden zijn.'

'Ja, *ja*,' zeg ik, naar adem snakkend, en het kan me nu niks meer schelen wat hij van me denkt.

'Oké, we doen het normaal nooit, maar ik heb even gesproken met Terry Kember – die runt de voetbalopleiding bij onze club. Zaterdag is er een training voor de jongens en hij zei dat hij wel eens even wilde kijken naar Thomas als u hem dan laat meetrainen. Wat vindt u daarvan?'

Wat ik daarvan vind? Is die man helemaal gek geworden? Nee, natuurlijk is hij niet gek. Hij is een engel. Nu overdrijf ik natuurlijk, maar ik zou hem zo op zijn stralenkrans willen kussen, want dat hij die heeft, dat weet ik wel zeker.

'Ja, *ja*, natuurlijk,' snater ik opgewonden. 'Zaterdag. Dan zien we u zaterdag.'

Hij lacht alweer. Ik hou van die man. 'Goed, om tien uur. Dan kan Thomas aan Terry laten zien wat hij allemaal in huis heeft, en dan zien we daarna wel weer verder. Goed?'

'Fantastisch, geweldig–' RUSTIG NOU, FRAN. 'Ja, dat is goed,' zeg ik, bijna kalm.

'Ik kan wel horen waar Thomas zijn enthousiasme vandaan heeft, mevrouw Clark.'

'Zegt u maar Fran.' Ik hou echt heel erg van deze man!

Hij lacht en ik hoor een heel licht accent in zijn stem, ja, dat kan ik zelfs uit zijn lach opmaken. Een noordelijk accent, is het uit de buurt van Manchester... ach, wat kan het ook schelen.

'Oké, ik zal even een routebeschrijving op de post doen, maar het is vrij gemakkelijk te bereiken – het is in Beckenham...'

Beckenham? Waar is dat in vredesnaam?

'...en als er iets is, kunt u me altijd bellen. Ik zal u het nummer van mijn mobiel geven...'

Ik grijp een pen en noteer het nummer. Mijn hand schudt, zie ik. Maar het is een goed soort schudden. Ik barst bijna uit mijn voegen van geluk. Mijn hart gaat tekeer en ik voel het bloed in mijn lichaam van het ene orgaan naar het andere vliegen. Adrenaline. De beste drug ter wereld. Ik heb dat glas wijn echt helemaal niet nodig – en ik heb er ook helemaal geen zin in. En terwijl ik het glas terugzet in de kast en de wijn terugzet in de koelkast voel ik iets van triomf. Wat zeg je daar dan van, Natasha? Vertel dat maar eens door aan die vriendinnenclub van je.

Ik sluip de trap op en doe de deur van Thomas' kamer open. Het is er pikkedonker. Ik hoor zijn ritmische ademhaling vanuit zijn hoogslaper en wil hem nu niet wakker maken.

Heb ik net het allerbeste nieuws ooit gehoord, kan ik het niet met hem delen.

Maakt niet uit. Het kan wel tot morgenochtend wachten. Dat wordt een heel bijzonder ontbijt.

Met een glimlach ga ik op de bank zitten.

Ik zet de dvd-speler aan met de afstandsbediening. *Goodfellas*. De op twee na beste film ooit, volgens Richard. Twee *Godfathers* voeren de lijst aan. Ik doe net alsof we samen zitten te kijken. Ik doe net alsof dit ook mijn op twee na favoriete film is. Misschien is het dat ook wel.

Gezien de omstandigheden was dit helemaal geen slechte dag.

Nou goed, ik heb wel een steek laten vallen, hier of daar, maar toch...

Ik ben het meisje van het halfvolle glas.

En ik drink niet eens.

Ik doe mijn ogen open en zie dat het televisiescherm helemaal zwart is. De *Goodfellas* zijn lekker gaan slapen. Dan ben ik dus ook ingedommeld. Op de klok van de video zie ik dat het allang twaalf uur is geweest.

Dus hoe kan het dan dat de telefoon nu overgaat?

Dat kan nooit goed nieuws zijn, anders bel je niet op zo'n tijdstip.

Ik ren naar de telefoon en graai hem van de haak. 'Hallo?' zeg ik. Ik kan de angst in mijn stem niet onderdrukken.

Ik hoor alleen maar verstomd snikken – een kind dat huilt op de achtergrond.

'Sureya, ben jij dat?'

Het kind begint nu harder te huilen.

'Fran, er is iets mis,' fluistert Sureya.

Ik voel mijn maag ineenkrimpen. Paniek. 'Wat is er dan? Wat is er mis?'

Molly verschijnt op de overloop, met haar ogen nog halfdicht. 'Met wie ben je aan het praten, mama? Is dat papa?'

Heel even bedenk ik hoe vreemd het is dat Molly helemaal niet vraagt waarom haar vader niet thuis is. Ze vindt het helemaal niet gek dat hij nu aan de andere kant van een telefoonlijn woont; ze lijkt dat gewoon te accepteren.

Geen tijd voor dat soort gedachten. 'Sureya, vertel nou eens wat er is gebeurd.'

'Ik wist niet wie ik anders moest bellen,' fluistert Sureya, die probeert om haar eigen paniek niet aan haar kind te laten blijken. 'Ik bloed... ik moet naar het ziekenhuis.'

'Geef me een kwartier,' zeg ik meteen.

'Hoe moet dat dan met Thomas en Molly?'

Simpel. 'Een kwartier,' herhaal ik, en dan hang ik op.

Hoe moet dat met Thomas en Molly? Ik heb geen idee... laat me even denken...

Molly wandelt slaperig de trap af.

...Nadenken...

Ze hebben een vader, of niet soms?

'Wat is er allemaal aan de hand?' wil Molly weten.

'Ik bel even met papa.'

Haar gezichtje klaart op en ik draai het nummer van zijn mobiele telefoon. Als die nou maar aanstaat.

'Met wie?' hoor ik zijn slaperige stem zeggen nadat de telefoon eerst zes keer is overgegaan.

'Hoe snel kan je hier zijn?' vraag ik.

'Fran... wat is er aan de hand?'

Ik heb geen tijd om vragen te beantwoorden. Ook niet om ze te stellen, trouwens – zou hij alleen zijn?

'Het is een noodgeval, Richard.'

'Jezus, de kinderen–'

'Niks aan de hand. Ik moet met Sureya naar het ziekenhuis.'

'Mijn god, wat is er dan gebeurd?' Hij is inmiddels klaarwakker.

'Geen tijd. Kan je komen?'

'Over twintig minuten kan ik er zijn. Halfuurtje, hooguit.'

Ik hang op en denk na.

Halfuurtje. Het leek me niet dat Sureya zo lang kan wachten.

'Waarom adem je zo raar?' vraagt Molly. 'Ben je verkouden?'

Ik ben waarschijnlijk aan het hyperventileren. Ik haal een keer diep adem om mezelf tot bedaren te brengen.

'Liefje, we gaan Thomas wakker maken, en dan moeten jullie je allebei aankleden,' leg ik uit. 'Papa komt zo, maar ik moet even weg, dus ik laat jullie bij Sureya totdat hij hier is, goed?'

Ja, natuurlijk is dat goed. Je aankleden midden in de nacht en papa komt ook nog eens – als ik gezegd had dat we naar Euro Disney gingen was ze waarschijnlijk niet zo opgewonden als nu.

'Kom, dan gaan we Thomas wakker maken,' zeg ik.

Ik kijk hoe ze de trap op draaft. Wat moet dat heerlijk zijn, om vijf jaar te wezen. Dan is de wereld een spannende plek waar van alles gebeurt, en je wilt helemaal niet weten waarom.

Terwijl zij zich aankleden bel ik Helen, onze babysitter, en die bedenkt zich geen seconde.

Zoals beloofd zijn we binnen een kwartier bij Sureya. Het is stil in huis. Het is haar gelukt de huilende tweeling weer in bed te krijgen.

'Helen is op weg hiernaartoe,' zeg ik. Dan zeg ik tegen Thomas en Molly: 'Luister jongens, ik wil dat jullie heel zoet op de bank gaan zitten totdat papa komt, is dat afgesproken? Dan neemt hij jullie straks weer mee naar huis en hij stopt jullie in bed.'

Nadat ik Helen had gesproken, had ik Richard nog een keer gebeld. Hij kan heel snel zijn als het moet – hij zat al in de auto.

'Wat is er dan allemaal aan de hand?' vraagt Thomas. Als je tien bent, dan wil je namelijk vooral een heel gedetailleerde uitleg voor alles. Hij staart Sureya met grote ogen aan. Haar gezicht is grauw van ellende.

'Jezus, dit is vreselijk; daar komt er weer een.' Ze grijpt zich vast aan de leuning van de trap en doet haar ogen stijf dicht.

'Kom mee naar de kamer, jongens,' zeg ik kortaf, en ik duw ze voor me uit.

O, Sureya. Wat is dit verschrikkelijk.

'Heb je weeën?' vraag ik schaapachtig.

Ze knikt door de pijn heen.

'Misschien is het wel iets heel anders,' zeg ik, en ik hou mezelf ook vast aan die gedachte.

De golf van pijn is weer voorbij en haar lichaam trekt weer recht.

'Ik heb geen idee wat dit verdomme is,' hijgt ze. 'Maar dit kan nooit goed zijn. Ik heb er niks van gezegd, maar ik voel haar al tijden niet meer bewegen.'

O, god. Bloeden en weeën bij een zwangerschap van vierentwintig weken... je hoeft geen dokter te zijn om te begrijpen wat dat betekent. Maar ik zeg niks.

'Niets zeggen, je bent gewoon in paniek. Dat kan wel ik weet niet wat allemaal zijn. We gaan naar de dokter, en dan komt het goed.'

Dat zou ik misschien helemaal niet moeten zeggen – want stel je voor – maar wat moet je anders? Is valse hoop niet beter dan helemaal geen hoop?

Er wordt zachtjes aan de deur geklopt. Ik zie Helens silhouet door de matglazen deur en ik laat haar binnen. Ze ziet er bezorgd uit. Ze gaat even kijken bij Thomas en Molly, ik sla Sureya een jas om en loop met haar naar mijn auto.

We wisselen nauwelijks een woord op weg naar het ziekenhuis. Overal liggen verkeersdrempels en telkens als ik er eentje moet nemen, kermt Sureya van de pijn in haar buik. Die verdomde *klotedrempels*. Wie heeft die bedacht? Als dit straks achter de rug is, zal ik diegene eens even opzoeken en hem persoonlijk de nek omdraaien.

Waar komt dat daglicht ineens vandaan? Ik sta in de gang buiten Sureya's kamer, en vraag me af waar de nacht is gebleven. Een paar minuten geleden heb ik haar alleen gelaten. Ik moest wat telefoontjes plegen. Eerst met Helen. Daar was alles oké. Ze kan zo lang als nodig bij de tweeling blijven. En zij had Michael inderdaad al gebeld. Hij was nog niet naar bed, want in New York is het veel vroeger. Hij zat met zijn klanten te eten. Uiteraard is hij meteen naar zijn hotel gegaan en heeft een terugvlucht geregeld. Dat was nog niet zo eenvoudig. Hij belde terug om te zeggen dat er pas vanavond weer plek is – dan is hij dus pas morgenochtend bij Sureya. Toen ik ophing was ik diep onder de indruk van Helen. Zij is een van die mensen die niet uit het veld te slaan zijn. Ik hoefde haar helemaal niet te vertellen waar alles stond, en wie wanneer wat te eten krijgt en zo. Ik hoefde haar zelfs niet te vragen of zij Michael wilde bellen. Zij is een professional: het leven van anderen naadloos overnemen en voor hun kinderen zorgen is haar beroep.

En toch heb ik het idee dat ze hier geen rekening voor zal sturen. Soms moet er een ramp gebeuren om te weten op wie je echt kunt rekenen in dit leven. Wie je echte vrienden zijn.

Daarna belde ik Richard. Ik weet niet wat ik precies verwachtte: 'Moet je luisteren, Fran, maar ik moet echt weg, hoor. Ik heb tien pitches, zes vergaderingen met belangrijke mensen en vijftien lunches.'

... Maar hij was ook geweldig. Hij had Thomas en Molly naar school gebracht, hij had zelfs hun lunchtrommeltjes klaargemaakt. *Dat is nog nooit voorgekomen.* Ik kan met mijn hand op mijn hart zweren dat Richard in al die tien jaar nog nooit een lunch heeft klaargemaakt. Ik vroeg me wel af wat hij er in godsnaam in had gestopt – ik had het hem bijna gevraagd, zelfs. Maar toen dacht ik: Wat dondert het ook. Al had hij ze helemaal volgestopt met chocoladerepen, dan was ik nog blij geweest. Dan moet Annabel dat maar met *hem* opnemen, hoor.

Alsof ze zoiets in haar hoofd zou halen. Intimideren durft ze alleen bij zwakke, onzekere moedertjes zoals ik, niet bij solide, doelgerichte kerels zoals Richard.

Het was een beetje vormelijk, maar ik vond het toch fijn om met hem te praten over iets anders dan *wij*. Daar zijn wij Britten immers goed in: onze eigen problemen opzijschuiven en samen de handen uit de mouwen in tijden van nood. Een soort blitzkrieg op zeer kleine schaal. Ik denk niet dat ik die vergelijking erdoor krijg bij oorlogsveteranen, maar je snapt het wel.

Nadat we alle praktische punten hadden doorgenomen, vroeg hij me naar Sureya. Hij zei helemaal niets toen ik het hem vertelde. Maar wat had hij ook moeten zeggen. Wat valt er überhaupt te zeggen?

'Ga je nu naar kantoor?' vroeg ik.

'Nee, natuurlijk niet. Ik heb gezegd dat ik tot nader order niet kom.'

'Maar... maar je hebt toch een of andere pitch?'

'Wat, Shell? O, daar zou ik me verder maar geen zorgen over maken. Dat is een enorm groot bedrijf, en die kunnen best nog een paar dagen zonder mij.'

'Hè, dus je gaat er niet heen?' vroeg ik... *Dat is ook nog nooit voorgekomen.*

'Fran, Sureya is toch veel... Wat denk jij eigenlijk van mij?' Het bleef even stil. 'Moet je horen, er zit een heel team aan te werken. Het is wel eens goed voor me om de boel te delegeren. Ik ben altijd zo... eh... ik doe altijd alles zelf, normaal gesproken. Hoe denk je dat het komt dat ik nauwelijks thuis ben geweest, het afgelopen jaar?'

Nou, kijk, ik dacht dat dat vooral te maken had met een of ander Gucci-type. Maar dat zei ik niet.

'Maar wat nou als zij het verzieken?' vroeg ik dus. 'Dat je de pitch verliest, bedoel ik.'

'O, simpel: dan ontsla ik ze allemaal.'

We schoten allebei in de lach. Toen vroeg ik: 'Dus het is goed als ik hier nog even blijf?'

'Fran, toe nou!' Hij klonk alsof hij me door elkaar had willen rammelen. 'Jij blijft daar zo lang als nodig is. Hoe laat moet ik de kinderen eigenlijk weer ophalen?'

'Je moet er om kwart over drie staan. En Molly heeft vandaag Bewegen op Muziek.'

'Geweldig,' zei hij. 'Wat is dat eigenlijk?'

'Gewoon, een uurtje rondhopsen. Je moet haar afzetten bij de peuters, daar is het.' En voor de duidelijkheid zei ik: 'Dat is dat gebouwtje achter de school. Het staat er ook op, trouwens: "Peuters".'

'Prima. Verder nog iets?' vroeg hij.

'Ja. Er is ook nog goed nieuws,' zei ik, en ik dacht aan hoe er te midden van al deze ellende ook nog echt, 24-karaats goed nieuws was. 'Het gaat over Thomas. Jij mag het hem wel vertellen als hij weer thuiskomt.'

Ik vertelde van Rons telefoontje en van de proeftraining, aanstaande zaterdag.

'Geweldig, super,' zei hij, niet echt overtuigend. 'Daar zal hij wel hartstikke blij mee zijn.'

'Dat weet ik wel zeker. Echt jammer dat ik zijn gezicht niet kan zien, straks.'

Toen zuchtte hij. 'Het spijt me echt heel erg, Fran,' zei hij, en zijn stem brak.

'Van Sureya?'

Even was hij stil. 'Ja, van Sureya.'

'Dat weet ik wel.'

Dat was nu vijf minuten geleden. Ik sta nog steeds in de hal te knipperen tegen het daglicht. Nog altijd kan ik niet bevatten wat Sureya allemaal heeft moeten doormaken. De hel, was het.

De dokters konden niets meer doen. Haar kindje was al overleden in de buik, waarschijnlijk al een paar dagen geleden. Het was een meisje.

Het wreedste van alles was nog wel dat ze niet alleen dat nieuws te verwerken kreeg, maar dat ze ook nog gewoon moest bevallen, omdat ze al zo ver heen was. En een bevalling, dat is geen lolletje. Sureya moest dat allemaal doormaken, en aan het einde van de rit zou ze een dood kindje hebben.

De artsen en verpleegsters deden er alles aan om het allemaal zo pijnloos mogelijk te laten verlopen. Maar de enige pijn waar ze iets aan konden doen was de fysieke pijn. En zo'n ruggenprik helpt wel wat, maar wat een vrouw echt de bevalling door helpt is het feit dat ze weet dat aan het einde van die donkere tunnel het licht gloort van het nieuwe leven. En voor Sureya was er helemaal geen licht.

Zelf was ik natuurlijk helemaal compleet nutteloos. Ik begreep ineens hoe zinloos Richard zich moet hebben gevoeld terwijl ik het uitschreeuwde tijdens de geboorte van Thomas en Molly. Net als hij toen deed, hield ik haar hand vast en probeerde ik haar zo goed en zo kwaad als het ging te troosten. Maar wat voor woorden horen daarbij?

Het was gewoon een zieke, tragische parodie op wat een geboorte eigenlijk hoort te zijn. Ik keek hoe de verpleegster het kindje schoonmaakte en hoe ze het in een dekentje wikkelde – precies zoals ze zou doen als haar hartje nog wel klopte. En toen – ook weer precies zoals ze dan zou doen – vroeg ze aan Sureya of ze het vast wilde houden. Dat zou wel het beste zijn, legde ze uit. Voor het verwerkingsproces. Sureya – uitgeput, haar gezicht drijfnat van het zweet en de tranen – strekte haar armen uit en nam het kindje van haar over.

Ik zat op de rand van het bed met mijn arm om haar heen. En voor het eerst sinds we daar aankwamen, huilde ik ook. Wie zou er niet huilen bij het zien van dat piepkleine kindje? Ze was volmaakt. Alles had ze: tien vingers, tien tenen, een snoezig neusje, lippen die een volmaakt hartje vormden... alles had ze, behalve een hartslag.

En terwijl ik met Sureya meehuilde, herinnerde ik me mijn eigen explosie van vreugde toen ik Thomas en Molly ter wereld had gebracht. Deels uit opluchting omdat de ellende achter de rug was, maar vooral omdat ik zo ontzettend blij was. Blij met het leven dat net was begonnen; blij met alle *mogelijkheden* die er voor dat leven lagen. Maar deze tien kleine vingertjes zouden die van Sureya nooit omklemmen. Die beeldschone lippen zouden nooit een lachje laten zien.

Hoe kon dit nou gebeuren? Misschien was de placenta gescheurd, maar meestal kan je er niks van zeggen. Sureya kon er in elk geval niks aan doen. Het komt heel vaak voor, volgens de artsen. Een op de zes zwangerschappen eindigt in een miskraam, enzovoort, enzovoort. Wie zit er nou te wachten op dat soort informatie? Sureya in elk geval niet. Ik sloeg allebei mijn armen om haar heen toen ze het kindje weer meenamen, en ik dacht dat ze nooit meer zou stoppen met huilen. Maar de dokter kwam terug om haar een kalmerende injectie te geven en ze gleed dankbaar weg in de vergetelheid. Toen ben ik ook weggegleden.

Ik ging naar de wc en heb daar koud water over mijn gezicht geplensd. In de spiegel zag ik donkere, holle ogen, en al even holle wangen die helemaal niets te maken hadden met het feit dat ik niet had geslapen, maar alles te maken hadden met de gruwel waar ik deze nacht getuige van was geweest.

Ik stapte de hal in, waar het daglicht inmiddels naar binnen viel, en ik snakte naar een sigaret. In mijn haast om het huis uit te gaan had ik die natuurlijk niet meegenomen en in een ziekenhuis kan je natuurlijk geen sigaretten kopen. Dus pleegde ik mijn telefoontjes zonder de voordelen die een sigaret me zou bieden.

Maar nu moet ik weer terug naar Sureya. Ik loop naar haar kamer in de hoop dat ze nog slaapt. Voor haar eigen bestwil, natuurlijk, want ze heeft haar rust hard nodig, maar ik heb ook een egocentrische reden voor die wens. Ik zou namelijk niet weten wat ik tegen haar moet zeggen. Waar moet je beginnen?

Ik doe de deur voorzichtig open en gluur om het hoekje. Ze leunt in de kussens. Wakker. En ze staart recht voor zich uit. Als ik de kamer in glip, kijkt ze niet op.

'Hoe voel je je?' vraag ik.

Ze geeft geen antwoord. Ik zit in de stoel naast het bed en luister naar mijn eigen ademhaling. Ik zoek naarstig naar een wijs woord, of iets wat troost kan bieden, maar mijn hoofd is helemaal leeg. Ik voel me zo volkomen nutteloos...

'Misschien moet je nog maar wat gaan slapen,' zeg ik uiteindelijk.

Stom, stom, stom! Wat ben ik toch een rund! Ik kan mezelf wel voor mijn kop slaan. Wat heeft zij nou aan slaap? Ik wacht af tot ze me uitscheldt om zo'n belachelijke suggestie, maar dat doet ze niet.

'Ze heet Rosa,' zegt ze zachtjes. 'Naar mijn lievelingsbloem. Egocentrisch hè?'

'Ik denk niet dat iemand dat van jou zou zeggen.'

We zwijgen weer een poos.

'Ik heb iedereen gebeld. De tweeling is in goeie handen. En Michael is morgenochtend weer terug,' zeg ik. 'Morgenochtend vroeg.'

Geen antwoord.

'En Helen vindt het geen probleem om te blijven zolang dat nodig is.'

Ze zegt nog steeds niks. Ze kan het niet. Haar ogen staren nu niet meer in de verte, maar ze houdt ze stijf op elkaar, en haar lichaam gaat spastisch schokkend op en neer. Ik spring op uit mijn stoel om bij haar te gaan zitten.

'Ze was zo mooi,' snikt ze. 'Ze was zo verdomd mooi.'

Ik vouw mijn armen om haar heen en hou haar dicht tegen me aan. Mijn gezicht draai ik van haar af, om mijn eigen tranen te verbergen.

'Wat heb ik toch verkeerd gedaan?'

'*Helemaal niks!* Jij kunt hier niks aan doen. Je mag jezelf hiervan niet de schuld geven.'

Domme, zinloze woorden. Er bestaan helemaal geen woorden die kunnen helpen om zoiets volkomen zinloos te begrijpen. Het enige wat Sureya nog rest is deze hartverscheurende vloedgolf van verdriet.

De rest van de dag? Ik denk er liever niet aan terug, maar ik denk niet dat ik het ooit zal kunnen vergeten. Vlak nadat Sureya haar lunch had geweigerd, kwam er een psycholoog langs. Ik ben even een poosje bij ze blijven zitten en ik heb geluisterd.

Zinloze woorden.

De psycholoog begon voorzichtig over de begrafenis. Voor het eerst lukte het Sureya om zichzelf tot de orde te roepen en bijna weer gewoon te doen. Ze had geen zin om er heel lang mee te wachten, en dus wordt Rosa morgen begraven.

Ik heb gisteravond op de stoel in Sureya's kamer geslapen. Of slapen... ik viel steeds even weg en werd dan weer wakker, en om de paar minuten ging ik verzitten, voorzichtig, omdat ik geen geluid wilde maken. Sureya had weer een kalmeringsmiddel toegediend gekregen maar ik wilde toch niet het risico lopen dat ik haar wakker maakte.

Vanochtend is ze uit het ziekenhuis ontslagen. Want ze was kerngezond, vonden de artsen. Alleen nog een gebroken hart. Ik hielp haar met aankleden en bracht haar weer naar huis. Helen deed de deur open, keek haar even aan, en nam toen eenzijdig de beslissing om met de tweeling een flink eind te gaan wandelen in het park. Ze hadden geen zin en klampten zich aan hun moeder vast en het was een hele klus voor Helen om ze te helpen hun jasjes en schoenen aan te trekken. Maar het lukte, want ze is een kei in dit soort dingen. Ze kent wel duizend verschillende manieren om kleine kinderen dingen te laten doen waar ze eigenlijk geen zin in hebben. Binnen tien minuten nadat wij weer thuis waren, waren zij de deur uit.

Toen ze weg waren, ging Sureya naar haar slaapkamer, terwijl ik een kop thee voor haar zette. Op dat moment kwam Michael thuis. Hij stond in de hal en zag er gebroken uit, maar klaagde niet over de jetlag.

'Ik vind het zo erg voor jullie, Michael,' zei ik. 'Ze is boven.'

Zonder een woord te zeggen liet hij zijn bagage vallen en holde de trap op, met twee treden tegelijk.

Ik heb ze alleen gelaten.

En nu steek ik de sleutel in mijn eigen slot. Zesendertig uur nadat Sureya me belde, ben ik weer thuis.

Het eiland in mijn keuken heeft een totale gedaanteverwisseling ondergaan. Richards laptop neemt er een centrale plaats in. Daarnaast staat zijn Blackberry, zijn dictafoon, zijn iPod en iets duns en zilverkleurigs dat eruitziet alsof het hardnekkige vlekken uit ruimtepakken kan verwijderen.

'*Maar deze vlekken zijn van de lichaamssappen van buitenaardse wezens. Die krijg je er nooit uit, zelfs niet in de kookwas.*'

'*Maar heb je dan de nieuwe Lasermatic Vlek Zapper 3000 nog niet geprobeerd?*'

Rond al deze hardware liggen grote stapels papier, die hier waarschijnlijk per koerier zijn bezorgd. Ja, ja, Richard en delegeren. In dit digitale tijdperk kan hij overal wel kantoortje spelen, zelfs in een neovictoriaanse keuken.

Hij glijdt van zijn kruk zodra ik binnenkom. Hij loopt naar me toe, en ik val in zijn armen. 'Die arme, arme Sureya,' zegt hij, en hij drukt me stevig tegen zich aan. 'Hoe gaat het nu met haar?'

'Klote, zoals te verwachten viel. Maar Michael is er weer.'

'Jezus, Fran, het is toch niet te geloven. Ik wist niet eens dat ze weer zwanger was.'

'Dat weet ik ook pas sinds een week.'

'Maar ik dacht dat jullie alles met elkaar bespraken?' Het is geen beschuldiging; hij dacht dat het gewoon een feit was.

'Ze wilde er niets over zeggen totdat ze zeker was dat het allemaal goed was. Ik ben vast de kus des doods geweest. Want het is wel vreemd dat het pas misging toen ze mij vertelde dat ze in verwachting was, vind je ook niet?'

'Doe niet zo krankzinnig... dat meen je toch niet echt, hoop ik?'

Ik lach om aan te geven dat ik het inderdaad niet echt meen, hoewel ik toch denk dat ik een punt heb.

'O, trouwens, Chris Sergeant belde een uur geleden,' zegt hij, terwijl hij water op zet. 'Ik wist helemaal niet dat je een afspraak met hem had.' Hij lijkt onder de indruk.

'Heb ik ook niet. Of tenminste, hij zou me nog bellen om een keer iets te gaan drinken, maar ik denk niet dat onze relatie echt nieuw leven ingeblazen gaat worden. Hij belde vast en zeker alleen maar om me af te poeieren.'

'Dat leek mij anders niet,' zegt hij. 'Hij zei dat het hem speet dat hij niet eerder heeft kunnen bellen, maar dat hij je nu ergens over moest spreken. Het was dringend.'

Mijn hart maakt een sprongetje, maar ik hou me kalm.

'Waar gaat dat dan over?' vraagt hij.

Ik zeg dat ik echt geen idee heb, maar waarom denk jij dat het hoofd van de afdeling televisie van een van de grootste Londense reclamebureaus mij *dringend* zou willen spreken? Omdat hij werk voor me heeft, uiteraard. O, god, ik word al misselijk bij de gedachte. Mijn recente werkverleden is immers nogal... eh... beroerd. Een boeking waar ik uit angst niet naartoe ben gegaan, en een auditie die ik stom genoeg helemaal ben vergeten. Een auditie. Voor mensen van Sony. Totaal niet meer aan gedacht. Hoe erg? Ik raak in paniek, omdat ik me herinner dat ik Richard had verteld van die auditie – wat nou als hij me vraagt hoe het is gegaan? Nee, laat ik maar zo snel mogelijk een ander onderwerp aansnijden. Laat ik maar *niets* meer zeggen over mij en werk totdat *mij* eindelijk weer aan het werk is.

'Alles goed met de kids?' vraag ik. Ik heb ze gemist.

'Ja, prima... behalve dan dat Thomas alleen nog maar loopt te stuiteren sinds ik hem heb verteld over Crystal Palace. Zijn juf denkt vast dat ik hem een paar lijntjes coke heb laten snuiven bij het ontbijt.'

Ik lach, maar het doet me ook een beetje pijn – had ik Thomas' gezicht maar gezien toen hij het hoorde.

'Hoe heet die juf van Molly eigenlijk?' vraagt Richard.

'Mevrouw Poulson, hoezo?'

'Wat een trut is dat, zeg. Die heeft me vanochtend het hemd van het lijf gevraagd, alsof ik verdomme een of andere pedofiel ben. Alleen maar omdat ze me nog nooit eerder heeft gezien. Belachelijk.'

'Is dat zo?' vraag ik.

'Ja natuurlijk,' zegt hij verontwaardigd. 'Dit is heus niet de eerste keer dat ik mijn kinderen naar school breng.'

Ik kan me de laatste keer anders niet meer herinneren.

En als mevrouw Poulson hem niet herkent, waarom heeft ze hem dan gisteren niet tegengehouden? Toen had ze er kennelijk geen enkel probleem mee om mijn dochter over te leveren aan een pedofiel. Laat Richard maar lekker verontwaardigd zijn. Het lijkt mij eigenlijk wel leuk als hij daar een keertje goed ruziemaakt. Misschien moet ik hem wel een beetje voeren. Dat hij lekker opgefokt is.

'Heeft er toevallig nog iemand geklaagd over wat ze mee hadden voor de lunch?' ziek ik.

'Laat ze dat maar eens wagen. Ik had heerlijke sandwiches voor ze gemaakt. Met kip en mayonaise.'

'O ja?' Mijn stem zakt een paar octaven.

'Ja, ik heb die biologische kip gebruikt, die in de koelkast lag. Thomas vond ze zo lekker gisteren, dat ik er vandaag eentje extra voor hem heb gemaakt.'

'Dus jij hebt 's ochtends vroeg kipsalade staan maken?'

'Ja, maar ik heb volkorenbrood gebruikt, hoor. Is daar iets mis mee dan?'

Wie is deze man? Dit kan onmogelijk dezelfde vent zijn als die waarmee ik de afgelopen twaalf jaar getrouwd ben geweest. Kom op, zeg, hij wist amper waar de school *was*.

'Nee niks,' zeg ik. 'Ik ben gewoon alleen onder de indruk dat je dat allemaal voor elkaar krijgt en dat ze dan ook nog op tijd op school zijn.'

'Dat heb ik toch helemaal niet gezegd. Ze waren wel op tijd, voor de lunch, dan,' biecht hij op.

Ik lach en hij lacht ook. Maar zodra we ons realiseren dat we samen zitten te lachen, houden we daarmee op. De ongemakkelijke sfeer wordt verbroken door zijn mobiel. Hij trekt een gezicht van 'sorry' en loopt de hal in om op te nemen.

En ik doe echt mijn best om niet mee te luisteren – dat zweer ik. Het zou wie dan ook kunnen zijn: een collega, een klant, een kennis. Het is heus niet automatisch *haar*. En dus hou ik me bezig met het verplaatsen van pannen, en het openen en sluiten van kastdeurtjes. Maar uiteindelijk hou ik het natuurlijk niet meer van de nieuwsgierigheid. Ik doe even niks, en ik luister... Hij praat heel zachtjes. Ik vang alleen wat flarden op.

'Het spijt me heel erg... er is ook geen enkel excuus voor, maar... ik werd onverwacht weggeroepen en... kan nog iets... laat me je dan terugbellen, alsjeblieft...'

Ja, daar kan ik natuurlijk niks mee. En wat nou als zij het inderdaad was? Ze doen wel ergere dingen dan telefoneren. En toch zit het me dwars. Krankzinnig. Ze heeft ons toch allang uit elkaar gedreven. Wat voor extra schade kan dat ene telefoontje dan nog aanrichten? Omdat Richard en zijn telefoon nu in *ons huis* zijn, en dat wil zeggen dat *zij* nu ook in ons huis is. En het spijt me dat ik niet erg gastvrij lijk, maar daar zit ik echt totaal niet op te wachten.

'Fran, heb je me vandaag nog nodig, denk je?' vraagt hij als hij de keuken weer in komt.

Zij was het dus. Ik weet het zeker. Ze wil hem onmiddellijk weer terug. Hij kijkt weer zo zenuwachtig en stiekem – wat ik zo haat.

Ik zou het best nog even kunnen rekken, vind je niet? Ik zou hem hier gemakkelijk nog even kunnen houden, en gebruikmaken van zijn schuldgevoel. Dat zou helemaal niet moeilijk zijn...

'Nee, laat maar. Michael is er nu weer. En ik red het hier verder wel,' zeg ik dus maar. Als hij dan zo graag naar haar toe wil, dan zal ik hem niet tegenhouden.

'Als je graag wilt dat ik blijf, dan blijf ik hoor. Maar als ik nu ga, dan kan ik misschien nog iets redden, want het is nogal uit de hand aan het lopen.'

'Wat dan?'

Hij haalt een hand door zijn haar. 'Niks, niks. Gewoon, gedoe op het werk.'

Hij ziet er vreselijk uit. Ik had het dus mis. Zij was het helemaal niet. Het was gewoon gezeik op zijn werk.

'Wat is er dan?' zeg ik, met een interesse in zijn werk die ik al in geen jaren meer heb kunnen opbrengen.

'Ik ben toch zo'n ontzettende stomme zak. Dat was de secretaresse van Colin Harrison.'

'Wie is dat?'

'O, dat is de voorzitter van de raad van bestuur van Shell. Ik had eigenlijk een afspraak met hem – een soort van pre-pitch inliksessie, om te zorgen dat hij aan onze kant zou staan. Je moest eens weten hoe moeilijk het is om dat te regelen. Ik ben er twee weken mee bezig geweest... en nou ben ik het gewoon vergeten. Ongelofelijk. Welke idioot vergeet nou zijn afspraak met Sir Colin Harrison?'

Ha! Ik denk hetzelfde soort idioot dat zijn afspraak met Sir Sony Pictures vergeet.

'Wat heb je tegen haar gezegd?' vraag ik.

'Dat ik een vergadering had die ontzettend uitliep – en dat ik niet weg kon. *Shit.*'

'Maar als je nu alsnog gaat, red je het dan nog?' stel ik voor.

Hij kijkt me hopeloos aan. 'Nee, ze zegt dat hij de rest van de dag vol zit. En dat ik verder geen moeite hoefde te doen... Maar je hebt gelijk... Als ik nu ga hollen... het is de moeite van het proberen wel waard. Denk je dat ik dat haal, Waterloo, binnen een halfuur?'

'Gaan met die banaan,' zeg ik. 'Maar rij wel voorzichtig.'

Ik voel me heel erg schuldig. Dit is allemaal mijn schuld, omdat ik hem hier nodig had.

Hij loopt om het eiland heen en pakt zijn boeltje bij elkaar. 'Arrogante klootzak. Je kunt je echt geen enkele misstap veroorloven bij die vent,' mompelt hij voor zich uit. 'Ik denk dat we de grootste deal die we ooit hadden kunnen scoren, nu wel op ons buik kunnen schrijven. Jezusmina! Hoe kan ik nou toch zo *stom* zijn?' Hij schopt tegen de muur en schreeuwt het dan uit van de pijn.

Dat was pas stom.

'Richard, word nou eerst eens even rustig. Straks rij je jezelf te pletter nog voor je bij het eerste stoplicht bent.'

'Ja, je hebt ook gelijk... Maar, shit, ik moet echt ongehoord gaan likken, straks, als ik de boel nog een beetje wil redden.'

Ik kan hem redden, weet ik, en ik denk heel hard na. Net als tijdens de improvisatielessen tijdens mijn studie. 'Dus het is een arrogante eikel, zei je?'

'O ja, hij vindt zichzelf echt ongelofelijk belangrijk... maar ja, hij is ook voorzitter van de raad van bestuur van een grote oliemaatschappij, hè; dus dan heeft hij daar ook wel een beetje het recht toe. Hoor eens, ik moet er nu echt vandoor. Ik ga nog even snel plassen.'

Als hij de keuken uitloopt pak ik zijn mobieltje van het eiland. De laatste keer dat ik dat ding zag, stond er GUCCI op de display. En zie waar dat me heeft gebracht. Ik weet heel goed dat ik mezelf goed in de nesten kan werken. En anders Richard wel. Maar er borrelt iets in me en ik kan het niet meer tegenhouden.

Ik scroll door het menu, op zoek naar het laatst ontvangen gesprek. Nee, ik ben echt niet op zoek naar Gucci. Ik zoek naar Sir Hotemetoot van Klotesteijn. Ja, daar is hij, hoewel hij in deze telefoon eenvoudig-weg SHELL heet. Ik kies het nummer en mijn hand trilt ervan. Ik vind het spannend, maar ik doe het ook in mijn broek... ik sta stijf van de adrenaline.

'In je hok, Fran, koptelefoon op, script klaar? En begin maar...'

'Goedemiddag, met het kantoor van Sir Colin Harrison,' zegt een efficiënt klinkende stem als de telefoon één keer is overgegaan.

Eerst mijn universele, druk-bezette-doch-beleefde directiesecreta-ressestem: 'Met het kantoor van Cherie Blair. Ik heb hier een gesprek van mevrouw Blair. Is Sir Colin momenteel bereikbaar?'

'Een ogenblik, alstublieft.'

Het is... het... langste... ogenblik... van... mijn... leven. En terwijl het zich voortsleept overweeg ik ernstig of ik toch maar op zal hangen. Kan ik Cherie überhaupt nog wel nadoen? Het is al weer zo lang geleden.

'Een ogenblik, ik verbind u door.'

Shit. Te laat om nog af te haken.

Ik luister naar de klikjes op de lijn, alsof ik sta te wachten op het teken dat ik het verblindende licht op het podium in moet lopen. In een flits bedenk ik hoe geweldig het is dat je iedereen aan de lijn kunt krijgen als je belangrijk bent – hoewel ik natuurlijk een complete nobody ben.

'Cherie, hallo, zeg!'

Shit, dus nu ben ik even geen nobody. Nu ben ik die verdomde Cherie Blair.

'...Wat leuk om jou weer eens te spreken,' bast de stem, die overloopt van zelfvertrouwen.

Zei hij nou 'weer eens'? Fuck en shit! Hij kent dat mens dus! Ja natuurlijk kent hij haar. Die mensen behoren allemaal tot hetzelfde selecte clubje dat de wereld bestiert. Waarom heb ik daar in godsnaam niet eerder aan gedacht?

'Sir Colin...' begin ik weifelend. Kom op, ik beheers deze stem tot in de perfectie. Ik kon hem vroeger in mijn slaap nog nadoen. Volgens Richard deed ik dat zelfs letterlijk. 'Hoe is het?' Ja hoor, perfect.

'Toe nou, zeg, hoe vaak heb ik je nu al niet verteld dat je me gewoon Colin kunt noemen,' zegt hij zo glad als de smeerolie die hij verkoopt.

'Ach ja... Colin.'

'Cherie, wat kan ik voor je betekenen?'

'Nou, niets, niets. Ik bel je alleen om mijn verontschuldigingen aan te bieden.'

'Waar zou jij je nu voor moeten verontschuldigen?'

'Omdat Tony onze favoriete marketingman heeft lopen monopoliseren. Erg genoeg,' legt Cherie liefjes uit. Want ik ben Cherie, ten voeten uit.

'En wie mag dat wel zijn?' vraagt Sir Colin, want hij heeft geen idee.

'Richard... Richard Clark. Tony heeft hem eindeloos vastgehouden. Die arme Richard. Hij zit al een uur naar zijn horloge te staren. Hij had natuurlijk gewoon zijn mond open moeten doen, maar ja, je weet hoe dat gaat...'

Ik laat in het midden hoe het precies gaat, want ik mag dan de stem onder de knie hebben, ik heb niet echt een idee wat ik moet zeggen. Er is tenslotte ook geen script. Ik moet er snel een einde aan breien want ik hoor de wc doorspoelen – shit, shit, shit.

'Aha, dus Richard is bij de premier op bezoek geweest?' zegt Sir Colin peinzend. Hij is overduidelijk onder de indruk, en terecht.

'Wat heeft die man toch een ongelofelijk brein. Echt geweldig. Zijn advies wordt hier altijd in hoge mate op prijs gesteld,' zeg ik, ook al weet ik dat ik het er een tikkeltje te dik opleg in mijn poging de man te verkopen die nu net klaar is met plassen en de trap af komt stampen. *Ophangen!*

'In hoge mate op prijs gesteld,' stemt Sir Colin in. 'Vertel die arme man maar dat hij zich geen zorgen hoeft te maken. Nee, ik zal het hem zelf wel even zeggen. Dan spreken we wel af als het hem beter uitkomt. Geen probleem.'

'Heel erg bedankt, ik wist wel dat je het zou begrijpen,' zegt Cherie snel. Richard is inmiddels in de hal, en loopt nu de keuken in. Hij staat recht tegenover me. 'Ik moet gaan, nogmaals, bedankt, heel fideel van je.'

Richard fronst, kijkt naar *zijn* mobieltje, tegen *mijn* oor aangedrukt.

Ophangen, ophangen, ophangen. Hoe ga ik dit nou uitleggen?

'Nog even, Cherie,' zegt Sir Colin. 'Ik wilde je nog even bedanken voor je advies.'

O nee, waar heeft hij het over, in godsnaam?

'Och, dat stelde toch niets voor,' zegt Cherie.

'Je bent veel te bescheiden. Catherine was er enorm mee geholpen. Ze wilde je trouwens nog een uitdraai van het conceptrapport toesturen. Naar welk adres kan ik dat het beste doen?'

Aaaaargh! Hang nou toch op, man! Ik heb hier geen zin meer in.

'O, nou, waarom stuur je het niet gewoon naar... *Number Ten?*'

'Echt?'

Sir Colin is al verbaasd, maar je zou Richards gezicht eens moeten zien.

O, god...

'Jazeker,' zegt Cherie, misschien net iets te krakerig. 'Maar nu moet ik echt–'

'Zeg, zie ik jou en Tony nog op de CBI lunch, volgende maand?'

Deze man weet echt van geen ophouden. Heeft hij niks beters te doen, soms?

'Nou, dan moet ik even in de agenda kijken. Misschien wel, ja... als Tony niet in *Washington* zit... bij George. Zo, ik moet nu echt ophangen, hoor, want...' Want wat? De melkman staat voor de deur? Of er komt iemand de meterstanden opnemen? '...ik moet weer snel door. Nogmaals mijn excuses, ook namens Tony. En tot gauw, hè?'

Ik druk het rode knopje in om het gesprek te beëindigen... en ik voel een wonderlijke mengeling van uitzinnige vreugde en angst. Zoals Richard me aan staat te staren...

'Wie was dat? Waarom praatte je zo... hé, dat was Cherie Blair!'

Aha! Dus ik kan het inderdaad nog.

Maar hoe zal ik hem dit nu eens uitleggen?

'Je hebt net gebeld met Harrison alsof je Cherie Blair was, of niet soms?'

Kijk, een uitleg is dus helemaal niet nodig.

'Sorry! Maar ik kon de verleiding niet weerstaan,' ratel ik. 'Jij had toch gezegd dat je niet weg kon uit een vergadering en dat hij zo'n arrogante zak is en ik wist dat dit zou werken omdat–'

De mobiel legt me het zwijgen op. Richard kijkt op de display en ik rek mijn hals uit om ook te zien wat er staat.

SHELL.

Hij pakt de telefoon vlug op en loopt ermee de hal in.

Ik blijf in de keuken hangen, en probeer dit keer niet mee te luisteren. Ik wacht Richards onvermijdelijke woede-uitbarsting gelaten af.

Twee minuten later is hij weer terug. Ik word geen wijs uit zijn gezicht.

'Ik kan gewoon niet geloven dat je het lef hebt om dit te doen,' zegt hij vlak. 'En ik wil er liever niet aan denken wat er gebeurt als hij de premier en zijn vrouw weer eens ontmoet.'

O ja. Zo ver had ik niet vooruitgedacht.

'Maak je maar geen zorgen,' zegt hij en hij toont me een brede grijns. 'Ik zei dat Tony vast niet wil dat iemand weet dat ik hem help. Hij zei dat hij het er niet over zou hebben. Zelfs niet met Tony en mevrouw Tony. Dat hij de zaak onder de hoed zou houden.'

'Graag gedaan, dan,' zeg ik. Ik ben ongehoord opgelucht, en dan heb ik zin in een rondedansje om het eiland, gillend van vreugde.

Ik voel me *geweldig*.

Dat had ik nooit verwacht. Ik wist niet eens meer dat ik het nog in me had.

Richard pakt zijn spullen op en neemt zijn werkhouding weer aan. 'Ik bel je later nog. Om te horen hoe het met Sureya is,' zegt hij een beetje stijfjes.

'Doe maar.'

En hij keert zich weer om, om weg te gaan.

Maar halverwege de deur blijft hij staan en draait zich om. 'Het is echt ongelofelijk,' zegt hij.

'Wat?'

'Wat jij allemaal kunt. Heb jij eigenlijk wel enig idee hoeveel talent jij hebt?'

'O, daar wil ik helemaal niet over nadenken, nu. Ik richt me voorlopig alleen op Sureya.'

Hij schudt zijn hoofd. Ik zie een blik die ik nog nooit eerder heb gezien. 'Jezus, Fran, stel je voor dat dit ons zou zijn overkomen. Dat wij Thomas of Molly hadden moeten verliezen.'

Nee. Ik heb dat nu vandaag gezien en ik wil nooit, nooit meer aan zoiets denken.

De kinderen liggen in bed en ik eet een boterham, waarmee ik mezelf dwing om iets te doen wat ik de afgelopen tijd niet vaak heb gedaan: eten. Kennelijk is dat van levensbelang. Mijn hemel, wat een gapend gat tussen mijn buik en mijn broek.

Toen Richard vanmiddag weg was, heb ik mezelf opgedragen het een en ander te gaan doen. Ik heb de boel gestoft en ik heb gestofzuigd, en toen was het tijd om de kinderen op te halen. Liever iets doen dan stilzitten en nadenken. En daarna zorgden de kinderen voor wat afleiding van de verschrikkelijke gebeurtenis. Tenminste, tot het moment dat ik Thomas door het keukenraam zag. Hij was zeer in zijn sas een balletje aan het trappen, om te oefenen voor zijn proeftraining. Zijn toekomst rolde zich in al zijn glorie voor hem uit. Al die mogelijkheden. Ik vond het zo heerlijk om te zien, maar ineens voelde ik me daar zo schuldig over.

Die arme Sureya.

Die arme Rosa.

Ik dwong mezelf om door te gaan. Ik ruimde een paar kastjes in de keuken uit en maakte de planken schoon. Verdringing, vermijding, weglopen... het hielp me de avond door. En nu slaat de vermoeidheid eindelijk toe. Wat een dag – twee dagen, eigenlijk, hoewel ze voor mij aaneengeregen zijn tot een vormeloze massa. Waar nu snel een einde aan gaat komen, want ik kan mijn ogen nauwelijks openhouden.

Ik heb niks meer gehoord van Richard, maar ik neem aan dat hij voor ons voorlopig geen tijd heeft, nu wij hem anderhalve dag bij kantoor weg hebben gehouden. Ik vraag me af hoe het met Sir Colin is afgelopen. Bij de gedachte moet ik lachen, maar niet lang. Want ik bedenk dat ik niet alleen van Richard niets meer heb gehoord, maar dat ook Michael nog niet heeft gebeld. Ik wil graag weten hoe het met Sureya is, maar ik wil ze niet storen. En trouwens, morgen zou ik op de tweeling passen, dus zie ik ze dan wel.

Ik eet de boterham op en kijk op mijn horloge. Het is iets over negen. Ik ben al in geen jaren zo vroeg naar bed gegaan, maar vanavond moet ik een uitzondering maken.

Dan gaat de telefoon en ik neem vlug op, in de veronderstelling dat het Michael wel zal zijn.

'Liefje, met mij,' zegt een zwoele stem die in de verste verte niet lijkt op die van Michael.

'Met wie?'

'*Mijn mij! Fiona!*'

Ik ken maar één Fiona. Mijn vreselijke schoonzusje. Wat moet die? Die belt vast niet voor mij. Ze belt altijd alleen maar als ze er zeker van is dat Richard thuis is.

'Hallo. Richard zit nog op zijn werk,' zeg ik automatisch, en ik wacht tot ze me haar boodschap opdreunt die ik dan als een brave secretaresse zal noteren.

'Dat weet ik,' zegt ze, en daarmee brengt ze me even van mijn stuk. 'Ik heb hem namelijk net gesproken. Ik kan gewoon niet geloven wat er is gebeurd. Ik ben er echt *kapot* van.'

'O ja?' vraag ik.

'Ja natuurlijk, Fran,' zegt ze verontwaardigd. 'Het is vreselijk nieuws.'

Misschien kennen ze elkaar toch. Heb ik ze misschien aan elkaar voorgesteld op het feest?

'Ja, erg hè,' zeg ik. 'Maar zulke dingen gebeuren. Het is van belang dat we haar nu wat ruimte gunnen. Ze moet in alle rust kunnen rouwen.'

'Fran, waarom praat je over jezelf in de derde persoon enkelvoud?'

'Dat doe ik helemaal niet.'

'Over wie heb je het dan in vredesnaam?'

'Over Sureya,' zeg ik, ook al dringt het tot me door dat we het over twee totaal verschillende dingen hebben.

'Ik heb het over jou en Richard,' zegt ze. 'Hij heeft het me verteld, Fran. Hij heeft *alles* verteld.'

Ik ben verbaasd. Nee, streep dat maar weer door: ik ben verbijsterd. Waarom heeft hij dat in godsnaam aan haar verteld? Ik weet niet wat ik zeggen moet, maar Fiona, die er het type niet naar is om zich in te houden – vult de stilte. 'Ik wilde jullie uitnodigen voor een borrel, aanstaande vrijdag. Ik ben partner geworden. Ik kan het gewoon niet geloven–'

'Nou, ik vind het anders niet zo gek. Je bent ontzettend goed in je werk. Ik herinner me nog dat je vertelde over die ene zaak van–'

'*Fran*, ik heb het helemaal niet over mijn werk.'

Het irriteert haar dat ik haar alweer niet begrijp, maar dit onbegrip over en weer is verder niks nieuws. Het is al een probleem vanaf de allereerste keer dat wij elkaar leerden kennen. Ik moet eerlijk toegeven dat ik het ook wel eens expres doe, om haar dwars te zitten. Maar vanavond niet – ik ben veel te moe om spelletjes te spelen.

'Ik heb het over jullie scheiding,' legt ze uit. 'Over dat hij een ander heeft. Ik vind het zo *erg* voor je.'

Ja, ja, dat zal wel. Het verbaast me niet dat Richard het haar heeft verteld, trouwens. Zijn zusje is een bijtertje. Ik kan misschien half Londen voor de gek houden en volhouden dat alles koek en ei is bij ons thuis, maar Richard is daar niet zo'n ster in. Ik zie helemaal voor me hoe hij het maar een paar minuten vol heeft gehouden en vervolgens alle vuile was buiten heeft gehangen. Tot in het kleinste detail: wie wat droeg, en wie waar stond voor we elk onze eigen weg gingen. Wat me wel verbaast is dat ze het zo *erg* voor mij vindt. Ze haat mij. We zijn nou niet bepaald vriendinnen. Met Sir Colin heb ik nog een betere relatie, en die denkt dat ik iemand anders ben.

'Joh, trek het je niet aan,' zeg ik. 'Je weet hoe die dingen gaan. Het gebeurt gewoon.'

'Maar het had verdomme nooit mogen gebeuren. Hoe haalt hij het in zijn hoofd? Al die jaren die jij in hem hebt geïnvesteerd, en in die stomme carrière van hem. Het is echt verschrikkelijk, Fran.'

Ze klinkt echt overstuur.

Nog even en ik moet *haar* troosten.

'En het is ook allemaal zo ontzettend *cliché*,' vervolgt ze. 'Tien jaar jonger dan hij...'

Dus ze is pas negenentwintig. Jezus, dat wil ik helemaal niet weten.

'...echt waar, ik dacht dat hij boven dit soort dingen stond. Ik had nooit gedacht dat hij ook zo'n treurige midlifecrisis zou krijgen. Ik schaam me voor hem.'

Allejezus. Heeft ze het nu over diezelfde broer die water in wijn kan doen veranderen, en die mensen uit de dood kan doen opstaan, als het allemaal meezit?

'Nou, zo simpel is het niet helemaal,' zeg ik.

Ben ik hem nou aan het verdedigen?

'Fran, je kunt me nog meer vertellen. Ik *ken* Richard. Beter dan wie dan ook.'

Dit zou ik op kunnen vatten als een steek onder water, maar ik laat het gewoon gaan.

'Trek jij het allemaal wel?' vraagt ze.

'Nou ja, ik probeer het allemaal zo gewoon mogelijk te houden voor de kinderen.'

'Die arme Molly,' zegt ze. 'Zo jong nog...'

En Thomas dan?

'...Wat zeg je dan tegen haar?'

Nee, natuurlijk niet.

'Voorlopig nog even niets. Richard en ik moeten het er eerst samen maar eens over hebben en zien of we eruit kunnen komen, en nou ja, dan zien we wel weer verder.'

'Je kunt het er ook met mij over hebben?' stelt ze voorzichtig voor. 'Misschien helpt dat.'

Met haar praten? Ik praat nog liever met mijn moeder, dus dat wil wat zeggen.

'Het spijt me, Fiona, maar ik moet ophangen. Er is iemand aan de deur.'

'Maar je hebt toch een draadloze telefoon?'

Verdomme.

'Ja, maar dit zijn mensen van een actie tegen... eh... de nieuwe wasserette.'

'Op dit tijdstip? Wat is dat dan voor wasserette?'

'O, daar zijn plannen voor. In de winkelstraat verderop. Maar de mensen zijn bang dat het de buurt naar beneden zal halen. Ze kijken heel boos. Ik ga er maar gauw even heen, voor ze uit zichzelf een poster ophangen.'

'Zal ik je dan zo even terugbellen?'

'Nee, ik bel jou wel. Later. Of misschien morgen. Nou, *doei!*'

Voor ze iets kan zeggen, hang ik op.

Tot mijn verbazing sta ik te lachen. Die Fiona, dat is toch niet te geloven. Toen ik er nog bij hoorde, bij de familie, toen keurde ze me nooit een blik waardig, en nu ik losgesneden raak, wil ze ineens vrienden worden? Ik ben veel te moe om het verder te analyseren.

Ga nou naar bed, Fran.

Ik ben halverwege de trap, en halverwege een diepe, droomloze slaap, althans dat hoop ik, als de telefoon weer overgaat.

Fiona? Belt ze terug om te zien of de Militante Bewakers van de Buurtstandaard al weer weg zijn? Ik heb echt geen zin om haar nog een keer te woord te staan.

Ik weet al wat. Cherie Blair inspireert me.

Een paar jaar geleden heb ik een stem gedaan in een griezelfilm voor tieners. Dat lijkt me wel iets voor nu. Ik neem de telefoon op: 'Goedenavond, dit is het antwoordapparaat van psychiatrische inrichting Heidelust,' zeg ik met een macabere stem. 'Belt u over bezoekuren, toets 1. Belt u voor carrièremogelijkheden, toets 2. U hoeft niet gek te zijn om hier te werken, maar het helpt we—'

'Fran, toe nou,' zegt mijn moeder. 'Dit kan je toch niet maken? Me dunkt dat je geen vijftien meer bent. En toen heb je je hier al meer dan genoeg ellende mee op de hals gehaald.'

Ze heeft gelijk. Cherie was niet mijn eerste neptelefoontje. Ik ben nog eens bijna geschorst toen ik de directeur van mijn middelbare school opbelde als Cilla Black, van dat programma *Blind Date*. Had ik hem wijsgemaakt dat hij was uitgekozen voor een speciale *Blind Date* met onderwijzend personeel... ja, dat waren nog eens tijden.

'Sorry, mama,' zeg ik schaapachtig. 'Ik moet even een beetje afreageren.'

'Hoezo?' vraagt ze bezorgd.

'O, er is iets gebeurd met een vriendin van me. Je kent haar niet,' zeg ik luchtig. Ik heb geen zin om het met haar over zoiets verschrikkelijks te hebben.

Ik luister naar haar verslag van hoe haar week was – naar de boerenmarkt bij haar in de buurt, de feestelijke opening van een nieuw tuincentrum, de borrel van de bowls – en ik bedenk me iets. De president van een multinational hou ik moeiteloos voor het lapje, maar mijn eigen moeder zou er nooit intrappen, in die geintjes van me.

'Nou, wat zeg je ervan?' vraagt ze.

O jee, die heb ik weer even gemist. 'Sorry, mam, wat vind ik waarvan?'

'Van het weekend,' zegt ze. 'Dan kunnen de kinderen op zaterdag blijven logeren, en dan kunnen Richard en jij lekker een avondje weg. Volgens mij werkt hij veel te hard. Ik kan me niet heugen wanneer we hem voor het laatst hebben gezien...'

Zal ik het haar vertellen? Als het dan toch moet, dan is dit een uitstekend moment, toch? Fiona weet het ook. Dus waarom mijn moeder niet? En het komt toch ook verder niet in de krant, of zo; ik ben geen beroemdheid die haar persoonlijke tragedie uitmelkt om de pr-waarde...

'Hunk Hollywood en Sterre Straal kondigen tot hun spijt aan dat zij met onmiddellijke ingang zijn gescheiden en zij willen hierbij graag al hun fans hartelijk danken voor hun steun in zware tijden. Ze verzoeken tevens de media om hen wat privacy te gunnen, hoewel mevrouw Straal om halfacht hedenavond gekwetst-maar-nog-altijd-even-beeldschoon zal verschijnen in restaurant The Ivy.'

Het is mijn bloedeigen moeder. Ik zal het haar toch echt een keer moeten vertellen.

Maar als ik haar vertel dat Richard weg is, dan wordt het zo echt. OFFICIEEL. Zou dat eigenlijk kunnen, dat ik het nooit opbiecht? Niet dat zij in wanhopig snikken uit zou barsten vanwege haar arme verlaten dochter. Zo zit mijn moeder niet in elkaar. Integendeel: stoïcijnse stilte waar ze zo goed in is, daar zou ik helemaal van door het lint gaan. Heb ik daar nu wel zo'n zin in?

'Dat is een geweldig idee, mam,' zeg ik. 'Dan kom ik ze na het voetballen brengen. Is dat goed?'

'Heel fijn. Al wil Thomas meenemen naar de kartbaan in Hadley Wood. Klinkt mij te gevaarlijk, maar nou ja, het blijven jongens, hè.'

Al is een enorme fan van alles waar een motor in zit. Een man achter het stuur van iets wat snel is en veel lawaai maakt, dat is pas een echte vent. Hij zal Thomas wel willen inwijden in die kunst, neem ik aan. Ayrton Senna is Als grote held. Dat was een Formule 1-coureur die stierf zoals hij leefde – namelijk met tweehonderdveertig kilometer per uur.

Hè bah, waarom moet ik nou weer aan dat soort enge dingen denken?

'Dan breng ik ze zondag bijtijds weer terug,' zegt mijn moeder. 'Vanwege de Herfst Fancy Fair.'

Shit!

Mijn moeder is nog maar één keertje op de school van de kinderen geweest en zij weet al beter wat er daar allemaal op de agenda staat dan ik. Ik was het totaal vergeten. Laat die dodelijke kartongelukken maar zitten, want nu heb ik echt iets om me zorgen over te maken. Sureya's tragedie had me even helemaal uit de schoolellende gehaald. Maar nu is het weer terug, in volle hevigheid. Die kloterige Herfst Fancy Fair. Werd hij maar afgeblazen. Maar goed, ik heb het beloofd. Dat stomme eendengehengel.

Waarvoor ik helemaal geen ervaring nodig heb.

Shit. Wat moet ik nou doen? Zal ik met de opperheks bellen om te zeggen dat ik er helaas niet bij kan zijn? Dan ben ik meteen voor de rest van mijn leven uit de gratie. Of moet ik er gewoon heen, met opgeheven hoofd, en moet ik dan net doen alsof ik al die elleboogstootjes en veelbetekenende blikken niet zie? Maar dat geeft ze op zich ook weer veel stof tot ouwehoeren. Wat ik ook doe, het is nooit goed. Shit dus.

Misschien moet ik wel helemaal niets doen. Ik heb tenslotte veel ervaring in het niet komen opdagen. En als ik de toorn van Isabel en Harvey kan verdragen, dan lukt dat met die van Cassie toch ook zeker wel? Het verschil is uiteraard dat ik Is en Harv nooit van mijn leven meer hoef te zien, maar dat ik de komende zes jaar Cas en Co nog wel dagelijks voor mijn kiezen krijg.

Als mijn moeder eindelijk ophangt is ze opgetogen. Ik niet. Ik heb de hele dag nauwelijks gerookt, en bij die gedachte alleen al grijp ik naar mijn sigaret. Ik steek er eentje op, ga zitten op de trap en neem een flinke, wanhopige hijs.

Jezus, Fran, stel je alsjeblieft niet zo aan.

Mijn beste vriendin heeft net haar kindje verloren en ik zit moeilijk te doen over dat stomme Eenden Hengelen.

Ga jij maar eens even heel gauw je bed in.

Het is ergens tussen donderdag en vrijdag. Laten we het voor de duidelijkheid houden op vrijdagochtend, heel erg vroeg.

Gisteren was de begrafenis van Rosa. Alleen Sureya, Michael en zijn ouders waren erbij. En Rosa, in een hartverscheurend klein kistje. Ik had bloemen gestuurd. Roze rozen. Niet echt stemmig, maar ik vond het toch de beste keuze.

Zoals beloofd paste ik op de tweeling – hou ik me tenminste ook eens ergens aan. Ik was van plan om pizza te gaan eten met ze.

Laten we het er op houden dat het geen soepele operatie was.

Gek dat je zo gemakkelijk vergeet hoe moeilijk peutertjes zijn als je eigen kinderen net wat ouder zijn.

Het bedienend personeel was bepaald niet gecharmeerd van de geknoeide drankjes en de bergen salade die overal op de grond lagen, maar ik wist dat ik die nog wel kon afkopen met een wat ruimhartiger fooi dan anders. Thomas was echter moeilijker te sussen. Hij vindt het al moeilijk om met kinderen van zijn eigen leeftijd om te gaan, maar tegen peuters heeft hij al helemaal een aversie.

Toch ging het alles bij elkaar wel goed – relatief, dan. Pas toen we weer thuis waren liep het echt uit de hand.

Mina en Jasmin mochten van mij naar de kindertelevisie kijken, totdat het tijd was om naar bed te gaan. Nou, ze keken wel even, maar in de tussentijd gingen ze op ontdekkingsreis. Om precies te zijn: op een vernielzuchtige ontdekkingsreis. Ik heb constant achter ze aan moeten hollen om het spoor van vernielingen dat zij achterlieten op te ruimen, en om te zorgen dat ze zich niet al te ernstig zouden verwonden.

Om tien uur konden ze naar bed. Ze sputterden niet tegen toen ik ze mee naar boven nam. Voornamelijk omdat ze voor de televisie in slaap waren gevallen, uiteindelijk. Ik vermoed dat ze eigenlijk normaal gesproken vroeger naar bed moeten. Hoe dat ook alweer zat met kleine kinderen was ik ook vergeten.

Ik legde ze op een paar luchtbedden in Molly's kamer. Die vond dat fantastisch. Kon ze mooi moedertje spelen – ze doet niets liever. Veel succes, lieverd, dacht ik toen ik de deur achter me dichttrok.

Toen ging ik Thomas welterusten wensen, die zich de hele avond al in zijn kamer had verschanst met zijn vriend de Playstation. Zijn belangrijke training was over twee dagen, en de spanning begon er nu wel in te sluipen. We hadden het even over wat nu een goede strategie zou zijn.

'Denk je dat ze me wel laten spelen in mijn Arsenal-spullen?' vroeg hij.

'Ik denk dat het ze niet zo veel uitmaakt wat je draagt.'

'Jawel, maar zij zijn *Palace*. En ze haten Arsenal.'

'Dan trek je toch je blauwe trainingspak aan. Dat staat je geweldig.'

'Jawel, maar mijn Arsenal-shirt brengt juist *geluk*.'

Hij vond het maar vermoeiend. Of liever gezegd: hij vond *mij* vermoeiend.

'Ik weet al wat. Dan draag je je Arsenal-shirt gewoon onder je blauwe trainingsjack. Dat zien ze toch nooit.'

'Jawel, maar dan heb ik het weer veel te *warm*.'

Ik haalde even diep adem. 'Als we ons daar nu even nog niet druk over maken. Dat kan altijd zaterdagochtend nog. Ga nou maar gewoon lekker slapen.'

Ik mocht hem een zoen geven en toen liep ik de kamer uit, blij omdat dit een van de betere avonden was, met hem.

'Mam,' zei hij toen ik de deur al bijna dicht had. 'Ik kan bijna niet wachten.'

'Ik ook niet.'

Beneden kon ik net twee trekjes nemen van mijn eerste sigaret sinds ik de kinderen uit school had gehaald, voordat de hel werkelijk losbarstte. Mina en Jasmin vonden het ineens helemaal niet meer zo leuk dat ze in een vreemd bed lagen, in een vreemd huis. Ze waren ontroostbaar.

'Als we ze nou een verhaaltje voorlezen?' stelde Molly vrolijk voor.

Goed idee, dacht ik. Het zal er in elk geval niet erger op worden.

En het scheelde niet veel of het had nog gewerkt ook. Halverwege *De drie biggetjes* werden ze stil en begonnen hun oogjes dicht te vallen. Maar toen moest ik het zo nodig verzieken door Molly de stem van de wolf na te laten doen. Ze deed het meesterlijk, ik kan niet anders zeggen. Zo goed, dat het angstaanjagend was. En toen de tweeling het daarop op een krijsen zette, deed Molly vrolijk mee. Boze kreten gericht op de twee hysterische babymonsters die niet alleen haar nachtrust aan het verzieken waren, maar die ook totaal geen waardering konden opbrengen voor haar bijzondere talent om echt een heel enge boze wolf neer te zetten.

'Kun je ze nou eindelijk eens hun bek laten houden?' schreeuwde Thomas vanaf de overloop.

Goed idee, Thomas, daar was ik zelf nog niet op gekomen.

Ik wil niet overdreven dramatisch doen, of zo, maar een uur later overwoog ik ernstig om zelfmoord te plegen.

En toen had ik ineens een brainwave. IJs! De meisjes zijn allebei ware ijsjunks. En ik zal je zeggen: het werkte nog ook. Ze zaten in hun bedjes met een kom chocolade-ijs. Wij spreken van rond middernacht. Molly at ook mee. En toen ze het op hadden, legden ze hun hoofdjes op hun kussens, en sliepen.

Gewoon, zomaar.

Hoe en wat van het opvoeden? Ik denk dat ik dat boek zelf maar eens moet gaan schrijven.

Ik keek naar hun tevreden, slapende smoeltjes en werd overmand door verdriet. Om Jasmin en Mina, maar ook om Molly en Thomas. Omdat ze nog geen idee hebben van de ellende die ze te wachten staat, en omdat we zo weinig kunnen doen om ze te beschermen. En ik bezwoer mezelf dat wat er ook zou gebeuren tussen Richard en mij, de kinderen daar nooit onder zouden lijden. Ik zal nooit vergeten hoe verdrietig het vroeger bij mij thuis was. Geen vader, geen geld, een moeder die altijd maar aan het werk was. Mijn kinderen hebben

zo veel mogelijkheden en van nu af aan zal ik er ook voor zorgen dat
zij hun leven ten volle leven.

Oprotten met al die ellende.

Maar al die ellende rot natuurlijk helemaal niet op.

Het echte leven heeft de gewoonte om als stoorzender op te treden
op de vreemdste momenten. Zoals nu, om halfvier 's nachts.

De telefoon gaat.

Ik lig in bed, maar de slaap komt met horten en stoten. Ik denk
steeds maar aan Sureya, en ik kan het niet van me af zetten. En nu
gaat de telefoon dus – *o, god*. Ik vind dat geen fijn geluid om halfvier
's nachts. Ik pak het toestel en wacht af wat het slechte nieuws zal zijn.

'Fran, ik ben het,' klinkt het met een echo.

'Summer? Ben jij dat?'

'Dat zei ik toch,' antwoordt ze vlak. 'Ik ben het.'

'Maar het is halfvier midden in de nacht.'

'Welnee. Het is halfacht. Prachtige zonsondergang.'

'Summer, hier is het echt midden–'

'Luister, als ik zat te wachten op een gesprek over hoe laat het wel
en niet is, dan had ik wel gebeld met de tijdmelding.' Ze klinkt zwaar-
moedig.

'Maar waar wil je het dan wel over hebben?' vraag ik, en ik voel de
bekende paniek alweer opkomen. 'Er is toch niks mis met de baby, hè?'

'Nee, hoe kom je daar nou bij?'

'Nou, omdat...' wat moet ik nu doen. Moet ik haar vertellen over
Sureya, zo, over de telefoon, op dit tijdstip? Ik dacht het niet. Ik had
haar eerder dolgraag willen spreken, maar het nieuws over de miskraam moet maar even wachten. 'Nee, niks,' zeg ik. 'Ik vroeg me gewoon af wat er aan de hand kon zijn.'

Stilte. Huilt ze nou? 'Summer, wat is er?'

'Jezus, het was zo erg, Fran,' zegt ze ten slotte. 'Ik heb hier dagen
moeten wachten, en toen hebben ze me niet eens getest. Want dat had
toch geen zin, zeiden ze.'

'Wat, hebben ze die rol toch aan Sharon Stone gegeven?'

'*Dat* had ik nog niet zo erg gevonden. Maar nee, ze hebben die stomme trut van een Angelina Jolie weten te strikken. Die had kennelijk al getekend voor ik hier naartoe kwam.'

'Waarom hebben ze je dan in 's hemelsnaam wel helemaal over laten vliegen?'

'Goeie vraag. Stelletje hufters. En Laurence maar de vermoorde onschuld uithangen, natuurlijk.'

'Maar het is toch zijn film? Dan heeft hij er toch ook nog wel iets over te zeggen?'

'O ja, hij had zeker iets te zeggen. Hij zei namelijk: "Maar baby, we hebben het hier over Angel*eee*na!" Die klootzak. Hij beweerde dat de rol *gegroeid* was, en dat ze een Grote Naam nodig hadden, bla, bla, bla. En dat Sharon ook al zo pissig was. Alsof mij dat iets kan bommen. Toen ging hij lopen smeken om het toch vooral vanuit zijn standpunt te bezien allemaal.'

'En wat zei jij toen?'

'Ik zei dat zijn standpunt heel laag bij de grond was: namelijk op zijn knieën, omdat hij voortdurend de kont van de studiobazen aan het kussen was. Nou, dat vond hij toch wel zo geestig.'

Het is veel te laat – of veel te vroeg – om helder na te denken. Ik heb een beeld in mijn hoofd van Laurence die op zijn knieën konten kust, maar dan zegt Summer: 'Ik haat hem, die oppervlakkige, ruggengraatloze klootzak. Ik haat hem, hoor je dat?'

'Iedereen zou hem haten, Summer,' zeg ik, en ik meen het ook.

'Nou ja, *fuck him*. Ik ben hier weg. Ik kom naar huis.'

'Oké. Jemig, George Clooney. Dat gaat dus allemaal niet door...'

Maar wacht eens even: wanneer heeft Summer mij ooit gebeld omdat ze was afgewezen voor een rol? Dat vindt ze de normaalste zaak van de wereld, dat hoort er nu eenmaal bij. Dit is weliswaar een afwijzing van een iets andere orde – omdat die in Hollywood plaatsvindt – maar toch...

'Heb jij Laurence soms verteld van de baby?' vraag ik.

Ik hoor een enorme ingehouden snik aan de andere kant van de lijn. *Ja, dus.*

'Het is zo'n *eikel*, Fran!' schreeuwt ze nu. 'Het is zo'n ongehoorde, stomme lul!'

'Hoe reageerde hij dan?'

'Hij zei dat ik dat *expres* had gedaan. Dat geloof je toch niet? Alsof ik onderdeel uitmaak van een of andere samenzwering om zijn leven te verwoesten... ik zei toch, mannen, daar heb je echt geen ene reet aan. Had ik maar naar mezelf geluisterd. Hoe kon ik nou toch ooit zo stom zijn?'

'Je bent helemaal niet stom geweest, Summer,' zeg ik om haar te troosten. 'Je bent op je gevoel afgegaan, meer niet. Maar je hebt wel gelijk over hem: laat hem maar mooi de klere krijgen. Jij hebt absoluut geen kerel nodig, en al helemaal niet *die* kerel. En dat is verder helemaal geen drama. Want je krijgt een baby, en dat is hartstikke mooi, toch?'

Want ze vond het toch ook hartstikke mooi toen we het er een week geleden over hadden?

Nou, nu niet meer, dus. 'Wat is er dan in jezusnaam zo mooi aan? Wat moet ik in godsnaam met een kind? Hoe haalde ik het in mijn hoofd?'

'Hoor eens, wanneer ben je weer thuis?'

'Mijn vliegtuig vertrekt over een paar uur.'

'Mooi, dan hebben we het er dan over.'

Stilte.

'Goed?'

Ik hoor letterlijk hoe ze zichzelf bij de kladden pakt.

'*Whatever*,' zegt ze. En dan: 'Met jou alles oké? Hoe is het afgelopen met jou en die eikel van je, zondag?'

'Best. Daar hebben we het ook nog wel over als je weer hier bent.'

'Goed dan. Ik bel je wel. Ik mis je.'

'Ik mis jou ook,' zeg ik. 'Ik meen het echt, Summer. Alles komt goed. En maak je nou maar geen zorgen om Angelina. Ze heeft dan wel buitenaardse lippen, en ze mag dan zoenen met haar broertje en flesjes bloed als bedeltjes aan een ketting hangen, vergeleken met jou is het een burgertrut.'

En ineens hoor ik alleen nog maar een kiestoon.

Vrijdag. Nu echt, met daglicht en alles. Het is acht uur, maar ik ben al op sinds zes uur. Toen werden Mina en Jasmin wakker, vrolijk en vol energie, en dolgelukkig dat ze in een vreemd bed, in een vreemd huis waren. De logica van een driejarige gaat volledig aan mij voorbij.

We zitten met zijn allen in de keuken te ontbijten. Ik blijf dicht bij de tweeling in de buurt. Ze zitten op de hoge krukken aan het eiland. Ik zit er zo dicht op dat ik alles wat omvalt, kan opvangen – kommen met cornflakes, beker met sap, klein kind... Molly ziet er doodmoe uit. Ze heeft maar zes uur geslapen, in plaats van het verplichte prinsessenslaapje van twaalf uur. Het zal mij niet verbazen als ze straks in een coma raakt, op school. Thomas kauwt met tegenzin op een stuk toast. Ze zeggen dat jongens een vader nodig hebben, en dat geldt zeker voor deze jongen. Met twee extra vrouwen in huis gaat het arme joch ten onder in een zee van oestrogeen.

De telefoon gaat. Ik schrik ervan.

'Wat een lawaai, daar,' zegt Richard.

'Ik heb Mina en Jasmin,' leg ik uit.

'O ja, de begrafenis,' zegt hij alsof het de gewoonste zaak van de wereld is. 'Hoe ging het?'

Hoe ging het? We hebben het hier niet over een vergadering of een andere zakelijke bespreking. *'Nee, prima, joh. Het liep gesmeerd, behalve dan dat het wat uitliep, maar alle doelstellingen zijn gehaald, verder.'*

Nee, dat is niet eerlijk. Hij kan er ook niets aan doen. Wie weet er nou wel wat hij moet zeggen in zo'n geval? Behalve als je zelf een kind hebt verloren, heeft niemand een idee, toch?

'Ik weet eerlijk gezegd niet hoe het is gegaan,' zeg ik. 'Ik heb Sureya en Michael nog niet gesproken. Maar ik neem aan dat het geen feest was.'

'Het moet wel vreselijk zijn geweest,' stamelt hij vol zelfverwijt.

Ik vraag me af waar hij nu is. Ik luister of ik dingen hoor die de locatie weergeven. Is zij bij hem...? *Nokken, Fran.* 'Maar goed, waar belde je over?'

'Over de training, morgen. Ik vroeg me af of... nou ja, ik zou graag meekomen... als jij akkoord gaat, tenminste.'

Mijn hart maakt een sprongetje. Thomas zal het geweldig vinden. En ja, ik ben zelf ook heel blij. Vooral omdat... *Beckenham?* Ik heb echt geen flauw benul waar dat is.

'Ja, dat zou heel leuk zijn,' zeg ik zo onaangedaan als ik kan opbrengen. 'Als je hier om tien uur bent,' zeg ik, en ik zie hoe Jasmin haar cornflakes gevaarlijk dicht bij de rand heeft staan. 'Hé, ik wil niet vervelend zijn, maar was dat het? Want ik–'

'Eén ding nog. Ik ben gisteren nog bij Sir Colin geweest.'

'O ja, en hoe ging het?' vraag ik zakelijk, en dit keer mag dat, want het gaat over iets zakelijks.

'Goed. Nee, beter dan goed, zelfs. Fran, die vent vindt me geweldig. Ik denk dat ik tijdens de presentatie net zo goed uit Thomas' huiswerk kan voorlezen, dan krijgen we klus nog.'

'Mooi zo,' zeg ik oprecht. 'Ik wist wel dat je de boel best nog kon redden.'

'Nou, daar heb ik zelf vrij weinig aan bijgedragen, hoor. Bedank Cherie maar voor me. Hij heeft het met geen woord over Tony gehad, maar hij zat wel de hele tijd te knipogen. Het is toch niet te geloven: die man is president van Shell, verdomme, en ik... wat was dat?'

Dat was het geluid van een kom die op de grond viel. Klonk al best hard. Maar het geluid van het geschreeuw dat erop volgt klinkt nog harder.

'Ik moet ophangen, Richard. Doei!'

Ik hol naar Jasmin, die op de grond ligt, midden in een plasje melk en een hoop Rice Crispies.

'Pappie komt morgen ook kijken,' zeg ik als we naar school lopen.

'Wil je alsjeblieft geen pappie zeggen. Jezus, mam, ik ben bijna elf, ik ben geen twee meer.'

'Hé, niet zo vloeken,' zeg ik streng, maar dan lach ik, omdat hij ook lacht (min of meer), en ik wil het moment niet verpesten.

'Gaan we dan na Palace met zijn *allen* naar oma Ruth? Pappie gaat nooit meer mee,' zegt hij. Toch ineens weer pappie.

Ik heb het hart niet om te zeggen dat pappie met die ingesleten gewoonte waarschijnlijk niet zal breken. 'We zullen wel zien,' zeg ik.

Ik kijk hem na, terwijl hij vooruit rent, stuiterend met zijn voetbal. Het geeft me een warm gevoel, want zo *gewoon* zie ik hem zelden. Zie je nou wel? Dingen onder het tapijt vegen is helemaal zo slecht nog niet. Integendeel, het kan zelfs heel gunstig uitpakken.

Ik duw Jasmin en Mina voort in hun dubbele buggy, en we zijn nog maar zo'n vijftig meter bij het schoolhek vandaan. Ik schrik me dood als ik ineens een stem hoor roepen.

'Fran!' Ik voel die akelige Prozac-glimlach alweer in mijn rug branden.

Verdomme! Ik heb haar al sinds maandag weten te ontwijken.

'Hallo, Natasha,' zeg ik, terwijl ik langzaam omkijk.

'Je was helemaal niet op de vergadering van de ouderraad, gisteren. Is alles wel in orde?'

'Nee, niet echt,' zeg ik, en ik kijk weer voor me uit, en zet er de sokken in. Maar ze houdt me bij – knap, als je bedenkt wat voor schoenen ze draagt. Ik ben blij dat ik met die dubbele buggy loop. Kan ze tenminste niet naast me gaan lopen, want er is geen plek meer op de stoep.

'O mijn god, wat is er dan? Er is toch niks met Richard, hè?' roept ze uit, haar stem druipend van bezorgdheid.

Als je denkt dat ik jou dat aan je neus ga hangen, ben je echt niet goed snik, vuile bitch die je bent. 'Nee, er is niks met Richard.' Ik blijf plotseling staan en staar haar indringend aan. 'De reden waarom ik niet op die vergadering was, is omdat niemand gezegd heeft dat er een vergadering was.'

'Prijs jezelf dan maar gelukkig, schat,' lacht ze. 'Het was saai, saai en nog eens saai. Gruppenführer Cassie heeft ons de laatste instructies gegeven voor Operatie Herfst Fancy Fair.'

We staan bij het hek. Ik duw de buggy erdoor, maar nu zijn we op de speelplaats, en komt zij dus naast me lopen. Ze kijkt naar de tweeling.

'Dat is toch de tweeling van Sureya?' vraagt ze. 'Heeft ze het te druk om ze zelf te brengen?'

'Zoiets, ja,' zeg ik kortaf. Ik ga haar mooi niet aan haar neus hangen wat er aan de hand is. Uit bittere ervaring weet ik precies wat er dan gebeurt... *'Het is verschrikkelijk zielig, maar het is natuurlijk wel haar eigen schuld. Die werkt veel te hard, met al die toneelworkshops van haar. Sommige vrouwen moeten nu eenmaal leren dat je niet alles kunt hebben in dit leven.'* Ik hoor het haar zo zeggen, en bij de gedachte alleen al word ik misselijk.

Ik maak me van haar los om naar de crèche te lopen, maar ze heeft nog een pijl op haar boog. 'Weet je zeker dat er niks is waar je over zou willen praten? Want dat schijnt goed te zijn: je hart luchten.' Ze gooit haar hoofd in haar nek en lacht alsof het een goeie bak is.

Laat haar maar stikken in haar Prozac, besluit ik. Ik ben liever gewoon gestoord dan gestoord van de medicijnen.

'Nee hoor, alles onder controle,' zeg ik.

'Mooi, mooi. Hier, neem deze maar mee.' Ze geeft me een vel papier. 'Cassie zou het me nooit vergeven als ik iemand zou overslaan... En als je zin hebt om te kletsen, dan weet je me te vinden,' zegt ze tegen mijn rug. Ik keer me niet meer om.

Op weg naar huis vouw ik het vel papier open dat ze me in de handen heeft geduwd. Het is een lijst instructies van de ouderraad. Alles wat ik ooit wilde weten over de Herfst Fancy Fair, maar wat ik nooit heb durven vragen. Wie, wat, wanneer; en hoe men zich dient te gedragen.

'Het gebruik van het woord "herfst" is acceptabel. Maar gebruik a.u.b. geen termen als "het voorportaal van de winter" of "het regenseizoen" want daarmee kleineert u het seizoen dat loopt van september tot november, en onder de huidige antidiscriminatiewetgeving heeft het seizoen het recht om te

worden beoordeeld op precies dezelfde manier als de overige drie seizoenen.'

Nee, dat stond er niet echt, maar het had me niks verbaasd.

Nu ik dit zo lees, en nu ik Natasha weer gezien heb, staat mijn besluit vast: ik ga er gewoon heen. Ik ga me niet meer onttrekken aan mijn verplichtingen, ook al gaat het maar om een stom potje hengelen naar eendjes. Ik ga me niet meer verstoppen en ik heb niets om me voor te schamen. Ik heb helemaal geen man aan mijn zijde nodig. Ik kan die vrouwen heus wel alleen aan, dat weet ik zeker...

En trouwens, mijn moeder belde gisteravond weer. Ze wil de kinderen vroeg terugbrengen omdat ze zelf ook mee wil naar de fancy fair, en dat is mooi, want dan hoef ik die vrouwen niet alleen onder ogen te komen.

Als ik weer thuis ben, ruim ik eerst de ontbijtboel op, zet de vuile vaat in de machine, en maak een kop koffie, en dat alles alleen maar om uit te stellen wat ik eigenlijk moet doen. Maar nu heb ik geen excuses meer. Ik bel Sureya. Michael neemt op.

'Bedankt dat je op de meisjes wilde passen,' zegt hij geforceerd opgewekt.

'Graag gedaan. Ik heb helemaal geen last van ze gehad, hoor.'

'Hebben ze goed geslapen? Ze kunnen niet zo goed tegen verandering, namelijk.'

'Geen probleem. Ze hebben geslapen als engeltjes.'

'Mooi zo... bedankt...'

Ik luister even naar zijn ademhaling.

'Wil je dat ik ze straks ook weer ophaal?' vraag ik. 'Dat wil ik best doen, hoor.'

'Nee, dat hoeft niet. Dat doe ik zelf wel. Ik heb vrijgenomen van mijn werk en...' Hij maakt zijn zin niet af.

'Hoe is het met haar, Michael?' Dat is het enige wat me nu echt interesseert.

'Ik weet het niet... niet goed, eerlijk gezegd.'

'Zal ik vandaag even langskomen? Om met haar te praten?'

Een zucht die boekdelen spreekt, maar die nog maar een tipje oplicht van de sluier die zijn verdriet verbergt. 'God, Fran, ik weet zelf al niet wat ik moet zeggen. Wat valt er ook te zeggen...? Ze was nog maar zo klein. Dat kleine kistje...'

Ik hoor zijn stem breken. Die arme Michael. Hij zou juist degene moeten zijn die precies begrijpt wat voor verschrikkelijk verdriet Sureya nu doormaakt, en zelfs hij kan haar nu niet troosten. En als hij het niet kan, hoe zou ik het dan in godsnaam kunnen?

Maar het gaat hier om Sureya. Mijn vriendin. Dus ik ga er niet voor weglopen, zoals anders. Deze ene keer zal ik doen wat ik moet doen.

'Ik zorg vanavond wel weer voor de tweeling,' zeg ik. 'Dan hebben jullie nog wat tijd samen.'

'Nee, dank je. Gisteren was meer dan genoeg. Ze moeten weer thuiskomen. Ik denk dat het voor ons allebei goed is om hen weer te zien.'

'Dat denk ik ook. Het zijn geweldige meisjes, Michael.'

'Ja hè...'

Ik hoor hem weer volschieten.

'Luister, ik hang weer op,' zeg ik. 'Maar als ik iets voor jullie kan doen, bel me dan. Beloof je dat?'

'Oké. Dankjewel, Fran... je hebt het geweldig gedaan, weet je...'

Hij hangt op en ik voel me vreselijk omdat ik verder niets voor ze kan betekenen. Behalve dan voor ze klaarstaan als ze me nodig hebben. Maar wat stelt dat nou eigenlijk voor?

Nadat ik had opgehangen, moest ik aan Summer denken. Zo wanhopig als ze gisteren klonk heb ik haar nog nooit meegemaakt. Ze hing nu op kilometers hoogte in de lucht, op weg naar huis, en kwelde zich waarschijnlijk met de vraag wat ze nu aan moet met de baby. Ik vroeg me af of ze wel enig idee had hoeveel mazzel ze had dat ze nog een keuze heeft. Maar ik corrigeerde mezelf al snel. Het was geen eerlijke vergelijking – Summers situatie is niet te vergelijken met die van Sureya. En trouwens, het laatste waar je op zit te wachten als je zelf zo wanhopig bent, is dat iemand je erop wijst dat een ander nog slechter af is dan jij – ook al is dat altijd het geval.

Op dat moment had ik iets nodig om mijn aandacht af te leiden van de verschrikkingen van het echte leven. Ik vluchtte in het opruimen van de bende in de studeerkamer – of werkkamer, zoals de makelaar het noemde. Niet dat ik erg opschoot. Ik trok een kast open, en toen viel er een stapel fotoalbums uit.

Daar zit ik nu tussen. Op de grond, met een sigaret, en ik kijk naar de bewijzen van een gelukkiger verleden. Foto's van Richard en mij, een stel van ergens in de twintig, met onze vrienden. Het leven was één groot feest. Op verreweg de meeste foto's staan Thomas en Molly en het is fijn om die weer eens te zien. Zo zie ik dat het feest niet helemaal stopte toen de kinderen kwamen. Ik heb echt nog wel wat postnataal plezier gehad.

Maar niet tijdens deze vakantie. Ik heb een album op schoot vol kiekjes gemaakt in Disneyland Parijs. Daar zijn we geweest toen Molly nog net geen twee was. Ze vond het geweldig, maar ze was nog maar een baby – vijf dagen in een plastic zwembadje in de tuin had ze precies even leuk gevonden. Thomas vond het vreselijk. Op de eerste ochtend drong het tot ons door wat voor stomme fout we hadden gemaakt. Thomas mocht nergens in waar hij in wilde, vanwege de lengte-eis. Hij was overal te klein voor. Hij wilde op zijn kop rondvliegen, en van voor naar achter gesmeten worden, en dat allemaal met een paar honderd kilometer per uur, *ah mag het?* De babyattracties waar Molly zo om moest kraaien, vond hij vreselijk. Hij *wilde* helemaal geen knuffel van Mickey, en van Minnie moest hij al helemaal niks weten.

Het was zo'n totaal mislukte vakantie dat ik zelfs pijn in mijn buik krijg als ik naar de foto's kijk. Ik sla de bladzijden snel om en... dat is beter. Portugal, twee maanden later – een impulsboeking, als pleister op de Disneywonde. Dit keer speelden we op safe en gingen we voor het meest kindvriendelijke vijfsterrenhotel dat we konden vinden. Met de kinderen in de kinderclub van het hotel genoten Richard en ik van onze vrijheid als twee junkies die gratis drugs mochten grabbelen. In die week gingen we waterskiën, windsurfen, paragliden en...

Jezus, ik kan gewoon niet geloven dat ik dat gedaan heb. Maar ik heb de foto voor me – het bewijs is onweerlegbaar. Ik in een T-shirt en een korte broek, mijn armen uitgestrekt voor me uit, achter me een knalblauwe hemel en onder me de Atlantische Oceaan.

Ik was daar ook aan het bungeejumpen!

We maakten een ritje langs de kust op zoek naar een restaurantje om wat te gaan eten, en toen zagen we het platform boven op een rots. 'Laten we even gaan kijken,' stelde Richard voor.

'Moet dat echt?' vroeg ik. 'Ik sterf van de honger.'

Waarom zou ik willen kijken naar mensen die zich *tegen betaling* van een enorme rots af lieten duwen met alleen een dun stukje touw rond hun enkels? Tenminste, zo zag het er van een afstandje uit.

'Dat moeten we ook proberen,' zei hij zodra we uit de auto stapten.

'Als jij denkt dat ik–'

'Maar het is hartstikke veilig.'

'Nee, schat, hartstikke veilig is thuis op de bank zitten kijken naar dit soort beelden – bij voorkeur vastgebonden aan de bank.'

Maar hij liet niet meer los. Hij smeekte en slijmde; hij trok alle registers open. Hij is een heel goeie verkoper, en ik wist dat hij de moed nooit op zou geven.

Ik denk dat ik het deed uit een soort schuldgevoel. Hij wilde zo ontzettend graag dat we allebei gingen, en ik wist ook best dat het de laatste tijd geen feest was geweest om met mij te leven – had ik je al verteld van die postnatale depressie? Nou ja. Het enige wat ik zag, was dat ik het voor het eerst in tijden helemaal naar mijn zin had – door de zon, de zee, de seks (de seks!) of gewoon door het feit dat we er even uit waren – en ik wilde dat niet verpesten doordat ik te schijterig was voor zo'n sprongetje aan een stuk elastiek.

En dus sprongen we.

Richard ging eerst. Ik durfde niet te kijken. Ik deed mijn ogen pas weer open toen hij weer op het platform stond, met natte haren en natte schouders van zijn korte doop in de oceaan, en met grote ogen van de opwinding. Toen was het mijn beurt. En het was echt het allergaafste wat ik ooit heb gedaan. Goed, Richard en Magere Hein (de eigenaar van die hut) moesten wel eerst een halfuur op me inpraten, en uiteindelijk hebben ze me de rand over moeten duwen omdat de mensen in de rij achter me ongeduldig begonnen te worden. ('Ga je nou nog, verdomme, of hoe zit dat? Als je niet durft, sodemieter dan even lekker op, dan kan iemand anders.')

Maar ik ging!

Daarna genoten we van een lange, zonovergoten lunch. Kreeft, ijskoud bier en veel lachen, terwijl we telkens maar weer nagenoten van onze ervaring. De kick van het vliegen was lekkerder dan seks, en hij bleef ook veel langer hangen.

We waren het erover eens dat we altijd zo moesten leven. Van nu af aan zouden we leven bij het moment, en we zouden steeds nieuwe dingen uitproberen, en we zouden de wereld af gaan reizen, spontaan, gek, wild en zo.

Maar toen moesten we de kinderen weer ophalen, uiteraard, en Molly moest huilen en Thomas schold ons verrot omdat we hem zo lang bij een stel vreemden hadden achtergelaten. Dat van het leven bij het moment, dat vergaten we maar weer, want het echte leven diende zich weer aan. Zoals dat gaat.

Maar het is een geweldige herinnering. Sterker nog, als ik mezelf alleen al zie vliegen op die foto, dan put ik daar al kracht uit. Want als ik van zo'n rots af kan springen, verdomme, waarom zou ik me dan laten koeioneren door zo'n stel heksen van de ouderraad? Of door zo'n Gucci-kip? Oké, alleen de gedachte aan de vrouwen doet mijn knieën al knikken, maar dat geeft toch niet. Het enige wat ik hoef te doen, is net doen alsof ze niet bestaan.

Doen alsof, dat helpt. Het is een soort wondermiddel.

En dan dachten ze dat Freud slim was.

Ik ben net bezig de albums weer weg te zetten als de telefoon gaat.

'Hoi, Fran. Met Chris, van Saatchi,' zegt Chris van Saatchi.

'*Chris!*' Ik sta zo te stralen dat de kamer baadt in het licht. 'Ik dacht dat je me alweer vergeten was.'

'Sorry. Ik wilde al een paar dagen bellen, maar het is hier zo'n gekkenhuis.'

Ja, zulke tijden kan ik me nog wel herinneren.

'Geeft niks, dat begrijp ik best,' stel ik hem gerust.

'Nee, ik meen het, het is geen bullshit,' zegt hij. 'Ik wil echt een borrel met je drinken, en ik wilde je nog bedanken voor het feest. Het was geweldig.'

'O ja? Ik weet het niet meer, want ik was te... eh... vrolijk om er iets van mee te krijgen,' lach ik.

'Vrolijk? Nou, ik kon de volgende dag nauwelijks meer uit mijn bed komen.'

En dan is het ineens weer net zoals vroeger. *Dus jij denkt dat jij een kater hebt? Mens, dan heb je geen idee met wat voor houten kop ik rondloop.* Dat soort praat. En ik vind het eerlijk gezegd wel leuk.

'Luister, we moeten nodig eens bijpraten,' gaat hij verder, 'maar er is nu iets...'

Daar gaan we weer. Er is altijd een *maar.*

'...waar je me echt mee moet helpen. Ik heb het Richard geloof ik al gezegd toen ik belde, maar ik heb hem verder geen details gegeven. Ik wilde het er eerst met jou over hebben.'

O mijn god. Er is dus geen *maar.* Waar heeft hij het dan over?

'Ben je er nog?'

'Ja, ja sorry, ik luister. Ga door.'

'Goed. We zijn bezig met iets voor de Commissie voor Rassengelijkheid.'

'Ja,' zeg ik langzaam.

'Het is een gigantisch internationaal project over antiracisme. De Amerikanen hebben een filmpje van twee minuten gemaakt dat op alle grote netwerken daar gaat lopen, en nu hebben wij hier voor de commissie ook een Britse versie gemaakt. Het wordt op alle vijf .de grote zenders tegelijkertijd uitgezonden – ik kan nog steeds niet geloven dat ze daar akkoord mee zijn gegaan.'

'Klinkt geweldig,' zeg ik, en ik vraag me af wat hij dan in godsnaam van mij moet.

'Is het ook. Helemaal te gek, zelfs. Waar het op neerkomt is dat het een filmpje is van twee minuten waarbij je door een straat wordt geleid: langs de snackbar, de Chinees, kebabtentjes, van alles. Het zit helemaal vol met mensen in alle kleuren van de regenboog. Maar goed, terwijl we al die verschillende rassen en zo te zien krijgen, is er een voice-over die naadloos overgaat van het ene in het andere accent. Want de uitsmijter is: "Zestig miljoen mensen: één stem." Sorry, het klinkt waarschijnlijk waardeloos zoals ik het nu omschrijf, maar geloof me, het ziet er waanzinnig mooi uit...'

Hij ratelt maar door. En hij klinkt bepaald opgewonden.

'...Ben je er nog, Fran?'

'Ja, ja, ik probeer me er een beeld van te vormen.' Ik zeg maar niet dat ik ook een beetje misselijk word omdat ik hem nu wel aan voel komen.

'We hebben gisteren de tape van de Amerikaanse versie binnengekregen. Robin Williams doet daar de voice-over, en hij draagt het hele ding, echt. Ongelofelijk knap. Binnen één zin verandert hij van een arme sloeber in Alabama in een rijke kakker uit New England. Adembenemend, echt waar. Dus we hebben nogal wat om tegen op te boksen, dat kan ik je wel vertellen.'

Ik moet me echt even ergens aan vasthouden. Want ik weet wat er nu gaat komen. Mijn hoofd tolt. Zijn energie en enthousiasme maken me duizelig.

'Nou goed, dat is dus ons probleem, Fran. De stem. We hebben al vijf of zes mensen laten komen, en we dachten dat we goed zaten met John Sessions.'

'Ja, die is echt heel goed,' zeg ik. Ik heb wel met hem gewerkt en hij is echt heel goed.

'Ja, dat dachten wij ook, totdat we die tape binnenkregen met Robin Williams. Hij komt er niet eens bij in de buurt, ben ik bang.'

Hij is bang? *Ik* ben bang! Doodsbang zelfs.

'We hebben echt iedereen laten komen, alle grote namen... maar het is het allemaal net niet. Nou ja, je begrijpt waar ik heen wil. Dit script, dit is gewoon voor jou gemaakt.'

'Maar ik heb al in geen jaren meer gewerkt, Chris.'

'Ach, hou toch op met die onzin. Een talent zoals dat van jou gaat niet zomaar weg...'

O nee?

'...Jij was de allerbeste en dat ben je verdomme nog steeds.'

O ja?

'Luister, ik wil nu een antwoord. Volgende week donderdag is de opname al. Je mag natuurlijk best nee zeggen... Maar als straks het racisme hand over hand toeneemt en de maatschappij totaal naar de klote gaat alleen maar omdat wij niemand konden vinden die in de buurt kwam van Robin Williams, dan hoop ik dat je nog met jezelf kunt leven.'

Hij maakt een geintje, toch? Ja, natuurlijk. Maar hij klinkt wel heel serieus: ik wil nu een antwoord.

'En...?'

'En wat?' vraag ik schaapachtig. Ik probeer tijd te rekken.

'Ga je ons uit de brand helpen, of niet?'

Kan ik het wel? Bij mijn laatste boeking ben ik niet eens op komen dagen. En toen dat gedoe met Harvey en Isabel. Kan ik dan wel tegen zo'n Robin Williams op?

Ik sta op een piepklein platform, op een paar honderd meter boven de zee...

'Ik vind het een waanzinnige eer dat je me hiervoor vraagt, Chris. Natuurlijk doe ik het.'

Hij gilt van blijdschap en – terwijl ik neerstort richting de Atlantische Oceaan – gil ik met hem mee.

Zaterdag. Het is kwart over tien. Zo komen we nog te laat – denk ik. We moeten om twaalf uur in Beckenham zijn. Maar waar is dat nou toch in godsnaam, dat Beckenham? Misschien ligt het wel ergens in Kent. Maar... eh... hoe komen we daar? Gelukkig komt Richard zo, en die weet dat soort dingen wel. Maar waar is hij dan? Ik begin in paniek te raken.

'Molly, ga je schoenen eens aandoen,' schreeuw ik.

'Ah, moet ik echt mee?'

'O, dus je wilde lekker alleen thuisblijven?'

'Mag dat?' vraagt ze opgewonden.

'Hoe kom je erbij? Ga je schoenen aantrekken.'

Thomas – die normaal gesproken met grof geweld het huis uit moet worden gesleept – stond voor dag en dauw al klaar. Hij heeft uiteindelijk toch zijn Arsenal-outfit maar aangedaan, tot en met de scheenbeschermers. Het zou mij niet verbazen als hij daar zelfs in slaapt – ik zal straks zijn bed eens controleren of de noppen in het beddengoed staan.

Ik kijk op mijn horloge. Het is nu precies een minuut later dan de laatste keer dat ik keek. *Waar blijft Richard, goddomme?* Tot mijn opluchting hoor ik nu de voordeur open- en dichtgaan.

'Sorry dat ik zo laat ben,' zegt hij terwijl hij de keuken in loopt. 'Ze zijn met de weg bezig, verderop.'

'Moeten we dan niet weg, nu?' vraag ik. Maar hij loopt naar de koelkast.

'Nee, geen haast,' zegt hij en hij pakt een pak sap en een pasteitje.

'Maar het verkeer dan?'

'Dat is alleen hier verderop een probleem. En die kant hoeven we helemaal niet op.'

'O... oké.'

Ik kijk hoe hij een glas sinaasappelsap inschenkt en hoe hij het pasteitje uit het vetvrije papier haalt. Hij ziet dat ik kijk. 'Vind je toch niet erg, hoop ik?' vraagt hij met volle mond. 'Ik heb nog niet ontbeten, namelijk.'

Ik schud mijn hoofd.

Eigenlijk irriteert het me godsgruwelijk. Wat denkt hij wel? Dat hij hier *woont* of zo? Heeft hij niet alle rechten verspeeld toen hij hier twee weken geleden de deur uit liep? Gek eigenlijk. Ik wil dolgraag dat hij weer thuiskomt, maar zodra hij doet alsof hij thuis is, erger ik me daar wild aan. Ik vind mezelf soms volkomen onbegrijpelijk.

'Ik moest onderweg nog even iets oppikken. Dat duurde langer dan ik had gedacht,' zegt hij doodkalm, alsof we de hele dag de tijd hebben. 'Maar ja, als je nog dingen te doen hebt...' O, wat is hij irritant. Hij doet net alsof hij de belangrijkste man ter wereld is, en god verhoede dat er in zijn wiel ooit een spaak gestoken wordt.

'Hoezo? Wat voor dingen heb je dan te doen?' wil ik weten.

'O, gewoon, dingen. Zeg, hoe laat zijn we weer terug, denk je?'

'*Richard.*' Ik heb zin om te gillen, maar ik onderdruk de neiging, zodat ik nu hooguit een klein beetje boos klink. 'Als jij vandaag eigenlijk iets belangrijks te doen hebt, dan kun je ook gewoon oprotten, dan zullen wij je verder niet in de weg zitten.'

'O, nee, sorry, dan begrijp je me helemaal verkeerd,' zegt hij. 'Ik moet alleen daarna nog naar Bel. Ik heb nog wat spullen van haar, dat is alles.'

Hij ziet dat ik nu pas echt begin te koken en zegt snel: 'Nou ja, dat is ook eigenlijk helemaal niet zo belangrijk. Het kan ook best wachten tot... tot morgen. Of overmorgen. Ik begrijp eigenlijk niet waarom ik erover begon, het is totaal niet belangrijk.'

Ik haat het om de naam van dat mens aan te moeten horen. En dat ik er zo aan word herinnerd dat zij nu de grote liefde in zijn leven is. Ik zeg niks. Met veel kabaal begin ik de bekers in de kast te zetten en ik kijk hem nadrukkelijk niet aan. Die stomme eikel met zijn stomme 'dingen die hij nog moet doen'.

'Zeg, waar is Thomas eigenlijk?' vraagt hij, zich bewust van mijn irritatie. Heel verstandig van hem om het over een andere boeg te gooien.

'In de tuin – hij is zich geestelijk aan het voorbereiden.'

'Ik ga even met hem praten.'

Hij loopt naar buiten en ik kijk naar ze door het raam. Vader en zoon. Wat zou hij zeggen? 'Ik zou er maar niet te veel op hopen' of 'Crystal Palace is niet de enige voetbalclub ter wereld'? Alsof hij daar verstand van heeft.

Ik voel de wrok weer opkomen. Hoe haalt hij het in zijn hoofd om hier zomaar binnen te lopen en de ouder uit te gaan hangen? Hij heeft nog niet één keer interesse getoond in de voetbaldromen van zijn zoon, en nu staat hij daar een beetje de coach uit te hangen. Ik weet ook niks van voetbal, maar ik ben er tenminste altijd bij.

Molly loopt de keuken binnen met haar schoenen aan. Ik kniel om de veters te strikken, en dan komt Richard weer terug uit de tuin. Ze rent op hem af, met losse veters. Hij buigt om haar een knuffel te geven en daar heb je weer zo'n golf: Richard is nog geen tien minuten binnen en hij doet net alsof hij nooit is weggeweest. Alsof dit zijn huis is (wat op papier natuurlijk nog wel zo is). Maar ik had toch zo naar dit moment verlangd? Wat wil ik nou eigenlijk?

'Kom, zullen we gaan?' vraagt hij.

'Ik haal Myra nog even,' zegt Molly. 'Die mag ook mee, goed, mama?'

Myra, de gehandicapte lappenpop. We hebben het eindelijk eens over haar gehad, vanochtend. Ik heb aan Molly uitgelegd dat Myra niet buitengesloten mocht worden omdat ze toevallig niet helemaal perfect is. Nee, zei ik, dan heeft ze juist recht op onze liefde. Molly heeft zich mijn preek ter harte genomen, blijkt nu. Ik hoop dat ze zich deze belangrijke levensles over een jaar of twintig, als haar moeder in een tehuis zit voor dementerende alcoholisten, nog kan herinneren...

Hé!

Wanneer heb ik eigenlijk voor het laatst iets gedronken?

Ik zou het echt niet meer weten, en daar word ik helemaal gek van. Wanneer was het nou? Maandag bij de lunch. Toen heb ik een half glaasje wijn gehad in Sureya's keuken. Bijna vijf hele dagen geleden. En het meest verbazingwekkende is nog wel dat ik al die tijd niet eens aan drank heb *gedacht*.

Uiteraard zorgt dit besef ervoor dat ik meteen trek heb in een glas. Net als toen ik in het ziekenhuis instinctief naar mijn sigaretten greep. Maar ik neem uiteraard niks. Om te beginnen is het daar nog veel te vroeg voor, en ten tweede moet ik mijn zoon begeleiden naar de allerbelangrijkste gebeurtenis van zijn leven. Dus een helder hoofd lijkt me geboden. Ik vraag me wel af hoe ik het in godsnaam geflikt heb. Hoe ik deze hele week – *hele* week – ben doorgekomen zonder ook maar één druppel drank.

Misschien is het wel doordat ik eindelijk eens opging in andermans problemen in plaats van dat eindeloze navelstaren. Wie zal het zeggen?

Maar alleen al bij de gedachte aan de afwezigheid van drank in mijn leven moet ik stiekem glimlachen. Maar Richard ziet het toch, want als hij weer terugkomt uit de tuin zegt hij: 'Wat is er zo leuk?'

'O, niks,' antwoord ik. 'Zijn we klaar?'

'Ja, ik ga nog even plassen. Doe de kinderen maar vast in de auto. Mijn sleutels liggen op het eiland.'

Als hij naar de wc loopt, kan ik zijn sleutels nergens vinden. Ik pak zijn leren jasje van de kruk en frunnik wat in de zakken. Zijn sleutels zitten erin, maar ik stuit ook op iets anders. Iets hards. Ik haal het eruit.

Het is een piepklein zwartfluwelen doosje, van een juwelier. Zo klein dat er alleen maar een ring in kan zitten.

Dus dat is het: dat is de reden waarom hij eigenlijk weer 'door moest' vandaag: de 'dingen' die hij nog moest afgeven bij Bel. Jezus, hij gaat haar vragen om met hem te... *trouwen?* Mijn hoofd draait als een tol, en mijn maag krimpt in elkaar. Want... Shit... Het besef dendert over me heen als een vrachttrein. Ons huwelijk. Het is over. Echt.

Ik hoor hem doorspoelen en ik sta heel even als aan de grond genageld. Het doosje zit in mijn hand vast alsof het in mijn palm is gelijmd. Ik schud even kort met mijn hoofd en dwing mezelf om weer in beweging te komen. Ik laat het doosje terug in zijn zak glijden en rinkel zo hard als ik kan met de sleutels. 'Kom, jongens, we moeten gaan!' gil ik.

Jij kunt mooi de klere krijgen, Richard, want vandaag is Thomas zijn dag. En dat ga ik niet door jou laten verzieken. En wat mijzelf betreft, ik maak me later wel zorgen over hoe ik me voel.

Richard komt bij ons staan in de hal. Ik gooi hem zijn jasje toe en we gaan weg. Ik wil net de deur achter me dichtgooien als de telefoon gaat.

'Laat hem maar op het antwoordapparaat springen,' zegt Richard, en hij kijkt zenuwachtig op zijn horloge.

'Maar misschien is het Sureya,' zeg ik.

'Nou goed, dan wachten wij wel in de auto.'

Ik loop terug de hal in en neem de telefoon op.

'Met mij,' zegt Summer.

'Hoi, welkom terug. Wanneer ben je thuisgekomen?'

'Gistermiddag. Ik wilde je gisteravond nog bellen, maar nou ja, jetlag en zo.'

'Ik moet eigenlijk nu weg.'

'O... oké... sorry. Ga maar dan.'

In die zes woordjes hoor ik iets waar ik niet helemaal precies mijn vinger op kan leggen. Het klinkt als wanhoop. Het is verwarrend, want ik ken Summer zo helemaal niet.

'Summer, gaat het wel?'

'Ik kan het niet, Fran. Ik kan dit kind helemaal niet krijgen.'

Buiten zit Richard achter het stuur te wachten.

'Waar ben je nu dan?' vraag ik.

'Bij de Portmankliniek.'

'De wat? Wat doe je daar?'

'Laat ik het zo zeggen: ik kom hier niet voor een griepprik.'

'Godallejezus, *nee*. Summer, weet je zeker dat je hier heel goed over na hebt gedacht?'

'Wat denk je dat ik deze week heb zitten doen? En de terugvlucht? Ik ben helemaal *klaar* met nadenken. Ik wil alleen nog maar dat het allemaal achter de rug is.'

Ik hoor Richard ongeduldig de motor aanzetten. Door de deur kijk ik naar Thomas, klein en kwetsbaar achter in die enorme auto. Hij ziet eruit alsof hij ook graag zou willen dat dit allemaal achter de rug was.

Maar Summer en ik moeten praten voordat ze iets doet waar ze de rest van haar leven spijt van heeft.

'Luister, waar zit die kliniek?' vraag ik.

Stilte. Ook iets wat meestal niet gebeurt bij Summer.

'Summer, ben je daar nog?'

'Ik weet niet eens waarom ik je belde, eigenlijk. Luister, ga jij nou maar, dan hebben we het er later nog wel over.'

'Nee. We hebben het er nú over.'

'Ik laat me er toch niet meer van afbrengen. Luister, ga jij nou doen wat je moet doen, dan bel ik als–'

'Nee, niet ophangen,' schreeuw ik. Ik zie Richard geïrriteerd naar me kijken. 'Zeg nou, waar zit die kliniek?'

'In Harley Street, hoezo?'

Rustig, Fran, kalm doen. Ik probeer na te denken over de logistiek van dit alles terwijl Richard begint te toeteren.

'Ik kom eraan, Summer. Niks doen tot ik er ben. Heb je dat gehoord?'

'Ik zeg toch, ik heb de knoop doorgehakt. Je kunt me er toch niet meer van afbrengen.'

'Kan me niet schelen, ik ga je dit niet in je eentje laten doen. Hier heb je een vriendin bij nodig.'

'Iemand die me een schuldgevoel komt aanpraten, bedoel je zeker? Nee, ik dank je feestelijk.'

'Ik ga je helemaal geen schuldgevoel aanpraten. Laat me nou toch alsjeblieft met je meegaan... In godsnaam. Doe het dan voor mij.'

Stilte... een eeuwigheid. Dan: 'Oké...'

'Mooi, ik kom zo snel als ik kan.'

Ik ren naar de auto en gooi het portier open. 'Richard, we moeten even ruilen van auto. Gaan jullie maar met de Mini.'

'Hoezo, waar ga jij dan heen?'

'JijmoetinmijnautonaarCrystalPalacezodatikindejouwenaarSummerkan,' hijg ik, en het komt er echt als één woord uit. En Richard begrijpt het nog ook, dat moet ik hem nageven.

'Hoezo? Waar is ze dan?'

Ik vertel hem van Summers telefoontje. Dat wil zeggen, ik roep: 'ziekenhuisgeentijdomhetuitteleggen.' De rest is toch maar details.

'Goed,' zegt hij, 'eruit dan, jongens.'

Hij hoeft me niet te vragen waarom ik hen in een kleine brik wil proppen terwijl ik zelf in een gigantische sloep op weg ga. Hij kent me. Hij weet dat ik nooit ergens de weg kan vinden. En zijn Lexus heeft een TomTom, zodat ik niet van A naar B hoef via S, H, I en T.

Terwijl de kinderen van de ene naar de andere auto lopen zegt hij, 'Oké, en waar moet jij dan heen?'

'Harley Street, en daarna naar Beckenham.'

'Dus je komt daarna wel naar de training?' vraagt hij, en hij drukt de knopjes van het magische apparaat in om de bestemmingen in te voeren. 'Kom je dan niet veel te laat?'

'Ik ga verdomd hard mijn best doen van niet. Laat me even snel nog wat tegen Thomas zeggen.'

Ik loop naar de Mini en help hem zijn riem vast te maken.

'Waarom kom jij dan niet mee?' vraagt hij met een bedroefd gezicht.

'Het is een noodgeval, Thomas. Summer zit nogal in de problemen. Maar ik kom later ook, daar zal ik echt mijn best voor doen, dat beloof ik... Ik weet zeker dat je het heel goed gaat doen vandaag, lieveling, dat *voel* ik gewoon.'

Richard springt achter het stuur. 'Kom op, we moeten echt gaan, nú!'

Ik geef Molly een kus, en dan Thomas ook nog. 'Ik hou van je,' zeg ik. 'Goed onthouden.'

En dan, nauwelijks hoorbaar, maar toch, zegt hij: 'Ik hou ook van jou, mam.'

Ik hoef niet lang naar haar te zoeken. Ik hoef zelfs de kliniek niet in. Ze zit buiten op een muurtje te roken. Te oordelen naar de stapel peuken op de grond onder haar, heeft ze flink zitten kettingroken. Of dit moet de plek zijn waar iedereen nog even een laatste sigaretje rookt. Waar vrouwen er nog een opsteken om na te denken over wat ze zullen doen.

Ze glimlacht. 'Dat was snel. Ben je hierheen komen vliegen soms?'

'Poeh, vliegen is zo ontzettend passé. Ik ben komen Nordic Walken, met van die stokken. Helemaal hip, hier bij ons in de buurt. Moet je ook eens proberen.'

Ze bekijkt me van top tot teen. 'Als ik niet beter zou weten, zou ik je nog geloven ook. Wat ben jij dun, mens.'

O ja? Ze hebben me van alles genoemd, de afgelopen weken, maar *dun* was niet een van de omschrijvingen. Ze heeft wel gelijk. Mijn broek klampt zich wanhopig aan mijn heupen vast. Als ik niet snel een rol koekjes naar binnen werk, zakt hij tot op mijn enkels.

Ik trek een sigaret uit mijn eigen pakje. 'Mag ik er even bij komen zitten?'

Ze haalt haar schouders op en ik steek mijn sigaret op.

'Krijg ik nu een fijne antiabortuspreek?' vraagt ze.

'Jij weet best dat ik niet zo ben. Daarvoor heb ik net iets te veel van Sureya's baas-in-eigen-buikpetities ondertekend. Je weet dat ik je zal steunen, wat je ook verder beslist, maar... ik vind dat je dit niet moet doen.' Ik zeg het met maximale overtuiging, want zo voel ik het. Ik ben ook helemaal voor baas zijn in eigen buik. Maar in dit geval ben ik ervan overtuigd dat ze de verkeerde keuze maakt. Ik ben daar zelfs zo van overtuigd, dat ik het risico neem om de allerbelangrijkste gebeurtenis in het leven van mijn eigen zoon te missen. Maar dat hoeft zij niet te weten.

Ze reageert niet. Ik bekijk haar eens goed. Rode ogen boven grijze wallen, pluizig haar, bleke huid – ze is duidelijk niet veel in de zon geweest, daar in Los Angeles. Dit lijkt helemaal niet op Summer. Dit is heel iemand anders, en zo te zien is dit iemand die door een hel gaat.

Ik pak haar hand. 'Het is niet goed om dit te doen,' zeg ik. 'Niet nu, in elk geval. Niet als je met een jetlag zit, en zo doodmoe bent, en zo emotioneel. Je moet eerst heel even tot rust komen, en weer een beetje in balans raken.'

'Ja, ja, ik wist gewoon dat je daarmee zou komen. Moet je horen, ik rook dit sigaretje nog op, en dan ga ik naar binnen. Dan maken we hier snel een einde aan, en dan kan ik weer verder met mijn leven.'

Ik kijk naar haar sigaret. Ik heb nog drie of vier trekjes om haar op andere gedachten te brengen. Dan kan ik er maar beter geen gras over laten groeien.

'Waarom heb jij me eigenlijk gebeld, net?'

'Om je te laten weten wat ik ging doen,' antwoordt ze, en ze kijkt me aan alsof ik een beetje simpel ben.

'Gelul,' zeg ik. 'Jij hebt me gebeld omdat je er niet zeker van bent.'

'Waar heb je het over? Ik heb de dokter al gesproken, en een psycholoog, en ik heb net de portier een high five gegeven. Natuurlijk ben ik er zeker van.'

'Nee, dat ben je helemaal niet. Je wist dat ik zou proberen om je ervan af te houden, of dat ik je op zijn minst zou vragen om er nog eens een nachtje over te slapen. Ik denk dat je me daarom ook hebt gebeld. Je moest van iemand horen dat je een fout maakt.'

Ik kijk haar aan en zoek naar een bevestiging, maar die krijg ik niet van haar.

'Denk even terug aan die lunch, verleden week,' ga ik verder. 'Weet je nog hoe goed het toen voelde? Ik weet dat het een walgelijk cliché is, maar je *straalde* toen helemaal. Toen vond je het nog een goed idee om dit kind te krijgen. Wat is er dan veranderd in de tussentijd?'

'*Alles!*' roept ze uit. 'Alles is veranderd. Die lunch is een miljoen jaar geleden, man.'

'Nee, er is helemaal niks veranderd. Behalve Laurence, dan.'

Ze krimpt ineen bij het horen van zijn naam. 'God, ik veracht die man. Je hebt geen idee.'

'Dat is prima, want ik haat hem ook. Nou én? Je hebt toch ook nooit beweerd dat je van hem hield? Je had *ontzag* voor hem. Meer zat er niet in. Dus wat maakt het dan uit dat hij zijn verplichtingen ontduikt?'

'Ik kan niet geloven dat ik zo'n stomme doos ben geweest. Dat ik er in ben getrapt, zijn "*ik hou van jou*"-geleuter. Ik heb alles gedaan waar ik normaal altijd de draak mee steek. Zwak en zielig...'

'Nee, Summer, dat heb je helemaal niet. Je bent gewoon op je gevoel afgegaan, meer niet,' hou ik haar voor.

'*Gevoel.* Schiet je lekker wat mee op. Echt, hoe moet ik in vredesnaam voor een baby zorgen? In mijn eentje. Ik kan nog niet eens fatsoenlijk voor mezelf zorgen.'

'Moet je nou horen! Weet je op wie jij zo lijkt?'

'Nee, op wie dan?'

'Op *mij*! Je klinkt precies zoals ik altijd klink,' gil ik, gek van frustratie. 'En ik zal je wel zeggen: dat vind ik pas zielig. Dat je het al die jaren met mij hebt uitgehouden.'

Ze glimlacht heel even en laat dan haar sigaret op de grond vallen... Maar ze staat niet op.

'Wat heb jij mij nou altijd voorgehouden, Summer? Dat ik Richard helemaal niet nodig heb.'

'Ja, maar dat is heel wat anders,' mompelt ze dwars.

'Welnee, dat is precies hetzelfde! Jij beweert je hele volwassen leven al tegen iedereen die het maar horen wil, dat je mannen nergens voor nodig hebt. Daar kan je nu niet ineens op terugkomen.'

Ze wacht even voor ze antwoord geeft. 'Nee, dat kan ook niet,' zegt ze, en ze stampt haar sigaret uit met haar teen.

'Dus, fuck de hele Laurence,' dring ik aan, en waarschijnlijk bedoel ik daar ook Richard mee, een beetje. 'Vergeet die man. Jij moet deze baby houden omdat jij wél een kind wilt. Zo simpel is het.'

'En mijn werk dan?' vraagt ze. 'Mijn carrière gaat zo volkomen naar de klote.'

'Natuurlijk niet. Krijgen actrices dan nooit kinderen?'

'Nou, jij hebt anders ook geen moer gedaan, de afgelopen tien jaar.'

'Maar dat is niet de schuld van de kinderen, Summer. Dat is mijn eigen schuld. Ik heb Thomas en Molly gewoon als excuus gebruikt. En waag het niet je carrière als excuus te gebruiken om dit kind niet te willen.'

Ze zegt niets, maar ik weet dat ik tot haar door begin te dringen. Als ik het nou maar niet verpest. 'Jij bent een briljante, fantastische actrice,' zeg ik. 'Elke casting director in de stad kent jou, en het zal je hooguit nog meer werk bezorgen, want als moeder kun je een nóg breder pakket rollen aan. Denk aan al die nieuwe ervaring, en aan de verdieping die dat zal geven aan je werk.'

Ze trekt haar wenkbrauwen even op, want ze ruikt bullshit, en ik heb het gevoel dat al mijn nuttige voorwerk voor niets is geweest. 'Tot nu toe heb ik altijd volledig overtuigend een moederrol neer weten te zetten, hoor,' zegt ze.

'Dat is ook zo. Je hebt gelijk. Maar geloof me, over negen maanden speel je ze nog beter... Als je ruikt naar babylotion en babyspuug en als je al in geen dagen fatsoenlijk hebt geslapen.'

Ze lacht – godzijdank, want dit gesprek had elk moment uit de hand kunnen lopen na die opmerking van mij, net. 'Waar heb je het over?' zegt ze. 'Ik slaap nu al niet eens. Ik zit echt helemaal stuk.'

'Zie je nou, je zit er al helemaal in, in die moederrol. Nee, ik meen het: ik weet best dat ik niet bepaald een goede reclame ben geweest voor het moederschap, maar mijn kinderen zijn het allermooiste, het allerliefste wat ik heb in mijn leven. Ik heb spijt van een hoop dingen die ik heb gedaan – of juist niet – maar van hen heb ik nog nooit een seconde spijt gehad. Je leven is heus niet voorbij als je een kind krijgt. Het is pas het begin.'

Ze tilt een wenkbrauw op, maar dit keer is het geen bullshit van me.

'Zal ik je eens wat zeggen? Ze hebben me net een geweldige klus aangeboden,' zeg ik. 'Chris Sergeant heeft me gebeld. Hij heeft een script dat me zo op het lijf is geschreven dat het gewoon eng is. Iets voor een antiracismeproject – ik moet iets van twintig accentjes doen in twee minuten tijd. Er is ook een Amerikaanse versie. Die is door Robin Williams ingesproken. Robin en ik, je begrijpt het.'

'Ik weet dat ik er niet blij uitzie, maar ik ben echt hartstikke blij voor je, Fran.'

'Als je het echt wilt weten: ik ben doodsbang, maar deze keer ga ik er absoluut heen, al wordt het mijn dood.'

Ze glimlacht weer half. 'Je maakt ze in met boter en suiker. Ik weet het zeker.'

'Wat ik hiermee wil zeggen is dat als een complete nietsnut als ik al zo'n kans in de schoot geworpen krijgt, iemand zoals jij zich natuurlijk al helemaal geen zorgen hoeft te maken. Geef dit kind nou niet op, Summer, want je kunt wel moeder zijn én blijven werken.'

'Mijn god, wat is er in jou gevaren? Je lijkt... mij wel!'

'In dat geval zou ik maar heel goed opletten. Want je hebt altijd uitstekende adviezen. Vergeet het werk, vergeet die Laurence. Dit kind krijgen is echt de juiste beslissing, gewoon omdat het, nou ja, de juiste beslissing is. Als je nu naar binnen gaat zul je alleen maar spijt krijgen.'

Mijn woorden blijven even tussen ons in hangen, en Summer denkt na.

Ik weersta de verleiding om op mijn horloge te kijken. *Thomas.* Zouden ze er al zijn? Ik weersta ook de neiging om haar bij de schouders te pakken en haar heel hard door elkaar te rammelen. Ik heb zo ontzettend gelijk. Waarom wil ze dat nou niet zien?

Maar dat ziet ze wel, en de verse tranen zeggen me dat ze het al die tijd al wel zag. Ze zocht alleen nog naar bevestiging. Dan glijdt ze van het muurtje en slaat wanhopig haar armen om me heen.

'Ik wil het kind wel... Maar ik ben zo ontzettend bang, Fran,' fluistert ze.

'Het is ook doodeng,' sus ik. 'Zo is het ook bedoeld.'

'Ik denk niet dat ik dit allemaal in mijn eentje trek,' snikt ze. Mijn gezicht wordt nat van haar tranen.

'Maar je bent toch helemaal niet in je eentje,' zeg ik tegen haar. 'Ik zou jou toch nooit alleen laten.'

En als je dacht dat ze net aan het huilen was, dan had je het helemaal mis. Wat ze nu doet, *dat* is pas janken. Ik laat haar even begaan. Maar ik til ook heel voorzichtig mijn arm op om een steelse blik op mijn horloge te werpen. Kwart voor twaalf. De training begint over een kwartier. Als het me lukt om me binnen nu en vijf minuten uit deze omhelzing los te maken, terug te hollen naar mijn auto en als een gek te gassen, dan kan ik het einde misschien nog net meemaken.

'Dan ga ik nu mijn spullen maar halen, want die staan hier binnen,' zegt Summer. 'Heb je zin om te gaan lunchen?'

'Dat zou ik heel leuk vinden, maar ik moet naar Beckenham.'

'Naar *Beckenham*? Waarom?'

'Thomas heeft zijn proeftraining.'

'Jezus, Fran, waarom heb je daar nou niks van gezegd? Hoe laat?'

'Eh, over een kwartier.'

'Een kwartier? *Fuck.* Wat doe je hier dan, mens? Ga weg! Ga!'

'En jij dan?'

'Wat nou, en jij dan. Rot op, mens.'

Kijk, zo ken ik haar weer.

'Zal ik meegaan, anders? Om de weg te wijzen.'

Summer de weg wijzen? Summer is een diva. Die rijdt nooit zelf auto. Die zegt tegen de taxibestuurder waar ze heen moet, doet haar ogen dicht en doet ze pas weer open op de plaats van bestemming. Maar ik zeg natuurlijk: 'Heel graag.'

De klotetechnologie, ook. Wat heb je eigenlijk aan zo'n navigatiesysteem? Als het nou een echt gesprek was, dat je met zo'n ding kon hebben, dan was het nog wat anders. Als het nou zou zeggen: 'De volgende links... nee, niet hier. Dit is een benzinestation, hè?... Ik zei dus, de volgende links... Bij de stoplichten, ja. Hier... *Hie-hier! Gooi dat stuur dan om, muts!*' Ja, dan had je er misschien nog wat aan. En als het dan ook nog je bezwete voorhoofd met een tissue afbette, dan was dat mooi meegenomen.

Maar nee, dat kan dit ding allemaal niet. Er komt geen stom woord uit. Ik zweer het je: hij mag me niet. Ik hoor hem denken: Als iemand te dom is om wat eenvoudige aanwijzingen op te volgen, dan is dat niet mijn probleem.

Waar zijn we in godsnaam? Waren we hier vijf minuten geleden niet ook al?

Summer? Daar heb je echt geen ene moer aan. Die grijpt zich alleen maar met witte knokkels vast aan het dashboard, terwijl ik rustig naar het midden van de weg rij om te zien of we langs een gigantische bestelwagen kunnen, die denkt dat hij hier rustig veertig kan rijden. Ik kijk haar even aan. Ze is lijkbleek. Ze heeft al twintig minuten niks gezegd. Misschien moet ik even wat gas terugnemen, want straks krijgt ze nog een hartverknettering, en dan heb ik net voor niks zitten praten als Brugman.

'Die pub,' zegt ze zachtjes. 'Zijn we daar vijf minuten geleden niet ook al voorbijgereden?'

Het is twintig minuten over een. Ik zou je niet kunnen zeggen hoe we hier zijn beland. Nadat we een eeuwigheid in steeds kleiner wordende kringetjes door Zuid-Londen zijn gereden, stonden we er ineens recht voor. Het bord met Crystal Palace FC boven het hek is het mooiste bord dat ik ooit heb gezien. Ik rijd door het hek en parkeer voor een laag stenen gebouwtje. Mijn rode Mini staat twee plaatsen verderop. Gelukkig zijn ze er nog. Ik klim uit de auto en loop meteen door naar de trainingsvelden die aan de andere kant van het gebouwtje liggen; dat had ik net al gezien. Ik hol, en wacht niet op Summer. Die is denk ik nog steeds in shock. Tijdens de rit heb ik van de gelegenheid gebruikgemaakt om haar te vertellen van Sureya. Van lijkwit werd haar gezicht knalrood, om al het onrecht in de wereld. Ik denk achteraf dat de afleiding van het verschrikkelijke verhaal er misschien iets mee te maken heeft gehad dat we zijn verdwaald.

Maar nu zijn we er in elk geval. Ik zie Richard en Molly het eerst. Ze staan aan de rand van het veld te kijken. Ik scan de spelers, en dan zie ik Thomas ook. Hij draagt een veel te groot geel hes over zijn Arsenal-shirt. Hij ziet er zo ontzettend klein uit. Hij is altijd al een kleintje, maar tussen al die anderen is hij helemaal een kabouter. Hoe oud zijn die jongens eigenlijk? Ze kunnen onmogelijk net zo oud zijn als Thomas, want het zijn verdomme net reuzen. Summer is er nu ook en samen kijken we even. Thomas is steeds overal waar hij moet zijn, maar niemand speelt hem de bal toe – alsof hij niet gewoon heel klein is, maar onzichtbaar.

We lopen langs de lijn en gaan bij Richard staan.

'Dus je hebt het gevonden?' vraagt hij onnodig.

Ik kan heus nog wel iets, vriend, denk ik, want ik ben nog steeds boos en vol wrok omdat hij nog steeds de ideale vader uithangt. Terwijl hij het bewijs van zijn liefde voor zijn minnares in zijn zak heeft zitten.

'Nee, hoor, we reden er zo heen,' zeg ik minzaam.

'Met haar ook alles goed?' Hij knikt in de richting van Summer, die op een discreet afstandje van ons is blijven staan.

'Nu wel,' zeg ik, en ik voel wel iets van trots, omdat het weer goed gaat dankzij mij. 'Ik vertel het straks wel.'

Tien meter verderop staan drie kerels in trainingspakken te kijken naar wat er op het veld gebeurt. Er staat nog een man bij, maar die draagt een regenjas. Dat is Ron. Ik heb hem nog maar één keer eerder gezien – de dag dat hij naar Thomas kwam kijken tijdens een wedstrijd in het park, en hij daarna voorstelde dat Thomas maar eens moest komen proeftrainen – zo'n kop met wit haar vergeet je niet gauw.

'Hoe doet Thomas het?' vraag ik aan Richard.

Hij haalt onzeker zijn schouders op. 'Moeilijk te zeggen. Hij moest eerst wat van zijn balvaardigheid laten zien, en toen was hij ongelofelijk goed. Niet te geloven wat dat joch allemaal kan met een bal.'

'Als je eens wat vaker kwam kijken, zou je nu niet zo verbaasd zijn,' zeg ik, maar ik heb meteen alweer spijt. Ik lijk wel een oud wijf.

Hij lacht even kort. 'Sorry, je hebt gelijk. Maar hij is echt ontzettend goed. Joost mag weten van wie hij dat heeft.'

Ik vraag het me ook af.

Ik denk terug aan de zaterdagavonden dat we thuis naar de sportwedstrijden keken, op televisie. Mijn vader kwam dan altijd precies op tijd uit de pub rollen voor het voetbal. Dan bleef hij een uur zitten schreeuwen tegen het scherm, alsof de spelers hem konden horen, alsof die wedstrijden live waren en niet al uren geleden waren gespeeld en alsof hij meer wist van het spelletje dan de beste trainers in het land. Hij was helemaal gek van voetbal, net als Thomas. Rare dingen, genen. Je weet nooit welke je precies erft.

'Maar goed, toen lieten ze hem dit potje meespelen,' gaat Richard verder. 'En nu is hij nauwelijks aan de bal geweest, eerlijk gezegd.'

'Waarom laten ze hem dan met van die grote jongens meespelen?'

'Ze zijn niet zo oud, hoor. Ze zijn allemaal tien, elf, twaalf jaar.'

'Maar ze zijn zo gigantisch groot. Wat geven ze die knapen te eten?'

Terwijl ik dat zeg, krijgt Thomas net de bal aan zijn voet. Mijn hart slaat een keer over als hij ermee vandoor gaat en een speler dolt die twee keer zo groot is als hij...

Kom op, Thomas, gaan!

...en dan loopt hij recht in de armen van iemand die drie keer zo groot is. Ja ho, dit is een overtreding, toch! Thomas ligt op zijn kont en kijkt verbijsterd naar de bal die alweer de andere kant op gaat. Ik voel de woede bovenkomen. Waarom grijpt niemand in? Wie fluit deze wedstrijd eigenlijk? Ik wil naar Thomas toe rennen en mijn armen om hem heen slaan, maar wat ik nog liever wil is die klootzak van een reus die hem net omverliep een poeier voor zijn hoofd verkopen. Niet dat ik het doe, natuurlijk. Maar dan ook alleen omdat Molly precies op dat moment mijn hand vastpakt.

'Die arme Thomas,' zeg ik. 'Het is niet eerlijk.'

'Zo gaat het dus de hele tijd al,' zegt Richard. 'Iedere keer als hij aan de bal is, ramt iemand hem omver. Het lijkt wel rugby in plaats van voetbal.'

Tja, hij kan het weten.

We kijken nog een paar pijnlijke minuten, en ik dank de hemel voor de scheenbeschermers. Summer komt naast me staan en zegt: 'Hij is klein maar dapper, hè? Hij geeft niet op.' Ze heeft gelijk. Ik kan Thomas zijn gebit zien. Niet omdat hij lacht, maar omdat hij zijn tanden op elkaar heeft gezet uit pure vechtlust.

Er klinkt een fluitsignaal. Het is voorbij. Tot mijn opluchting, mag ik wel zeggen, want dit was niet om aan te zien. Thomas klapt voorover en grijpt zijn knieën. Op zijn gezicht staat de uitputting te lezen. Ik wil weer naar hem toe rennen, en instinctief loop ik al die kant op, maar dit keer voel ik Richards hand op mijn schouder.

Wat wil hij van me?

Maar hij heeft gelijk, want een van de coaches loopt naar Thomas toe. We kijken naar hoe ze praten – dat wil zeggen, de coach praat en Thomas knikt onder het hijgen door. Ron komt naar ons toe.

'Mevrouw Clark,' zegt hij met een brede grijns. 'Leuk om u weer te zien.' Hij knikt even naar Richard en wendt zich dan tot mij. 'Terry komt zo even met u praten.'

'Wat vond jij ervan, Ron?' vraag ik dringend. 'Hoe heeft hij het gedaan?'

Hij grijnst weer. 'Dat is niet aan mij, mevrouw Clark. Ik ben alleen degene die ze aandraagt. Het zijn de coaches die de beslissingen nemen.'

Ik kijk hem smekend aan.

Hij lacht. 'Ik denk dat hij ongelofelijk veel talent heeft,' zegt hij. 'En hij is ook bepaald niet bang. Dat was een heel zwaar potje voor hem. Deze jongens zitten al een hele tijd bij de opleiding. Hij is echt een goeie.'

Hij loopt weer weg, en ik klamp me vast aan de woorden *ongelofe-lijk veel talent*, *bepaald niet bang*, en *echt een goeie*.

Terry de coach laat Thomas achter op het veld en loopt weer naar zijn collega's. Dan loopt Thomas naar ons toe en ik kniel neer om zijn vermoeide, bezwete lijfje te omhelzen. 'Ik vond je geweldig,' zeg ik. 'Ik ben zo ontzettend trots op je.'

'Goed gedaan, Thomas,' voegt Richard toe. 'Dat was een zwaar potje, denk ik.'

'Zwaar? Een stelletje gevaarlijke gekken bij elkaar, zul je bedoelen,' zegt Summer. 'Je hebt het fantastisch gedaan, Thomas.'

Hij kijkt ons aan met een blik van 'jullie zijn allemaal niet helemaal lekker'. 'Ik heb waardeloos gespeeld,' zegt hij, en hij laat zijn hoofd hangen.

'Helemaal niet. Ron zei net dat je ongelofelijk veel talent hebt. En dat je helemaal niet bang bent,' zeg ik. 'Wat had die Terry dan net te melden?'

'Niks. Goed gedaan, zoiets.'

'*Zie je nou wel?* Goed gedaan, dus.'

Hij haalt zijn schouders op alsof dat allemaal niks te betekenen heeft.

Wij wachten zwijgend af terwijl de coaches staan te praten. Ron staat er ook bij, op een afstandje, en hij luistert – dit is niet zijn beslis-sing. Ik voel me niet lekker. Dit is erger dan wat voor auditie dan ook. Ik pak Thomas' hand maar hij trekt hem weer terug – je moet hier niet worden gezien met je mama's handje vast. Dus pak ik die van Molly maar, eerder voor mijzelf dan voor haar.

Na een eeuwigheid loopt die Terry weer naar ons toe. Ik probeer zijn gezichtsuitdrukking te interpreteren, maar hij geeft niks weg.

'Bent u de vader van Thomas?' vraagt hij als hij bij ons staat.

'Ja,' zegt Richard, en dan draait hij zich om naar mij: 'En dit is–'

'Terry Kember,' zegt Terry Kember, en hij steekt zijn hand naar Ri-chard uit. 'Ik geef leiding aan de voetbalopleiding, hier.'

Ik voel mijn hart op hol slaan. Ik wil alleen nog maar weten of het ja of nee is, en ik ben zo bang dat ik nauwelijks kan ademen.

'Hij is heel goed,' zegt hij – tegen Richard. 'Mooie balbeheersing, en snel ook. Hij heeft echt aanleg, oog voor een goeie pass.'

Richard knikt. Alsof hij weet waar die man het over heeft. Ik kijk even naar Thomas, die bijna uit elkaar barst van trots om de loftuitingen van deze *prof*.

'Ik was echt onder de indruk van hem, meneer Clark.'

Ja leuk, maar hoezo *meneer* Clark? En ik dan? Ik ben degene die elk weekend met Thomas heen en weer rijdt naar de trainingen en wedstrijden. Ik ben degene die staat te juichen als hij scoort en die zijn spullen uitwast en zijn wonden verzorgt. Met andere woorden: mij boeit het tenminste nog een beetje.

Hij laat mijn interne woede voor wat die is en gaat voor Thomas op zijn hurken. 'Hoe oud ben jij nou?' vraagt hij.

'Elf,' liegt Thomas. 'Tenminste, dat word ik in december.'

'Oké. Wat ik net al tegen je vader zei: Je bent echt een heel goeie voetballer. Waar speel je nu?'

'Bij de North London Academy.'

'Ja, die ken ik wel. Gary Holt heeft daar de leiding, is het niet? Hij is echt een toptrainer. Wat jij moet doen is hard doortrainen en dan zorgt hij er wel voor dat je op niveau komt.' Hij geeft Thomas een korte aai over zijn bol, staat op en kijkt Richard weer aan – inderdaad, *Richard*.

'Goed. Oké...' Hij schuifelt met zijn voeten. We zijn aanbeland bij het ja of nee gedeelte, en ik heb een akelig voorgevoel dat een ja er niet inzit. 'Hij heeft zonder meer aanleg, maar...'

Ja hoor, daar heb je het al.

'...hij is nog wat aan de kleine kant.'

'Maar hij heeft toch aanleg,' val ik hem in de rede, en ik laat de wanhoop gewoon in mijn stem doorklinken.

Voor het eerst kijkt Terry Kember mij aan. 'Voetbal is een heel fysiek spelletje. U hebt net toch gezien hoe groot die jongens waren? Je moet je daartegen wel staande kunnen houden.'

'Maar hij is nog in de groei,' zeg ik, en ik strek mijn arm uit en trek Thomas naar me toe. Dit keer sputtert hij niet tegen.

'Ja, dat is ook zo, maar ik heb zo mijn twijfels of hij ooit de een meter tachtig haalt.' Hij leest de wanhoop op mijn gezicht. 'Maar er kan natuurlijk nog van alles veranderen. Misschien schiet hij wel ineens de lucht in. Dat zie je wel eens. Waarom komt u over een jaar of twee niet nog een keertje langs, en dan kijken we er nog eens naar.'

Nee, ik weet het beter gemaakt: waarom leg ik mijn handen niet om die kippennek van je en dat ik dan heel hard knijp. Zullen we eens zien of we je op andere gedachten kunnen brengen.

Hij kijkt op zijn horloge. 'Ik moet er vantussen. Bedankt voor jullie komst. Heel goed gespeeld, Thomas. Goed blijven trainen, oké?'

Hij schudt Richard nog even kort de hand en dan loopt hij weg – hij moet de dromen van andere jongens aan duigen helpen. Hij heeft het er maar druk mee. Ik *haat* die vent. Niet alleen vanwege zijn terloopse seksisme, maar vooral omdat ik Thomas' hart voel breken. Ik ben toch wel zo ontzettend over de zeik! De afgelopen dagen heb ik hem weliswaar heel voorzichtig voorbereid op de mogelijkheid dat hij zou worden afgewezen, maar kennelijk ben ik vergeten om mij daar ook zelf op voor te bereiden.

'Klootzak,' mompel ik.

'Maar het was niet alleen maar slecht nieuws,' zegt Richard. 'Hij heeft ook een heleboel positieve dingen gezegd.'

'Nee, Richard, hij is een grote klootzak.' Ik buig me over Thomas heen. Hij bijt heel hard op zijn onderlip en vecht tegen zijn tranen. 'Jij zult hem wel eens even laten zien dat hij er helemaal naast zit, Thomas. Let op mijn woorden. Jij krijgt voortaan alleen nog maar biefstuk te eten, en dan zul jij eens zien hoe hard je gaat groeien, en als je dan voor Engeland speelt, zal ik die vent wel eens even een fijne brief schrijven over de ongelofelijk stomme fout die hij vandaag heeft gemaakt.'

Ik trek hem tegen me aan en hou hem heel stevig vast, deels om zijn tranen af te vegen en deels om de mijne te verbergen.

De kinderen zijn op weg naar mijn moeder. Richard brengt ze. Ik kon mijn oren niet geloven toen hij dat aanbood. 'Nou ja, jij moet Summer naar huis brengen,' zei hij. Daar had hij gelijk in, dat moest ook. Ik wilde dolgraag bij Thomas blijven, maar de gedachte aan Summer en Richard in een en dezelfde auto... de ijsbloemen zouden spontaan op de ruiten springen.

Voordat we weer op pad gingen heb ik nog een kwartiertje nage-praat met Thomas, in een poging hem het verdriet uit zijn hoofd te praten.

'Crystal Palace is toch een waardeloze club,' zei ik. 'Ik wilde eigen-lijk liever niet dat je voor ze zou spelen. Jij bent een *Arsenal*-jongen.'

'Ja, maar daar zitten alleen maar Franse jongens.'

'Nou én? Dan leren we je toch Frans? En we geven je een hoop bief-stuk.'

Ik besloot dat ik kaartjes zou regelen voor de volgende thuiswed-strijd van Arsenal, al moet ik er ik weet niet wat voor doen. En daarop besloot ik dat Richard een seizoenskaart moest kopen voor Thomas en een voor zichzelf, voor het komend seizoen. Om het goed te ma-ken dat hij ons leven compleet verwoest heeft. Ik heb nog geen eisen ingediend – is dat niet wat verbitterde echtgenotes die door hun man in de steek worden gelaten, doen? Dan lijkt dit me een mooi moment.

Tijdens de terugrit zeggen we niet veel – en vergeleken met de rit hierheen rijden we ook een stuk langzamer. Summer zit naast me, ze is emotioneel volkomen leeg. Pas als we Waterloo Bridge over zijn, te-rug op bekend terrein, doet ze haar mond weer open.

'Wat een rotdag,' zegt ze. 'Nou, zo heb ik wel weer een mooi kijkje gekregen in de genoegens van het aanstaande moederschap. Al die... teleurstelling.'

'Daar zou ik me niet op blindstaren. Zonder dieptepunten zijn er ook geen hoogtepunten. En die zijn er, hoor, geloof me. Ik zal zorgen dat je daar ook een keer bij bent.'

Ze lacht en zegt: 'Je hebt het geweldig gedaan, net, weet je dat?'

'Welnee, mens. Die man heeft me volledig over de zeik geholpen.'

'Nee, je hebt het echt heel goed gedaan. Want je was er voor Tho-mas. Net zoals je er vanochtend voor mij was. En zoals je er ook bent geweest voor Sureya. Je bent een supermoeder, en een supervriendin.'

'Hou op. Mond dicht, nu,' gebied ik. 'Ik heb genoeg gejankt voor vandaag.'

T huis.
Alleen.

Nu heb ik spijt dat ik de kinderen naar mijn moeder heb laten gaan. Richard zal inmiddels wel op weg zijn naar zijn minnares, om haar de inhoud van dat zwarte doosje te geven. En ik ga ten onder in zelfmedelijden, echt walgelijk. Zij krijgt straks die ring aan haar vinger en ik zit hier met een bakje instant noedels. Hoe zielig. Zielig als in: wat een onvoorstelbare loser ben ik ook eigenlijk. Maar ook gewoon zielig als in: zielig. Ik ben verdrietig omdat ik nu echt zal moeten accepteren dat mijn huwelijk voorbij is. Voor die waarheid kan ik me niet meer verstoppen. Het alleenstaand moederschap staat voor de deur. Zie je, mam, net als jij vroeger. De cirkel is rond.

En nu zit ik hier dan met mijn eenzame leven dat zich voor me uitstrekt. En in directere zin met een zaterdagavond die ik in mijn eentje moet zien door te komen. Wat zal ik eens gaan doen? Lekker stappen? Ergens een kerel versieren? Ik dacht het niet, nee.

Het is bijna zes uur – ja, ik zit op de klok te kijken – als de telefoon gaat. Het is Richard. Hij belt uit zijn auto.

'Hoe is het nu met Thomas?' vraag ik meteen.

'Stilletjes. Maar hij komt er wel overheen. Hij is taaier dan je denkt. Ik heb nog even met hem gepraat, over afgewezen worden. Dat het ook goed is om dat eens mee te maken. Hij begreep het wel, denk ik.'

Ja hoor, ik zie het voor me. *'Jeetje, vader, van die kant had ik dit alles nog niet bekeken. Maar u hebt volkomen gelijk. Het is juist goed dat mijn dromen aan gort zijn geholpen, daar leer ik van.'*

Als ik niet reageer, vindt Richard het nodig om zichzelf te verdedigen.' 'Het is echt zo. Het is goed om eens afgewezen te worden. Als je altijd alles zomaar krijgt wat je hebben wilt, dan is het maar half zoveel waard dan als je er echt voor hebt moeten werken.'

Ik zie hier een analogie met ons huwelijk, althans, hij is er vast, maar ik heb geen zin om er verder naar te zoeken.

'Was mijn moeder geschokt om jou te zien?' vraag ik.

'Nee hoor, volgens mij niet. Al wel. Die vroeg "Wie ben jij eigenlijk? O ja, nou weet ik het weer: jij bent die kerel van Fran". Sarcastische ouwe gek.'

'Ach, nou ja, je weet hoe hij is. Ik zou het niet persoonlijk opvatten,' zeg ik. Ik zal hem maar niet vertellen dat Al hem niet zo mag en dat het dus wel degelijk heel persoonlijk bedoeld was.

'Het komt echt wel goed met Thomas,' zegt Richard. Het feit dat hij ongevraagd terugkomt op dit onderwerp doet mij vermoeden dat hij zich net zo bezorgd maakt als ik. 'Ik zal wel eens wat meer tijd met hem doorbrengen. Beetje bonden.'

Jemig, het gaat maar door, dat perfecte ouderschap van hem. Dan lijkt me dit een geschikt moment om toe te slaan.

'Je weet wel wat een heel goeie manier zou zijn om te bonden, hè?'

'Wat dan?'

'Seizoenskaarten voor Arsenal.'

'Echt waar? Nou, goed dan, als jij denkt dat dat helpt.'

'Dat helpt heel erg,' zeg ik en ik sta ervan te kijken hoe makkelijk dat was.

Is dat echt alles wat je hoeft te doen om voor elkaar te krijgen wat je hebben wilt? Gewoon vragen? *Richard, ik wil dat je nu meteen naar huis komt. Ik wil dat je zegt dat je van me houdt en dat je me belooft dat je me nooit maar dan ook nooit meer in de steek laat. En ik wil graag die nieuwe keukenmachine van Kenwood. Zo eentje die mijn moeder heeft gekregen van Al.*

'Wat ga je nu doen?' vraagt hij.

'Het is zaterdagavond, hè, dus dan ga ik lekker stappen.'

'Echt waar?'

'Nee, dat was een grapje.'

'O. Ik vroeg me namelijk af of ik even langs kon komen.'

'Of je langs kan komen?' herhaal ik schaapachtig.

'Ja. Als jij dat oké vindt.'

Ik zeg dat het wel goed is, maar mijn maag doet raar. Ik realiseer me dat dit het is. Hij gaat het netjes aanpakken. Hij gaat me voorstellen om er een advocaat bij te roepen en de scheiding te regelen voor hij straks op zijn knieën zakt voor Bel.

We hangen op en mijn hoofd loopt over van de paniek. Ik heb tegen Summer gezegd dat ze gelijk heeft. Dat een vrouw prima kan functioneren zonder man – heel goed zelfs. Maar op dit moment zou ik daar geen eed op durven zweren.

We zitten aan het eiland in de keuken, de plek in dit huis waar we de meeste zaken afhandelen. Hij schenkt zichzelf een whisky in. Hij biedt mij de fles aan, maar ik drink geen sterkedrank. En dus schenk ik een glas rode wijn in. Mijn eerste glas sinds dagen.

We praten niet over de scheiding. Nog niet.

'Ik vond het fijn om eens bij de kinderen te zijn, vandaag,' zegt hij. 'Ook al was Thomas zo down... het was toch fijn.'

'Zou je eens vaker moeten doen.'

'Dat gaat ook gebeuren. Moet je horen, het spijt me, maar ik doe echt mijn best.'

Hij ziet er gekwetst uit en dat is zijn verdiende loon. Want waar was hij toen mijn leven aan flarden werd gescheurd door een stel roddelende aasgieren? En waar was hij toen zijn lieve dochter werd uitgemaakt voor speelplaatsracist? Hij kan de pot op. Ik zal hem eens iets vertellen over die kinderen waar hij plotseling zo veel interesse in toont.

'Ik weet heus wel dat je je best doet, Richard, en dat stel ik ook zeer op prijs,' zeg ik, 'maar het is hier niet allemaal een groot pretpark, hoor. Er is van allerlei shit die opgeruimd moet worden.'

'Wat voor shit?'

'Molly wordt beschuldigd van racisme. De adjunct heeft me gedreigd dat ze de officiële instanties op me af zal sturen en–'

'Ho, ho. Waar gaat dit in godsnaam over?'

Ik vertel hem van mijn gesprekje met Gottfried. Als ik klaar ben zit hij er verbluft bij. *Ha, en vertel mij maar eens even hoe je ons hier uit gaat redden, hè, Perfecte Vader?*

'Jezus, maar dat is belachelijk,' zegt hij. 'Echt krankzinnig. Molly is helemaal geen racist.'

'Nee, natuurlijk niet.'

'Ik mag hopen dat je dat varkentje eens even flink wast, Fran.'

'Dat doe ik zeker,' zeg ik vastbesloten.

'Goed zo. Want dit is echt waanzin en daar moet echt een einde aan komen.'

'Uiteraard,' zeg ik en ik ben blij verrast met zijn felle reactie. Al die tijd voelde ik me helemaal alleen staan in mijn verbijstering over Gottfrieds beschuldiging, en het is fijn om eindelijk eens een bondgenoot te hebben.

Richard zit te knikken. 'Ja, je moet ze *precies* vertellen wat ze willen horen.'

Hij heeft het nog niet gezegd of ik ontplof al: 'Ben jij gek in je hoofd of zo? *Ze vertellen wat ze willen horen?* Dan kan ik ze net zo goed meteen gelijk geven. Molly heeft helemaal niks misdaan en ik heb dus ook niets om me voor te verontschuldigen.'

'Nee, je begrijpt me helemaal verkeerd. Dat zeg ik ook niet. Maar je kunt natuurlijk geen oorlog beginnen met die school. Die hebben allerlei procedures voor dit soort dingen. Ik bedoel, racisme is tegenwoordig zo'n big deal.'

'Ze hebben geen idee wat racisme precies is. Ze slepen je daar nota bene al voor de rechter als je het beestje bij zijn naam noemt.'

Hij lacht. 'Geestig.'

'Dat was anders geen grap, Richard. Dat die mensen zich actief opstellen tegen discriminatie, dat is natuurlijk prima, maar zo langzamerhand zien ze spoken.'

'Maar je kunt het toch ook van hun kant bekijken? Zij moeten er bovenop zitten als iemand iets doet wat als een vooroordeel kan worden uitgelegd, of ze krijgen zelf de grootst mogelijke ellende.'

'Ja, maar er was hier helemaal geen sprake van wat voor racisme dan ook!' gil ik gefrustreerd.

Ik geloof mijn eigen oren niet. Ik ben nu precies even laaiend op Richard als ik was op Gottfried toen zij hiermee kwam. 'Je hebt echt geen idee hoe het is. Iedereen doet overal totaal neurotisch over. Ze zijn zo politiek correct dat het grenst aan fundamentalisme. Ik ben er helemaal klaar mee, Richard. Ik verdom het om toe te geven aan die lui.'

'Maar die slag win je nooit. Het is het niet waard.'

Is dit echt Richard? Het lijkt wel of ik een preek van Cassie aan moet horen. Wat is er gebeurd met die dissident met wie ik ooit ben getrouwd?'

'Ik ken jou gewoon niet meer terug, weet je dat? Sinds wanneer ben jij zo'n... zo'n ontzettende... ach, weet ik veel. Ik vind je gewoon zielig. Mevrouw Gucci mag je hebben, wat mij betreft.'

'Nou, bedankt,' zegt hij, en hij keert zich van me af.

Ja, ja, dat was niet zo netjes van me, ik weet het. Maar ik kan gewoon niet geloven dat hij aan hun kant staat.

'Het spijt me,' keer ik op mijn schreden terug. 'Maar het is geen leuke tijd geweest. En het feit dat ik het nog steeds niet heb opgelost, zit me dwars. Ik denk dat ik daarom zo uitviel. Sorry.'

Hij kijkt me een hele poos aan en zegt dan: 'Kunnen we het nu even ergens anders over hebben?'

'Dat is waarschijnlijk een goed idee, ja.'

'Jij bent er eigenlijk net zelf al over begonnen... mevrouw Gucci.'

Daar gaan we dan: SCHEIDING.

Nu gaat hij me vertellen dat hij van haar houdt en dat hij niet meer zonder haar kan. Dat ze zich gaan verloven en gaan samenwonen. Ik grijp me vast aan de rand van het eiland.

Hij heeft een tic: als hij zenuwachtig is, haalt hij zijn hand door zijn haar om zich voor te bereiden op wat hij moet zeggen – *het ligt niet aan jou, het ligt aan mij bla, bla, bla*. Nu het moment dan toch daar is, wil ik het liefst dat het zo snel mogelijk voorbij is.

'Vooruit nou maar met de geit, Richard,' zeg ik bits. 'Laten we maar snel een einde breien aan dit huwelijk, want dan kunnen we allebei gewoon verder met ons eigen leven.'

'Waar heb jij het over?' Hij kijkt me geschokt aan. 'Ik wilde je alleen zeggen dat Bel en ik... ik heb er een einde aan gemaakt, met haar. Wil jij *scheiden* dan?'

'Nee...' Nu is het mijn beurt om geschokt te zijn. 'Nee, helemaal niet. Maar ik dacht... Nou ja, ik dacht dat jij dat wilde.'

'Nee, man... helemaal niet. Ik weet niet hoe het tussen ons verder moet, maar ik vond dat je moest weten dat Bel verleden tijd is.'

Yesss!

Ik ben over de schok heen. Nu wil ik alleen nog maar triomfantelijk mijn handen in de lucht steken. Ik heb ook geen idee hoe het nu verder moet met ons, maar nu hoef ik me tenminste niet meer druk te maken over dat beeld van hen tweeën. Ik hoef me niet meer voor te stellen hoe zij handjes vasthouden terwijl ze bij kaarslicht zitten te dineren, of hoe ze zweterig en buiten adem zijn van al die passie tussen hen. Ik hoef ze niet langer voor me te zien...

Wacht eens even. Hij liegt. Ik geloof er helemaal niks van. Geen woord. Want hoe zit dat dan met dat stomme zwarte doosje van de juwelier, hè? Stomme designerring voor die stomme designerchick van hem. En zelfs al is het een afscheidscadeautje, waarom heeft hij het dan niet gewoon bij een kaartje gelaten? Ik haat dat stomme wijf, of ze nou bij elkaar zijn of niet. Ik heb zin om haar arm er af te scheuren, à la Myra. En misschien nog wel een been ook. Ik wil dat ze lijdt. Het klinkt vreselijk, maar zo is het nu eenmaal.

'Dus het is over?' vraag ik sceptisch.

'Ja. Het was een vergissing. Waarschijnlijk de allerstomste, meest egoïstische fout die ik ooit heb gemaakt. Ik had de moed opgegeven... met jou bedoel ik, en dat had ik nooit mogen doen. En ik heb er zo'n verschrikkelijke spijt van gehad, omdat... nou ja, omdat ik het gevoel heb dat ik nu alles verpest heb.'

O. Hij ziet er niet uit alsof hij dit allemaal maar uit zijn duim zuigt. Misschien is het echt wel uit met die twee en misschien is die spijt die ik op zijn gezicht zie wel echt. Ik weet het even niet.

'Dus wat gaat er dan nu gebeuren?' vraag ik.

'Geen idee. Ze zal wel een smoes verzinnen om ons te ontslaan. Maar als ze dat niet doet, dan zal dat de opdracht waarschijnlijk wel makkelijker maken. O, maar jij had het natuurlijk helemaal niet over werk.'

'Nee.'

Leenbon:

Openbare Bibliotheek Den Haag
Filiaal Haagse Hout
Theresiastraat 195
2593 AJ Den Haag   070 3537550
Email: hhout@dobdenhaag.nl

Bezoek onze website
www.bibliotheekdenhaag.nl
voor het verlengen en
reserveren van materialen.

18-12-2013 - 14:02:05

Lenersnr.: 70279982772
      I.G. Scholtens

----

1 Beaumont, Maria / Moederland
  70141228235   retour: 08/01/2014

Aantal exemplaren: 1

              Uitstaand saldo: ε 0.00

Lenen, verlengen en reserveren
is niet toegestaan als er een
te betalen saldo openstaat
ouder dan 3 maanden of hoger
dan ε2,50

Controleer a.u.b of het aantal objecten
op deze bon gelijk is aan het aantal
geleende objecten!

Bedankt voor uw bezoek en tot ziens.

U hebt gebruik gemaakt van balie 2.

We zitten een poosje zwijgend naast elkaar. Ik heb het gevoel dat ik nu iets moet zeggen, maar ik weet niet wat. Moet je hem nou zien zitten. Hij lijkt ook ergens mee te worstelen, alsof hij nog niet uitgesproken is. Ik neem een slokje wijn. Laat hem maar rustig de tijd nemen – ik weet nu in elk geval dat we het niet meer over onze scheiding hoeven te hebben.

'Het is een vreselijke tijd geweest, hè?' zegt hij uiteindelijk. 'Ik heb er een heleboel van geleerd.'

'Wat dan?'

'Ik heb de kinderen gemist. En ik heb jou gemist. Ik heb het hier thuis gemist.'

Ik weet ook wel dat hij de kinderen heeft gemist, en de gemakken van zijn eigen huis, maar noemde hij *mij* nou net ook?

'Luister, ik weet ook wel dat het allemaal niet zo leuk is geweest,' zegt hij. 'En dat was meer mijn schuld dan die van jou. Ik ben veel te veel in mijn werk opgegaan, en ik heb het hier allemaal maar gewoon voor lief genomen. En dan dat gedoe met Bel–' Hij onderbreekt zichzelf en schudt zijn hoofd. 'Het is zo raar... ik weet dat ik hier helemaal niet ben geweest, maar de afgelopen week heb ik toch het gevoel alsof ik je weer ken. Ik heb je weer van een kant gezien die–'

'Bedoel je *die* zaterdag?' schiet ik meteen in de verdediging. 'Want ik heb je al verteld dat dat iets eenmaligs was. Ik heb nauwelijks een druppel aangeraakt sinds–'

'Nee, ik heb het over deze afgelopen week. Hoe je klaarstond voor Sureya, en vandaag voor Thomas en Summer, en zelfs voor mij, met dat Cherie Blair-gedoe. Je bent echt ongelofelijk, Fran.'

'Echt?'

'Absoluut. Je bent altijd al een fantastische vrouw geweest. Maar dat was ik klaarblijkelijk even vergeten.'

Ik anders ook. Ik kan geen woord uitbrengen. Richard en ik hebben al in geen jaren meer zo zitten praten. En zulke dingen heb ik ook al in geen jaren van Richard gehoord. Ik voel me zo... *bijzonder*. En ik kan geen woord uitbrengen.

Zijn hand glijdt over het eiland en gaat boven op de mijne liggen.

'Ik heb je zo ontzettend gemist, weet je dat?'

Daar heb je het weer. En nu noemt hij de kinderen en het huis er niet eens bij.

Als hij zo naar me kijkt wil ik hem alleen nog maar vasthouden en zoenen en tegen hem zeggen dat ik van hem hou. Maar dat doe ik niet. Ik verroer me niet en ik zeg geen woord. Niet omdat ik nu echt in mijn moeder ben veranderd, die zich ook nooit blootgeeft, maar omdat ik bang ben dat ik ga huilen als ik dat wél doe. En zoals ik net al tegen Summer zei: ik heb genoeg gejankt voor vandaag.

'Ik wil heel graag dat we wat van ons huwelijk gaan maken. Ik kan veranderen, Fran, dat beloof ik,' ratelt hij maar door. 'Ik ga minder werken, en meer doen met de kinderen, en ik zal jou laten zien hoe bijzonder je bent.' Hij zwijgt abrupt. 'Als jij het ermee eens bent... Denk je dat we het in elk geval kunnen proberen?'

Ik weet niet wat ik moet antwoorden. Ik wil wel JA schreeuwen! Maar ik wil hem ook stompen. Heel hard. Wat denkt hij wel? Dat ik gewoon maar moet vergeten dat hij de afgelopen maanden met een andere vrouw heeft lopen konkelfoezen en rampetampen?

Hij glijdt van zijn kruk en zet een paar stappen in mijn richting. Dan stopt hij zijn hand in zijn zak en zet het zwartfluwelen doosje voor me neer.

'Wat is dat?' vraag ik verbaasd – want ik ben echt een goeie actrice.

'Voor jou. Maak eens open?'

Ik doe het kleine doosje open en mijn adem stokt – en dit keer komt daar geen acteerwerk aan te pas. Het is geen ring. Het is een piepklein zilveren microfoontje. Een bedeltje, daar lijkt het op. En het is prachtig. 'Wat prachtig, Richard. Waar is dit voor?'

'Nou, het stelt een microfoontje voor. Ik vond het echt helemaal iets voor jou, vanwege je talent, met Cherie Blair en zo.'

'Ja, ik zie natuurlijk ook wel wat het is,' zeg ik, en ik kan me nog inhouden, anders had ik 'gek' gezegd. 'Maar *waarom*?'

'Omdat ik de boel ontzettend heb verneukt, en omdat ik jou wel het een en ander verschuldigd ben. Ik wilde iets voor je kopen om je te laten zien hoe ontzettend veel spijt ik heb. En hoe bijzonder jij bent. Dus ik ben vanochtend gaan winkelen. Daarom was ik ook zo laat.' Hij pakt het kleine dingetje uit het doosje en legt het in mijn hand. 'Hij is voor aan die armband die ik je heb gegeven toen je dertig werd,' zegt hij.

'Richard, die ben ik kwijtgeraakt toen we op skivakantie waren, weet je nog?' Hoe kon hij dat nou vergeten? 'Je bent nog vier keer die zwarte piste af geweest om ernaar te zoeken. En ik wilde dat je nog een keertje ging, maar toen viel je en was je schouder uit de kom, en toen hebben we nog een hele dag in het ziekenhuis gezeten.'

'O ja, nou herinner ik het me ook,' zegt hij enigszins gegeneerd. Is dat vanwege de herinnering aan die val of omdat hij het was vergeten van die armband? Ik weet het niet zeker. 'Jezus, wat een stomkop ben ik. Sorry. Zie je nou, ik kan je niet eens vertellen hoeveel ik van je hou zonder dat ik er een puinhoop van maak.'

Ik voel de tranen opkomen. Om zijn oprechtheid? Of omdat hij me eindelijk zegt – en me laat zien – dat hij nog steeds veel van me houdt? Ik weet het niet.

'Ik zal hem aan een ketting doen, Richard. Ik vind hem heel erg mooi, ook zonder armband,' zeg ik.

Er hangt nu zo veel spanning in de lucht dat het lijkt alsof we allebei van top tot teen in statische nylon gehuld zijn. Hij buigt zich voorover en als zijn gezicht naar dat van mij neigt, voel ik kippenvel. Hij slaat zijn armen om me heen en ik wil zo ongelofelijk graag door hem gekust worden...

Maar ik kan het niet. Ik weet dat hij nog altijd van me houdt, maar er zijn nog zo veel onuitgesproken gevoelens. Wat hij ook zegt, feit blijft dat hij de afgelopen maanden iemand anders heeft gekust. En dus trek ik me terug.

'Wat is er?' vraagt hij.

'Sorry, Richard. Ik vind het een prachtig cadeau. Heel erg bedankt. Maar ik ben hier nog niet aan toe.'

'Nee. Sorry. Ik had ook...' Hij zwijgt en kijkt verdwaasd naar zijn voet. 'Luister, het is zaterdagavond, hè...' mompelt hij. 'Zullen we eens flink gaan stappen?'

Hij glimlacht en ik glimlach terug. 'Nee, liever niet. Maar ik zou een moord plegen voor nog een bak noedels.'

Het is sabbat. Een dag om uit te rusten? Wat een onzin. Het is één grote chaos. De gymzaal van de school is bezet door een stel militante vrijwilligers en een oorlogsgebied is er niks bij. Zo doen ze dat dus, die ouderraad. Het land zij gewaarschuwd.

Ik sta midden in de zaal en laat het allemaal op me inwerken. Iedereen is druk in de weer en weet klaarblijkelijk precies wat er van hem verwacht wordt. Er worden kraampjes opgezet. De muren worden volgehangen met posters en wegwijzers. Er worden vlaggetjes opgehangen. En toch is de paniek voelbaar, als bij een popconcert dat bijna begint en dat dan iemand tot de ontdekking komt dat de microfoons helemaal nog niet zijn afgesteld.

'Aaargh! Wil iemand snel even vragen aan Eric Clapton of hij het soms ook unplugged kan doen?'

Ik heb het zweet in mijn handen staan van al die spanning. Mijn hemel, het is maar gewoon een schoolfeestje, hoor. Ik moet echt eens wat vaker mijn huis uit komen.

'Francesca,' hoor ik een stem blaffen. Ik keer me vlug om en zie Cassie staan. Ze heeft haar armen vol knuffelbeesten. 'Alle vrijwilligers hadden hier om *negen* uur moeten zijn,' zegt ze, en ze probeert erbij te glimlachen, alsof ze *helemaal* niet woedend is op mij, wat natuurlijk des te harder bewijst dat ze dat wél is. 'We hadden je hulp goed kunnen gebruiken.'

'O, sorry, maar dat wist ik helemaal niet.' Zijn dat mijn benen die zo staan te trillen? Laat maar, dat vaker mijn huis uit komen. Ik had juist thuis moeten blijven. Ik had het toch gezegd.

'Heb je dan mijn brief helemaal niet gelezen?' hoor ik een wat al te bekende stem naast me zingen. Natasha, daar is ze weer. Ze houdt een grote bruine doos in haar handen die bijna uit elkaar lijkt te barsten.

'Fran, ik heb je toch zo gemist,' slijmt ze. 'Ik heb je al in geen dagen gezien. Luister, ik kan nu niet kletsen, want ik moet al het eten dat ik heb gemaakt naar binnen brengen en dan heb ik ook nog mijn andere kraampje.'

'Heb je nog een kraampje, dan?' vraag ik dommig.

'Ja, dat met de designerkleding! Je moet echt even komen neuzen.' Ze straalt en bekijkt me van top tot teen. 'Ik heb alles, van Gap tot Gucci. En voor mooie prijsjes. Tot straks!'

Nou ja, die triomf heeft ze denk ik wel verdiend. Designerspullen is beter dan eendjes hengelen, dat snap ik ook wel.

Cassie lijkt net zo geschokt door haar opmerking als ik. Als ze me de tijd had gegund om te antwoorden, dan had ik echt niet geweten wat ik had moeten zeggen. Ik sta nog steeds met open mond te staren, als ik een stem hoor waar ik nog erger van schrik.

'Iemand trek in een kop thee?'

Ik draai me om, en daar staat Richard met twee dampende plastic bekertjes.

'*Richard*. Wat doe jij hier?'

'Ik dacht dat ik je maar eens een handje kwam helpen,' zegt hij en hij toont Cassie de grijns van een winnaar.

'Cassie, hebben jullie eigenlijk al eens kennisgemaakt?' vraag ik, en ik doe hard mijn best om Natasha van me af te zetten. 'Dit is Richard, kan hij je misschien ook ergens mee helpen?'

'Dat zou *fantastisch* zijn,' zegt ze, en ze slaakt een zucht van verlichting, als ware hij Mozes die hier is gekomen om de wateren te scheiden, zodat we allemaal veilig kunnen oversteken. 'Daarginds staat een doos met ballonnen. Zou je die misschien willen opblazen? Het spijt me ontzettend, maar het pompje is stuk.'

'Geen probleem, komt voor elkaar,' zegt Richard, die nog iets breder glimlacht.

'Fijn, echt heel erg fijn,' zegt ze onnozel.

Zie je nou: de wateren zijn gescheiden, hup, lopen allemaal.

'En waar wilde je mij hebben, Cassie?' vraag ik om de betovering te verbreken.

'Ik zou maar vlug naar je kraampje gaan als ik jou was. De deuren gaan over tien, nee *vijf* minuten open. Jij staat daar, helemaal in de hoek. Ik moet nu echt door. Ik moet nog een heleboel worteltaart in plakken snijden.' En weg is ze. Ze laat een spoor van knuffelkonijntjes achter.

Richard lacht naar me. 'Aardig mens.'

'Aardig? Een heks is het – zij is de ergste van het hele zootje.'

'Ik denk dat je maar wat in je hoofd haalt, en dat het heus wel meevalt met dat geroddel.' En hij lacht alweer, alsof ik Mia Farrow ben en maar gewoon fantaseer dat iedereen mijn baby wil stelen.

'Oprotten, Richard. Trouwens, wat doe je hier überhaupt?'

'Ik vind het ook heel leuk om jou te zien, dank je.'

'Ja sorry, hoor, maar jij bent nu echt de laatste die ik hier had verwacht.'

'Molly vroeg me gisteren een paar keer of ik ook wilde komen. Dus ik wilde haar verrassen. Nou, ik zal maar eens gauw met die ballonnen aan de slag gaan voor mijn nieuwe vriendin Cassie.'

Ik keer me om en ga naar mijn vrienden, de eendjes.

In de allerverste uithoek van de zaal zit ik op een krukje met in mijn hand een stok waaraan een klein haakje bungelt. Het krukje staat op een stuk plasticfolie, naast een klein, voor de helft met water gevuld zwembadje waarin zes plastic eendjes dobberen. De meeste zijn op hun zij gevallen of liggen op de bodem van het zwembad. Voor vijftig pence kunnen de kinderen aan het hengelen slaan en ELK EENDJE IS PRIJS. Tot dusverre is er nog maar één kindje in getrapt. En dat was ook alleen maar omdat hij nog maar drie was – veel te klein om te weten wat de kansloze kraampjes zijn. En dan ook alleen nog maar omdat hij gratis mocht.

Het is stampvol in de gymzaal, maar in mijn hoekje komt geen hond. Ik denk dat iemand – laten we haar Annabel noemen – mij nu heel hard uitlacht.

Ik staar naar alle feestelijkheden in de rest van zaal. Er wordt op bellen geramd met komische, uit de kluiten gewassen houten hamers, er wordt met kokosnoten gegooid, onderwijzend personeel krijgt taarten om de oren en Jan Klaassen slaat Katrijn in elkaar in de poppenkast... Nee, niet echt, natuurlijk. Dat zou huiselijk geweld zijn. En op deze school heeft Jan een verklaring moeten ondertekenen dat hij uitsluitend geweldloos entertainment zal bieden. Ik denk dat hij de kinderen een recept geeft voor een voedzame linzensoep.

Ergens anders verdringen mensen zich bij de kraampjes met handgemaakte hebbedingetjes en huisgemaakte jam en taart. En designerspul, natuurlijk. Op een podium aan het andere eind van de zaal staat een heel mooie dame in heel mooie kleren en zo'n handtas met van die gespen... O ja, ze is donker, dat ook. Ze doet haar aankondigingen met het gemak van een getrainde televisiepresentatrice. Ze is er goed in, maar ik had het absoluut ook gekund. Maar nee, de eendjes zijn mijn lot.

Het klinkt alsof ik mezelf heel erg zielig vind, hè? Dat klopt ook, want dat vind ik namelijk. Bovendien zit ik hier voor gek.

Ik zie een wrat mijn kant op komen. Hij zit aan een neus vast. Annabels neus. Ik zet mijn allerbeste nepsmile op.

'Is dat jouw Richard, daar?' vraagt ze als ze bij me staat.

'Ja, klopt.'

Cassie had Richard overgehaald om bij het ezeltjerijden te gaan staan. Niet met een echte ezel – dat zou dierenmishandeling zijn – maar de directeur en de gymjuf die samen in een kostuum zitten. Richard tilt de kinderen op de rug van het dier en loopt dan een rondje met ze langs een paar van de stalletjes. Er staan minstens twintig gillende kinderen in de rij voor ook een ritje.

'Hij doet het *geweldig*,' straalt Annabel.

Ja, dat zie ik zelf ook wel.

'We zien hem eigenlijk nooit op school. Hoe gaat het?' vraagt ze.

De schaamte van een mislukt huwelijk dat publiek bezit is geworden op school, wordt me te veel. Ik voel hoe rood mijn hoofd wordt. 'Prima, hoor,' zeg ik tussen mijn opeengeklemde kaken. 'Het gaat prima met ons.'

'Ik bedoelde met je kraampje,' zegt ze kortaangebonden.

O, god. Ik kan wel door de grond zakken... Maar ik zeg, 'O best, dank je, geen problemen.'

'Mooi. Ik zie je later nog wel.'

Uitstekend. Geweldig. Fantastisch.

Ik wil dood.

Mama en Al zijn ongeveer een halfuur geleden gearriveerd met de kinderen. Ik gaf ze allemaal een knuffel, maar mijn aandacht was vooral bij Thomas.

'Hoe is het met hem, mam?' vroeg ik.

'Een beetje stilletjes. Maar hij heeft veel lol gehad bij het karten met Al. Het komt wel goed met hem.'

'Natuurlijk,' zei ik. 'Gisteren was gewoon een kleine tegenslag. Maar uiteindelijk komt hij bij Arsenal te spelen.'

'Daar nemen ze alleen maar Franse kinderen,' zei Al vol minachting.

Dus daar heeft Thomas die wijsheid vandaan. Ik had het kunnen weten.

Na vijf minuten lieten ze me alweer alleen. Thomas vertrok met Al, op zoek naar kraampjes waar je met dingen kon gooien. Mijn moeder nam Molly mee naar een kraampje met taart. Ik waarschuwde ze nog dat op deze school zelfs de zoetigheid gezond is, om ze niet teleur te stellen.

Ik heb vijftig pence in mijn emmer. Heb ik er zelf in gedaan. Molly wilde wel een eendje hengelen en ik voelde me verplicht om te betalen. Ik kijk op mijn horloge. Ik denk niet dat ik dit nog een minuut trek. Het is ook eenzaam. En mensen beginnen naar me te staren; dat weet ik zeker. Men stoot elkaar aan en knipoogt veelbetekenend. Vrouwen die tegen hun man zeggen dat ze niet met hun kinderen bij me in de buurt mogen komen – *'Nee, ga daar maar niet heen. Zij is namelijk een neonazi, en ze is nog aan de drank ook.'*

Maar misschien ben ik ook wel gek aan het worden. Verzin ik het allemaal maar...?

Maar Mia Farrow, in die film, die had toch ook gelijk? Die lui van de duivelse sekte zaten ook echt achter haar kind aan. Allemaal! Die lieve ouwe Minnie, haar man Roman, hun vrienden, zelfs die aardige dokter Sapperstein. Dat waren ook echt heksen...

Uit het niets duikt Richard naast me op. 'Helemaal in je uppie?' zegt hij, nog steeds buiten adem van alle ezelpret.

'Yep.' Ik probeer erbij te lachen, maar geef de moed al snel op. Wat heeft het ook voor nut. 'Om je de waarheid te zeggen, ben ik er helemaal klaar mee, Richard. Ik trek dit niet nog twee uur.'

'Ja, maar je kunt niet zomaar weg. Wil je dan dat ze je een afhaker gaan noemen?'

'O, ze hebben me wel ergere dingen genoemd. Nee, echt, ik ben er klaar mee. Ik ga naar huis om te koken. Ga je mee, of–'

'Je gaat niet naar huis,' zegt hij streng.

Thomas komt stralend voor ons staan. 'Mam, het wordt nu pas leuk. Dan gaan we toch niet nu al naar huis?'

'Nou, je kunt hier met pappie blijven als je wilt. Maar ik ben moe, en het is trouwens toch al bijna afgelopen en–'

'Noem hem nou geen pappie!' roept hij. 'Ik ben geen baby, hoor, doe normaal. Eerst kom je te laat op mijn training en nu wil je meteen alweer weg. Stom mens. Stom *rot*weekend!'

Zijn frustratie heeft het kookpunt bereikt en ik schrik me een ongeluk. Richard buigt zich voorover en legt een arm om zijn schouder, die hij woest van zich af slaat. Hij heeft tranen in zijn ogen, maar veegt die driftig weg als een paar van zijn klasgenootjes langskomen – kleine jongetjes die op zijn woede afkomen als vliegen op de stroop.

Daar heb je mijn moeder ook. 'Hallo,' kirt ze, zich totaal niet bewust van de uitbarsting van hysterie die hier dreigt. Molly staat naast haar en knabbelt op een wortel. Ze hebben de snoepkraam dus gevonden.

Mam rammelt wat met een papieren zak. 'Iemand zin in een donut? Ik vind ze een beetje vreemd smaken, eerlijk gezegd. Ze zijn vetarm en suikervrij. Niet echt donutachtig.'

Thomas ontspant wat. Hij is dol op donuts, met of zonder suiker. Hij neemt een flinke hap en ik kan de verleiding niet weerstaan: ik kom met mijn favoriete Homer Simpson imitatie: 'Mmmm, donuts... ze *kunnen* wat, hè, tegenwoordig.'

Het werkt. Thomas glimlacht. Goed, het is geen grijns van oor tot oor, maar het is tenminste iets. En als hij naar zijn klasgenootjes kijkt wordt de glimlach toch iets breder. Ze gapen mij stomverbaasd aan. Als een van hen voldoende is bijgekomen om weer wat te zeggen, vraagt hij aan Thomas: 'Kan ze dat nog eens doen?'

Nou, dat kan ze best, maar nu wil ze toevallig naar huis.

'Tuurlijk,' zegt Thomas nonchalant terwijl hij de laatste hap van zijn donut neemt en in de zak graait om er nog eentje te pakken. 'Doe dan, mam.'

'Nee joh, liever niet,' zeg ik, want ik voel me nogal suf.

'Ah, toe nou,' smeekt de klasgenoot. 'Zeg nog eens wat als Homer Simpson.'

'Of *Bart*,' zegt zijn vriendje.

'Kom op, mam,' dringt Thomas aan.

Goed dan, nog een keertje. Maar dan alleen voor Thomas. Ik haal diep adem en kom met Barts: 'Ik ben helemaal klaar met werken. Werken is voor sukkels,' en schakel dan over op Homers: 'Zoon, ik ben trots op je. Ik was twee keer zo oud als jij voor ik daar achter kwam.'

Thomas probeert zijn trots te verhullen terwijl zijn vriendjes het niet meer hebben van het lachen. Plotseling – een halve seconde maar – heeft hij iets zeer uitzonderlijks: een coole moeder. Dat ben ik nog nooit eerder geweest. 'Ze kan ze allemaal, hoor,' zegt hij zo argeloos mogelijk.

'Ja, mama, doe Lisa eens,' gilt Molly.

'Oké, maar dat is dan de laatste die ik doe,' zeg ik. Ik ratel snel Lisa's 'Relaxen? Ik kan helemaal niet relaxen! Ik kan ook niet chillen en niet ontspannen en niet... Wat, maar twee synoniemen? O, mijn god, ik ben mijn spitsheid aan het verliezen!' af, en Marges 'Je moet naar je hart luisteren, niet naar de stemmen in je hoofd' en ik eindig met Barts klassieker: 'We moeten niet vergeten waar het met Kerstmis eigenlijk om gaat. Je weet wel, de geboorte van de Kerstman.'

En ineens staan er niet meer twee bewonderende klasgenoten om me heen, maar een heel stel. 'Wie kunt u nog meer nadoen?' vraagt er een.

'Ze kan *iedereen* nadoen,' zegt Thomas.

'Echt iedereen?'

'Ja, iedereen.'

'Echt, dus ook mevrouw Gottfried?'

'Mevrouw Gottfried?' zegt Thomas honend. 'Dat is echt veel te gemakkelijk. Hè, mam, doe die gek van een Williams eens na, van de computerlessen.'

'Thomas, je zegt niet zulke onbeleefde dingen over je leraren,' zegt Richard autoritair. Parttime ouders, je wordt er gek van. Die denken maar dat ze zomaar de boel over kunnen nemen. Net goed dat hij evenveel impact heeft als een fulltime ouder als ik – totaal geen, dus. De jongens gaan lekker door met het leraartje-afzeiken, en ze roepen allerlei namen van mensen die ik na moet doen.

Ik trek mijn jas aan en wil nu echt gaan. Op mijn hoogtepunt, zeg maar. Het komt niet vaak voor dat Thomas zich in het centrum van de belangstelling bevindt – behalve dan op het voetbalveld – en dit lijkt me het perfecte moment om er vantussen te gaan.

'Fran, we hebben laatst die film weer eens gezien,' zegt mijn moeder ineens. '*Whatever happened to Baby Jane?* Weet je wel? Wat een nare film is dat. Doe Bette Davies eens na? Die heeft zo'n *door en door slechte* stem.'

Door en door slecht, kan ik dat? Ik kan de verleiding niet weerstaan. Ik staar haar aan met de dwaze blik van Baby Jane en zeg lijzig: 'Blanche, weet jij of wij... *ratten* in de kelder hebben?'

Al, die mij nog nooit in actie heeft gezien, komt niet meer bij van het lachen en mijn moeders gezicht is zo vreemd vertrokken, dat ik niet zou durven zeggen of het uit afschuw is of van verrukking.

'Daar zou je haar wel wat voor moeten betalen, vind ik eigenlijk,' zegt Richard.

'Dat was echt geniaal,' giert Al. 'Daar heeft ze wel een pond voor verdiend.'

Maar de kinderen zijn natuurlijk totaal niet geïnteresseerd in dode filmsterren, zij willen hun leraren horen, en wel nu.

'Doe nou alsjeblieft meneer Williams na.'

'Nee, mevrouw Poulson.'

'Gottfried!'

Mijn gevoel zegt dat ik het niet moet doen. Maar hun smoeltjes – vooral dat van Thomas – zeggen van wel. Zelfs Richard kijkt me vol verwachting aan.

'Toe nou, mammie,' smeekt Molly. 'Pleeease.'

En ineens lijkt het wel alsof die rij er weer staat, van het bungee-jumpen. Iedereen staat ongeduldig op mij te wachten, en ik ben te bang om te springen.

Waar heb ik het over? Daar lijkt het helemaal niet op. Hier hoef ik geen tientallen meters naar beneden te springen. Hier staat alleen een stelletje opgewonden kinderen met wat verzoekjes voor geestige stemmetjes. Wat kunnen mij die leraren nou schelen, toch?

Ik haal diep adem en geef een stukje Williams ten beste, die praat als een zwaar gedrogeerde Schot, en ga dan naadloos over op mevrouw Gottfried. Het is een hele subtiele imitatie. Nou nee, eerlijk gezegd zet ik haar neer als de zus van Hitler. Je zou kunnen zeggen dat het nogal ironisch is dat ik de vrouw die mij beschuldigde van racisme zo neerzet. Of suïcidaal. Dat laat ik aan het oordeel van de critici over.

Mijn publiek vreet het. Het gegil van de kinderen trekt nog veel meer mensen, en blikken van de ouders, die willen weten waar die herrie allemaal om is. Het kan mij allemaal niets meer schelen, want Thomas kijkt zielsgelukkig.

En dus geef ik hem waar hij om vraagt. Ik ratel alle leraren af die ik goed genoeg ken om te imiteren. En terwijl ik dat doe, zie ik dat Richard rondgaat met een emmer.

'Kom op, dokken, jongens,' zegt hij. Al gooit er nog maar eens twee pond bij en daarop hoor ik nog meer munten rammelen. De vriendjes van Thomas dokken ook.

'Richard,' sis ik. 'Je kunt die kinderen toch geen geld aftroggelen.'

'Ik zou niet weten waarom niet. Daar zijn ze hier toch voor? Om geld uit te geven voor het goede doel... Oké, zijn er nog meer verzoeknummers? Kom op! U vraagt en wij draaien.'

Moet je hem nou horen. Wie denkt hij wel dat hij is? Mijn manager of zo?

'Richard, toe nou, alsjeblieft. Ik schaam me dood.'

'Geen tijd voor ruzie, nu, Fran. Het publiek wacht.'

Hij heeft gelijk. Waar komen al die mensen ineens vandaan? Zo uitgestorven als het hier eerst was, zo volgepakt is het nu. En de verzoeknummers vliegen me om de oren.

'Mariah Carey!'

'Sharon Osbourne!'

'Nee, Kelly!'

'Christiane Amanpour!' (Daar kan je op wachten, met die keurige moeders hier op school.)

Wat kan ik anders doen dan wat ze me vragen? Ik kan nu trouwens toch geen kant meer op, want ik ben letterlijk ingesloten door de mensen. Dus vooruit maar met de geit.

Ik ben uitgeput. Mijn keel voelt droog en pijnlijk, en mijn stem klinkt schor. De voorstelling is nu echt voorbij. *Fran Clark has left the building.* Tenminste, haar stem wel. Haar lichaam staat nog steeds bij het kleine zwembadje en wordt alleen nog overeind gehouden door de adrenaline.

Richard staat naast me en staart vol ongeloof naar de emmer. Hij grijpt erin en haalt een briefje van tien tevoorschijn.

'Wauw, van wie is dat?' fluister ik.

'Van een of andere vent. Dat was voor Hillary Clinton. Ik vraag me af wat hij zou hebben gegeven voor jouw Cherie Blair?'

De gymzaal is leeg aan het stromen, maar de mensen die bij mij stonden zijn het langst gebleven. Mensen kunnen nu eenmaal geen weerstand bieden aan een imitator. En kennelijk vonden ze me wel goed. De meeste mensen zijn tot het bittere einde gebleven – totdat ze me voor de vijfde keer Victoria Beckham na hoorden doen en ik weigerde om het nog een zesde keer te wagen. Thomas en Molly – die het allemaal al een keer eerder hadden gehoord, uiteraard – waren het een halfuur geleden al zat. Toen heb ik mijn moeder de sleutels gegeven en die heeft ze mee naar huis genomen.

'Je was geweldig, Fran,' zegt Richard.

Ik spreek hem niet tegen, al was het alleen maar omdat ik geen stem meer heb.

'Je zou in comedyclubs moeten gaan staan. Zou je goudgeld mee kunnen verdienen. O jee, daar heb je de baas.'

Ik had Cassie al op ons af zien stormen.

'Nou, dat was me wat, zeg,' zegt ze als ze bij ons is.

'Dank je,' zeg ik, ook al kon ik uit haar stem opmaken dat het niet als compliment was bedoeld.

'Ik heb even staan kijken en het zag er *enig* uit... Maar jij had eigenlijk de eendjes moeten doen,' zegt ze, en ze kijkt naar het badje.

'Dat is zo,' zeg ik zwakjes, 'maar daar kwam geen mens op af.'

Ze slaat haar ogen ten hemel. 'Het is zo waanzinnig druk geweest vandaag, Francesca.' Ik zie dat ze niet eens meer probeert om te glimlachen. 'Als jij geen zin meer had om het kraampje te runnen dat je was toegewezen, dan waren er genoeg andere mensen die het met liefde van je hadden overgenomen, hoor. We kunnen het streefbedrag alleen maar halen als iedereen zich *volledig* inzet. Het gaat om teamwerk, om samenwer–'

Richard snoert haar de mond door met de emmer te rammelen. Hij zet hem op een kruk. Haar ogen vallen bijna uit hun kassen, want de emmer is bijna tot de rand gevuld. Ik had zelf ook geen idee, eerlijk gezegd.

'Alsjeblieft, Cassie. Ik denk dat dit je wel een aardig eindje op weg helpt met je streefbedrag.' Hij toont haar de mooiste nepglimlach die ik ooit bij hem heb gezien, en met zijn twintig jaar in de marketing wil dat heel wat zeggen. 'Wij gaan nu, veel plezier met opruimen.'

Hij grijpt me bij mijn arm en we lopen weg.

Nee, we lopen niet: we *paraderen*.

Als we buiten zijn kijk ik om, om te zien of we niet worden gevolgd.

'Godsamme,' hijg ik. 'Hoeveel zat er eigenlijk in die emmer?'

'Heel veel,' zegt hij nonchalant. 'Ik denk iets van drie-, vierhonderd pond of zo.'

'Dat meen je niet. Zo veel hebben die mensen er toch niet in gegooid?'

'Jazeker wel. Het was echt een gekkenhuis... en bovendien ben ik vanochtend nog bij de geldautomaat geweest, en ik had een hele stapel twintigjes in mijn portemonnee – tweehonderd pond. Die heb ik er nog maar even bijgegooid toen ze zo tegen jou tekeerging.'

'Ben je helemaal gek geworden? Waarom heb je dat nou weer gedaan?'

'Omdat jij gelijk hebt. Het is een heks, dat mens. Zo heeft ze zich niet te gedragen tegenover jou. Eerst wilde ik nog een grote mond opzetten, maar toen bedacht ik dat bij dit soort mensen geld zwaarder weegt dan woorden... Ach, laat ze fijn de ziekte krijgen. Die hele zooi kan de ziekte krijgen. Stelletje fuckers.'

Ik schrik van zijn taal, niet omdat ik het niet met hem eens ben, maar omdat hij nooit vloekt. 'Ik dacht dat vloeken voor mensen met een te klein vocabulaire was om zich goed uit te kunnen drukken,' zeg ik.

'O, met mijn vocabulaire is helemaal niks mis, en *fuckers* is precies het goeie woord voor ze.'

Dat ik dit nog mag meemaken: nu ruikt het ook nog als een echte victoriaanse keuken, in mijn keuken. Tegen de tijd dat wij weer thuiskwamen had mijn moeder kip en aardappels in de oven staan en is de tafel gedekt voor het eten. Thomas en Molly zitten in de eetkamer te spelen, en Richard staat bij de Aga om jus te maken en Al is buiten bladeren aan het vegen op het terras. We lijken wel een Britse versie van de *Waltons*.

'Geef me de balsamicoazijn eens aan, John Boy.'

'Komt voor de bakker, Jim-Bob. Pa, mag ik morgen de Lexus lenen?'

En het voelt ook echt zo idyllisch. Ja, ik ben niet gek, ik weet ook wel dat het niet echt een idylle is. Voor geen ene meter zelfs. Maar gegeven de omstandigheden kan het niet veel idyllischer dan dit.

Ik heb een glas wijn in mijn hand, maar dat is verder geen probleem. Ik geniet ervan, en ik voel me er totaal niet schuldig over. Die verdomde Natasha. Ik ben geen alcoholist, verdomme. Net zomin als zij een aardig mens is.

'Ik zal je zeggen, dat was een ontzettend goeie imitatie van Bette Davies, net,' zegt mijn moeder terwijl ze een worteltje schrapt. 'Heb je er wel eens over gedacht om weer te gaan werken?'

Die is leuk. Of ik er wel eens over heb gedacht om weer te gaan werken? Ik heb je misschien al wel verteld over mijn postnatale depressie, maar die lijkt opeens heel erg lang geleden.

'Ja, heb je daar wel eens over gedacht, om weer te gaan werken?' lacht Richard.

'Misschien, ooit,' zeg ik. Zal ik ze vertellen over Chris Sergeant? Nee, de telefoon gaat. Ik neem hem op in de hal.

Het is Summer. 'Bedankt voor gisteren,' zegt ze. 'Dat had je niet hoeven doen.'

'Dat had ik wel.'

'Nee, dat had je niet.'

'Je snapt het niet,' hou ik vol, 'ik moest het wel doen. Want ik moest die TomTom toch een keer uitproberen.'

Ze lacht. 'Ik ben zo blij dat je me hebt tegengehouden. Het scheelde echt griezelig weinig of ik had het... gedaan. Maar ik wil dit kind echt krijgen. Dat ik dat niet onder ogen wilde zien. Soms ben ik ook zo ontzettend stompzinnig bezig.'

Bijna geef ik een Sureya-achtig antwoord; dat het goed was om zich open te stellen, zodat de rotzooi eruit kon, maar ze ratelt maar door.

'Ja, ho even, ik ben hier niet degene die stom bezig is. *Hij* is gestoord. Weet je wat hij tegen me zei?'

'Ik neem aan dat we het over Laurence hebben?'

'Ja, wie anders. Hij vroeg hoe ik zo zeker kon weten dat het van hem was.'

Ik lach hardop en zij ook. Maar ze is nog niet klaar met Laurence. Nog lange niet. Ik laat haar doorrazen en val haar zo nu en dan bij met een 'Wat een eikel', en het aloude cliché '*Mannen!*'. Het doet haar duidelijk goed. Ze is zichzelf inwendig aan het reinigen; *alle gif moet uit haar systeem.* Ook typisch iets wat Sureya zou zeggen. Want dat zei ze letterlijk toen ze me een 'wonderlaxeermiddel' gaf, op kruidenbasis, dat trouwens voor geen meter werkte.

Summer is bijna klaar met haar vuilbekkerij.

'Zo, klaar,' verkondigt ze. 'Hij is afgeschreven. Als je de naam van die *motherfucker* nog een keer noemt waar ik bij ben, dan vermoord ik je, heb je dat goed begrepen? Nou goed, hoe gaat het eigenlijk met Sureya?'

'Ik zat net aan haar te denken. Ik moet trouwens steeds aan haar denken. Maar morgen ga ik bij haar langs. Gewoon alleen even mijn gezicht laten zien, dat ze weet dat we haar niet vergeten zijn.'

'Ik heb ook aan haar zitten denken. Ik heb haar al een eeuwigheid niet gesproken.'

Er valt even een akelige stilte. Wat valt er ook te zeggen?

Ik doorbreek de spanning door voor te stellen: 'Luister, wij moeten hoognodig weer eens samen op stap. Kan jij donderdag? Want dan ben ik toch in de stad vanwege die opname.'

'Absoluut! Gaan we doen. Maar ik drink niet, hoor. En ik ben ook heel snel moe tegenwoordig, dus ik kan het ook niet laat maken. En eigenlijk wil ik liever ook niet ergens heen waar het lawaaierig is. Of rokerig.'

'Dan gaan we toch lekker naar de bibliotheek?'

'Strak plan. Gaan we eens flink de beest uithangen, daar.'

Allebei hangen we op met een goed gevoel, denk ik.

Ik sta op en wil weer terug naar de keuken, maar dan gaat de telefoon meteen weer.

'Mevrouw Clark. Met Ron. Ron Penfold.'

'*Ron.*' Wat wil die nou van me op een zondagavond?

'Het spijt me dat ik u nu bel, maar ik wilde toch nog iets zeggen over gisteren. Ik neem aan dat Thomas behoorlijk teleurgesteld is.'

'Ja, dat was hij wel. Maar nou ja, zulke dingen gebeuren. Ik begrijp wel dat jij zelf niets met de beslissing te maken had, maar het is heel vriendelijk van je dat je belt.'

'Ik wilde alleen maar zeggen, mevrouw Clark, dat hij een kans had gekregen als het aan mij had gelegen. Thomas is inderdaad nog maar een kleintje, maar dat kan zo veranderen. En zelfs als hij niet boomlang wordt, dan nóg heeft hij meer dan genoeg talent om dat gebrek aan centimeters te compenseren. Terry is een heel goeie coach, maar tussen ons gezegd en gezwegen: gisteren heeft hij de verkeerde beslissing genomen.'

'Dankjewel. Ik zal tegen Thomas zeggen dat je dat vindt. Dat zal goed zijn voor zijn zelfvertrouwen.'

'Zou u het vervelend vinden als ik hem dat zelf vertelde? Ik zou het eeuwig zonde vinden als hij nu de moed opgeeft, en ik dacht, misschien helpt het als ik nog even met hem praat. Maar alleen als u dat goedvindt, natuurlijk.'

'Ja natuurlijk vind ik dat goed. En heel erg bedankt.'

'Geen dank. Als Thomas het ooit nog eens gaat maken, dan ben ik tenslotte de scout die hem als eerste heeft ontdekt. En dat is mij dank genoeg.'

Ik roep Thomas erbij en laat hem verder alleen. Dat is eigenlijk niet helemaal waar, want ik blijf in de deuropening nog even staan luisteren. Niet dat Thomas veel zegt, maar ik zie de glimlach op zijn gezicht, en dat zegt mij genoeg.

Mijn kinderen zijn vanochtend huppelend naar school gegaan. Nou, Thomas niet helemaal, maar dat telefoontje van Ron heeft hem zonder meer goed gedaan. Vandaag is er bovendien nog een andere reden waarom hij ietsjes vrolijker is dan anders. Het mag wel in de krant, eigenlijk, die reden: vandaag, voor het allereerst in de geschiedenis, worden mijn kinderen naar school gebracht door *allebei* hun ouders.

Richard loopt naast me en ik zou zelf ook wel willen huppelen. En echt niet om zo'n stomme meisjesachtige reden als 'ooooooo-wat-is-het-leven-mooi-want-ik-ben-zo-verliefd'. Nee, door het feit dat hij erbij is, ben ik een stuk minder nerveus over wat ik dadelijk moet doen.

Hij is belachelijk vroeg opgestaan om het ontbijt klaar te zetten, ook omdat de kinderen dan niet zouden merken dat hij in de logeerkamer sliep. Ze werden wakker van de geur van gebakken spek.

Gebakken spek, op een *maandag*?

Terwijl we zaten te eten, vertelde ik hem dat ik vanochtend een gesprek had bij mevrouw Gottfried. Over vrijwilligerswerk voor de school, en dergelijke, legde ik uit. Bij het woord *vrijwilligerswerk* haakten de kinderen af. Ja, ik weet wel hoe ik hun interesse moet verspelen.

En nu zitten we bij haar kantoortje.

'Ben je er klaar voor?' vraagt Richard.

'Helemaal,' antwoord ik.

Maar wie probeer ik nu eigenlijk voor de gek te houden? Ik haat confrontaties. Waarom doe ik dit? Waarom heb ik niet gewoon Richards wijze raad opgevolgd – namelijk zeggen: 'Sorry, juf, ik zal het nooit meer doen' en er dan verder maar het beste van hopen. Omdat, hoe bang ik nu ook ben, mijn oorspronkelijke gevoel van woede nog steeds niet over is. Ik heb helemaal niets om spijt over te hebben. IK BEN GEEN RACIST EN MIJN DOCHTER OOK NIET, en ik wil dat graag van de daken schreeuwen.

De deur van het kantoortje gaat open, en ik schrik van het geluid. Ik kijk op en zie Gottfried staan. Haar neusvleugels trillen nauwelijks merkbaar als onze blikken elkaar ontmoeten. Nee, het was toch niks, hoor. Ik wil nu eigenlijk wel weer naar huis.

Richard staat op en steekt zijn hand uit. 'Mevrouw Gottfried, ik ben Richard Clark. Wij hebben elkaar nog niet eerder ontmoet.' Ze is meteen in de ban van zijn 24-karaats glimlach.

Mijn god, ze valt gewoon in katzwijm, dat mens. Zo keek ik ook naar John Travolta, toen ik een jaar of vijf was.

Ze neemt zijn hand aan en het lijkt erop dat ze hem niet meer los wil laten. 'Oe vilt mai spreken over Molly?' zegt ze uiteindelijk. 'Komt oe binnen, alstoeblieft.'

We lopen achter haar aan het kantoortje in en gaan zitten. Ik vraag me wanhopig af hoe ik dit verder moet spelen. Waarom hebben Richard en ik niet een strategie bepaald? Vanmiddag staat hij voor zijn pitch bij Shell en je kunt er vergif op innemen dat dat tot in de puntjes is gerepeteerd. Goed, Gottfried beheert geen miljoenen aan olie-dollars, maar in mijn wereld is ze momenteel een van de belangrijkste figuren. We hadden er dus van tevoren beter over na moeten denken.

'Ik moet je mijn excuses aanbieden,' zei hij gisteravond tegen me. 'Je hebt gelijk, dat gezeur over racisme is inderdaad belachelijk. Je hoeft je nergens voor te verontschuldigen, daar. We gaan morgenochtend naar school en dan zullen we die ouwe feeks eens flink de waarheid zeggen.'

Dat is dus ons enige plan: *we zullen die ouwe feeks eens flink de waarheid zeggen*. Ik had er echt nog wel over door willen praten, ik zweer het, maar er stond een dvd op en ik wilde hem niet storen. Hij heeft de kinderen natuurlijk gemist, de afgelopen twee weken, maar Tony Soprano en Paulie en hun potje biljart, die heeft hij ook veel te lang moeten missen.

'Ik vind het heel fijn dat oe gekomen bent,' zegt ze. 'Ik heb vanmiddag een gesprek met de directeur en hij gaat me zeker vragen hoe het er nou voorstaat. Ik heb oe al gezegd, mevrouw Clark, dat hij er zeer op gebrand is dat dit allemaal tot een goed einde wordt gebracht.'

'Mevrouw Gottfried, neem me niet kwalijk dat ik u even onderbreek,' zegt Richard, 'maar mijn vrouw en ik hebben maar heel weinig tijd, en ik weet zeker dat u ook nog andere dingen te doen hebt. Dus als u het niet erg vindt, dan kom ik graag meteen ter zake.'

Aha, dus hij houdt het initiatief bij zichzelf. Nou, prima. Want zoals ik net al zei: ik heb geen idee hoe ik dit varkentje moet wassen. Ik denk dat ik hem zijn gang maar laat gaan, en dan spring ik straks wel bij.

'Ik wil graag heel duidelijk stellen hoe wij over deze zaak denken,' zegt hij. 'Racisme is voor ons een uiterst belangrijke zaak. Wij vinden het absoluut niet te tolereren. Wij zijn zelfs actief betrokken bij de strijd tegen discriminatie...'

O ja?

'...Fran werkt bijvoorbeeld voor de Commissie voor Rassengelijkheid...'

Gut, dat is waar ook! Ben ik even blij dat ik hem daar gisteravond toch maar over heb verteld.

'...Ze speelt een cruciale rol in een heel belangrijk initiatief van een groot aantal internationale televisiezenders tegen discriminatie. U zult daar de komende weken nog wel veel van zien. Ze is zelfs zo betrokken bij de goede zaak, dat ze haar tijd verder niet eens in rekening brengt.'

Dat had ik net willen zeggen, maar ik krijg de kans niet. Maar dat vind ik eigenlijk niet zo erg. En Gottfried is zo te zien ook blij. Ik zou zelfs willen zeggen: *dolblij*.

'En gezien onze *proactieve* houding op dit gebied, mevrouw Gottfried,' gaat hij verder, 'vinden wij het heel slecht te verkroppen dat u nu komt met deze beschuldigingen van racisme. Ik ben het volkomen eens met mijn echtgenote: noch zijzelf, noch onze dochter heeft ook maar iets verkeerds gedaan.'

Hij zakt terug in zijn stoel, zwijgt even, en slaat zijn ene lange been met zwier over het andere. Gottfried is er volkomen van in de ban – ze is kennelijk een *benen*vrouw. Dan lukt het haar om haar blik los te maken van zijn onderstel en ze kijkt hem aan. Ze schraapt haar keel. 'Meneer Clark, ik begrijp oew standpunt volkomen, maar ik verkeer noe wel in een wat... ongemakkelijke positie,' zegt ze onnozel.

Nog eentje voor de krant: Gottfried kijkt onnozel!

'Moet u luisteren, wij zijn allemaal weldenkende mensen,' zegt Richard streng doch rechtvaardig. Hij speelt Michael Corleone: een tikje dreigend, maar schijnbaar openstaand voor redelijke argumenten. 'En wij zijn bereid een concessie te doen. Wij zullen Molly vragen om haar uitzonderlijke talent voortaan alleen thuis te oefenen. Dan zal ze hier op school voortaan alleen nog maar grapjes maken met haar eigen stem. Die garantie geven Fran en ik u.' Hij zwijgt en brengt haar het hoofd op hol met alweer een fraaie glimlach. Maar hij is nog niet klaar. 'En dan durf ik te wedden dat er voor haar, vooral gezien dit bijzondere talent, dit jaar vast en zeker een mooie, grote rol is weggelegd bij de kerstuitvoering. Wat denkt u, mevrouw Gottfried?'

Wat zij denkt? Zij denkt: Ik wil met deze man trouwen en dan baar ik met liefde een hele trits zoons voor hem – anders kan ik die dromerige blik in haar ogen niet interpreteren.

'Meneer Clark, ik accepteer oew garantie uiteraard,' zegt ze zwoel. 'Zeer bedankt, ik zal het er met de directeur over hebben.'

'En wat betreft de uitvoering?' zegt Richard, nog steeds met die glimlach.

'Tja, dat is iets wat vai nog niet eerder bij de hand hebben gehad,' zegt ze wat opgelaten. 'De hoofdrollen gaan meestal naar de oudere kinderen, want die hebben meer ervaring... Maar hier op school zijn vai er trots op dat we onze kinderen helpen hun talenten te ontplooien. En Molly heeft duidelijk veel talent, en het zou vreselijk zijn als vai dat geen kans boden. Ik moet het er met mevrouw Roberts over hebben. Om te zien of er een rol is die bij haar past. Ik zal oe persoonlijk bellen als het geregeld is.'

Richard lacht even bescheiden. 'Ach ja, mijn kinderen en hun bijzondere gaven. Het is zo fijn dat ze op een school zitten die daar oog voor heeft. Het geeft me ook wat Thomas betreft een heel goed gevoel dat zijn voetbaltalenten tot volle bloei kunnen komen onder de bezielende leiding van deze school.'

Gottfrieds adem stokt even. 'Maar natoerlijk, meneer Clark,' hoest ze. 'Natoerlijk.'

Richards werk zit erop.

'Uitstekend. Alstublieft,' zegt hij en hij schuift zijn visitekaartje over haar bureau. 'U kunt mij te allen tijde bellen – op mijn mobiele nummer of mijn privénummer. Wat er ook is.'

Als we uit haar kantoortje lopen kijk ik nog even achterom en ik zie hoe ze het witte kaartje in beide handen vastklemt.

God, is ze het nu echt aan het *aaien*?

'Dat was een fraai staaltje, Richard,' zeg ik als we buiten lopen. 'Wat ben jij ook een ongelofelijke gladde aal.'

'Ze moest inderdaad eens goed aangepakt worden,' zegt hij. 'Ik hoop dat je geen bezwaar hebt tegen onze concessie.' Hij kijkt bezorgd.

'Daar draait het toch om in dit leven – om concessies.'

We staan bij het hek. Hier scheiden onze wegen – ik ga naar Sureya, en hij pakt de metro naar kantoor. We willen net afscheid nemen als ik het vertrouwde geklik van hakjes hoor. Ze holt op ons af, achter haar dubbele buggy, en Quinn loopt achter haar aan. Hij is nog bezig met zijn boterham.

'Goeiemorgen! Sorry, maar ik moet meteen door,' hijgt ze als ze voorbij komt rennen. 'Alweer te laat. O, o, we zijn echt zwaar in de problemen!'

'Wie was dat ook weer?' vraagt Richard als ze voorbijgevlogen is.

'Natasha. Je weet wel, dat is diegene die al die–'

'Ja, ja, ik weet weer wie dat is. Ik ben helemaal vergeten om het je te vertellen, maar ik hoorde verleden week nog een interessant verhaal. Van Adam, weet je wel, die designer met die vriendin die werkt bij–'

'Ja, ja, ik weet wel wie je bedoelt. Nou, wat heb je gehoord dan?' Dat heb je met mannen: ze komen altijd met details waar je niet in geïnteresseerd bent.

'Nou. Een paar jaar geleden is Natasha gearresteerd voor winkeldiefstal. Ook niet te geloven dat zo'n vrouw een strafblad heeft, vind je wel?'

Niet te geloven? Ik ben te geschokt om een woord uit te brengen.

'Maar dat is wel fijne informatie om achter de hand te hebben, toch? Doe er uw voordeel mee, mevrouw Clark.' Hij geeft me een knipoog.

'Ik zou me nooit tot haar niveau verlagen. In geen miljoen jaar,' zeg ik, en dat meen ik ook nog. 'Maar mijn god, wat stal ze dan allemaal?' Wat zou het mooi zijn als ze Gucci-spullen jatte. Want Natasha is dol op dure merken, dat weten we allemaal.

'Een tasje. Bij *Accessorise.*'

Ik lach en Richard fronst, want hij ziet er de lol niet van in. Ik wil best uitleggen waarom het grappig is dat zij een goedkoop tasje jat bij een goedkope winkel, aangezien alles wat zij draagt van hele dure designerlabels is. Maar ik doe het niet. Ik zeg alleen: 'Ongelofelijk.' En de rest zijn maar details.

'Succes bij Shell,' zeg ik als ik uitgelachen ben.

'Bedankt. Ik wil het lot niet tarten, maar ik denk dat Cherie het meeste werk al voor ons gedaan heeft. Doe je de groeten aan Sureya?'

'Zal ik doen.'

'En nogmaals bedankt voor het weekend. Het was heel gezellig.'

Ik blijf even staan om hem na te kijken. Als hij nog een keer omkijkt, roep ik: 'Je was geweldig. Gottfried kan je wel opvreten.'

'*I made her an offer she can't refuse,*' roept hij terug, als een ware *Godfather.*

Die imitaties, die moet hij voortaan echt maar aan mij overlaten.

Michael doet open. Hij ziet er moe en triest uit, maar niet zo verscheurd als vijf dagen geleden. 'Hoi Fran, kom erin,' zegt hij.

Ik loop de hal in en vraag: 'En... hoe is het nou?'

'Ach, het gaat wel, geloof ik,' liegt hij.

Er valt even een pijnlijke stilte. Ik had niet moeten komen, denk ik. Ik had ze met rust moeten laten.

'Sureya is daar,' zegt hij uiteindelijk, en hij wijst naar de voorkamer. 'Ga maar naar binnen.'

Ik verroer me niet.

'Toe dan,' zegt hij. 'Ze kijkt al dagen alleen maar tegen mijn tronie aan. Het zal haar goed doen jouw gezicht ook weer eens te zien.'

Heel voorzichtig duw ik de deur open en kijk naar binnen. Ze zit op de bank in haar badjas, met een kop thee in haar handen. De televisie staat aan, maar het geluid staat uit. Ik loop naar binnen en ga naast haar zitten.

Ik neem een klein pakketje uit mijn tas en geef dat aan haar. 'Hier,' zeg ik. 'Dit heb ik voor je meegenomen.' Het is het kleine boekje met prachtige gedichten dat ze een paar jaar geleden aan mij heeft gegeven. 'Lees eens wat je voorin hebt geschreven.'

Ze doet het boekje open en leest haar eigen handschrift: 'Lees dit en huil maar eens goed uit. Dan zul je zien dat je je daarna weer wat beter voelt. Voor altijd jouw vriendin, Sureya.'

Ik hou haar gezicht nauwlettend in de gaten. En ik zie een flauw glimlachje.

'Als jij ermee klaar bent, dan wil ik het weer terug. Goed?'

We zitten even te zwijgen tot Michael me een kopje koffie komt brengen. Als hij ons weer alleen laat, kijkt ze me aan.

'Die arme man,' zegt ze. 'Hij heeft geen idee wat hij moet zeggen. Ik ben echt heel vervelend tegen hem geweest, en dat verdient hij helemaal niet. Het is voor hem net zo verschrikkelijk.'

'Maak je over hem nou maar geen zorgen. Hij houdt van jou. Het is zijn taak om jouw ellende over zich heen te krijgen,' zeg ik.

Ze zwijgt weer even en zegt dan: 'Ik kan nu wel weer aan de alcohol, dus wat denk je ervan?'

Ik heb een briljant idee: 'Moet je horen, ik ga donderdag op stap met Summer. Waarom ga je niet mee? Dan ben je er even uit. Wat vind je?'

'Sorry,' zegt ze, en ze kijkt weg. 'Maar ik denk dat ik haar voorlopig even niet wil zien.'

Ach, ik had ook niet echt gedacht dat ze mee zou willen, maar dat ze zo zou reageren, dat had ik ook weer niet verwacht.

Maar dan begrijp ik het ineens. Wat ontzettend stom van me. En wat ongevoelig. Want Summer is natuurlijk wel nog steeds zwanger.

'O, god, sorry,' zeg ik en ik schud mijn hoofd omdat ik zo'n ongelofelijke trut ben. 'Ik heb er helemaal niet bij stilgestaan. Ik dacht alleen dat jij misschien...'

Ze schenkt me een vergevingsgezinde blik. 'Laat maar. Maakt niet uit, joh. Maar ik moet het stapje voor stapje zien te doen, nu.'

Ik pak haar handen in de mijne. 'Luister, Sureya. Ik ga nu weer weg, en ik zal je verder ook niet meer lastigvallen met voorstellen om op te passen op de kinderen, of om boodschappen voor je te doen, of wat dan ook. Je hoeft me maar te bellen en ik doe het voor je, dat wou ik maar zeggen. Je weet me te vinden, dat is alles, goed?'

'Meer hoeft ook niet,' zegt ze, en ze knijpt zo hard in mijn handen dat het pijn doet.

Ik giet mijn koffie naar binnen en sta op.

'Trouwens,' zegt ze, 'Jasmin werd vannacht om twee uur wakker. Wilde ze niet meer naar bed. Ze wilde ijs.'

Ik voel mezelf blozen.

'Dus ik zei: "IJs? Midden in de nacht?" En toen sloeg zij terug met: "Ja, dat mag van tante Fran".'

'Het spijt me echt heel erg,' zeg ik ontzet, en ik voel me de grootste mislukkeling van alle moeders. 'Maar ik had wat problemen met ze toen ze bij mij sliepen. Niks ergs... Gewoon... Nou ja, je weet wel... Sorry.'

'Mens, ik weet precies hoe lastig ze kunnen zijn als je ze uit hun routine haalt.'

'Wat heb je toen gedaan, dan?'

'Wat denk je zelf? Ik heb haar wat ijs gegeven natuurlijk. En meteen daarna viel ze weer in slaap... Jij moet echt eens zo'n handboek voor ouders gaan schrijven.'

13 (EEN ONGELUKSGETAL
VOOR SOMMIGEN, MAAR NIET
VOOR IEDEREEN)

Ik heb nooit geweten wat dat precies was: met je hoofd in de wolken lopen. Maar nu weet ik het. Het voelt heel licht en vrolijk en ook een beetje raar.

Natuurlijk ben ik wat gespannen. Of, zoals we dat vroeger zeiden: Ik schijt peuken. Maar die uitdrukking zou ik nu uiteraard nooit meer gebruiken. Ik ben een respectabele huisvrouw van welhaast middelbare leeftijd en in mijn kringen bezigen wij dergelijke taal natuurlijk niet.

Ik loop de trap op en sta precies op de plek waar ik stond toen ik... Hoelang is dat nou geleden? Vierenhalve week. Ik sta voor de deur bij Saunders & Gordon, een opnamestudio waar ik al honderd keer eerder ben geweest. Ik ben echt enorm gespannen... Ach, krijg ook wat: ik schijt gewoon peuken.

Mijn eerste echte klus sinds eeuwen. Dus dan kan je me die zenuwen ook wel vergeven, toch? Maar goed, dit is ook wel andere koek, deze klus. Nerveuze energie is ook *positieve* energie. En mag ik je erop wijzen dat a) ik me de afspraak überhaupt nog herinnerde, en b) ik inmiddels ook echt op de stoep sta.

Hoewel ik hier vierenhalve week geleden ook stond. Ik had zelfs de deurklink al in mijn hand, en toen ben ik omgedraaid en weggehold. En toen was ik op de vlucht voor een zinnetje van zeven woorden. Maar dit is een GIGA klus. Dit is tussen mij en die verdomde Robin Williams. En omdraaien en weglopen is zo makkelijk.

Maar nee, het is echt anders dit keer. Ja, ja, ik heb het al zo vaak gezegd, maar dit keer ben ik ook echt anders.

En dat heeft niets te maken met het feit dat ik gisteravond ongelofelijk goeie seks heb gehad met een man genaamd Richard Clark.

Dat heeft alles te maken met het feit dat dingen echt veranderd zijn. *Alles* is anders.

Thomas heeft de ergste afwijzing van zijn leven achter de rug.

Sureya heeft de baby verloren waar ze zo naar verlangde.

Summer houdt de baby waar ze nooit naar verlangde.

En ik heb een man die op de logeerkamer slaapt.

Maar de grootste verandering ben ik zelf. Want ik weet iets wat ik me eerder nooit gerealiseerd heb. Ik weet dat ik het aankan, wat er ook gebeurt. Misschien komt Richard ooit nog wel eens bij mij in het grote bed te liggen. Misschien gaan we ooit nog wel eens echt uit elkaar. Misschien raak ik alsnog aan de drank en eindig ik in een kliniek om af te kicken. Maar misschien besluit ik ook wel om de drank totaal af te zweren, en dan het roken ook maar meteen, als ik toch bezig ben. Misschien eindigt Thomas wel bij Arsenal. Maar het zou ook kunnen dat hij een heel ander talent aan de dag legt. We zien wel. Want wat er ook gebeurt, wij kunnen het wel aan. Nee, *ik* kan het wel aan.

Ik kan deze studio nu in lopen en de allerbeste performance van mijn hele leven neerzetten. Het kan ook zijn dat het een complete mislukking wordt. En als dat gebeurt, dan kom ik daar ook wel weer overheen.

En dus grijp ik de deurklink vast en... ik *duw*.

Ik loop naar binnen en ga naar de eerste etage, waar de receptie is. Het meisje achter de balie kijkt me aan en glimlacht.

'Fran Clark,' zeg ik. 'Ik heb een afspraak met Chris Sergeant.'

'Neemt u even plaats,' zegt ze.

Ze komt uit Wales, zo te horen. Caerphilly, als ik me niet vergis. En ik vergis me niet vaak in dit soort dingen.

Voordat ze de kans krijgt om hem te waarschuwen, zwaaien de zware geluiddichte deuren open, en Chris loopt de studio uit. Hij ziet me zitten en komt op me af stuiteren, met zijn armen gestrekt voor zich, om me te omhelzen.

'Fran!' roept hij. 'Je bent er.'

Ik ben er. Helemaal.